LA HABITACIÓN
DE LOS ESPEJOS

LA HABITACIÓN DE LOS ESPEJOS

Los Cuentos de Bonnie

J. K. de la Paz
F. J. M. Membrives

Ilustración cubierta: Juin @juinartist

Edición, maquetación y montaje de cubierta:
Elena Cardenal / Escritura más creativa
escrituramascreativa@gmail.com
IG: @elena_cardenal / @escritura_mas_creativa

Primera edición: octubre de 2022
www.amazon.es

A Isma Santana,
esta historia también es la tuya.

PRÓLOGO

La historia que estáis a punto de leer es mentira.

Es obvio que el virus que asoló el planeta no esconde detrás ningún tipo de «mano negra» y todo cuanto ocurrió fue consecuencia de un accidente en uno de tantos laboratorios de los Estados Unidos de América.

Las últimas cifras hablan de millones de muertos. Casi tres cuartas partes de la población ha sido víctima de lo que el presidente de la Asamblea General de las Naciones Unidas ha catalogado como la mayor catástrofe humanitaria de la historia.

Hasta el día de hoy, ninguna investigación ha logrado desvelar las incógnitas de cómo sucedió, pero lo cierto es que, antes de que diera tiempo a reaccionar, el planeta había sido devastado por un virus que convertía a todo ser humano infectado en una especie de desalmado carroñero con sed de sangre.

Actualmente, muchas son las versiones que tratan sobre el tema. Las habrá más fieles a la realidad, donde destacarán las intervenciones de los organismos de seguridad de los Estados miembros de las Naciones Unidas, y otros que optarán por versiones más inverosímiles como la que se cuenta a continuación.

Es evidente que la trama aquí escrita es obra de unas mentes perturbadas que han sido expuestas a situaciones de alto estrés, y que alteraron su percepción de la realidad. Sus conciencias desbordadas por el dolor, el miedo y la rabia, se plasman en las siguientes páginas.

Los tres malogrados protagonistas de este relato describen perfectamente lo que en sus enfermas cabezas fue una historia de supervivencia propia de una película de terror de serie B. Si bien es cierto que estos tres españoles, como tantos otros extranjeros, dejaron todo cuanto tenían para emigrar dispuestos a cumplir el sueño americano. Oficialmente, ninguno salió con vida del edificio donde vivían y mucho menos hay quien tenga la oportunidad de constatar los hechos que aquí se relatan.

Pese a todo, os invito a que leáis esta narración donde os encontraréis con unas delirantes versiones sobre el virus que desoló el mundo y supuso un antes y un después en la historia de la humanidad.

Pero recordad: la historia que estáis a punto de leer es mentira... O eso es lo que algunas personas pretenden haceros creer.

CAPÍTULO I: Decisiones.

Vendrell.

Volvíamos a matar el tiempo en el bar de siempre, aunque esa vez de forma diferente. Quizás estuviésemos los tres solos en el mundo, pero éramos suficientes.

Héctor, el chico más alto del grupo, miraba con curiosidad por una de las rendijas que dejaba la madera entre lámina y lámina. No parecía tener miedo, más bien se le notaba preocupado por lo que veía ahí fuera, ya que no se asemejaba ni de lejos a nada de lo que hubiese visto nunca. En la mesa que había frente a mí se sentaba Leonardo, un chico que siempre me pareció algo raro y quizás fue por ello por lo que me llevaba tan bien con él. Estaba pensativo. En ese momento, no supe si le reconcomía lo ocurrido o tan sólo ideaba qué podíamos hacer para salir de la situación en la que nos encontrábamos. Yo, sin embargo, empleaba mi tiempo en acariciar la hoja de la espada que me había agenciado esa tarde, al tiempo que daba sorbos a un vaso de *whiskey* de una botella de «Bulleit» al que ese día invitaba la casa. Había mucho en lo que pensar.

Se podría decir que rularía la cerveza gratis hasta que se acabasen las existencias, que tendríamos toda una licorería para emborracharnos a más no poder, que el *whiskey* haría mella en nuestro hígado, y que podríamos fumar dentro cualquier cosa sin que nadie nos dijese nada. Nada de policías, nada de dueños, nada de viejas gordas antipáticas hablando a gritos y quejándose de nosotros como si fuésemos la lacra de la sociedad. Nada de niños correteando por el bar, gritando y haciéndote derramar las copas. Nadie que nos molestase.

Pero no era tan bonito como pintaba. Hubiese preferido que la policía viniese a detenerme por estar fumando marihuana y bebiendo sin intención de pagar un solo dólar, o que el maldito Fred estuviese dando por culo sobre dónde no teníamos que poner los pies o preguntándonos «¿Vais a pedir otra sucia copa más o puedo dejar de escupir en vuestros vasos?». Hubiese preferido todo eso antes que seguir en la situación en la que estábamos. Realmente tuvimos suerte de que Fred estuviese mal de la cabeza y hubiese cerrado todo el local como si fuese una cárcel. Las ventanas estaban recubiertas de trozos de madera de la obra de la calle colindante. La puerta era de metal blindado, imposible de romper. Sería más fácil tirar las paredes que atravesarla. Las ventanas tenían rejas por fuera, no muy resistentes, pero servían para que no entrasen ladrones por ellas. Todo esto era debido a que Fred no confiaba en nadie. No tenía familia, no tenía pareja, no tenía amigos; sólo su bar y la casa que se situaba encima de éste. Alguna vez que otra decía que esta sociedad nos había vuelto subnormales, ya que parecía que vivíamos en prisiones por el miedo que nos teníamos los unos a los otros, y realmente era él, el que más miedo tenía a todos, porque siempre estuvo solo.

Nunca pensé que su desconfianza nos iba a ser tan útil en aquellos momentos. Gracias a ella estábamos prácticamente en un búnker con alcohol y algo de comida, al menos suficiente hasta decidir qué hacer, puesto que no podríamos quedarnos ahí mucho tiempo más. Debíamos salir a la calle e intentar encontrar a alguien aún cuerdo o algún sitio más seguro y con más recursos para poder sobrevivir.

Por lo que habíamos podido comprobar, lo que nos rodeaba en esos momentos era algo hostil. Nosotros teníamos la suerte de vivir en el quinto piso de ese edificio y haber podido llegar hasta el bar, aunque sufrimos bastante para hacerlo, ya que los que quedaban deambulando no se podían llamar personas normales. Eran una mezcla entre seres irracionales, animales y carroñeros. Por lo que había visto hasta el momento caminaban como minusválidos y se alimentaban de lo que antes eran seres humanos. Habíamos perdido al cuarto componente de nuestro grupo, Henry, un vecino que sólo pensaba en hacerse rico, aunque tuviese que vender a su madre para ello.

Henry vivía en la primera planta, frente a la casa de Fred, pero por no aislarse decidió subirse a casa y dormir en el sofá del salón. A la semana de estar encerrado con nosotros, a él se le ocurrió ir corriendo al piso que había frente al nuestro, donde vivía Rodd Sherval, un suertudo con mucha pasta. Henry buscaba sacar dinero de su caja fuerte, debido a su malsana obsesión por las riquezas. De repente Rodd salió del baño, pero completamente distinto a como lo recordaba. Andaba arrastrando sus piernas con paso irregular, emitiendo un hedor asfixiante y, su rostro, al que durante los últimos diez años había sometido a innumerables operaciones para mantener su atractivo, estaba descompuesto, con la mandíbula desencajada y un ligero tono amarillento. Tras atacar a nuestro compañero Henry, cogí una espada de acero forjado que Rodd tenía en un armario de cristal y no dudé en utilizarla contra el que, en vida, había sido su dueño.

¡Qué ganas tenía de hacer eso! Qué ganas tenía de dedicárselo a todos aquellos que necesitaban el dinero que él malgastaba en caprichos reprobables y en sodomizar a chicas jóvenes que lo necesitaban para seguir adelante. Dinero que derrochaba en muchas otras cosas del estilo, ajenas a mi conocimiento. Yo siempre había respetado la vida humana, pero antes de lo ocurrido, él ya no era humano y se lo merecía.

Sin embargo, el maldito Rodd había tenido tiempo para morder a Henry y, a pesar de intentar que dejase de sangrar mientras estaba en el sofá de casa, y nosotros pensábamos cómo socorrerle, fue convirtiéndose poco a poco en un monstruo parecido al ricachón de enfrente. Leonardo, la persona con la que mejor se llevaba del grupo, le hizo dejar de sufrir. Aún no nos había contado cómo fue, pero su actitud cambió después de matarlo.

Tras aquello, pensamos que lo mejor sería bajar hasta el bar donde al menos estaríamos más seguros y tendríamos comida y bebida mientras planeábamos cómo salir airosos de la situación en la que nos hallábamos. No sabíamos en qué se había convertido el mundo y qué haríamos a partir de entonces. Así que salimos de casa, descendimos por las escaleras del edificio apresuradamente y rompimos el cerrojo de la puerta de Fred. Su piso se encontraba justo encima del bar. Una vez dentro, abrimos la trampilla que comunicaba su salón con éste y decidimos quedarnos allí hasta encontrar una solución. Esta vez, la entrada en el bar fue algo diferente a la acostumbrada, y no vimos a los clientes que habitualmente encontrábamos en el local.

Héctor.

Seguía mirando ahí fuera, por la rendija que utilizábamos para observar lo que ocurría detrás de la ventana, intentando entender cómo había sido posible llegar a esa situación. Tan sólo unas semanas antes estábamos en ese mismo lugar, charlando sobre temas simples y rutinarios como solíamos hacer, tomando un trago de cerveza o incluso algo de *whiskey* que Fred nos servía con su antipatía natural. Como cada miércoles, quedábamos allí en la misma mesa. Nosotros tres y Henry. Pero ese día era diferente. No había nadie más en el bar, las luces estaban apagadas, excepto por unos candelabros colgados en la pared y unas velas a punto de consumirse, que nos servían para iluminar tímidamente el lugar durante la noche.

Mientras observaba por el agujero a la multitud de infelices deambulando por la calle, no podía creer lo que veía. Entre esa multitud estaba Fred, o lo que quedaba de él. Seguía teniendo el mismo aspecto desarreglado y esa mirada perdida, pero además en sus ojos se veía rabia, y de la comisura de sus labios se derramaba lo que parecía sangre. Probablemente sangre de una persona que ahora sería como él. Era inexplicable.

Decidí dejar de mirar a través de la rendija por ese día, y tomar asiento junto a Vendrell. Él seguía ingiriendo *whiskey* y fumando tabaco aliñado con sustancias que, hasta hacía poco, estaban prohibidas. Me ofreció el cigarro y la copa y, aunque en otra situación la hubiese rechazado, esa vez era distinta. Dada la situación actual, solo teníamos que preocuparnos por mantenernos con vida, y encerrados allí dentro, podía permitirme aceptar aquella bebida, así que agarré la copa y le di un trago mientras observaba a Leonardo, que seguía sentado en otra mesa mirando al suelo con la capucha de la sudadera puesta. Le pregunté a Vendrell en voz muy baja, tan baja que casi ni yo pude escucharla, cómo se encontraba nuestro amigo. Era una pregunta estúpida porque ya sabía la respuesta. Esa tarde, Henry había muerto. Nuestro vecino Rodd le había mordido y Leonardo tuvo que hacer lo que se debía en estos casos. Desde que llegamos al bar, tomó asiento en una esquina y no se inmutó en todo ese rato, salvo para coger algo de picar y un poco de agua.

Conforme acabé de preguntar por él, Leonardo se levantó, se dirigió a nosotros, y nos dijo que teníamos que salir de allí. Se sentía frustrado, enfadado y triste. Necesitaba moverse, escapar de esas cuatro paredes recubiertas de madera. No era seguro ni prudente salir del bar únicamente con una espada con la que defendernos de esos seres encolerizados que, solo con verte, ya se enfurecían e intentaban arrancarte las entrañas. Le tranquilizamos como pudimos y le convencimos de quedarnos porque teníamos suficientes provisiones para aguantar un par de días más.

En el exterior ya era completamente de noche, sólo se veían sombras deambulando. Apagamos todas las velas salvo una, que la usamos para ponerla en el centro de la mesa en la que nos encontrábamos hablando sobre qué haríamos al día siguiente. Tras una breve conversación, recapacitamos y llegamos a la conclusión de que Leonardo tenía parte de razón y debíamos subir al edificio para buscar más provisiones.

Leonardo.

«Aquel muchacho estaba sentenciado y lo único que hiciste fue evitar que su alma se pudriese».

Las palabras de Vendrell eran sinceras, pero no me calmaban. Henry y su maldita obsesión por el dinero:

—*Tíos, al mal tiempo, buena cara. En este mundo hay gente muy inteligente y la ciencia está muy avanzada. Vale que de momento no sepamos ni la causa ni la solución de este desmadre, pero, joder, aprovechémonos. Ahí fuera... escuchadme... ahí fuera, a veinte pasos de nosotros... ¡sólo son veinte putos pasos! ¿Qué nos va a pasar? Puede que haya un par de monstruos, o lo que Dios quiera que sean esas cosas, merodeando por el edificio... joder, ¡pero son lentísimos! Y a veinte pasos está la gloria. Conozco a ese tío, he estado en su casa, sé dónde tiene el dinero. Sólo hay que ir, reventar su caja fuerte y... ¿Sabéis lo que podemos hacer con ese dinero? Además, pronto se solucionará todo esto. Intervendrán, y todo habrá sido una pesadilla, pero una pesadilla de la que saldremos con unos cientos de fajos de billetes por cabeza. ¡Dios, es que no sé ni la cantidad de pasta que puede tener el vejestorio de Rodd!* [1]

---

[1] Conviene especificar que el idioma de los diálogos que tienen los personajes es el inglés, como bien debe entenderse, ya que residen en Estados Unidos. No obstante, los diálogos que los protagonistas tienen entre sí suelen ser en su lengua natal, esto es, el castellano.

En sus ojos notamos la codicia. La codicia que le llevó a la muerte. Henry... la avaricia acabó con él, y su muerte estaba acabando conmigo. Ni siquiera supe si aún respiraba, o su cuerpo desangrado había dejado de permitírselo. Ni si el primer golpe que le di con la espada que me había dejado Vendrell fue suficiente para hacerle descansar en paz, o si fueron los siguientes. Podría haberlo hecho él, pero era mi deber.

Después de eso, ahí estaba. Sentado, cabizbajo, sumergiéndome en un sin fin de preguntas sin respuesta. Aún me temblaban las piernas, aunque postrado en la silla lo disimulaba mejor. Mantuve absoluto silencio, ya que no quería que las únicas dos personas que me rodeaban se contagiasen de mi miedo. Miedo a la situación en la que nos hallábamos, o tal vez miedo a mí mismo.

Alcé la vista y me fijé en cómo Vendrell blandía su espada y la observaba a través de la triste luz que emanaba de uno de los candelabros que había colgado de la pared de aquella tasca con olor a cuadra, que para mí siempre había sido el bar de Fred. «Él también ha matado», pensé. Era cierto, cumplió con su deber, y estuvo a punto de evitar la muerte de nuestro ambicioso compañero, aunque, al contrario de mí, a él se le notaba tranquilo, satisfecho y disfrutando del momento. Y mi miedo creció... Es posible que tener a alguien con esa sangre fría aumentase mi seguridad, pero resultaba terrorífico imaginar que, quien en su tiempo disfrutaba conmigo de cosas totalmente inocentes, ahora matase sin pudor, por el puro placer de observar cómo fluye la sangre de las heridas de esos seres que nos estaban invadiendo. Porque esas cosas, fueran lo que fuesen, hacía días, o puede que horas, eran humanos. Y me horrorizaba el hecho de pensar que dentro de lo que se habían convertido, aún quedase algo de ellos, y a Vendrell le diese igual.

Lo decidí. No quería ver cómo perdíamos la cordura allí dentro. Salir a la calle y jugarnos la vida no me preocupaba más que lo que podría ocurrirnos de permanecer allí el resto del tiempo. Me acerqué a ellos y lancé mi mensaje con seguridad, pero Héctor no tardó en disuadirme.

—Pensemos con calma. Con lo que hay de comida podríamos aguantar un par de días aquí. Puede que aparezca alguien con un coche y nos lleven a alguna ciudad que sea segura —supuso con mucho tacto, intentando no alterarme. Sabía que, debido a mi estado, en cualquier momento podría reaccionar mal y empeorar las cosas.

Al caer la noche, mis amigos fueron apagando las velas de los candelabros y dejando sólo una en la mesa donde ellos estaban sentados. Aunque no querían salir del edificio, debatían si subir o no por la trampilla de madera que había en el techo y que comunicaba el piso de Fred con el bar. Más alejado y en casi completa oscuridad, estaba yo, sin terminar de unirme a la conversación y a la misma vez, no dejando de oír sus palabras. La idea de salir de ahí me atraía, pero arriba estaba el piso de Fred, y frente a él, con la puerta abierta y a través de la cual podríamos ver su salón... se encontraba la casa de Henry, nuestro compañero caído.

Mientras ellos conversaban y terminaban de decidir nuestro destino, me recosté como pude en esa incómoda silla y empecé a silbar una canción de Frank Sinatra.

Vendrell.

—Siendo realista, de los sitios que conozco de esta ciudad, creo que estamos en el más seguro. Pero con tan poca luz y tan poco espacio, sin poder salir por la puerta, ni poder investigar qué pasa ahí afuera, acabaremos volviéndonos locos. Para alimentarnos los próximos dos o tres días apenas tenemos unos botes de pepinillos y cacahuetes. Los nachos y demás porquería semejante nos la hemos zampado hace un rato. Al maldito Fred se le podría haber ocurrido la idea de tener también comida enlatada en este tugurio, o un bistec, ¡cómo entraría ahora un bistec con patatas! Pero bueno, ya es tarde para pensar en ello. Creo que deberíamos hacer caso a Leonardo. Tenemos que salir de aquí y revisar el edificio de abajo arriba hasta llegar a la azotea para ver cómo están las cosas fuera y, a raíz de eso, pensar un plan seguro.

—Tenéis razón —admitió Héctor.

—Pero lo haremos mañana. Son seis plantas hasta la azotea y qué mínimo que hacerlo con la luz del día, para que podamos ver todo con más claridad. Ahora debemos descansar como sea y cuando salga el sol empezaremos nuestra expedición. Propongo que vayamos casa por casa para que, si hay algún bicho sangriento, lo matemos y enviemos el alma de la persona que antes yacía en ese cuerpo al sitio al que pertenezca. Además, así podremos encontrar algún objeto o algo que nos sea útil, ¿qué te parece? No sé cuánto tiempo nos queda, pero hay que hacer todo esto bien para que se alargue lo máximo posible. Debemos cuidarnos unos a otros, ya que somos lo único que nos queda. Dudo que alguien vaya a venir a salvarnos. Nadie sabe que seguimos vivos, ni se van a parar a pensar en tres pringados que vivían en un edificio antiguo y bebían cerveza mientras reían y soñaban con una vida feliz —finalicé mientras observaba a Leonardo, inundado por la sombra y oscuridad que producía la vela en los lugares a los que su luz no alcanzaba.

—De acuerdo. Mañana, cuando se pueda ver, saldremos. Ahora intentemos descansar.

Héctor se levantó de la mesa y se fue a dormir. Las mesas pegadas a la pared tenían asientos acolchados, así que juntó dos de ellos y se tumbó. A mí con uno me hubiese bastado. Mientras tanto, yo me terminaba el vaso de *whiskey* observando la sombra de Leonardo, que había empezado a silbar «My Way». Lo notaba muy extraño, inmerso en sus pensamientos. Quizás estuviese perdiendo la cabeza y los remordimientos le reconcomían por dentro. Le di un último trago y me levanté. Tantos vasos de *whiskey* estaban afectándome ya que, cuando vine a darme cuenta, la botella estaba casi vacía y yo notaba una agradable sensación de tranquilidad.

Agarré la botella y me acerqué a Leonardo. La apoyé sobre su hombro y le dije:

—Sé lo que te ha pasado con Henry, pero ya no era él, era un bicho que no pensaba, que nos habría devorado si hubiese tenido ocasión, aunque por dinero también lo habría hecho antes —reí brevemente—. Hiciste lo correcto. No sabemos si existirá cura para esto, ni siquiera qué será de nosotros dentro de unas horas. Nuestra vida actualmente pende de un hilo y tenemos que hacer lo que esté en nuestra mano para salir adelante. Si él hubiese sabido que le iba a pasar esto, seguro que te hubiese dicho que prefería que fueses tú el que terminase con su sufrimiento. Lo sé porque, si en algún momento me mordiesen, me convirtiera en un bicho de esos, o empezase a perder la cabeza de manera que os pusiese en peligro, me gustaría que fueses tú el que acabara con mi vida. Ahora dale un trago a la botella, que no sabemos cuándo volveremos a beber una de estas, y descansa. Mañana nos espera un largo día.

Leonardo le dio un buen trago y acto seguido me miró. En sus ojos vi que algo le había llegado hondo. Me dio las buenas noches y yo le abracé antes de buscar un lugar donde dormir. Lamenté no haber bajado algún colchón que nos hubiera permitido descansar cómodamente.

Vi como Leonardo se levantaba y juntaba tres sillas acostándose sobre ellas. Lo escuché protestar por lo incómodo que iba a resultar dormir así. Tras eso, alcé la botella y comprobé que no le quedaba ni gota. Luché por saltar la barra, para buscar otra bebida de calidad, pero la fatiga y el mareo producido por la ingesta de alcohol y marihuana hizo que fracasara en el intento. Rendido, tumbado sobre la barra, cerré los ojos.

Aún pesaba en mi interior el recuerdo de aquella llamada. La llamada que cambió mi forma de ver el mundo, de respetarlo y apreciarlo, la llamada que me estaba transformando en aquella persona fría e impasible. Sin embargo, no permitiría que mis dos amigos supieran ese secreto. No sabrían aceptarlo, eran de mente débil. Sí, lo mejor era guardarlo conmigo. Hacía tres días que no conciliaba el sueño, pero esa noche, por incómoda que resultase la barra del bar, me dormí con una brevedad sorprendente. Tal vez fuese por los efectos del alcohol, o quizá, por la profunda sensación de paz producida al machacar a ese Rodd.

El despertar del día siguiente no es que fuese uno de los más agradables de mi vida. Fui el primero en hacerlo ya que, por alguna extraña razón, inconscientemente rodé sobre la barra. Cuando abrí los ojos estaba cayendo al suelo. Mi cuerpo fue como un tronco al caer en mitad del campo, aunque, por suerte, no me hice mucho daño. Héctor y Leonardo se despertaron repentinamente al oír el golpe y les dije que había sido yo. Rieron, me dijeron que era tonto por haber dormido sobre la barra y, viendo que el sol ya se colaba por los pequeños huecos de las ventanas, se levantaron.

Buscamos algo para desayunar y encontramos una bolsa con granos de café que tendríamos que moler, aunque decidimos que era mejor no hacerlo por el ruido que íbamos a producir y porque además la leche estaba caducada y no nos fiábamos.

Cogí varios granos de café y para probar el sabor me los eché a la boca. Estaban malísimos, así que tuve que conformarme con un puñado de cacahuetes.

—Héctor, tú mira por la ventana a ver qué situación tenemos y si hay alguna novedad. Vendrell, busca cosas por el bar que vayan a sernos de utilidad —dijo Leonardo algo reactivado.

Ambos le hicimos caso. Me acerqué detrás de la barra a ver si nos habíamos dejado algo de comida, bebida, o algún objeto que nos pudiese servir. En un cajón de la caja registradora encontré varios mecheros que me eché al bolsillo junto a cuchillos, tenedores y cucharas. Pensé que sería bueno que cada uno llevase un arma por insignificante que fuese por lo que cogí tres cuchillos, uno para cada uno, y los puse sobre la barra. También agarré el saco de granos de café y lo vacié, pues sería útil para transportar cosas. Era pequeño, pero para meter un par de botellas de agua y algo de comer nos vendría bien. Me hice con varias botellas de agua que había bajo el fregadero y las puse sobre la mesa. Les aconsejé que bebieran en ese momento para estar hidratados y así tener que transportar menos peso. Por último, busqué lo que más nutrientes nos pudiese aportar para seguir aguantando hasta que volviésemos a encontrar comida. No había mucho más, así que acabé cogiendo varios cacahuetes, una lata de pepinillos y varias latas de una bebida energética que encontré junto a los refrescos. Coloqué todo sobre la barra y lo fui metiendo en la bolsa, luego la cerré con una pinza de tender la ropa que Fred usaba para cerrar bolsas de patatas sin

25

terminar y salté al otro lado. Leonardo ya había abierto la trampilla y colocado las escaleras para poder subir. Héctor dijo que el cielo estaba despejado por lo que posiblemente pudiésemos aprovecharnos de unas diez horas de luz, tiempo suficiente para hacer todo lo que tuviésemos que hacer hasta llegar a la azotea. Bebimos agua y les di un cuchillo a cada uno. Tras mirar el mío y dudar de su utilidad, cogí mi espada y me la eché al hombro. Héctor cogió la bolsa y Leonardo fue recogiendo velas por si en algún momento nos quedábamos sin luz.

—Yo iré primero ya que llevo una espada y en caso de emergencia creo que será más efectiva. A continuación, subes tú Héctor, y Leonardo irá el último. Vamos de casa en casa, saltándonos la primera planta. No creo que saquemos mucho más que recuerdos de ella y no podemos venirnos abajo ahora. Subimos por las escaleras, entramos en cada piso y, si nos topamos con alguno de esos pobres diablos, los enviamos directos al infierno. Buscamos todo lo que pueda sernos útil y seguimos adelante. Vamos a intentar hacerlo tranquilamente ya que el tiempo está de nuestra parte y cualquier fallo puede costarnos la vida.

—Vale, pero si tenemos algún problema del que no podamos salir fácilmente retrocedemos hasta aquí. Recordad que, si vamos casa por casa, además de limpiar el edificio de bichos, lo importante es hacernos con objetos que puedan ser útiles. Cualquier arma, cualquier cosa de comer, bolsas para transportar, linternas, todo. Todo lo que nos pueda ayudar a seguir adelante nos viene bien —finalizó Leonardo.

Llevaba el cuchillo en una mano y la espada en la otra. La habitación estaba iluminada y todo en su sitio. El viejo Fred tenía una casa vieja pero confortable. Miré alrededor por si había alguna amenaza. La visita a la primera planta tenía que ser rápida para evitar caer en el recuerdo, así que fui rápido a la cocina, cogí dos latas de alubias que tenía en el armario y las eché en la bolsa. Busqué otra bolsa más grande y fácil de transportar, pero no hubo suerte. Leonardo encontró una linterna en la mesilla donde dormía Fred y la encendió. Funcionaba, así que dejó las velas en la mesa del salón pensando que no nos harían falta, pero Héctor cogió dos de ellas porque no sabíamos hasta cuándo nos durarían las pilas de la linterna.

Abrimos la puerta de la casa y tras salir, la atrancamos con un cartón para tratar de evitar que ningún bicho entrase por ella y pudiese colarse por el agujero hasta el bar, poniendo en peligro nuestra supervivencia. Una vez en el rellano, observé atentamente por si había algo raro. Todo en orden, al menos de momento. Evitamos entrar en la casa de Henry y anduvimos por el pasillo hasta las escaleras para subir.

Héctor blandía el cuchillo con la mano derecha y llevaba el saco en la izquierda. Leonardo, a su vez, miraba de vez en cuando hacia atrás vigilando la retaguardia. Comenzamos a subir las escaleras.

CAPÍTULO II: «Prado Verde».

Héctor.

Estaba tumbado en los asientos acolchados situados junto a la pared intentando descansar, mientras miraba el sucio techo del bar, que parecía que llevaba una eternidad sin limpiarse. Pero no podía, seguía dándole vueltas a la cabeza buscando una explicación a todo eso. Entonces me acordé de mis familiares y amigos más cercanos. Me preguntaba si seguirían vivos. Lo más probable es que no fuera así ya que, en la semana que llevábamos ocultos en el bar, no habíamos visto ningún rastro de vida racional, así que imaginé que ellos también habrían corrido la misma suerte. ¿Seríamos los últimos supervivientes en todo el mundo?, ¿Cómo era posible que yo, un simple muchacho de veinticinco años que intentaba ganarse la vida humildemente fuera el único superviviente junto a sus dos amigos? Levanté la cabeza y miré a mi alrededor. Leo estaba tumbado un par de metros a mi izquierda, aparentemente dormido en una fila de sillas y Vendrell también dormía, pero sobre la barra del bar. ¿Por qué? Con V no era necesario buscar un por qué: él era así. Noté que se estaba moviendo y supuse que serían movimientos involuntarios producidos por el sueño. Descansé la cabeza sobre el asiento y poco a poco se me fueron cerrando los ojos.

A la mañana siguiente, el sol brillaba con fuerza. En un día normal, el clima hubiese sido propicio para dar un paseo, hacer algo de deporte al aire libre con los colegas, o ir a tomar algo en alguna terraza de esas que estaban de moda en la ciudad. Pero eso ya no iba a ser posible, así que dejé de pensar en ello y me centré en lo importante. Teníamos que subir a la azotea y, una vez allí, ver bien los alrededores del edificio y pensar sobre qué podíamos hacer.

Ascendimos a la primera planta por la escalera de la trampilla que Fred tenía en su bar y desvalijamos su casa en busca de algo que nos sirviera de ayuda. V cargaba con la espada, yo con un cuchillo y la bolsa que éste me dio con el resto de las provisiones necesarias. Leo, por su parte, sólo llevaba un cuchillo. El mío no era un cuchillo largo que no parecía estar afilado del todo, pero para protegerse de lo que pudiera haber en el edificio era suficiente. Cuando terminamos de revisar la casa de Fred salimos al rellano de la primera planta. Era un edificio de dos pisos por planta, pero eso sí, tenía seis. Así que aún nos quedaban once viviendas. El piso de Henry estaba frente al de Fred, en la primera planta. Ni V ni yo habíamos estado nunca en esa casa, pero Leo sí. Siempre era Henry el que venía a la nuestra. De hecho, estaba más en nuestra casa que en la suya propia. Decidimos dejarla a un lado y no entrar, así que subimos por las escaleras.

En uno de los pisos de la segunda planta residía una señora, Katherine Webster o, como nosotros la llamábamos, Katie. Tendría unos setenta años y también vivía sola. Al intentar abrir la puerta de su casa, nos dimos cuenta de que ya lo estaba. Los tres nos miramos con cierta incredulidad y algo de miedo, o por lo menos yo lo sentí y creo que Leo también. V entró primero, sujetando la espada con ambas manos, por lo que pudiera pasar. Tras la puerta no había nada peligroso. El salón estaba decorado a lo clásico, como no podía ser de otra forma, con una gran lámpara en el centro y varios sillones de piel antiguos.

Como los tres llevábamos un arma, decidimos separarnos y Leo fue a la cocina, Vendrell a la habitación contigua al salón, y yo entré en la habitación principal. En ella había una gran cama en el centro, un armario de pared al fondo y dos mesitas, una a cada lado de la cama. No parecía que hubiera nada útil, pero algo llamó mi atención. Se trataba de una foto muy antigua, en blanco y negro. En ella se veía a una mujer y a un hombre, ambos jóvenes, de unos veinticinco años. Ella era atractiva, y llevaba un vestido muy elegante. El hombre iba con un traje militar, aunque no pude reconocer el rango. También era apuesto. Supuse que eran Katie y su marido, si bien no conocía al hombre de nada ni recordaba que la señora Katie fuera viuda. Podía ser que, al fin y al cabo, ella no estuviera tan sola. Tras de mí se oyeron pasos. Creí que se trataba de uno de mis compañeros que había terminado de revisar y le pregunté si había encontrado algo de valor, pero no contestó. Entonces me giré, y no era ninguno de mis amigos, era un hombre con muy mal aspecto. No lo conocía, ni tan siquiera me sonaba su cara.

—Siento haber entrado así, pensaba que la casa estaba vacía —comencé a explicar, aterrorizado—. Pensaba que todo el mundo se había ido ya que hace unos días que pasó la última caravana con supervivientes —el hombre no contestó, seguía ahí parado, emitiendo un sonido extraño. Una mezcla entre lamento y gruñido—. Así que decidí buscar cosas de utilidad por el edificio.

Me encontraba totalmente paralizado y mi primera reacción fue levantar ligeramente los brazos, como el niño al que sorprende la madre en plena trastada y que sabe que se ha metido en un lío. No le mencioné a mis compañeros, para evitar tensar más la situación, pero en esos momentos alguno de ellos debía estar en la habitación de al lado pues le escuchaba rebuscando entre los armarios. No se me ocurría la manera de intentar comunicarme con él.

El hombre seguía sin contestar, cada vez gruñía más fuerte y yo sentía más pánico. Le pregunté si se encontraba bien, pero una vez más no respondió. Me acerqué un poco a él y en ese momento se abalanzó sobre mí. Al contemplar su rostro de cerca, y ver la sangre que le emanaba de varias zonas de su cuerpo, comprendí por qué no había articulado palabra. Intentó morderme con todas sus fuerzas. Me lo quité de encima de una patada, pero no desistía, se abalanzó otra vez hacia mí y forcejeamos.

Pensaba que era el fin, que iba a acabar conmigo ahí mismo, pero de repente V apareció y con la espada rajó a esa cosa a la altura del pecho. Sin embargo, el zombi no dejó de moverse, al contrario, seguía intentando morderme. Entonces V gritó:

—¡Aparta la cabeza!

No sabía bien a qué se refería, pero instintivamente hice lo que ordenó, y cerré los ojos. Lo siguiente que vi al abrirlos fue a esa criatura tirada a los pies de la cama con la cabeza atravesada. Ya no se movía.

—Muchas gracias, tío —le dije resoplando.

—¿Estás bien? Qué susto te habrás llevado —contestó.

Leo, sorprendido, miraba desde la puerta lo que acababa de ocurrir. Yo estaba aterrorizado, incluso tenía los ojos llorosos del miedo.

—Vámonos. Todavía queda trabajo por hacer —finalizó V impasible.

Intentaba recuperarme de esa terrible experiencia, sorprendido al ver cómo mi amigo acababa con uno de aquellos seres sin prácticamente inmutarse, pero gracias a lo cual tenía otra oportunidad de contar lo ocurrido. Estuve a punto de morir y, aunque sabía de la gravedad de la situación, no fui consciente del peligro que suponían aquellos seres hasta ese preciso instante.

Salimos de aquella casa y fuimos a la siguiente planta. Entramos en uno de los pisos, allí no había nada útil, salvo un par de botellas de agua, un poco de pan duro y unas latas de refresco. Tampoco encontramos nada en las siguientes dos plantas. Entonces, llegamos a la nuestra. Sabíamos que no había nada dentro, porque ya habíamos cogido todo lo importante de nuestro piso y también del de Rodd, pero Leo se quedó parado en la puerta.

—Vamos, aquí no hay nada, deja de compadecerte y concéntrate, aún nos queda una planta más —le propuso V.

—Quiero verlo por última vez —contestó éste.

Entró en la casa y llegó al salón. En uno de los sofás estaba el cuerpo de Henry. Su cadáver empezaba a oler a podrido y su cabeza estaba en el suelo, junto a sus pies. Además, tenía heridas por todo el cuerpo. Una de ellas incluso le atravesaba el torso entero, dejando ver el respaldo del sofá tras de sí. El olor era nauseabundo. Daba mucho asco, tanto, que no pude evitar vomitar allí mismo.

Leo lo miró durante unos segundos. Tenía la cara roja, no sé si por la tristeza o la rabia que sintió al tener que hacer lo que hizo. Se le saltaron las lágrimas. Acto seguido, se sentó en el suelo junto al cadáver, como si no fuese capaz de sentir ese olor que te revolvía las tripas, y se quedó en silencio, pensativo.

Leonardo.

No tenía que haber aceptado la botella que Vendrell, o V, tal y como le apodábamos, me ofreció. Al día siguiente amanecí con una resaca descomunal mientras que él estaba como nuevo, salvo por el golpetazo que se había dado al caer de la barra.

«Menudos gilipollas estamos hechos», pensé cuando lo vi intentando levantarse dolorido del suelo. El plan que teníamos pensado era subir poco a poco hasta llegar a la azotea. Una vez allí haríamos recuento de los víveres conseguidos y decidiríamos si saltar de edificio en edificio, e ir entrando en ellos para sobrevivir con lo que fuésemos descubriendo. Sería una vida nómada y agotadora. La otra idea era volver a bajar al bar y llevar todas las provisiones que encontrásemos para que fuese nuestra morada, pero llegaría el día en el que todo nuestro entorno dejase de proporcionarnos medios para subsistir y llegar más lejos supondría no tener suficiente tiempo para regresar al bar antes de que cayese la noche. Estábamos bastante indecisos, pero si algo estaba claro, era que tarde o temprano tendríamos que salir de allí.

Subimos al piso de Fred y evitamos perder tiempo con pensamientos nostálgicos. Con un par de cuchillos oxidados y el de Héctor, al que casi ni se le podía llamar cuchillo, emprendimos la marcha hacia el rellano y de ahí a la segunda planta evitando pasar por la casa de Henry. Di por hecho que lo hicieron por mí.

Llegamos a casa de la gruñona Katie y nos repartimos las habitaciones. V y yo nos dirigimos al fondo, él a una habitación contigua al salón y yo justo al lado, en la cocina. Héctor se quedó en la primera habitación que había. La habitación de Katie.

—Puta vieja, espero que se hayan hecho un buen traje con sus vísceras —se escuchaba a V decir desde su posición.

Todo vacío. La maldita vieja, que nos llamaba vagos y nos acusaba de llevar a Héctor por los caminos del mal, había hecho las maletas y escapado a tiempo. Registré cajones en busca de utensilios de cocina, pero lo único que había eran trapos que decidí no coger porque no quería cargar el saco de cosas innecesarias. Al lado de la cocina había una especie de despensa e intenté encender la luz, pero me di cuenta, al notar que algo crujía bajos mis pies, que la bombilla se había estampado contra el suelo. Encendí mi linterna. Menudo fiasco. Habían utilizado la despensa para meter todo tipo de documentos. Declaración de la renta, álbumes de fotos, facturas... No tenía ni tiempo ni ganas de ver en qué invertía su pensión la señora Katie. Sin embargo, hubo algo que me llamó la atención. En una caja fuerte abierta, donde supuse que Katie guardaba sus ahorros, hallé un viejo cuaderno.

«Laboratorio de pruebas de Coldbrigde.
Profesor Gilbert Webster».

—Katie, Katie, Katie. Así que este era tu secreto. Un marido científico —murmuré.

Pensé que Gilbert también podría ser su hijo o algún otro familiar, pero me pareció más interesante fantasear sobre la señora Katie y su relación sentimental oculta. Abrí el cuaderno para echar un vistazo y ver si había algún dato que pudiera acompañar a mi teoría. Sin embargo, lo que encontré fue un nombre que reconocí al instante: Margaret Wallace.

En ese momento vi a V pasar corriendo por la puerta y volví a la realidad: había jaleo en el dormitorio de Katie. Arranqué un par de hojas del cuaderno y me las guardé en el bolsillo. Seguí los pasos de V y hallé a Héctor en la cama. En el suelo yacían los restos de un hombre cuya cara estaba desfigurada. A diferencia de V, no me preocupé mucho por el estado de Héctor, ni me paré a pensar qué había ocurrido. La cara de ese espectro estaba atravesada por la espada de Vendrell, por lo que deduje que Héctor no había sido capaz de defenderse. Inmerso de nuevo en mis pensamientos y habiendo puesto en marcha mi mente, tan sólo pregunté por cortesía a mi compañero por su estado. Por suerte, no se enrolló y fue muy escueto. Decidí que hablaría con él. Sí, lo haría, pero más tarde.

Nos pusimos en marcha de nuevo, avanzando casa por casa en busca de más alimentos y armas. Mi mente seguía pensando en Katie y fueron varias las veces que mis amigos me llamaron la atención. Volví a pensar en esa vieja, y en su marido, y reconstruí un poco los hechos:

Cuando todo empezó a complicarse Katie, al igual que muchos de nuestros vecinos, hizo las maletas con la ayuda de algunos de estos, ya que todos se habían unido para salir de allí, a excepción nuestra y de Fred, Rodd y Sarah, la chica que vivía en el sexto y con la que, tanto Héctor como V habían tenido cierto episodio amoroso. Fueron varios los camiones y las caravanas que aguardaban aquel día en la puerta del edificio. Recordé que ya entonces se veían por las calles algunos monstruos, aunque aquella pandemia, epidemia, o lo que fuese, todavía no había creado el caos que semanas después invadiría nuestra pequeña ciudad.

Supuse que lo que había sucedido después fue que Gilbert Webster habría venido del laboratorio donde trabajaba y, conocedor de la situación, habría decidido regresar a casa a por su mujer, pero no la encontraría. Si era él aquel zombi, ¿cómo se convirtió? Esas cosas no nos las preguntábamos puesto que no sabíamos cómo había surgido todo esto y muchas eran las incógnitas que se le escapaban a nuestras ignorantes mentes. El caso es que Gilbert escondería el cuaderno en la zona más segura de la casa...

—Joder —maldije en voz baja.

Eran todo conjeturas, y me estaba inventando una historia totalmente sacada de la manga.

—¡Espabila ostia! —escuché a Vendrell increparme.

Estaba en el quinto piso, en la puerta de nuestra casa. Habíamos avanzado en nuestra búsqueda y casi no me había dado cuenta. Tras comentarlo con ellos, les convencí para entrar... quería verle por última vez.

El olor a podrido emanaba de una de las habitaciones de casa, concretamente del salón, donde habíamos llevado el cuerpo maltrecho de Henry. Avanzamos hacia él y escuché arcadas y vómitos a mi espalda. Héctor no pudo contener las náuseas. Entonces lo vi. Lo vi y, cuando quise darme cuenta, había roto a llorar:

Henry sangraba mucho, y tenía que hacerlo. Pronto dejaría de ser él. Pronto sería una amenaza. Tal vez lo había sido antes al arriesgar nuestras vidas por el sucio dinero. Vendrell me dejó su espada y yo les pedí que abandonasen el salón. Y allí lo hice. El primer golpe fue débil y no logró atravesarle la cara, pero la rabia se apoderó de mí y los siguientes golpes le atravesaron la cara y distintas zonas del cuerpo haciendo que la sangre me salpicara.

—*i¿Estás contento?! ¡Mira lo que has conseguido!* —le recriminé tras parar de golpearle.

Héctor posó su mano en mi hombro y me hizo volver al presente.

—Se lo merecía —dije dirigiéndome al cadáver—. ¿Me oyes? ¡La puta avaricia acabó contigo! ¡Hice todo lo que pude y no voy a lamentarme más por ello! —suspiré y seguí—. ¡Disfruta de tu dinero allí donde estés!

Acto seguido, saqué de su bolsillo un fajo de billetes, los lancé y se esparcieron sobre su cuerpo ensangrentado.

Volvió el silencio. «*Debemos continuar*», me dije. Y decidí ser el primero en abandonar lo que había sido nuestra casa durante varios años.

Vendrell.

Mientras Héctor y yo mirábamos atónitos el cuerpo sin vida de Henry, Leonardo salió de la habitación. Opté por no detenerme a pensar sobre lo ocurrido. Debíamos seguir adelante.

Antes de salir del piso, me acerqué a nuestra cocina y miré en los armarios en busca de algo que comer. Desgraciadamente, en las semanas previas que estuvimos en casa, no tuvimos mucho cuidado con el racionamiento y en el armario sólo quedaban un paquete de pasta y otro de arroz. Cogí ambos y llamé a Héctor para meterlos en el saco. Recordé que en el armario de mi habitación tenía una tienda de campaña, un saco de dormir y utensilios varios para un camping, así que fui a ella corriendo. Le dije a Héctor que se ocupase de Leonardo para que, en su paranoia mental, no se perdiese o nos metiera en un lío. Al abrir el armario encontré todo tal y como lo había dejado. Me gustaba mucho viajar e ir de acampada, por eso tenía todo lo necesario: brújulas, una tienda de campaña, un saco de dormir, varias mochilas, linternas, una radio y una cajita con semillas que recogía del campo, que ni siquiera sabía de qué eran, pero ahí estaban. Quizás en algún momento me sirviesen para algo. Pensé que volveríamos a pasar por el piso y tan sólo cogí un camping gas. Al menos le quedaba gas para poder comer por última vez algo caliente. Después volví a la cocina y cogí una pequeña olla.

Miré por la ventana y deduje, por la posición del sol, que debía de ser mediodía más o menos. Pero como nunca supe exactamente qué hora era según la posición del sol, me dejé guiar por el ruido que hacían mis tripas para confirmarlo. Prácticamente habíamos cumplido nuestro propósito para el día y aún nos quedaban bastantes horas de luz, así que salí por la puerta con el camping gas en una mano y la olla en la otra.

—¡Eh! ¿Os apetece comer algo? —dije con un tono más alegre de lo esperado.

Leonardo, que estaba apoyado en la pared descansando un poco mientras le seguía dando vueltas al asunto, me miró y dijo que no tenía mucha hambre. Héctor, que acababa de vaciar su estómago al vomitar, me sorprendió diciendo que él estaba deseando comer. Así que propuse entrar en casa de Rodd, que tenía un salón bastante confortable, típico de hombres ricos que malgastan en comprar cualquier cosa moderna por inútil que sea. Allí podríamos comer las dos latas de alubias en sus platos de porcelana y después descansar un poco antes de registrar la sexta y última planta.

Así lo hicimos. La cabeza de Rodd estaba tirada en la entrada y, para evitar verla, cerramos las puertas que comunicaban el salón con el pasillo y nos sentamos en sus sofás de terciopelo. Puse a hervir el agua con el camping gas y la pequeña olla que había traído de nuestra casa. Mientras tanto, Leo miraba con curiosidad la decoración del viejo Rodd, sentado junto a Héctor, que sacó ambas latas de alubias y las puso sobre la mesa de madera. Por un momento, pensé en lo bien que hubiese ardido esa mesa para resguardar del frío a varios pobres vagabundos de nuestro barrio que no tenían con qué superar el invierno.

Le pedí a Héctor que se levantase y fuera a la cocina a por un abrelatas, tres cucharas y tres platos y aproveché el momento para acercar posturas con Leo.

—No sabemos cuánto nos queda de vida a nosotros. ¿Piensas estar así mucho rato? Para eso tírate por la puta ventana y acaba con tu sufrimiento.

Esbozó media sonrisa y me aseguró estar mejor desde que se había desahogado, así que le creí. En ese momento, apareció Héctor con tres platos hondos muy elegantes apilados uno sobre otro y sobre el último tres cucharas. Rodd tenía una amplia cubertería por lo que recambiamos nuestros viejos cuchillos por otros nuevos más grandes, y añadimos otros tres al saco que transportábamos. Para nuestra sorpresa, Héctor alzó al aire una botella de vino que había encontrado. El valor de esa botella rondaría nuestros ingresos de varios meses.

La abrimos y bebimos. No había probado un vino tan bueno en mi vida, y por lo que vi, ellos tampoco, ya que sus caras reflejaban satisfacción. Las alubias estaban sabrosas, era la primera comida caliente que comíamos en días y se agradeció. Leo, que había manifestado no tener hambre, se comió su plato y Héctor también lo consumió con ansia.

—¡Cómo te gusta comer, cabrón! —bromeé.

Él me respondió con la boca llena:

—Este cuerpo no se mantiene solo.

Leo y yo nos empezamos a reír a carcajadas y él, contagiado por nuestra risa, casi se atragantó. Estábamos empezando a perder la cabeza y no sabía muy bien si era por ese vino o porque nos habíamos dado cuenta de que podríamos estar viviendo las últimas horas de nuestra vida, pero lo que estaba claro era que, por primera vez desde que comenzara todo, estábamos empezando a divertirnos y a estar relajados.

Terminamos de comer, saciados. Como tenía el estómago pesado, propuse descansar un poco antes de seguir nuestro camino hacia la azotea. Pero tan sólo unos minutos después Héctor y Leo se incorporaron y comenzaron a estirarse. Miraron a través de las ventanas y vieron que el sol seguía iluminando con fuerza.

—Continuemos —dijo Héctor—. Nos queda una planta para terminar.

Al llegar a la última planta, decidimos entrar primero en la casa de un vecino que era cazador y con el que Héctor tenía bastante relación. Esperábamos tener suerte y encontrar algún arma de fuego, pero al revisarla lo único que hallamos de utilidad fueron varios cartuchos, una vara de madera y varias gorras y sombreros. Lo dejamos todo en la puerta para tenerlo más a mano por si queríamos quedarnos algo tras pensar lo que íbamos a hacer en la azotea.

La siguiente y última vivienda que nos tocaba visitar era la de Sarah.

Era una chica sociable y simpática a la que conocí al llegar al edificio. Solíamos hablar al vernos por las escaleras, en el portal, y de vez en cuando en el bar. Físicamente no me parecía muy atractiva, pero había algo en ella que me llamaba la atención, al menos al principio. Estuve con ella varios meses en secreto. No lo sabían ni Leo, ni Héctor, ya que no quería que sus burlas llegasen a interferir en lo que podría ser una bonita relación. Normalmente, salía a tirar la basura y tardaba en volver una hora o incluso dos. Subía a su piso, nos veíamos, nos acostábamos y, tras charlar un rato, volvía a casa. Todo era bonito, al menos para mí, pero un día todo cambió y descubrí la clase de persona que era:

Esa tarde, cuando volvía de trabajar, entré en casa y me encontré a Leo frente al televisor viendo un partido de fútbol. Al oírme llegar, éste se dio la vuelta y me hizo señas para que fuese junto a él. Su sonrisa, de oreja a oreja, siempre aparecía cuando tenía alguna novedad que contar. Cuando me acerqué a él me dijo:

—¿Sabes dónde está Héctor?

Negué, sonriente.

—En su habitación —prosiguió sin evitar que se le escapase una carcajada.

—¡Ah! En su habitación. Qué divertido —bromeé.

—Lo importante no es dónde, si no con quién. Está recibiendo clases de anatomía de la vecina —dijo al mismo tiempo que señalaba el piso de arriba con el dedo índice.

Noté como mi corazón comenzaba a latir rápidamente. Empecé a temblar. No sabía si estaba furioso o triste, pero si algo sabía, era que me había jodido profundamente. Me sentí engañado, aunque estaba seguro de que si Héctor hubiese sabido que yo tenía algo con esa chica no se hubiese acostado con ella.

En ese momento me arrepentí de no haberles contado nada por vergüenza. Quizá merecía lo que había ocurrido.

Leonardo, que estaría contemplando mi cara de bobalicón, no tardó en preguntar por qué no me hacía gracia lo que me había contado.

—Lo siento tío, es que vengo de trabajar, estoy cansado y no sé, ahora no me encuentro muy bien. Me voy a mi cuarto.

Al día siguiente les conté todo sobre mi relación con Sarah. Héctor me dijo que lo sentía, que de haber sabido que estaba con ella no hubiese hecho nada y que no volvería a hacerlo. Después, Leonardo estuvo un rato burlándose y metiéndose conmigo, aunque eso me daba igual. Comprendí que había hecho el ridículo y que, para mi desgracia, sin darme cuenta me había enamorado de la chica equivocada.

A las dos semanas nos volvimos a ver y me dijo que fuera a su casa, que tenía ganas de un poco de marcha. Me quedé mirándola fijamente a los ojos y entendí que nunca sintió nada por mí, para ella había sido un simple juguete con el que se divirtió a su antojo. Aunque en ese momento deseaba abrazarla, tiré de orgullo todo lo que pude y me fui antes de que consiguiera verme llorar. Durante varios días estuve diciéndome que si Sarah volvía con una buena excusa la podría perdonar. Al cabo del tiempo, me bastaba con cualquier excusa. Incluso llegó a darme igual que no la tuviera. Pero tras ese encuentro, debió darse cuenta de lo que ocurría porque no volví a saber mucho más sobre ella...

Hasta ese día.

Entre los tres forzamos la puerta. La casa estaba bien iluminada y nada más entrar presagié que no sacaríamos nada bueno de allí. Olía a podrido y había sangre por las paredes. Supuse que a Sarah le había pasado lo peor. Entré el primero con la espada sujeta con ambas manos por si tenía que utilizarla. Héctor me siguió con el cuchillo en una mano y la otra tapando su nariz para evitar vomitar de nuevo, esa vez por culpa del olor nauseabundo instalado allí. Leo entró el último de la misma manera que lo había hecho Héctor. Les dije en voz baja que fuesen juntos hacia las ventanas y las abriesen para airear eso un poco, al menos mientras estuviésemos ahí. Mientras tanto, yo seguiría el rastro de la sangre para ver qué había pasado. Fueron directos a los ventanales del salón, mirando cuidadosamente hacia todos lados por si aparecía algo que pudiese atacarles. A mí el rastro me llevó a la habitación de Sarah. En la puerta me topé con unos zapatos, era calzado de hombre. La puerta estaba entornada y la abrí despacio. Me entraron ganas de vomitar todo lo que acababa de comer ya que ahí estaba el foco del olor nauseabundo. Salvo por la luz que entraba del pasillo, la habitación estaba completamente oscura. Acerté a ver, sobre la cama, los restos de un cuerpo ensangrentado y medio devorado. Pensé que se trataría de algún invitado de esa furcia al que le habían comido más de lo que esperaba. Intenté contemplar el resto de la habitación, pero algunas zonas estaban tan oscuras que no conseguí distinguir nada. Me acerqué a la ventana y, mientras subía la persiana, escuché a mis espaldas una especie de resoplido que se hacía cada vez más fuerte. Entonces deduje que, si había una presa, alta sería la probabilidad de que hubiera un cazador. Debía estar al acecho pegado a la pared, detrás de la puerta o en alguna de las esquinas que mi vista no había alcanzado a ver debido a la oscuridad. Noté como se acercaba por lo que me giré rápidamente y vi su rostro endemoniado. Antes de que se abalanzase sobre mí, agarré el mango de mi espada con las dos manos y la clavé en el pecho del monstruo, llegando a atravesarlo. Mientras veía como esa cosa en la que se había convertido Sarah intentaba agarrarme con sus manos frías y rugosas, fui subiendo la hoja de mi espada por el pecho y desgarrando la carne hasta chocar con un hueso. Al ver esto comencé a tener una agradable sensación que me estaba poniendo a cien. Finalmente dividí su cabeza en dos y cayó de espaldas al suelo. Estuve un rato mirando ese cuerpo partido en dos, hasta que Héctor y Leo hicieron acto de presencia.

—Reconocedlo, antes era más guapa —sonreí.

—No sé qué decirte. La prefiero ahora que no se le diferencia bien la cara —contestó Leo que, poco a poco, volvía a recuperar su humor ácido.

Héctor no comentó nada, pero noté que hablar así de Sarah no le hacía mucha gracia.

Limpié mi espada manchada de sangre sobre el edredón de la cama y salí acompañado de mis amigos. Tenía una sensación extraña, agridulce. Algo me decía que no era normal que lo que acababa de ocurrir me produjese satisfacción.

Abandonamos la casa de Sarah y nos dirigimos a la azotea. Sólo había que subir unos escalones más para llegar a ésta y conforme los subíamos escuché unos ruidos procedentes de abajo. Avisé a mis compañeros y, aunque ellos no escuchaban nada, aceleramos el paso. Puede que tuviesen razón y solo fuese fruto de mi imaginación, pero estaba convencido de que esos ruidos eran de gente llorando. Sí, debía tratarse de los llantos de las almas de nuestros vecinos. Seguían habitando el edificio Prado Verde.

Héctor.

Por fin habíamos conseguido llegar a la azotea y, como era de esperar, allí no había nada de valor.

Al entrar, agarré a V del brazo y le pregunté qué tal se encontraba.

—Si hubiera sabido lo vuestro no hubiera hecho nada con ella. Lo sabes, ¿verdad? —pregunté.

—No te preocupes tío, sé que no fue tu culpa. Además, como habrás comprobado, ya es agua pasada —contestó él con demasiada tranquilidad.

Por un lado, me sentí aliviado al saber que, para mi amigo, todo aquello estaba superado. Pero por otro, lamenté no tener a nadie con el que compartir la sensación que había tenido al ver a Sarah por última vez, o más bien, en lo que se había convertido.

Lo mío con Sarah había sido una relación breve, pero intensa y aunque estaba más que superada, en su momento llegó a ser importante para mí, por lo que me había chocado bastante tener que ver convertida en monstruo a una persona que había significado tanto en un capítulo de mi vida.

No quise seguir pensando en aquello así que, tras darle una palmada a Vendrell en la espalda, nos acercamos a Leo que estaba asomado a la barandilla del terrado, observando los alrededores del edificio.

—Ten cuidado, a ver si vamos a tener que recogerte de entre la mierda de ahí abajo —espeté.

—Está todo bajo control —aseguró él.

Los tres nos pusimos a observar a esa «gente» que caminaba sin rumbo a la espera de encontrar un poco de carne fresca que poder devorar. Eran muchos, demasiados para salir del edificio a pie. «Puede que con un vehículo...», pensé detenidamente.

Estuvimos un rato sin decir nada mientras observábamos las calles contiguas a nuestro edificio, esperando a que alguno aportara ideas sobre qué hacer. Sólo el ruido de las tripas producidas por la ingesta de alubias rompía el silencio. Esas alubias estaban destrozando mi intestino por dentro, notaba como rugían en lo que parecían lamentos por deshacerse de toda esa cantidad de comida. Leo y V me miraron extrañados.

—¿Te encuentras bien tío? —preguntó el primero.

—Sí, son esas habichuelas que me están matando —indiqué con una ligera sonrisa.

—Si es que comes como los cerdos cabrón. Normal que vayas a explotar —añadió V entre carcajadas.

49

Debatimos sobre las posibilidades que teníamos. Podíamos mantenernos en el bar, que parecía inexpugnable tal y como estaba, hasta que se nos acabaran las provisiones, que sería en pocos días. También podíamos salir de allí, entrar en algún supermercado de las cercanías y volver al bar, o no volver y dejarnos llevar por la aventura, sin saber qué nos podríamos encontrar. Leo añadió la posibilidad de alcanzar la azotea del edificio de al lado, y seguir buscando allí cosas de utilidad. Era una opción que, en mi opinión, resultaba poco factible ya que eran varios metros los que separaban un edificio de otro y no teníamos nada con lo que poder saltar.

—Creo que deberíamos buscar algún vehículo en condiciones, llegar al supermercado de allí, y volver al bar. Todavía podemos encontrar suficientes cosas para aguantar unas semanas —señalé.

V parecía estar de acuerdo con la idea, pero Leo seguía empeñado en saltar al edificio de al lado. Señaló una tira de cuerda para tender que había en una esquina de la misma azotea.

—Imposible tío, no creo que esta mierda de cuerda aguante tu peso y mucho menos el de Héctor o el mío —indicó V.

Ninguno de los dos estábamos muy gordos, pero yo pasaba los dos metros y V, aunque no llegaba al metro ochenta, estaba un poco orondo. Así que descartamos la idea.

Continuamos observando los alrededores y parecía que llegar al supermercado, vaciar las estanterías y volver al bar era lo más adecuado. Entonces propuse algo:

—¿Y si, además de ir al supermercado, nos pasamos por la armería y nos hacemos con unas pistolas y escopetas? A lo mejor todavía queda alguna.

De los tres sólo yo había disparado un arma, ya que a veces acompañaba a Sam, nuestro vecino cazador, a una de sus cacerías por el campo. Y pese haberlo hecho alguna vez, no se podía decir que era un experto, y mucho menos para disparar contra aquellos seres.

—Es peligroso. Por un descuido, podríamos acabar matándonos nosotros antes de que nos muerda algún bicho de esos —contestó Leo.

—Bueno, yo sé algo, y os lo podría enseñar a vosotros. Cómo coger el arma, cómo mantenerla con el seguro. Ya sabes, lo básico —les expliqué—. Además, si tenemos un arma de largo alcance podemos subir aquí y practicar con los bichos que hay en la calle, que yo tengo que superar ese miedo.

V, al que parecía gustarle la idea, añadió que el problema era cómo llegar hasta allí, porque no teníamos coche.

—Sí, ese es el principal escollo del plan —afirmé algo decepcionado.

A Leo se le iluminó el rostro y se levantó. Dijo que volvía enseguida, y salió por la puerta bajando las escaleras a toda mecha.

—Qué le pasa, ¿se ha vuelto loco? —dijo V mientras lo escuchaba bajar— ¡Ten cuidado! —añadió.

—A lo mejor necesita ir al baño, la verdad es que tus alubias han sido mortales —le contesté.

No tardó en volver con las llaves de un coche.

—¿Os acordáis del todoterreno de Rodd?

—El coche de Rodd, ¿cómo no nos hemos podido acordar antes? —le dije mientras reía.

—Por fin el cabrón nos será de utilidad —finalizó V.

Con la decisión tomada, nos levantamos y nos pusimos en marcha comenzando por bajar las escaleras. Me paré en nuestra planta, no para entrar en nuestro piso, ahí ya no había nada que necesitáramos, sino en el de Rodd. Le dije a Leo y V que tenía que hacer algo importante. Casi corriendo, atravesé el pasillo principal. En el suelo estaba el cuerpo de Rodd y la cabeza a su lado. Me pregunté si estaba acostumbrándome al olor de los cadáveres en descomposición, o simplemente mi delicada situación hacía que aquella peste pasara a un segundo plano, pero esa vez, no me dio ninguna arcada. Salté su cuerpo y me dirigí a su cuarto de baño, cerré la puerta, me bajé los pantalones, me senté en el váter y acabé con esa tortura que me estaba matando por dentro. Tardé varios minutos, puede que me entretuviera demasiado, pero lo necesitaba. Quizás por eso desde el otro lado, V preguntaba si me encontraba bien. Salí a la puerta.

—Ahora de lujo, estaba mostrando mi agradecimiento a nuestro vecino, el señor Sherval, por dejarnos el coche —ironicé.

—¡Joder, qué asco tío! ¡Cierra ahí, que eso huele peor que el muerto! —exclamó Leo señalando la puerta.

Bajamos piso por piso, comprobando que no se nos olvidara nada. Una vez en la primera planta, nos dirigimos hacia la puerta que llevaba al garaje, justo al lado de lo que antes era un ascensor. La abrimos y como apenas se veía, encendimos nuestra linterna. El coche de Rodd estaba justo frente a la puerta, pero no estábamos solos. Un par de seres, que por lo que se ve se habían quedado encerrados allí, merodeaban entre la oscuridad, y al ver la luz proveniente de la linterna se dirigieron hacia nosotros. Por suerte, V estuvo rápido, desenvainó la espada y con ambas manos atravesó la cabeza de uno primero, y arrancó la del otro después. Leo y yo nos miramos atónitos. A V no le asustaba el hecho de tener que acabar con la vida de alguien, aunque fuera la de un bicho que intentaba comernos. Sin embargo, yo sentí miedo. Aún no estaba preparado para esa nueva vida.

Nos montamos en el coche, Leo se situó en el asiento delantero. A pesar de estar plenamente capacitado para hacerlo, nunca había conducido ese vehículo, por lo que al principio le costó adaptarse. Encendió el motor, éste empezó a rugir, y el vehículo comenzó a moverse. Marchó hacia la puerta de salida. Bajé del coche y subí la persiana de metal del garaje. Un bicho de esos estaba cerca de la salida, así que Vendrell hizo lo mismo, y mientras Leo sacaba el coche del garaje se acercó y acabó con él de manera similar que con los anteriores. Mientras tanto, volví a bajar la persiana del garaje para evitar encontrarnos con una sorpresa desagradable a nuestro regreso.

—Mirad —señaló Leo mientras volvíamos a subir al todoterreno.

El zombi en el que se había convertido Fred se acercaba lentamente hacia nosotros. Se hizo el silencio dentro del coche durante unos segundos de meditación. Leo y yo aún tratábamos de asimilar lo que estábamos viendo. Pero V, que parecía tenerlo todo más claro, preguntó:

—¿Acabo con él?

—Tal vez en otro momento —dijo Leonardo que, tras un largo suspiro, condujo en dirección a la nueva misión que nos habíamos propuesto.

CAPÍTULO III: Vidrio y pistola.

Leonardo.

—Con la gasolina que hay podríamos abandonar la ciudad. Tiene que haber un sitio en este planeta que no esté contaminado y rodeado de muerte —propuse.

—Pero no sabemos dónde ir y como nos quedemos tirados en mitad de la nada estaremos sentenciados —contestó Héctor algo reacio a mi propuesta.

—Pues hagamos del bar de Fred una trinchera. Levantemos un imperio. Uno propio e independiente, con nuestras leyes. Podría simplemente consistir en unas cuantas manzanas. Sería fácil, las limpiamos de monstruos y las cerramos con muros de madera y ladrillo, además de colocar diversas trampas, evitando así el acceso de esos bichos. Tendríamos trabajo y entretenimiento durante meses —intervino Vendrell con su particular punto de vista.

—Somos poca mano de obra para un trabajo de tales dimensiones, pero lo que sí podemos hacer es buscar coches a los que sacarle gasolina hasta tener la suficiente para hacer un viaje largo. Una de las últimas noticias que escuché, antes de que los satélites y las señales dejasen de funcionar en la ciudad, fue en una radio de alguno de los vecinos. Allí dijeron que la interestatal estaba totalmente cortada por el tráfico y que estaba empezando a cundir el pánico. Tendríamos que utilizar carreteras secundarias, aunque para eso necesitaremos un mapa —señaló con criterio Héctor.

Los rumores que había comentado podían ser ciertos, aunque no sabíamos nada con certeza a excepción de lo que habíamos experimentado aquellos días. Los zombis comenzaron a salir de todos lados y oficialmente no dijeron cuál había sido la causa ni el lugar de donde surgieron. El gobierno intervino en varias ciudades cercanas, incluida la nuestra, por lo que creímos que la fuente de todo se situaba cerca de nosotros. Más tarde acabaron por ceder y propusieron ponernos en cuarentena a varios condados. Los satélites dejaron de emitir señales de radio y televisión. Empezó a imperar el pánico y la gente intentó salir de aquí viajando fuera del radio expuesto a cuarentena, aunque las autoridades se volvieron poco permisivas y era casi imposible salir, o al menos hacerlo de manera legal. El tráfico aéreo también cesó, aunque unos pocos helicópteros, de vez en cuando, lanzaban algunos paquetes de comida y agua por si había supervivientes. A las dos semanas, la señal de teléfono, que había estado prácticamente fuera de servicio casi todo el tiempo, dejó de funcionar del todo y nos quedamos incomunicados. No supimos si estábamos encerrados, abandonados, o si el virus ya era mundial y éramos de los pocos supervivientes.

—Si encontramos muchos alimentos en este supermercado podríamos servirnos de ellos hasta que tengamos todo construido y podamos empezar a hacer viajes en busca de gasolina o coches para ir más lejos. Puede funcionar y no hay otra cosa mejor a lo que agarrarnos —dijo Vendrell, reacio a abandonar lo que considerábamos nuestro hogar.

Avanzamos un par de avenidas hasta llegar al supermercado. En la calle ya era más común ver algunos cuerpos andar sin descanso en busca de satisfacer el hambre. No eran grandes grupos y esquivarlos no suponía una ardua tarea, por lo que llegamos a nuestro destino y, en el momento en el que estábamos saliendo del todoterreno, escuchamos gritos de auxilio:

—¡Ayudadme, por favor!

Héctor lo divisó. Un hombre de unos treinta y cinco o cuarenta años, bastante escuchimizado, estaba en el suelo reclamando nuestra ayuda. V se acercó el primero con su espada y Héctor le acompañaba cuchillo en mano. Yo me quedé apoyado en el coche observando la escena.

V apartó a un par de zombis cotillas a base de espadazos y con una agilidad alucinante. Héctor se acercó al hombre.

—¿Te han mordido? —le preguntó.

—No, joder. Si lo hubiesen hecho ya habría tomado medidas al respecto. Creo que me he roto algo cuando huía de dos monstruos carroñeros. He intentado seguir avanzando y cruzar la calle, pero no he podido más. Quería llegar al supermercado —se le veía nervioso y supusimos que estaba asustado.

—¡Traedlo al coche! —les pedí.

Con esfuerzo y rapidez, mientras yo vigilaba que no se acercase ningún zombi por sus espaldas y les abría una de las puertas traseras del coche, transportaron a su interior al pobre hombre que jadeaba de dolor cada vez que intentaba apoyar el pie. Le avisamos que íbamos al supermercado, que no se moviese, y Héctor le dio su cuchillo para que se defendiera en caso de urgencia.

—¿Qué hacemos con él? —preguntó Héctor.

—Lo lógico será traerlo con nosotros. Nuestros planes de futuro avanzarían más rápido con otro par de manos que nos ayudasen —expuse.

—Sí, pero también es una boca más a la que alimentar —añadió Vendrell.

—Joder, V. Como comprenderás no vamos a abandonarlo en su desdicha —recriminó Héctor.

—Vayamos al lío y luego hablamos con él y decidimos. Mirad, vosotros dos id al supermercado. Héctor, tú siempre ve muy pegado a Vendrell, porque no tienes el cuchillo. Yo me acercaré a la tienda de armas. Como está aquí al lado, no gastaré gasolina e iré corriendo para ver si hay algo. Echo un vistazo rápido a ver si hay suerte, vuelvo aquí y os ayudo a transportar comida al maletero —ideé.

—¿No sería más fácil ir los tres a la vez? —preguntó Vendrell, al que no parecía agradarle mi iniciativa.

—Lo que dice Leo está bien. Parece que los bichos estos tienen el oído muy desarrollado, si un sonido los atrae al mismo sitio, se pueden aglomerar y la habremos cagado. Sin embargo, si Leo se va moviendo por un lado y nosotros por otro, ellos mismos, salgan de donde salgan, se dividirían también y la escapatoria sería más fácil —aclaró Héctor.

—¿Y por qué no voy yo? No es seguro que Leo vaya solo —volvió a dudar Vendrell.

No me gustó que Vendrell desconfiase de mí, pero no me veía capaz de entrar en una disputa con él. Héctor, que parecía que me había leído la mente, intervino para mediar.

—Pero yo no tengo arma y es más fiable que tú nos protejas a los dos en el supermercado, a que Leo sea el responsable, tanto de su vida, como de la mía. Además, es más ágil y rápido que el resto. Como se trata de ir y volver lo antes posible, creo que es buena idea.

Vendrell aceptó a regañadientes y acto seguido, salí corriendo a la tienda de armas, no sin antes echar un vistazo al coche. Había algo en aquel hombre que no me convencía. No sabíamos de dónde había salido. Aun así, tampoco le habíamos dejado mucho tiempo para que nos diese explicaciones, y Héctor tenía razón, no podíamos abandonarlo allí. Traté de cruzar miradas con él, pero él miraba al otro lado de la calle, probablemente preocupado por los zombis que se acercaban al coche.

El resultado de mi aventura en la armería fue un fiasco. La puerta estaba abierta y la tienda totalmente vacía. Blasfemé a los cuatro vientos y me adentré en el almacén. Éste era pequeño y oscuro por lo que tuve que volver a encender mi linterna y alumbrarme. En un primer vistazo, sólo encontré varias cajas de cartón vacías. Enfoqué a todos lados en busca de algún zombi. En ese momento, me noté tan cansado que, si alguno me atacaba, lo más probable era que no pudiese evitar que me arrancara la cabeza de un mordisco.

—Vaya mierda, se nos adelantan en todos lados —murmuré.

Empecé a iluminar las cajas hasta que di con un estante en el que había muchas de ellas. Vi que una tenía un cartel de papel con celo en el que ponía:

«AVERIADO O DEFECTUOSO».

Interesado me acerqué a ellas y las fui abriendo.

Vacía. Vacía. Unos Walkie Talkies. Rotos, al parecer.

Los dejé dónde estaban. Desesperado abrí la siguiente con rabia y me encontré con un hacha. Con cuidado de no cortarme observé que el mango era de madera y por debajo se estaba abriendo en dos.

«Al fin algo de suerte. Si lo enrollo en cinta aislante puede resistir y servir a la perfección, porque está afilado», sonreí.

Venía con un complemento para poder transportarla, así que no dudé en sacarla de la caja y colocarla en mi espalda. Supuse que hachas como esas se requerían mucho por la zona dado que a las afueras se talaban bastantes árboles. Vendrell se quejaba de la tala indiscriminada y siempre sostenía su frase: «Que se talen los cojones a hachazos».

Salí del almacén y en la tienda observé que en la pared había una caja roja con una vidriera de cristal y el típico cartel de «Romper en caso de incendio», pero dentro no había ni extintor ni nada. Lo rompí con la mano. Me hizo sentir un capullo porque pensaba que estaba perdiendo el tiempo, pero cogí un pedazo de vidrio afilado y me lo guardé en el bolsillo. Empezaba a creer que estaba desarrollando el síndrome de Diógenes.

Abandoné la tienda e iba a apresurar el paso cuando escuché disparos. Provenían del supermercado. Corrí hacia allí zigzagueando por varias callejuelas vacías y, cuando salí a la avenida principal donde estaba el todoterreno aparcado, observé como justo al lado de él había un camión. El hombre al que habíamos ayudado no parecía tan cojo como antes. Había salido del coche y le estaba sacando la gasolina para llenar así el tanque de su camión. Pensé en que el cabrón ya habría pasado por allí antes que nosotros y al no encontrarse nada, o en otro caso, al ser él el que encontrase todo y vaciase las tiendas de alrededor, ahora se dedicase a robar. No pude pararme a idear un plan. Tenía que actuar. Aquel hijo de puta no estaba solo. Subido al techo del camión había otro hombre, gordo y con melena, que sostenía una metralleta y estaba dándole uso contra el supermercado.

«¡V y Héctor!», lamenté. La situación me creó tal impotencia que no pude evitar que mis ojos se pusieran vidriosos y un par de lágrimas se derramasen por mis mejillas. El ruido de las balas comenzaba a atraer zombis a diestro y siniestro. Los dos asaltantes conversaban con un tono lo suficiente fuerte como para escucharlos desde donde estaba.

—Cook, ya he llenado el tanque. Aún queda «*gasofa*» en el todoterreno. Voy a por una garrafa para llenarla con lo que queda —oí que le decía uno al otro.

—Rápido, están apareciendo los mordedores —le contestó.

No sabía qué hacer. Si me acercaba podría arrancar el coche, pero seguro que me darían caza antes de que lograse escapar y el bar estaba lo suficientemente lejos como para regresar andando sin complicaciones. Estaba asustado y los zombis se acercaban. Si me viesen y atrajese su atención esos dos podrían percatarse de mi presencia. Eché un último vistazo a mis enemigos. El más gordo había cambiado el cartucho de balas y seguía apuntando a la entrada del supermercado. Me armé con todo el valor y actué. A esas alturas, mis amigos probablemente estarían muertos y mi única escapatoria estaba allí, frente a mí. De joderla, acabaría como ellos, así que tampoco habría mucha diferencia. Mientras el que estaba encima del camión volvía a disparar y el otro estaba buscando una garrafa en el interior de éste, avancé con sigilo por su espalda, me lancé al suelo y me arrastré bajo el camión. Allí esperé a que el de la garrafa se situase cerca del tanque de gasolina. Tuve suerte de que ambos vehículos estuviesen prácticamente pegados el uno al otro. Quise sacar mi hacha, pero el poco espacio que tenía allí debajo me lo imposibilitó, por lo que metí mi mano en el bolsillo donde tenía el cuchillo y el trozo de vidrio. Cogí ambos y, cuando vi el pie del hombre, le apuñalé en el gemelo haciéndole una especie de bocadillo con ambos objetos. Sorprendido y dolorido, cayó al suelo. Antes de que pudiera reaccionar me arrastré de nuevo y salí de debajo del camión, me abalancé sobre él y le puse el cuchillo en la garganta. Estaba actuando de manera intuitiva, consumido por el miedo y cegado por la rabia. Su compañero se asomó y no tardó en apuntarnos con el arma. Me temblaba todo el cuerpo más de lo normal.

—Si disparas lo mato —amenacé nervioso.

El gordo se quedó quieto. Al parecer le tenía aprecio a su compañero. De no haber sido así mi amenaza se hubiese quedado en el aire. Ordené al hombre que se subiera al todoterreno y lo arrancase. El éxito de mi fuga dependía de que su pierna herida no le impidiese conducir bien. Abandonamos el lugar con el coche en reserva y dejando atrás a su compañero desquiciado y sin saber qué hacer. No se les veía muy especializados en el oficio del asalto. En el camino de vuelta no quise llorar y mostrarle mi debilidad a aquel hombre, pero la situación no era fácil. A mitad de camino le ordené parar. Le grité enfurecido pidiéndole una explicación.

—Sólo he querido proteger a mi familia. Si no hubieseis aparecido, nada de esto habría ocurrido. El plan era ir al supermercado, desvalijarlo e irnos, pero aparecisteis en el peor momento.

—¿Por qué fingiste? ¿No podríamos haber llegado a un acuerdo? ¡Dime! —sus palabras no me convencían.

—Siempre lo hacemos así. Yo me acerco primero a la tienda y él llega después con el camión, ya que este hace ruido y eso acaba atrayendo a los mordedores por lo que, si lo llevamos al principio, luego es difícil cargarlo porque estamos rodeados de ellos. Por eso preparo todo lo que haga falta coger y ya, cuando llega con el camión, lo cargamos tan rápido como podemos y nos largamos de allí. Y hoy, justo cuando trataba de abrir el supermercado os vi venir. Pensé en enfrentarme a vosotros, pero dudé que pudiera salir victorioso porque había olvidado coger un arma, así que decidí hacerme el malherido y suplicaros auxilio hasta que Cook llegase y tuviese ventaja —explicó.

Mi silencio aumentó su inseguridad y siguió hablando.

—Teníamos que hacerlo, no había otra opción. Si dejábamos a alguien vivo y ellos se enterasen... Había que hacerlo, había que hacerlo —repitió

—¿Ellos? —pregunté extrañado, pero él cambió de tema así que no le di más importancia.

—¿Vas a matarme? —me preguntó, aunque esa pregunta me la estaba haciendo yo también.

Tomé aire.

—Ojo por ojo, y diente por diente —contesté.

El coche se quedó sin gasolina a una manzana de nuestro edificio así que tuve que correr un poco, con el hacha en la mano, por si me asaltaba alguno de los zombis que deambulaban por allí. Había bastantes más que cuando nos fuimos. El ruido los habría atraído a la zona. Entré al edificio por el garaje y cerciorándome de que nadie me seguía. Una vez llegué al negocio de Fred, me senté en una esquina del frío suelo de aquel bar. Veinticuatro horas antes, me sobraban dos amigos y quería estar solo. Ahora estaba solo y echaba de menos a mis dos amigos.

Vendrell.

—¿Por qué no nos ponemos un nombre? Algo como «Hermanitos de la caridad» o, ¿qué te parece «Padres del bendito auxilio»? —dije indignado mientras nos alejábamos del coche en dirección al supermercado.

—Joder V, hay que ser solidario, debemos de intentar ayudarnos los unos a los otros.

—El mundo ha cambiado, me parece a mí. Ojalá me equivoque, pero ahora creo mucho menos en el ser humano de lo que creía antes.

—No te pongas así. Vamos a terminar la misión y cuando estemos juntos debatimos sobre qué hacer. Además, a mí ese tío me da buena impresión.

Como discutir me parecía una pérdida de tiempo, no dije nada más. Al llegar a la puerta del supermercado vimos que la persiana estaba bajada y ambos maldijimos la situación. Busqué a mi alrededor algo que pudiese servir para levantarla, pero no encontré nada adecuado. En el suelo había varias zonas sin baldosas. Le dije a Héctor que era la primera vez que me alegraba de que el alcalde se gastase los fondos públicos en coca y prostitutas. Era otro sinvergüenza al que tenía ganas de encontrarme por la calle, vivo o convertido en carroñero. Metí la espada en el hueco que se había creado entre baldosa y baldosa e hice fuerza levantando una lo suficiente como para que Héctor, con sus manos, la terminase de sacar. Después, la estampamos contra el cristal de una de las ventanas en las que no había persiana metálica echada. Tuvimos que repetir la acción varias veces hasta que éste terminó viniéndose abajo y pudimos entrar. Sin darnos cuenta, un zombi nos había dado alcance y casi agarra a Héctor por una pierna, provocándole un susto de muerte. Reaccioné a tiempo atravesándole el cuello con mi espada y dejándolo inmóvil en el suelo. Aún llevaba el uniforme de trabajo del supermercado, lo que me hizo preguntarme la cantidad de horas extra que llevaba acumuladas aquel infeliz.

Una vez dentro, le propuse echar un vistazo por si daba la casualidad de que algún otro despistado al que no avisaron de su fin de turno seguía merodeando por el lugar. Atravesamos todo el supermercado y no encontramos a nadie. Cestas por los suelos, bolsas por todos lados, peste a carne podrida, pero ni rastro de nadie. Comenzamos a andar solos por el supermercado en busca de comida. Vi que Héctor abrió un paquete de galletas y empezó a comer. Miré con curiosidad el mostrador del dependiente. Estaba pegado a la pared y detrás de él tenía una gran diversidad de botellas alcohólicas. Pensé que podría llevarme una para alegrarnos por la noche. Salté por encima del mostrador y me puse a ver qué botellas había. Seleccioné varias de *whiskey* y las puse al lado de la caja registradora. Debajo de ella había varios cajones y los fui abriendo uno por uno. En el primero había las llaves de la caja, papeles y un móvil. En el segundo, blísteres para meter monedas. Estaba repleto de ellos. El último cajón fue en donde vi algo que nos podría ser muy útil.

—¡Deja de comer y ven aquí! ¿Sabes usar esto? —saqué del cajón una pequeña pistola. Era la primera vez que cogía un arma de fuego y me impresionó su peso. Se la di a mi amigo y la miró confiado, como si él hubiera nacido con una de esas bajo el brazo. No es que tuviese armas, pero Héctor era un gran conocedor de esa y otras tantas materias. Además, era un gran adicto a los videojuegos del estilo.

—Parece una CZ92, de origen checo. Luego la probaremos y si puedo os enseño —explicó, y acto seguido la guardó en su bolsillo.

—Pues venga, coge una cesta y arrasa con lo que veas. Parece que podremos llevarnos suficiente comida para sobrevivir un tiempo.

—Escucha un momento. ¿Oyes eso? —preguntó Héctor con voz pausada.

—Parece un camión. No puede ser —contesté alarmado.

Nos acercamos a la ventana y vimos como un camión se situaba al lado de nuestro coche y un individuo, con visible sobrepeso, bajaba de él con una manguera de plástico de las que se usaban para pasar gasolina de una garrafa al depósito, o de un depósito a otro...

—A mí el tío ese me da buena impresión, a mí el tío ese me da buena impresión... —dije con tono de burla.

Héctor siguió mirando asombrado como el gordo del camión le daba el tubo de plástico al hombre al que habíamos rescatado, y al que ya no se le veía cojear.

—Si es que hay que ser imbécil —desesperé—. ¿Cómo podemos ser tan ineptos? En serio, el día que se reparta el premio a los más pringados de todo el apocalipsis van a poner nuestra puta cara en todas las portadas.

—¡Qué hijo de puta! —exclamó Héctor—. Vamos a reventarlo antes de que nos robe la gasolina.

—No creo que duden mucho en acabar con nosotros si ven que hacemos peligrar su vida, lo tenían planeado.

Temí que el que estaba en nuestro coche le dijese al del camión que estábamos allí dentro y, si éste iba armado, arremetiese contra nosotros. También pensé que, posiblemente, eran vulgares ladrones y no tenían intención de hacernos daño. En cualquier caso, nos metimos detrás del mostrador de la carnicería, donde olía bastante a carne pasada y había unas cuantas moscas.

—Héctor, espero que sepas usar bien esa pistola.

Hacía ya tiempo que no veía tan cabreado a Héctor, pero tenía un buen motivo: había intentado volver a creer en la humanidad y en cuestión de minutos ésta ya le había traicionado de nuevo.

De repente, el hombre del camión sacó una metralleta de la parte delantera del vehículo.

—No puede ser... ¡corre! —grité alertado.

Ambos nos levantamos y huimos despavoridos hacia la cámara frigorífica, cerrando la puerta una vez dentro. Ahí dentro sí que olía mal, había animales despellejados colgados del techo y, al haber perdido la electricidad del local, se habían descongelado, provocando un olor vomitivo. Fuera, el sonido de las ráfagas contra los cristales de la tienda y las vitrinas no tardaron en hacer acto de presencia. Pasaron unos segundos y volvió a escucharse otra ráfaga.

—Dudo que nos dé por muertos y no entren a cerciorarse de ello. Héctor tenemos que salir de aquí como sea.

Volví a abrir la puerta de la cámara frigorífica y vi que todo lo que había dentro del supermercado estaba destrozado. La mayoría de las estanterías estaban por los suelos, y gran cantidad de alimentos arrasados por las balas y los cristales rotos. La única forma de escapar era por una salida de emergencia y la más cercana a nosotros estaba a unos pocos metros. Parecía fácil, pero algunas estanterías caídas formaban obstáculos que nos lo complicaba. Serían unos diez o quince segundos en los que estaríamos desprotegidos y siendo un blanco fácil. Si le diese por abrir fuego en ese margen de tiempo, estaríamos acabados.

—Ve tú primero. Corre lo más rápido que puedas hacia la salida de emergencia que hay a la izquierda. ¡Venga, que no es para tanto!

Héctor, preso del pánico, no dijo nada. Salimos de la cámara frigorífica y siguió mis indicaciones. Me quedé ensimismado al ver cómo algunos aparatos electrónicos habían empezado a arder y no me fijé en que había un montón de naranjas esparcidas por el suelo. Ya llegábamos a la puerta de emergencia, cuando pisé una de ellas y resbalé doblándome el tobillo. Hinqué la rodilla derecha en el suelo para evitar caer del todo. Intenté incorporarme, pero el dolor me lo impidió. Héctor no se dio cuenta de que me había caído y siguió adelante sin mí. La situación empeoró cuando volvieron a disparar contra la tienda y tuve que tirarme al suelo para protegerme. Me daba por muerto cuando Héctor, que se había girado mientras sujetaba la puerta desde fuera, me vio allí en el suelo, paralizado. Me dijo que me pusiera a cubierto tras uno de los estantes que quedaban en pie. Esta vez la ráfaga actuó con mayor brevedad que las anteriores. Pensé que se le habría agotado el cartucho o algo parecido y supuse que era el momento de intentarlo. Me incorporé y, aunque el tobillo me hizo renquear, conseguí apresurarme y abandonar el establecimiento. Una vez a salvo, me dejé caer bruscamente sobre el duro asfalto de la callejuela que había al lado del supermercado. Héctor me ayudó a incorporarme y nos escondimos detrás de uno de los contenedores que había en ese callejón, donde los trabajadores tiraban la comida caducada.

Solté la espada. Me quité la camiseta y con ella me limpié el sudor de la cara, para acto seguido volver a ponérmela.

Probé a pisar fuerte el suelo. El dolor de mi tobillo había disminuido, pero supuse que en frío volvería a hacer acto de presencia.

De pronto, oí un motor ponerse en marcha y unas ruedas chirriar. Héctor, que estaba a mi lado, decidió asomarse para mirar qué ocurría. Volvió hacia mí.

—Parece que se marchan, al menos el que nos ha engañado. Se ha largado en nuestro coche. El otro estaba ahí pasmado viendo cómo se va —comentó.

—¿Vas a dejar que se vaya? ¡Coge la pistola y demuéstrame lo que sabes hacer! —recriminé con rabia.

Héctor se mostró pensativo. Sabía que tenía que hacerlo, pero a la misma vez, dudaba de estar preparado para ello. Tuve que insistir un par de veces.

—Necesito estar más cerca —aseguró.

Sacó la pistola y esperó. El hombre se bajó del camión y disparó contra los bichos que tenía más cerca. Se había formado un grupo bastante numeroso debido al jaleo que habíamos montado entre unos y otros.

—Aprovecha ahora que nos da la espalda y acércate un poco —le propuse.

—Y si se gira antes de que esté lo suficiente cerca, ¿qué hago? —contestó reacio.

La suerte se puso de nuestro lado cuando, asomados discretamente, vimos como el hombre abría la parte trasera del camión y se metía dentro.

Sin necesidad de hacernos señas, ambos nos acercamos sigilosamente. Desenfundé la espada y cubrí a mi amigo de los monstruos que se acercaban. Me zafé de varios de ellos cuando escuché el disparo. Acabé con otro de esos bichos rebanándole el cuello y me acerqué a Héctor. Le temblaban las manos de manera considerable, pero había cumplido su misión. Pocos metros más lejos estaba aquel hombre en el suelo, retorciéndose de dolor.

El disparo le había dado un poco más arriba de la barriga, a la altura del bazo, y el hombre, que soltaba alaridos de dolor, se movía a rastras.

—Bien hecho —le felicité, aunque él temblaba atemorizado.

Viendo que mi compañero no reaccionaba, decidí tomar las riendas de la situación. Me acerqué al hombre y él empezó a rogar por su vida. Hice caso omiso a sus súplicas.

—¿Dónde está nuestro coche? —pregunté pausadamente.

—No lo sé, de verdad. Vuestro compañero asaltó al mío y le obligó a conducir el coche. No sé adónde han ido, lo juro —sus palabras parecían sinceras.

—¿Cómo sabes que se trataba de nuestro amigo? —dudé.

—Él lo dijo. Dijo que habíamos matado a sus dos amigos. Mi compañero me aseguró que los tres estaríais dentro del supermercado, pero él apareció de la nada. No sé nada más. Me dijo que erais una amenaza y abrí fuego para asustaros —había algo en sus palabras que no me terminaba de convencer.

—¿Y por qué? ¿Por qué nos atacasteis? —decidió intervenir Héctor.

—Teníamos que hacer limpieza. Hay que proteger lo nuestro, ahora impera la ley del más fuerte y vosotros eráis una amenaza.

No entendí muy bien qué quiso decir con «hacer limpieza» y «proteger lo nuestro», pero me había hartado de escucharle.

Cogí mi espada y la clavé en su herida. Sus gritos de desesperación se escucharon en todos los alrededores, parecía un cerdo en un matadero. Después, le escupí en la cara.

—Te queda de vida lo que tarden esos buitres en llegar a comer. Púdrete.

Le indiqué a Héctor que era hora de marchar y que condujese él. Cerré los portones de la parte trasera y me subí al camión por la puerta del copiloto. La calle se estaba llenando de bichos y pronto sería imposible avanzar. A Héctor le costó adaptarse al volante, ya que nunca había conducido un vehículo de tales dimensiones, pero pronto pudimos ponernos en marcha.

Atrás dejábamos a aquel hombre pasto de esos buitres con hambre.

Héctor.

Joan Vendrell siempre había tenido una personalidad sobreprotectora, pero en las últimas semanas se había potenciado de una manera casi injustificada. Y ahí estaba, apuntando con la espada al cuello del hombre que, al igual que él, sólo pretendía «proteger lo suyo». Pero no fue lo único que dijo,

73

mencionó también que tenía que limpiar la zona. Limpiar de qué, ¿de zombis?, ¿con qué motivo? Iba a preguntarle a qué se refería exactamente con eso, pero antes de que me diera tiempo a abrir la boca, V clavó su espada en la herida, le escupió en la cara y decidió por su propia cuenta que no era necesario sonsacarle más información al respecto. No me pareció una buena idea dejarlo allí, pues herido y desarmado ya no parecía una gran amenaza. Podíamos buscar la manera de atarlo y llevarlo con nosotros para seguir el interrogatorio más adelante, ya que no teníamos ni idea de donde se habían metido Leo y su compañero. Sin embargo, dudé que, en su estado, lográramos hacer algo por él ya que no sabía cómo de profunda había sido la perforación.

Los gruñidos de los zombis, apenas a unos pocos metros de distancia, no nos dejaron pensar con calma. Conmocionado por la situación y sin llegar a tranquilizarme, seguí las ordenes de V, subí al camión y, tras varios intentos fallidos por arrancarlo, logré ponerlo en marcha.

No sabía si debía volver al bar o dirigirme a otro lugar. Las dudas se me acumulaban en la cabeza. Iba aplastando seres a mi paso, dando vueltas por las calles cercanas sin rumbo fijo. Cuando comprobé que los alrededores estaban lo suficientemente limpios de amenazas, paré en seco. Estaba agotado. Miré a mi amigo que no pareció entender por qué nos deteníamos.

—¿Qué haces? Tenemos que seguir moviéndonos, como el puto gordo haya podido escabullirse de esos bichos, no me gustaría volver a tener que encontrármelo —expresó.

—¿Escabullirse? Tío, hemos dejado a ese tío herido de muerte a merced de una horda de al menos veinte bichos —contesté algo irritado ante su indiferencia—. ¿Cómo puedes estar tan tranquilo después de lo que ha pasado?

—Ahora no es momento de ponerse a discutir sobre eso. Tenemos que encontrar a Leo —explicó mientras observaba el exterior por los retrovisores.

—Leo puede estar en estos momentos en cualquier parte, no sabemos ni por dónde empezar.

—Pues volvamos al bar, esperaremos allí y mientras tanto trazaremos un plan para encontrarle —propuso confiado.

—¿No te ha parecido curioso lo que ha comentado el hombre momentos antes de que decidieras dejarlo allí a su suerte? —le pregunté irritado—. Dijo que tenían que «hacer limpieza», y eso significa que, o bien el ayuntamiento ha contratado un servicio nuevo de saneamiento, lo que no me parece nada propio del alcalde, y más si tenemos en cuenta que probablemente haya sido el primero en huir, o bien se trata de un grupo de supervivientes, y en ese caso lo habrán llevado hasta su base.

—¿Y tú no recuerdas lo que ha dicho el gordo cuando le hemos preguntado por su amigo? —me interrumpió y se quedó observándome. Dudé—. Se supone que ha sido Leo el que amenazó al otro tío y que fue él quien se lo llevó a la fuerza —siguió hablando—. Así que volvamos al puto bar y recemos porque nuestro amigo haya decidido llevarlo hasta allí. Arranca, por favor —sentenció.

No me pareció la mejor decisión, pues dudaba que Leo, si era cierto que había sido él quien había secuestrado al hombre, decidiera llevarlo hasta nuestro bar poniendo así en peligro la seguridad de nuestro escondite, pero la acaté sin discusión.

El silencio que reinaba en esos momentos se vio interrumpido por el traqueteo del motor del camión intentando funcionar de nuevo. Era un vehículo bastante antiguo, y no parecía estar en las mejores condiciones. Desesperado, maldije nuestra suerte mientras continuaba girando la llave.

—Espera —me detuvo V—. ¿Escuchas eso? Viene de ahí —indicó mientras giraba la cabeza hacia la parte trasera del camión. Algo parecido al maullido de un gato parecía provenir de su interior.

—¿Te has fijado antes de subir que es lo que transportaban estos hombres? —le pregunté preocupado.

—Me parece que lo vamos a averiguar enseguida —respondió tras desabrocharse el cinturón de seguridad.

Hice lo propio y salí del interior de la cabina, agarré fuerte el mango de la pistola y me acerqué a la parte trasera donde V ya estaba preparado para abrir.

—Tú llevas la pistola, así que no dudes en abrir fuego contra lo que sea que pueda haber ahí dentro —accionó la pestaña que abría el remolque y agarró su espada.

Esperé, algo asustado, cualquier tipo de sorpresa que pudiera salir del interior del camión, pero decidido a disparar si llegado el momento debía hacerlo.

Por fortuna, no hizo falta. Lo que nos encontramos era mucho mejor de lo que nos hubiéramos imaginado nunca. Por dentro, el camión se asemejaba a una casa, muy pequeña y estrecha, eso sí, pero estaba totalmente adaptada, como si de una caravana se tratase. Además, estaba repleto de alimentos, lo que dificultaba moverse por su interior. Al parecer nuestro supermercado no era el primer negocio que aquellos hombres saqueaban ese día. También pude ver ropa de abrigo y varias armas con sus respectivas cajas de munición.

—Por fin algo de suerte, joder. Ya era hora de que el destino nos la devolviera —a V se le iluminó el rostro.

Subimos para encontrar la fuente del sonido que nos había alertado y que ahora se escuchaba con más fuerza. Aquel ruido no provenía de un gato, ni de ningún otro animal. V, que también pareció darse cuenta, me miró sorprendido.

—¿Eso es...?

—El llanto de un bebé —le interrumpí.

Movimos una serie de cajas para poder acceder al fondo, desde donde procedía el origen del ruido, y allí lo vimos. En una caja que hacía las veces de cuna improvisada, un bebé lloraba.

—¿Qué cojones hace un bebé aquí dentro? —preguntó V indignado.

No supe responder, ya que no tenía respuesta para su pregunta, pero no podíamos dejarlo ahí dentro. Lo cogí con ambas

77

manos, con cuidado de que no se me cayera. Lo mecí con inseguridad y algo de miedo, extremando la precaución para que no se me escurriera.

—¿Se puede saber qué haces? —preguntó V algo sorprendido— ¿Dónde piensas llevar a esa cosa?

—Aún no lo sé, pero no voy a dejarlo aquí —lo agarré fuerte y me lo acerqué al pecho.

Vi como V suspiraba incrédulo y mecí al bebé sin quitar la mirada de los ojos de mi amigo.

—Venga, tenemos que largarnos de aquí, llevamos demasiado tiempo parados —interrumpió finalmente. No parecía hacerle mucha ilusión tener que cargar con aquella criatura.

Seguí a mi amigo hacia la parte delantera, hice amago de entregarle el bebé para disponerme a conducir de nuevo, pero se negó rotundamente.

—De eso nada, no pienso cargar con eso, dame las llaves —ordenó. Acepté y me subí en el asiento del copiloto—. Hay que saber quiénes eran esos tíos. Todo esto es muy raro. Las cajas con provisiones, armados hasta los dientes, y con un puto bebé dentro de una caja —añadió mientras buscaba algo en el hueco de su puerta—. Registra tu zona, mira por todos lados.

Examiné la guantera, pero ahí no encontré nada de utilidad, apenas un paquete de pañuelos y una carpeta con papeles y documentos sin importancia. En el compartimento de mi puerta encontré lo que parecía ser un mapa de la ciudad, con unas señales marcadas en varios puntos.

—Joder tío, esto es el bar de Fred —le señalé.

—Por lo que se ve, estos hijos de perra tenían previsto saquear el bar.

—Entonces las zonas señaladas son aquellas que aún no han limpiado —deduje—. Esto significa que aquí podremos encontrar sitios donde aún queden cosas de valor.

—Sí, y también puede significar que esta gente forma parte de algo mayor. No me creo que todo esto lo hayan montado dos tíos solos —dijo—. En algún lugar tiene que haber más gente. Y esa gente les estará esperando. Tenemos que volver al bar cuanto antes —giró la llave en el contacto hasta que, tras varios intentos, el motor volvió a sonar con fuerza.

Todavía quedaba algo de luz, pero no tardaría mucho en caer la noche. El bar no estaría a más de cinco minutos de allí, y el simple hecho de permanecer fuera en plena noche me daba escalofríos. V condujo rápido, demasiado incluso, como era costumbre en él. Con un brazo agarraba el bebé y con el otro me agarraba al asiento para procurar no caerme.

—¡Joder, ten cuidado, que nos vas a matar a los tres! —recriminé tras un volantazo tan exagerado como innecesario.

—Ya casi hemos llegado, no quiero estar aquí fuera cuando anochezca.

—¡Para! Mira, allí —señalé.

Era el coche de Rodd, detenido en un lado de la carretera y con las puertas delanteras abiertas. V paró el camión justo detrás y los faros iluminaron el vehículo, mostrando el interior totalmente vacío. Nos bajamos para inspeccionarlo bien y comprobar si había algún rastro de Leo.

—Démonos prisa. El bebé no deja de llorar y el ruido atraerá a esas cosas —le apresuré. Llevaba la pistola en la mano derecha cuando V abrió el maletero. Allí no había nada.

Miré a V, inquieto. Él parecía más tranquilo, pero yo estaba seguro de que en su interior sentía la misma inquietud. No había nada que nos pudiera indicar dónde se había metido Leo y la última oportunidad de encontrarlo se agotaba. El bar estaba a la vuelta de la esquina y apenas nos quedaban unos pocos minutos de luz.

—Me estoy hartando ya de este puto día —dijo furioso.

Entonces, observé un momento que al final de la calle, en medio de la calzada, algo se arrastraba lentamente. Se lo hice saber a mi amigo que, tras examinar unos segundos los alrededores y asegurar que no había ningún peligro cerca, me dijo que fuera caminando hasta allí.

—Te sigo con el camión a menos de cinco metros de distancia, recuerda que tienes el arma. No dudes en usarla si es necesario —la explicación no sirvió para darme ánimos, desde luego, pero tampoco quería alargar más la situación ya que no teníamos tiempo. Sin embargo, el crío no dejaba de llorar, y aunque esta vez lo hacía con menos intensidad, seguía suponiendo cierto peligro.

Caminé hasta el lugar, mientras V me seguía de cerca, tal y como prometió. Conforme iba acercándome, me daba cuenta de qué se trataba. A menos de diez metros de distancia entre uno y otro, por un lado, un zombi yacía muerto, aparentemente, con una raja que le abría el cuello de extremo a extremo. La escena era repugnante. Por otro lado, el hombre que nos había tendido una trampa con un falso esguince de tobillo y al que Leo parecía haber secuestrado, se arrastraba malherido, calle abajo. No parecía haberse percatado de mi presencia, pues no dejaba de moverse, sin inmutarse por las luces del camión que ya le iluminaban. En un primer vistazo pude ver una gran mordedura en la espalda y otras de menor tamaño en ambos brazos. Además, tenía los dos gemelos destrozados, pero esta vez, de verdad. En una mano llevaba el cuchillo que horas antes le había prestado para que pudiera defenderse.

—¿A qué esperas? —me sobresaltó V, que desde el camión me pedía que acabara con el sufrimiento de aquel hombre—. Coge el cuchillo y clávalo en la garganta de ese hijo de puta — puede que sus intenciones no fueran tan humanas.

El hombre, que pareció por fin darse cuenta de nuestra posición, pidió ayuda en un susurro que apenas pude entender. Se dio media vuelta como buenamente pudo y me miró con ojos suplicantes.

—Mi hijo... —balbuceó.

Leonardo.

Hacía tiempo que no pasaba la noche solo. Acurrucado en un rincón, recordaba momentos de las últimas horas y me preguntaba qué habría ocurrido si hubiese realizado diferentes acciones. Estaba solo, pero no en aquel bar, sino en la vida. Únicamente podía desear que mis dos amigos no hubieran sufrido una muerte lenta y agónica. Bebí un par de copas de *whiskey*, o quizá más, a su salud. Sabía que ahora sí que estaba perdido y que mis horas estaban contadas, por lo que me resigné a aceptarlo mientras, sorbo tras sorbo, vaciaba el vaso. Escuché el ruido de mi estómago, tenía hambre. En aquel sitio no quedaba nada que echarme a la boca dado que todo lo metimos en un saco; cacahuetes, algo de arroz y de pasta, alguna bebida energética, refrescos y agua. Pero no sabía dónde lo había dejado Vendrell. Indagué en mi memoria la respuesta a esa pregunta y el hambre, que cada vez hacía mayor acto de presencia, me empezaba a desquiciar. Iba a abandonar toda esperanza de recordar el lugar en el que mi amigo había puesto el saco, cuando caí en la última comida que había hecho en casa de nuestro vecino Rodd. El saco no salió del edificio y la última vez que lo había visto fue cuando almorzamos, por lo que aún podría estar allí. Tenía hambre y miedo, y hasta que la primera no superó a la segunda, no me atreví a subir. Encendí mi linterna y avancé por la casa de Fred hasta llegar al rellano y subir las escaleras. Éstas crujían, y sus crujidos eran el único sonido que escuchaba, salvo lejanos rugidos de aquellos monstruos que resultaban estremecedores. No quise pararme en ningún lado hasta llegar a casa de Rodd. La puerta estaba abierta, tal y como la dejamos. Entré, hacha en mano, y con ese temblor que, en los últimos días, tanto me caracterizaba. Aquella misma tarde estuve a punto de matar a un ser humano que luchaba por su supervivencia. A mi costa, pero por su supervivencia. El temblor aumentó al recordar cómo lo abandoné tras apuñalar su otra pierna. Le había condenado y en ese momento sentí que era lo que tenía que hacer, pero una vez en el bar, me derrumbé. Nunca había sido partidario de la venganza como principal mecanismo de hacer justicia y, sin embargo, ahí estaba, con las manos manchadas de sangre. ¿En qué clase de persona me había convertido?

Vacié el saco y preparé la cena. Había un paquete de arroz y otro de pasta y dudé sobre cuál de los dos escoger en la que posiblemente fuera mi última comida. Finalmente me decidí por hacer un poco de arroz en el camping gas, así que cogí un cazo, le eché un poco de agua y, cuando vi que empezaba a hervir, arrojé el arroz dentro. Además, abrí un par de bolsas de aperitivos que acompañaría a las latas de refresco barato. Anduve sin preocupaciones, e incluso me atreví a encender una vela con la que iluminarme en aquella triste noche. Después del plato fuerte, mientras masticaba la comida y escupía en aquel suelo de moqueta algunos granos de arroz que se habían quedado duros, busqué alguna distracción y recordé que llevaba encima las hojas que había arrancado del cuaderno de Gilbert Webster. Estaba fechado, pero no entendía qué técnica utilizaba para guiarse por el calendario, no hablaba del día, sino de la posición del sol. Iría de listillo y sabelotodo.

—Y a mí no me van otros listillos y sabelotodo, salvo si soy yo, claro —bromeé en voz alta, sin preocuparme que estuviese volviéndome totalmente loco.

Hice caso omiso de las fechas y leí su contenido. Había arrancado esas hojas porque el nombre de Margaret Wallace figuraba en una de ellas, pero no explicaba el por qué. A su lado sólo había dos palabras escritas en mayúscula:

INTENTO FALLIDO.

Podría tratarse perfectamente de otra Margaret Wallace, o que la Margaret Wallace que yo conocía se hubiese sometido a algún tratamiento o experimento antes de su sangriento episodio. Seguí leyendo el resto del fragmento. En él se desglosaba una lista de nombres y un pequeño apunte a su lado. En la inmensa mayoría ponía lo mismo que en la anotación sobre Margaret, pero había uno que venía acompañado de un pequeño texto. Antes de leerlo eché un vistazo a la otra hoja que había arrancado. Se trataba de un recorte de periódico que estaba unido con un clip a una hoja en blanco del cuaderno. El fragmento de periódico versaba sobre un suceso que había revolucionado el país varios meses atrás.

Era el caso de Walter Green, conocido por la gente de humor más ácido y cruel como «El hombre de las pequeñas amistades». Se trataba de un asesino en serie al que tardaron en identificar más de un año. Se le acusaba por la violación y mutilación de más de una decena de niños pequeños. Durante el tiempo que duró la investigación, la policía no sabía cómo mantener controlada la situación y en las calles se amontonaba la gente con carteles y fotos de los niños asesinados exigiendo seguridad y el cumplimiento efectivo de su trabajo. Desde luego fue un caso mediático a nivel mundial, hasta que un día, alguien desveló la identidad de Walter Green. El informe oficial dijo que Lucas Flanagan, su última víctima, apuntó una descripción precisa de esa persona antes de morir. Algo que fue aceptado a regañadientes por el resto de la sociedad. ¿Un niño de seis años que apenas sabía escribir, en sus últimos segundos de vida, se pone a describir a su agresor? Podría ser, pero nadie lo creía, así que no tardaron en hacer pública la verdad que aparecía en ese extracto:

«El procesador cerebral ha funcionado a la perfección, el sujeto ha respondido a los estímulos y hemos establecido un campo de visión momentáneo, pero suficiente para que Richardson y el resto de los encargados que el gobierno había enviado, identificasen al sospechoso y procediesen a su detención. La visión a través de Lucas fue grabada antes de que transcurriese el tiempo estipulado y el cuerpo dejase de responder a los estímulos proporcionados por mis subordinados.»

No entendía muy bien lo que decía el friki de Gilbert Webster. Y tampoco había mucho más en ese par de hojas. Sin embargo, me pareció tan interesante que antes de terminar de leer por segunda vez los fragmentos que había arrancado, cogí la linterna y bajé al piso de Katie en busca del resto del cuaderno. Me di cuenta de que el alcohol me había afectado lo suficiente porque me tambaleé en varias ocasiones. Llegué allí, saludé al cuerpo masacrado del que deduje que era Gilbert, y anduve hasta la despensa donde había dejado el cuaderno. Lo cogí y me dirigí a la habitación de Katie. Me senté al lado de mi nuevo y descompuesto compañero, obviando el olor que emanaba de su cuerpo.

Estuve leyendo durante un buen rato y, conforme más leía, más eran las dudas que me surgían debido a mis nulos conocimientos científicos. Sólo un experto podría explicarme el proceso de creación de esa maquinaria, aunque sí tuve claro que la respuesta a toda incógnita sobre el virus podría estar en ese cuaderno.

En las primeras páginas, Gilbert explicaba que el gobierno encargó a los reputados científicos del laboratorio de Coldbridge, situado a poco más de trescientas millas al norte de nuestra pequeña ciudad, que utilizasen en el cuerpo del pequeño Lucas Flanagan un aparato innovador que no había funcionado con sujetos anteriores con los que se había experimentado, como era el caso de Margaret Wallace. Pero tras unos ajustes, Webster había redactado un nuevo informe prometedor sobre él, ya que, aunque sólo se había probado en ratas de laboratorio, había funcionado y se tenían expectativas muy altas. En un boceto que aparecía en la libreta, se podía dilucidar que dicho aparato constaba de una urna donde se introducía el cuerpo de un sujeto. A la cabeza, que sobresalía de la urna, se le ponía una especie de casco que a su vez estaba conectado a una pantalla. En el dibujo había números encima de cada pieza y, en un extremo de la hoja, un cuadro explicativo de cada uno de ellos. En la descripción del número que correspondía al sujeto, aparecía el nombre de Lucas Flanagan. A pie de página había un aviso de que dicho experimento debía hacerse antes de que pasaran veinticuatro horas tras el fallecimiento del sujeto. No entendí muy bien el proceso de estimulación que utilizaron para reanimar la mente de Lucas, aunque sí comprendí que el pequeño, unas horas antes, había sido examinado para asegurar que la cabeza no había sufrido daños en el momento de su muerte, requisito principal para que el experimento pudiera ser exitoso. Gilbert aseguraba en sus anotaciones que, si la cabeza del pequeño no había sido golpeada con brutalidad, ni sufrido ningún daño cerebral cuando falleció, emitiría toda clase de recuerdo de los momentos anteriores a su muerte. Una vez transcurridas veinticuatro horas, explicaba Webster, no habría manera de estimular o conseguir una reacción cerebral y, en palabras del científico, la televisión de la mente de Lucas se apagaría para siempre.

«Mientras el mundo se ha ido a la mierda delante de mis narices, ¿qué cojones he estado haciendo yo?», pensé y mi mente se transportó al recuerdo que tenía de esos días.

Este proyecto comenzó a tener éxito y los departamentos de policía de todo Estados Unidos, dentro del plazo indicado, se limitaban a enviar los cadáveres de personas asesinadas al laboratorio para que a través del procesador cerebral pudieran aportar pistas que resolviesen el crimen. Los telediarios se hicieron eco de este avance científico y no tardó en extenderse a otros países.

—La humanidad no aprende de sus errores. Algunos creen que pueden jugar a ser Dios y luego les explota la burbuja en su puta cara —comentaba Fred.

Fred tenía un pequeño televisor en uno de sus estantes del bar, al lado de botellas de licor que nunca gastaba. El televisor permanecía apagado casi todo el tiempo, con excepción de la noche de los miércoles, en la que Fred sintonizaba un programa de un famoso periodista de investigación llamado Stephen Corey. En muchas ocasiones, si el tema de debate del programa de esa noche le resultaba interesante, Joan Vendrell se acercaba a la barra y lo veía con Fred. Era el único momento en el que habíamos visto que el camarero interactuase de buena gana con alguien.

Esa noche estuvieron debatiendo sobre la innovación de la que todo el mundo hablaba. En el programa conectaron con familiares de algunas de las víctimas que habían sido expuestas al «procesador cerebral». Se alegraban de que la ciencia hubiera conseguido encontrar la fórmula de resolver crímenes que antes quedaban sin un culpable. También se hablaba de los aspectos negativos que este avance tecnológico traía consigo.

—*No sé por qué han tenido que hacer esto público. Ahora todos los asesinos tendrán que reventar cabezas para no verse delatados —suponía Vendrell.*

—*Así son estos hijos de puta. Para ellos el mundo es un tablero y si no presumen de que van ganando la partida y que estamos a su merced, no se quedan tranquilos. Pero están equivocados. Tarde o temprano, el hombre no mandará en la tecnología, sino que ésta le arrebatará el poder —le contestó Fred.*

En una de las mesas del fondo, Henry, Héctor y yo jugábamos al póker.

—*Has vuelto a perder Henry —sonrió Héctor.*

—*No estoy concentrado. Ese programa y la teoría de Fred de que los robots acabarán con la humanidad me tienen totalmente fuera de la partida. Decidle que se calle —rogaba malhumorado.*

En ese momento, mientras contaba mis fichas, fue cuando, a través de ese programa de televisión, escuché por primera vez el nombre del laboratorio de Coldbrigde.

—*Es cierto que Fred tiene la tele puesta a todo volumen. Es difícil concentrase y he perdido la cuenta —confirmé.*

—*¿Qué cuenta? Tú tienes todas las fichas y yo no tengo ninguna. No hay cuenta que hacer, cabrón —dijo Henry resignado y acompañado de la risa de Héctor.*

Las anotaciones de las sucesivas páginas del cuaderno mostraban satisfacción, pero también inconformismo. Hablaban de éxitos y de nuevas fórmulas para prolongar el tiempo de conexión. Hasta que un día surgieron los efectos secundarios... un virus.

Según explicaba brevemente el científico, una sociedad se hizo con la patente de su invento y él había quedado relegado a un cargo mucho menos importante. En su lugar, un tal Richardson había tomado las riendas y le acompañaba una bióloga que, al parecer, trataba de perfeccionar el trabajo del malogrado doctor, implantando células madre que reparasen lesiones cerebrales y alargasen el tiempo en el que el cerebro respondía a los estímulos. Gilbert Webster había escrito que los últimos avances no estaban siendo sometidos a pruebas, y que en muchos casos desconocía las consecuencias que podrían padecer los que se sometieran a lo que él denominó como «el procesador cerebral».

«Cada vez estoy más seguro de que esto no tiene nada que ver con mi proyecto», aparecía escrito en el cuaderno.

Y puede que tuviera razón. El caso de David Brown fue lo último que supimos sobre el experimento. Lo contaron como si se tratase de un caso aislado, una reacción atípica. Pero era mentira.

David Brown, un hombre de cuarenta años al que habían asesinado cuando salía de trabajo, reaccionó al experimento de forma anómala. Había despertado de su muerte, pero convertido en una especie de caníbal que no atendía a razones.

Después de eso, los apuntes de Gilbert disminuyeron considerablemente, y en su lugar aparecieron los tachones.

Leí la última frase que tenía apuntada en el cuaderno.

«En tiempos en los que la muerte anuncia su llegada, sólo deseo estar con Katherine.»

Katie tenía que ser sí o sí su amada. Supuse una vez más, que abandonaría el laboratorio en busca de Katie y llegaría aquí para no encontrarse a nadie. ¿Cómo murió? Ya había pensado sobre el hecho esa misma mañana. Lo más lógico es que en el trayecto le hubiese mordido algún infectado. Me senté allí, y empecé a hablar con el cuerpo de Gilbert.

—Así que tú fuiste el principal responsable de todo esto —y le enfoqué la cara con la linterna—. Me lo has quitado todo hijo de puta —me costaba pronunciar las palabras y no sabía si era a causa de la borrachera o del llanto.

Volví a mirarlo, esta vez con rabia, mientras noté cómo las lágrimas se escurrían por mis mejillas. La linterna empezó a titubear, pero no me percaté de ello, aunque tampoco me hubiese importado. Golpeé el cadáver con más ira que nunca, pero apenas podía mantenerme en pie. De repente oí un ruido de un motor que, por el sonido debería tratarse de una furgoneta, un autobús, o lo que me pareció más preciso: El ruido de un camión.

«Joder, el puto gordo está aquí. Ese hijo de puta viene a por mí», pensé mientras observé como la linterna dejaba de funcionar.

—Quieres que muera, ¿verdad? —pregunté mirando al techo esperando respuesta del mismísimo demonio.

Me envalentoné sin luz. Había bajado cientos de veces por aquellas escaleras por lo que no sería difícil hacerlo una vez más. Colarme en casa de Fred, bajar hasta el bar y esperar tras la barra, hacha en mano, a que el gordo entrase. Lo haría. Él se quería aprovechar de la oscuridad, pero no sabía con quién jugaba. Y en efecto, seguro que lo hubiese matado. De haberlo tenido cara a cara lo hubiese matado. No lo dudé mientras me caía por las escaleras rodando como una croqueta. Creo que perdí el sentido unos segundos y noté como alguna herida empezaba a sangrar. Me dolía mucho la cadera, así que aborté misión y me arrastré a duras penas, como una serpiente malherida, hasta la casa del viejo Fred. Penetré en su cuarto y me escondí bajo su cama, rodeado de bolas de pelusas del tamaño de un cojín. Por suerte, el hacha estaba bien colocado en mi espalda, y di gracias de no clavármela en mi estúpida caída. Mientras consideraba si iba a estar a salvo allí, escuché que alguien abría la puerta del garaje. La fatiga, el dolor y la borrachera vencieron al miedo y me hicieron caer en un profundo sueño.

CAPÍTULO IV: Recuerdos.

Vendrell.

Héctor comentó que había notado en la mirada de aquel hombre cierta desesperación y tristeza por no poder quedarse con su hijo y lamentar tener que dejarlo solo. No sentí pena por la muerte de ese individuo, todo lo contrario. Su hijo no tendría que crecer al lado de la sabandija de su padre. Héctor parecía más afectado, pero esta vez no tardó tanto en reaccionar y ponerse en marcha.

Dejamos el camión aparcado frente al bar de Fred. Mientras Héctor abría la puerta trasera, aproveché que aún me quedaba rabia y frustración de la que desligarme y me deshice de los bichos que se acercaron. Lo importante era evitar que se amontonasen grandes grupos. Ahí estaba el verdadero peligro. Cuando venían sueltos no eran peligrosos, al contrario, disfrutaba atravesándolos y me desahogaba bastante.

Busqué al bicho que en su día fue Fred, y lo vi deambulando algo lejos, fuera de mi alcance. «Quizá en otro momento», pensé.

Héctor bajó de la parte trasera del camión transportando al bebé en la caja dónde lo habíamos encontrado.

—He cogido lo necesario para que el bebé no nos de problemas. Mañana deberíamos descargar lo demás, que ya está anocheciendo y sin luz no es conveniente —comentó.

La presencia de ese bebé me cabreaba. Habría miles de ellos a los que la muerte les había venido a visitar, y ahí estaba Héctor, poniendo en peligro nuestras vidas por intentar salvar la de un renacuajo más.

Tenía esperanzas en poder sobrevivir, pero ese bebé disminuía con creces nuestras posibilidades. Se había demostrado que no estábamos a salvo, aunque actuáramos con mucha cautela, así que, si encima le sumábamos que nos tocaba protegerlo a él, difícilmente acabaría bien nuestra historia de supervivencia.

Llegamos al piso de Fred y Héctor bajó por la trampilla mientras que yo sujetaba la caja del bebé para entregársela desde arriba, tratando de tener mucho cuidado. Antes de poner el pie en el primer peldaño de la escalerilla, Héctor me pidió que fuera al dormitorio de Fred a por una almohada que sirviera para acomodar al crío. Acepté a regañadientes. No habían pasado ni diez minutos y ya estaba el dichoso mocoso incordiando con sus necesidades. Me dirigía al dormitorio, avanzando por el salón, cuando reparé en un cojín que había en el sofá que Fred tenía en su cuarto de estar. Por el tamaño y la forma, lo supuse idóneo para introducirlo ahí, ya que encajaría en el fondo de la caja. Le sacudí el polvo y lo sujeté bajo el brazo, satisfecho.

No quise permanecer más tiempo allí arriba, así que me apresuré en bajar al bar y hacerle entrega a Héctor del cojín. Tras esto, me acerqué a la barra. No quedaban demasiadas botellas de las que beber, así que no me molesté mucho en buscar algo decente. En los últimos meses, Fred apenas se había dignado a reponer la bebida y el bar había pasado de ofrecer mucha variedad de alcohol a escasear en casi todo. De lo único que no escaseaba el bar era de un licor de hierbas por el que Fred tenía pasión y que toda su clientela detestaba.

Estando encerrados en casa, en la semana previa al incidente de Henry y Rodd, Leonardo nos recordó a los tres el día en el que Fred, gracias a una promoción que había visto por internet, trajo veinte cajas de lo que él consideró que sería la apuesta ganadora para impulsar su negocio: un nuevo licor de hierbas. Henry criticó otras inversiones esperpénticas que el desafortunado de Fred había hecho en el pasado. Esa tarde, pese a las circunstancias, todos nos reímos como acostumbrábamos a hacer. Fue la última vez que vi sonreír de verdad a Leonardo.

A los pocos días, cuando Henry murió y decidimos trasladarnos al bar, mientras buscaba el *whiskey* más caro del local, me topé con el resto de las cajas de botellas de licor de hierbas. Fred apenas había gastado una de esa veintena de cajas. En ese momento creí que no existiría la ocasión apropiada para consumir toda esa bazofia de producto y en ninguno de mis pronósticos existía la posibilidad de que a la noche siguiente me encontrase bebiendo de una de esas botellas.

Ya iba por el tercer vaso de licor de hierbas, cuando vi otra botella de *whiskey* medio vacía que se encontraba en la mesa donde la noche anterior había estado bebiendo. No recordaba haber empezado esa botella en cuestión y tampoco me percaté de su presencia aquella mañana, cuando estuvimos organizando todo y recogiendo las cosas que nos iban a servir de utilidad.

Dudé en decir algo a Héctor sobre aquello, pero no las tuve todas conmigo. Tal vez la noche anterior sí que había abierto esa botella y bebido de aquel whiskey y esa mañana no había reparado en ella.

Mis dudas sobre mencionarle a mi amigo algo al respecto se disiparon cuando el crío rompió a llorar.

—Como se pase toda la noche así no vamos a poder descansar.

—Puede que se haya cagado. He traído un par de pañales que había en el camión. ¿Quieres cambiarlo tú? —propuso Héctor con sarcasmo.

Antes de que pudiera negarme al ofrecimiento, escuchamos unos leves rugidos en el exterior, tras la pared del bar, acompañados de unos pasos que crujían al pisar los cristales rotos que había en la acera de la calle. De pronto, por una de las rendijas que había entre los tablones de madera que Fred clavó en las ventanas del bar para protegerse de los peligros de fuera, una mano apareció e intentó en vano tocar a Héctor, que estaba al lado meciendo al bebé para que dejase de llorar.

—Joder, el llanto del crío está llamando la atención de los carroñeros de la calle. En condiciones normales las ventanas pueden resistir, pero como se amontonen ahí, no sé si acabarán cediendo —bebí un trago, hasta apurar el vaso, y me levanté dispuesto a tratar de despedazar esa mano intrusa—. Aleja al niño de esa zona, así su llanto no se escuchará tanto allí fuera.

Héctor cogió un pañal limpio de la mesa donde había puesto todas las cosas que había sacado del camión, y llevó al bebé al interior del bar, lejos de la puerta. Allí comenzó a cambiarle el pañal mientras me acercaba a rebanar la mano que asomaba por esa rendija. Desganado, desenvainé la espada y golpeé la muñeca del bicho, pero no conseguí atravesarla en el primer intento. No era la primera vez que me pasaba, ya que algunos de esos monstruos no llevaban suficiente tiempo en estado de descomposición y sus huesos eran lo bastante duros como para evitar que lograse mi cometido.

Volví a atacar, esta vez con más decisión, y la mano acabó cayendo dentro del bar dejando un pequeño reguero de sangre en la zona.

Cuando miré a Héctor de nuevo, éste se llevó el dedo índice a la boca, indicándome que no hablase fuerte. Le había cambiado el pañal y el bebé se había tranquilizado. En silencio, mientras renegaba con la cabeza, me senté en la barra y llené otro vaso de licor.

«Pues tiene su aquel», pensé.

Héctor.

El despertador sonó, como cada mañana a las siete y quince minutos. Cuando abrí los ojos la habitación seguía totalmente a oscuras, pues a esas horas el sol apenas estaba saliendo. Alargué el brazo hasta la mesita que tenía a un lado de la cama y apagué la alarma.

Tras desperezarme y estirar cuantas partes de mi cuerpo vi necesarias, me incorporé. En la cama de al lado, mi hermano aún dormía.

—Venga Andrés, es hora de ir al colegio —dije mientras subía la persiana y abría la ventana. La poca luz que entraba terminaría por espabilarlo.

—No puedo ir hoy, me duele la barriga —protestó aún debajo de las sábanas.

—Siempre dices lo mismo, podrías cambiar de excusa —agarré la manta que lo cubría y lo destapé—. Venga, mamá te dejó anoche la ropa lista encima del escritorio. Cuando termines, lávate la cara y ven a desayunar a la cocina.

—¡Pero primero tengo que ducharme! —exclamó airado. Le levanté un brazo y acerqué la nariz a su axila.

—Siéntate cerca de la ventana —bromeé.

Le lancé los pantalones que tenía en el respaldo de la silla del escritorio y salí de la habitación. Andrés dio un respingo y de un salto salió de la cama y comenzó a vestirse. Me asomé a la habitación de enfrente y comprobé que, como era habitual, mi madre ya había salido a trabajar. Tenía que despertarse muy temprano para viajar casi ocho horas diarias, ya que trabajaba en una empresa local que vendía productos fertilizantes para la tierra y ella tenía que desplazarse a otras ciudades para presentar sus productos y concretar las ventas.

Desde que murió mi padre, poco después de nacer mi hermano, tuvo que doblar esfuerzos para pagar el piso y mantenernos a los tres. Mientras, yo me ocupaba de él en prácticamente todo lo demás. Lo llevaba y lo recogía del colegio, hacía de comer para los dos y lo ayudaba con los deberes. Afortunadamente, para esto último no me necesitaba demasiado, pues desde bien pequeño había demostrado una gran inteligencia. Solía sacar muy buenas notas en los exámenes, y mi madre llegó a recibir una carta del colegio informándole que su hijo tenía la posibilidad de ser adelantado un curso.

En mi caso era algo distinto. Había pasado por el instituto de puntillas, sacando las notas justas para aprobar, y nunca había parado a plantearme mi futuro. Me matriculé en Derecho en la universidad, pero fue más por descarte de otras carreras a las que veía aún con más desgana, que por la pasión que sentía por estudiarlo. Por motivos obvios, cuando se lo conté a mi madre omití esos argumentos y ella comenzó a decirle a familiares y amigas que iba a tener un hijo abogado. La presión, para un alumno que empezaba su primera semana en la facultad, ya era notable.

—Cuando sea mayor quiero ser abogado, como tú —añadió Andrés camino al colegio.

«Vaya por Dios», medité resignado.

El primer día de clases en la facultad fue, para mi sorpresa, bastante breve. El día anterior tuvimos la típica charla donde los profesores se dedican exclusivamente a explicar en qué iba a consistir su asignatura, lo mucho que esperaban de todos nosotros y a decirnos que teníamos por delante un reto maravilloso y una oportunidad única. Cuando vi la guía con la cantidad de asignaturas del primer curso y el nombre de todas ellas, sentí vértigo y pereza, sobre todo pereza.

Aquel día salí muy justo de tiempo y cuando llegué a la primera clase el profesor ya había comenzado con la explicación. Se detuvo cuando llamé a la puerta y pedí permiso para entrar, lo que provocó que toda la clase se girara hacia mí. Avergonzado, busqué un sitio vacío en la parte de atrás del aula y me senté. Escuché un reproche por parte del profesor, con discurso incluido sobre la importancia de la puntualidad al tiempo que asentí con la cabeza instintivamente, mostrando mi más profundo arrepentimiento. Después de aquello, no logré recordar nada sobre el resto de esa clase.

La segunda hora fue distinta, no porque la asignatura en cuestión me pareciera interesante, sino por el hecho de que tuve la oportunidad de conversar con un compañero. Su nombre era Leonardo. Tenía la misma edad que yo, y según dijo, las expectativas por acabar el año con más asignaturas aprobadas que suspensas eran limitadas. Congeniamos enseguida. Para la tercera hora, decidimos que era más productivo quedarse en la cafetería que asistir a clase. Al cabo de unos días, ya éramos inseparables. Mi mayor sorpresa fue cuando acabamos descubriendo que compartíamos una amistad en común; Joan Vendrell.

Llevaba un buen rato observando a aquella criatura dormir, totalmente ajeno al caos que nos estaba tocando vivir, y no caí en la cuenta de que V me estaba hablando e intentaba decirme algo hasta que me golpeó levemente el hombro ofreciéndome un trago de aquella asquerosa bebida de licor de menta que Fred se había empeñado en comprar. Rechacé el vaso.

—¿Vas a estar mucho rato así? —añadió.

—¿A qué te refieres?

V, que ya parecía algo afectado por el alcohol, se tambaleaba ligeramente con el vaso en la mano.

—Así, con ese crío —derramó un poco de líquido verde al señalar la cuna—. Mira tío, este niño no es nuestro, y entiendo que no hayas querido abandonarlo a su suerte, pero quiero que tú comprendas lo que supone cargar con un bebé en estos momentos.

—Lo sé, y lo entiendo—contesté desalentado. V tenía razón. Si las probabilidades de sobrevivir ya eran mínimas, sumarle la carga de un bebé con todo lo que conlleva, sería casi un suicidio—. Pero no puedo evitarlo, me recuerda tanto a cuando cuidaba de mi hermano —no pude evitar derramar una lágrima.

V pareció darse cuenta, porque me agarró fuerte del brazo, me acarició la cabeza y se sentó a mi lado.

—¿Cuánto hace ya de aquello? —posó el vaso en la mesa y observó fijamente al bebé.

—El pasado julio hicieron tres años —alcancé la bebida de mi amigo e intenté dar un trago. La grima que me producía ese líquido se convirtió en nauseas cuando lo probé.

—¿Quieres hablar del tema? —propuso.

Era una mañana de enero cuando recibimos la noticia. Mi hermano, tras varios días aquejado por un fuerte dolor de estómago y realizarle las pertinentes pruebas médicas, análisis y ecografías, le diagnosticaron un cáncer en la zona intestinal. Pasaron duras semanas de viajes a distintos hospitales, operaciones y tratamientos hasta que seis meses y medio después, Andrés murió.

Para la familia aquello fue un trauma imposible de superar.

Mi madre, que hasta ese día siempre había demostrado una gran fortaleza, que tenía palabras de ánimo con las que conseguía hacerte ver el mundo un poco mejor de lo que era, nunca perdió la esperanza. Incluso durante los últimos días de la enfermedad de mi hermano, cuando ya sabíamos cómo acabaría todo, se había mostrado con una sonrisa delante de nosotros, pues no quería que la viéramos flaquear en ningún momento. Pero tras el día de su muerte, nunca más volvió a ser la misma. Aún años después, cuando pensaba que no podía escucharla, la veía llorar y hablar consigo misma intentando encontrar una explicación que nunca llegaría. Fue gracias al apoyo de su hermana, que no se separó de nosotros en ningún instante, lo que ayudó a que pudiera seguir adelante. Aunque nunca más logré ver en su rostro aquella sonrisa que mostraba siempre, pues algo dentro de ella se había apagado con la muerte de Andrés.

En mi caso, fueron V y Leo los que consiguieron que mi vida no se desmoronase por completo. Pasé varios meses de frustración absoluta que se vio reflejada en mi expediente académico, lo que me obligó a abandonar la universidad durante todo el año hasta que, con el paso del tiempo, pude retomar los estudios con el mismo éxito que acostumbraba a tener, es decir, ninguno. Tras varios intentos, acabé dejando la carrera en el último curso.

Mis dos amigos fueron el mejor apoyo en el peor momento de mi vida y lo seguirían siendo en ese momento.

Agarré de nuevo el vaso y me lo terminé de un trago. Una fuerte arcada casi me hace vomitar, por suerte, pude contenerme.

—No —logré contestar—. No hace falta.

Leonardo.

—*¿Os vais de verdad?* —*preguntó mientras contemplaba atónito el semblante decidido de mis dos amigos.*

Héctor y Joan Vendrell habían acordado que era el momento de poner rumbo a los Estados Unidos, aunque los motivos de uno eran distintos a los del otro.

El primero afirmaba que nuestra ciudad era como una tierra maldita para él, y que nunca superaría la muerte de su hermano si se quedaba allí. Se había asegurado de que su madre no estuviera sola y que sus tíos la acogieran en una pequeña casa en el pueblo costero de San José.

«Estaré bien en casa de Julieta. Me han dicho que tienen un balcón que da directamente al mar y, por las noches, las estrellas se reflejan en él y en ocasiones se difuminan con la espuma del oleaje. Si tu hermano descansa en algún lado, debe ser allí. Adoraba el mar, estoy segura de que él estaría encantado de vivir en un lugar como ese», le había dicho a Héctor cuando la llevamos en coche a su nuevo hogar.

La motivación de Joan Vendrell era más extraña. Su padre, John, se marchó de casa cuando él tenía doce años. Desde aquello, había compartido con Héctor la soledad de crecer sin una figura paterna.

Durante muchos años, su madre le había dicho que su padre era una especie de agente secreto y que tarde o temprano acabaría volviendo y le contaría cientos de historias apasionantes de las que sentirse orgulloso, pero conforme iban pasando los años, V fue perdiendo la ilusión hasta acabar creyendo los rumores que circulaban en el instituto sobre el paradero de su padre. Unos decían que estaba en la cárcel, otros que era un ludópata que coqueteaba con la heroína, e incluso hubo un rumor que ganó mucha fuerza, en el que se aseguraba que John

Vendrell había sido sicario de la mafia y un ajuste de cuentas había terminado con su vida. Y si algo de ese rumor era cierto era que John Vendrell tenía las horas contadas.

Hasta que V cumplió veintiuno, no volvió a tener noticias de su padre. Fue a través de una llamada telefónica. Una persona, que aseguró ser un viejo amigo de su padre, le comunicó que éste había muerto sirviendo a los servicios de inteligencia americanos hasta su último día. «Mi madre no me había mentido», me dijo Vendrell en una ocasión.

Pero, a decir verdad, esa escueta llamada sólo trajo consigo más preguntas a las que mi amigo no les encontraba respuesta. ¿Quién había sido realmente su padre? ¿Por qué se fue y no volvió a contactar con él? ¿Cuáles fueron las causas de su muerte? El día en el que llegaron sus cenizas desde América, y la urna que las portaba, V tomó la decisión de marcharse a Estados Unidos y no volver sin aclarar todas las incógnitas que tenía sobre la vida y la muerte de su padre. Y lo hizo únicamente con dos pistas; un número de teléfono y la dirección de la empresa de transportes que le había enviado las cenizas. Probablemente no serían suficientes, y él lo sabía, pero no iba a darse por vencido tan facilmente.

Ambos tenían un buen motivo para macharse y Héctor no vio con malos ojos la idea de estar acompañado por su amigo de la infancia, así que decidió poner rumbo al mismo destino que Vendrell.

En esa ecuación faltaba por sumarme yo. En cuanto me pusieron al corriente de la situación, no lo pensé dos veces y traté de buscar una salida profesional al otro lado del charco. Contacté con varios bufetes de abogados americanos situados cerca de donde Vendrell y Héctor iban a residir. En internet gozaban de buena reputación y demostraron tener unos exquisitos modales, con los que me fueron rechazando uno por uno con mucha educación hasta que, bajando el listón más de lo que me había imaginado previamente, me topé con el despacho de Jack Allen y Carl Donovan, donde buscaban un sustituto de este último, que se había jubilado recientemente y que, aunque seguía acudiendo al despacho, ya lo hacía extraoficialmente, cuando le apetecía volver a sentirse útil. Aun así, Jack Allen necesitaba alguien para repartirse el trabajo y puso varios anuncios en internet.

Cuando tuve la oportunidad de conocer a mi jefe en persona me sorprendí bastante. Carecía de la apariencia y formalidad que se esperaba de alguien tan servicial como él había sido conmigo cuando hablamos por videoconferencia.

Jack era un hombre voluminoso y descuidado. Su media melena nacía en mitad de la cabeza y dejaba entrever una calvicie imposible de disimular dignamente. No era muy alto y tampoco aparentaba ser una persona agradable, pero cuando le ofrecí mis servicios mediante una entrevista online no sólo me aceptó, sino que consiguió solucionar cualquier problema burocrático que surgiera e incluso me mandó el material necesario para prepararme el examen de acceso que tenía que superar para así ejercer

como abogado en su país. Los primeros meses estudié en España,
pero no tardé en trasladarme a EE. UU. Allí me instalé en el piso
del Edificio Prado Verde, ya que me pareció más oportuno hacer
acto de presencia y conocer al que iba a ser mi nuevo jefe.

Lo cierto es que en esos meses todo sucedió de manera acele-
rada. Aún no tenía ni la nota oficial del examen y Jack ya había
dejado sobre mi escritorio el expediente con el que iba a ser mi
primer caso de mi carrera profesional. Aun no había asimilado
lo que estaba ocurriendo a mi alrededor, ni las consecuencias
que traían consigo cada decisión tomada, y ya estaba ordenan-
do el escritorio de mi nuevo despacho donde coloqué una foto
de mi familia para poder observarla en los pequeños descansos
que tuviera. Allí, mientras disfrutaba de una taza de café recién
hecho, abrí la carpeta y empecé a leer todos los datos sobre el
caso que mi jefe me había asignado, desconociendo en un prin-
cipio que se trataba de una historia tan turbia.

Durante la primera visita que realicé a la prisión donde
estaba Engla recluida, no articuló palabra alguna. Me senté
frente a ella y titubeé al presentarme. No supe identificar el
motivo que me hizo ponerme tan nervioso porque, por un lado,
era evidente que aún era un abogado novato, pero también
coexistieron, como factores que causaron mi nerviosismo, tan-
to la gravedad del caso como la presencia de Engla. En esa
visita me pregunté si todos los encuentros con mi cliente iban
a estar rodeadas de esa especie de aura oscura y fría.

Y es que Engla Santana no era una chica normal. Jack no había conseguido tener datos exactos sobre su procedencia, pero estaba claro que esa joven veinteañera, que apareció abandonada en la puerta de un orfanato cercano a Little Rock, era de ascendientes nórdicos. Tenía la tez pálida, los ojos de un azul casi transparente, y unos labios finos y rosados que terminaban por formar un bellísimo semblante. Sin embargo, aquel rostro angelical podía llegar a transformarse en demoníaco con tan sólo pensar que ella había cometido los asesinatos de los que se le acusaban.

La de Engla fue una infancia poco corriente donde una niña era acogida por una familia de muy buena reputación y criada junto a los dos hijos biológicos de este matrimonio. Sus nuevos hermanos, como sucede en una gran parte de hijos de familias pudientes, eran groseros y maleducados y estaban sobreprotegidos. La llegada de Engla supuso un cambio en las personalidades de ambos. Mientras que el pequeño Bill tomó conciencia de los orígenes humildes de su nueva hermana y supo aprender y adquirir un comportamiento ejemplar con ella, el mayor, Louis, nunca terminó de aceptarla. Acusó a Engla de quitarle a su familia y de ser la culpable de la mayoría de sus fracasos y castigos y, aunque en un principio Bill quería mantenerse al margen de esas disputas, el mal comportamiento de Louis, que ya había llegado a plasmarse en episodios violentos, acabó haciendo que el pequeño se posicionara en favor de su hermana. Eso fue la gota que colmó el vaso para Louis, que no tardó en marcharse de casa para nunca más volver.

Los padres cesaron en la búsqueda de su hijo tras años inten-
tando contactar con él. La policía no podía hacer nada; Louis
era mayor de edad y se había marchado por iniciativa propia,
así que, con el tiempo, la familia terminó por aceptarlo. Aunque
parecía difícil superar la desaparición de un hijo o un hermano,
la tranquilidad y la paz que trajo la ausencia de Louis ayudó
muchísimo en el proceso. Sin embargo, Engla siempre se sintió
culpable de todo lo ocurrido. Era de ese tipo de personas que se
culpaban de cosas de las que no era responsable.

Engla Santana, o Engla Wallace, que era el apellido de su
familia adoptiva, estaba acusada de asesinar a sus padres. Un
crimen sangriento por el que se enfrentaba a la pena capital
debido, entre otras cosas, a que el padre había sido un relevante
alto cargo público. El cadáver de éste fue hallado cerca del ves-
tíbulo, y tras él había un reguero de sangre. La investigación
policial concluyó que, malherido por un disparo a la altura del
estómago, trató de arrastrarse hasta el vestíbulo, lugar donde
tenía una escopeta de caza que nunca llegó a coger, dado que
el asesino debió percatarse de sus intenciones y decidió darle
muerte al dispararle en la cabeza en dos ocasiones más.

El cuerpo de la madre de Engla, Margaret Wallace, fue ha-
llado en la cocina. A su lado, había un cuchillo que probable-
mente, y así lo concluyó la policía, había tratado de utilizar para
defenderse del inminente ataque, aunque tampoco tuvo ocasión
de hacerlo. Tenía un ojo atravesado por un agujero de bala.

En cuanto al lugar del crimen, este presentaba un aspecto cuanto menos extraño. Todo estaba patas arriba y, sin embargo, no se habían llevado nada. La policía entendió que se trataba de una simulación. El objetivo del asesino era que creyeran que el móvil del crimen era un robo, pero todo apuntaba a que lo que realmente buscaba era acabar con la vida de los habitantes de la casa, sin ningún otro interés en los objetos valiosos que en ella había.

Un vecino había avisado a la policía en cuanto escuchó el primer disparo, a eso de las diez de la noche. Cuando la policía estaba a punto de llegar al lugar de los hechos, veinte minutos más tarde, encontraron a Engla en las inmediaciones, escondida entre unos arbustos, como si de un animalillo asustado se tratase. Eso es lo que recogió el informe policial, pero más tarde la acusación entendió que este hecho podía suponer que Engla había recuperado la razón y al darse cuenta de lo que había hecho se había asustado. Un informe psiquiatra descartaría posteriormente que sufriese ningún tipo de enajenación mental.

En mi primera entrevista con ella agoté el tiempo sin lograr sacar nada positivo. Ni una palabra, ni un cruce de miradas, nada. Sus ojos solo apuntaban desinteresadamente a la mesa, estaba perdida en sus propios pensamientos. Traté de ser cordial con ella. Intenté sacar tema de conversación y pude observar sendos tatuajes en forma de tribales que asomaban bajo las mangas y el cuello, por lo que decidí preguntarle por ellos, pero mi nerviosismo únicamente empeoró la situación haciendo notar que estaba tratando de forzar la conversación y, tras fracasar en el intento, volví a casa hundido y convencido de que aún no estaba preparado para llevar un caso como ese.

Tardé un par de días en volver a recuperar la confianza y los ánimos. Durante el periodo en el que estuve decaído le había llegado a comentar a Jack que el caso me estaba superando. Él me insistió en que hiciera acto de presencia y que era sólo un trámite. Me dijo que era un caso perdido pero que él había creído constructivo para mí que lo afrontase, ya que así entendería la clase de crueldad que hay en el mundo.

—Unos padres que se lo dan todo a una hija que no era ni suya y ésta les corresponde matándolos —comentó.

Joan y Héctor se hicieron eco de mi bajón tras la experiencia en la cárcel por lo que para animarme me invitaron a tomar una cerveza en el bar de Fred. Comentamos el caso y saqué conclusiones de todo tipo. Las hubo más útiles, como la de Héctor, que trató de animarme diciéndome que lo mirase desde otra perspectiva. Ya que no tenía nada que perder, no habría motivo para ponerme nervioso. Me insistió en que me leyese el caso en profundidad y que demostrase que pese a ser un crimen evidente, yo estaba preparado para ejercer una adecuada defensa. Otras conclusiones, las de Vendrell, no aportaron gran cosa, pero fueron igualmente recibidas con gratitud por mi parte.

—*Si es que no hay que adoptar. La maldad va en los genes, probablemente el padre de esa chica haya sido un asesino a sueldo de la KGB. Ya lo decía Forrest Gump, «la adopción es como una caja de bombones…»*

Esa era una de las ocasiones en las que no sabía si mi amigo hablaba en serio o trataba de quitarle hierro al asunto bromeando. Fuera como fuese, conseguía restarle importancia al problema.

Aquella noche me recargué de energía y, sin esperar al día siguiente, me senté en el sofá con el expediente delante y tomé algunos apuntes. Lo primero que anoté fue el nombre de su hermano mayor, Louis Wallace. Quería saber más sobre él porque, aunque hubiesen pasado ocho años, se había criado en esa casa y la conocía bien, lo que le habría ayudado a burlar los sistemas de seguridad. Podría darse el caso de que los Wallace no hubieran cambiado de cerradura y Louis tuviese un juego de llaves que utilizar, lo que explicaría porqué el asesino no había forzado ninguna puerta para entrar en la vivienda.

Seguidamente, apunté varias horas que consideré relevantes. En el expediente ponía que nadie del servicio de los Wallace habitaba en la casa, ni el jardinero, ni la cocinera, y que el horario de trabajo del primero era sólo matutino, mientras que el de la segunda finalizaba a las 19:00 horas. Ambos alegaron no estar en casa en el momento de los hechos y que no habían notado nada raro en los días anteriores. Ni visitas de desconocidos, ni comportamiento extraño en ninguno de los familiares.

Por otro lado, estaba la llamada del vecino alertando de un primer disparo. El registro de llamadas decía que había sido realizada a las 22:01 horas de la noche, siendo las 22:06 horas, es decir, cinco minutos después, cuando la cámara de la entrada a la finca captó a Engla saliendo del lugar de los hechos. Me pareció un espacio de tiempo razonable, teniendo en cuenta que el jardín de la finca era lo suficientemente amplio como para tardar más de un minuto en recorrerlo y así llegar a la puerta donde estaba colocada la cámara.

Lo último que anoté fue el teléfono del vecino para contactar con él, algo que hice al día siguiente nada más llegar a mi despacho.

La llamada fue breve, concisa e inútil. Él ya había dicho lo que tenía que decir tanto a la policía como a mi compañero y, aunque le insistí en que era un testimonio clave, no quiso saber nada más acerca del asunto.

Tal vez tuviera razón en lo que decía; él había escuchado un disparo y había llamado a la policía en ese momento. La hora de la llamada estaba registrada y poco más iba a aportar, así que, resignado, abandoné esa vía de investigación y seguí buscando a Louis Wallace, obteniendo el mismo y frustrante resultado que de costumbre: Louis Wallace se había volatilizado. No había ningún dato de él, ni siquiera su hermano Bill había conseguido contactar con él para el funeral de sus padres. En cuanto a este último, hacía dos años que se había mudado con su pareja a California y no aportó ningún dato medianamente llamativo a la investigación, o al menos eso recogía Jack en sus apuntes, donde también decía que Bill no se había sorprendido al escuchar que la principal sospechosa era su hermana Engla.

Me quedé parado viendo la ficha de Louis Wallace y pensando en alguna forma de poder localizarlo; compraventa de inmuebles, registro de transacciones bancarias... No sabía por dónde empezar.

—Tal vez si buscases en el cementerio... —me dijo Jack, que pasaba por mi puerta justo en ese instante.

—¿Cómo? —pregunté sorprendido.

No me había mirado, simplemente de camino a su despacho había pasado por el mío y dejó caer esa frase.

—Estás buscando a Louis Wallace, algo que ya hice antes que tú. Sí, también pensé en el juego de llaves y sí, también corroboré que la cerradura no había sido cambiada. Y cuando encontré una vía hacia la que dirigir la defensa, me topé con la noticia de que Louis llevaba meses muerto. Sobredosis. Era un heroinómano —comentó mi jefe.

—¿Has estado leyendo mis notas? —pregunté sin ocultar mi decepción por la noticia anunciada.

—No debes dejarlas encima de la mesa ni para ir al servicio. Cualquiera que se cuele en tu despacho podría extraer toda la información. Tienes que ser más cuidadoso —me regañó dando por finalizada la conversación.

Al día siguiente hice la segunda visita a Engla y opté por contarle todo el trabajo que había realizado. Estaba tan enfadado que, al acabar, la rabia hizo que perdiese la compostura y alzase un poco la voz.

—Lo que no puede ser es que yo esté devanándome los sesos intentando ayudarte y tú no colabores —le solté, aunque ella no se inmutó.

Seguía mirando la mesa, impasible, con esa mirada perdida que daba a entender que no se molestaba en escucharme.

—Ni me miras, ni dices nada, aunque sea para insultarme —hice una breve pausa para tomar aire—. ¿Crees que no sé cómo te sientes? Soy joven como tú y entiendo la frustración que debes tener porque un momento de locura puntual se ha cargado todo tu futuro, pero créeme, el silencio no te ayudará aquí —lancé el órdago por si al menos conseguía algún tipo de reacción, pero ella siguió en silencio, mirando a la nada—. Está bien, me he cansado. Como todavía quedan cinco minutos, en vez de dar por finalizada esta visita y antes de que venga el guardia a por ti, voy a jugar a tu juego.

Tras decirle esas palabras, guardé silencio mientras ojeaba el expediente de Engla sin mucho interés. Llegué a las anotaciones de Jack y vi que, en efecto, había hablado con Hank, el vecino de los Wallace.

—Un momento —interrumpí el silencio—. Según el vecino entre el primer disparo y los tres siguientes pasaron como diez minutos. Si el primero fue a las diez y un minuto y la cámara te captó cinco minutos después, es imposible... —iba a alzar la voz de nuevo, pero al dirigir la mirada hacia ella para fi-

115

nalizar la frase, la encontré mirándome fijamente— ...que tú estuvieras dentro de la casa cuando siguieron los disparos —finalicé casi susurrando, tragando saliva, amedrentado.

Su mirada me congeló. No pestañeaba, tenía las pupilas clavadas en mí. Sus ojos azules cristalinos me petrificaron. Me vi atrapado. No supe cuántos segundos duró esa situación, pero allí estaba yo, totalmente neutralizado por unos ojos que, por segundos, noté vidriosos, pero que en ningún momento llegaron a derramar una lágrima.

El guardia nos avisó de que había finalizado el tiempo y fue entonces, mientras yo volvía en mí, cuando escuché su voz por primera vez.

—Yo no lo hice —afirmó con total rotundidad, mostrando la rabia contenida que había estado ocultando durante todo el tiempo.

Abrí los ojos. Estaba bajo la cama de Fred. Intenté moverme, pero me dolía todo el cuerpo. ¡Es cierto! Me había caído por las escaleras y por eso entre la resaca y las magulladuras y rasguños, apenas podía moverme. Seguí pensando y recordando, con sumo esfuerzo, mis pasos en la noche anterior. Tardé un rato en recomponer los hechos uno a uno y por orden. Finalmente, el ruido de un motor hizo que diera con la clave de mi caída. Había escuchado llegar al camión de aquel hombre que había asesinado a mis dos amigos y traté de esconderme antes de que me venciera el cansancio y el alcohol.

De manera vacilante y avergonzándome de mi estado físico, me acerqué a la ventana del salón de la casa de Fred y al asomarme por ella contemplé, a lo lejos, cómo el camión abandonaba la calle. Al minuto, unos cuatro o cinco zombis, alertados por el ruido del camión, aparecieron por la zona, curiosos. El asesino de mis amigos se había marchado. Estaba a salvo, de momento. Sin embargo, ya nada tenía sentido. No tenía a nadie, me encontraba solo, y físicamente no me sentía en condiciones para salir de allí. Estaba algo desorientado, así que fui a la cocina donde Fred tenía un reloj redondo, de esos que funcionaban con pilas, colgado de la pared. Miré la hora y eran las nueve de la mañana. Había dormido mucho y, por contra, me sentía como si no hubiese descansado nada. Volví a la habitación de Fred y me dejé caer, esta vez, en su incómoda, pero impagable cama. En comparación con el suelo, aquel sitio era todo un paraíso donde dormir. Estiré mi cuerpo y miré al techo: había burlado a la muerte.

Vendrell.

Desperté por la mañana pensando en lo que había pasado el día anterior. Por muchas vueltas que le diese, si Leo no estaba en alguna parte del edificio, no se me ocurría ningún otro sitio al que ir en su búsqueda. Sólo tenía clara una cosa: cuanto más tiempo estuviésemos allí parados, más tiempo tendría él para alejarse de nosotros.

Miré por las rendijas de la ventana y observé la calle atentamente. El día había comenzado algo nublado, aunque no parecía que fuese a llover. En nuestra calle sólo había un par de inhumanos deambulantes.

Entre sueños, había escuchado a Héctor levantarse a medianoche en más de una ocasión para calmar al bebé, que lloraba una y otra vez, así que decidí aventurarme solo en la búsqueda de Leonardo y dejar que Héctor siguiese durmiendo. Adelantaría trabajo y mi compañero descansaría un poco más.

Me puse en marcha, no sin antes llenarme una copa de aquel dichoso licor y bebérmela de un trago. Tuve suerte de que estuviéramos en invierno y que la temperatura hiciera que las bebidas se mantuvieran en una temperatura óptima porque, al no disponer de hielos, aquellas botellas a temperatura ambiente eran más difíciles de consumir.

Sin mucha más dilación, cogí la espada y avancé por las escalerillas del bar hasta la primera planta.

«Si Leo está en el edificio, lo más lógico es que, si no es en el bar, sea en nuestra casa», pensé, justo antes de dirigirme al rellano del piso de Fred.

Subí hasta nuestro piso con cierta ansia, ya que tenía muchísimas ganas de ver a Leonardo sano y salvo, y algo me decía que estaría allí, pero me equivoqué. El hedor que emanaba del cadáver de Henry hacía prácticamente inhabitable aquel lugar. Frustrado, me senté en la cama de mi habitación, donde el olor no era tan potente, para coger algo de aire antes de revisar el resto de los pisos.

Disfruté del silencio y la paz que me acompañaban en esos momentos y empecé a sopesar la más que probable realidad de que habíamos perdido a Leonardo y en adelante sólo íbamos a estar Héctor y yo. En mi cabeza surgió la idea de tratar de proteger al bebé como no lo había conseguido con Leonardo. Podríamos llamarlo Leo y criarlo en algún lugar a salvo de todo el caos. Sacudí la cabeza y traté de descartar de inmediato ese pensamiento. Tenía que mantener la esperanza y confiar en que encontraríamos a nuestro amigo costara lo que costara, así que me puse en pie y salí de mi casa en dirección a la de Rodd. Ahí habíamos dejado el camping gas, y si no estaba en el bar ni en la casa, la tercera opción probable era junto al sitio que le proporcionase comida caliente. Iba a entrar allí, cuando escuché, proveniente del bar, el llanto lejano del bebé. Acto seguido, abandoné la misión dando por hecho que Leonardo no había regresado al edificio, y me apresuré en volver para que Héctor no se preocupase por mi ausencia.

Allí lo encontré, despierto, meciendo al bebé.

—¿Dónde estabas? —preguntó al verme.

—Revisando el edificio nuevamente —respondí cabizbajo—. Ni rastro.

—No te preocupes, estoy seguro de que tarde o temprano lo encontraremos —asintió—. O él nos encontrará a nosotros. Si Leonardo consiguió sobrevivir al día de ayer, ten por seguro que volverá a buscarnos.

—Pensé que podría haberse refugiado en casa en vez de aquí —insistí desilusionado.

—Podemos trazar un plan de búsqueda con el mapa que encontramos en el camión —ideó—. Buscar en lugares cercanos donde Leo pudiera haberse escondido por miedo a volver al bar.

—Podría valer. Pero ¿y si no da resultado? ¿Y si nos tiramos días buscando casa por casa, y no damos con él?

—Continuamos nuestro camino —respondió afligido—. Sobrevivimos tío, no nos queda otra.

Las palabras de Héctor me sentaron como una puñalada en las tripas. No quería pensar en la posibilidad de no volver a ver a Leonardo, pues era uno de los motivos por los que mi existencia todavía tenía sentido. Si aún había alguna opción de poder encontrarlo, no iba a desistir en mi empeño.

Busqué el mapa, tomé asiento en una de las banquetas acolchadas y comencé a revisarlo. Como ya advirtió Héctor la pasada noche, había varios puntos señalados y uno de ellos era el bar dónde nos encontrábamos. Además, locales de diversos tipos también aparecían marcados. Desde supermercados, algo lógico pues al comienzo de todo el caos fueron los primeros en ser saqueados, hasta tiendas de armas y demás locales donde poder adquirir todo tipo de herramientas. En ese momento Héctor se acercó con dos boles de comida y se sentó enfrente. El bebé pataleaba en la caja que mi amigo había acercado hasta nuestra mesa.

—¿Ha comido algo? —pregunté despreocupado.

—Sí. Todavía quedaba algo de leche en polvo, pero tenemos que buscar algún sitio donde poder hacernos con más. Y hay que buscar agua embotellada, no sé hasta qué punto podremos seguir bebiendo lo que sea que guardara por aquí el viejo Fred.

—El camión está repleto de cosas —recordé—. Podemos bajarlo todo y ver qué necesitamos.

Mi compañero asintió satisfecho y agarró el mapa para echarle un vistazo.

—Pero antes tenemos que pensar en algún lugar dónde Leo haya podido ocultarse —añadí.

Héctor, que me observaba a mí y al mapa alternativamente, resopló y giró el plano para ponerlo de forma que los dos pudiéramos verlo a la vez.

—La verdad es que no tengo ni idea de dónde podría estar —manifestó.

—Podemos probar por esta zona. Aquí hay varios locales que solíamos frecuentar —ideé—. Si está en algún sitio tiene que ser conocido, donde ya haya estado antes. Y tiene que ser cerca, dudo que haya podido ir muy lejos de noche.

Durante varios minutos estudiamos el mapa y señalamos un par de locales al que solíamos ir de vez en cuando; una pizzería, un par de cafeterías que frecuentábamos en momentos en los que Fred se ponía insoportable hasta para nosotros y un pequeño videoclub donde alguna que otra vez alquilamos un videojuego o una película que nos resultara interesante. Acto seguido, salimos por el garaje para vaciar el camión y hacer inventario. El cielo seguía nublado y el sol acababa de salir por lo que el frío aún era notable. Las calles parecían desiertas. Por las rendijas de la ventana, pude ver que no había rastro de los monstruos, pero sabíamos que, al mínimo ruido, aparecerían desde cualquier callejón y comenzarían a perseguirnos.

Descargamos gran parte del interior del camión en el garaje para hacerlo lo más seguro y rápido posible. En uno de los laterales había una pequeña litera de madera con dos colchones acoplados. Creímos que lo idóneo sería llevar uno al bar para poder descansar mejor, y dejar el otro y algo de comida dentro del vehículo por si surgía alguna dificultad que retrasase nuestro regreso al bar. Cuando cargábamos la última de las cajas, me asomé a la calle y vi como varios inhumanos comenzaron a acercarse a un par de manzanas de distancia.

—Llévate las cosas hasta el bar. Mientras, iré a quitarnos de encima a esos dos, antes de que se acumulen en la puerta y nos impidan salir después —ordené a Héctor mientras echaba mano a la espada.

Me acerqué lo más rápido que pude sin hacer ruido.

—Ten cuidado y no te entretengas demasiado —escuché a Héctor a mis espaldas.

El primero de ellos era un hombre de mediana edad con una herida en la cabeza por la que se le veía medio cráneo. Con el filo de la hoja terminé de rebanarle el cuello. El segundo, otro hombre de edad avanzada y al que no pude identificar ninguna herida a la vista, caminaba bastante más lento, arrastraba el pie derecho que tenía completamente dislocado, lo que me facilitó para darle un empujón y que cayera al suelo. Una vez ahí, lo rematé clavándole la punta de la espada por el ojo. Levanté la cabeza intentando buscar alguna amenaza más y al no encontrar ninguna, volví al garaje. Héctor había dejado abierta una rendija de la persiana metálica. Con algo de torpeza, conseguí reptar por debajo de ella y la cerré. Parecía que mi amigo se había llevado casi todas las cajas, así que cargué con la última que faltaba y regresé al bar pasando por la casa de Fred. Héctor, que había comenzado a vaciarlas y colocar el contenido sobre la barra, se percató de mi llegada y me explicó que había encontrado paquetes de comida, principalmente arroz y pasta, alguna que otra lata de conservas, ropa de bebé y botes de leche en polvo, pero que seguía faltando agua.

—Ah y mira esto —señaló emocionado acercándose a una mesa.

En ella había una variedad considerable de armas de entre las que pude distinguir un fusil de asalto, varias pistolas, otras tantas armas blancas y lo que en principio parecían accesorios para las mismas. Parecía la típica imagen que enseñaban en los telediarios cuando la policía desmantelaba alguna banda criminal y etiquetaban el arsenal que les habían requisado.

—La mala noticia —añadió Héctor, desilusionado —es que no hay munición para la grande de aquí —dijo refiriéndose al fusil.

—El gordo cabrón la gastaría toda —torcí el gesto al recordar el rostro de aquel tipo suplicando perdón.

—Agua y una cuna para el bebé, tío. Sólo necesitamos eso —sonrió.

—Y a Leonardo —recordé molesto por el descuido—. Que no se te olvide.

—Sí, obvio... Leonardo.

—¡Es que parece que ya no te importa! —le recriminé—. Un día con ese renacuajo y es como si tu amigo no hubiera existido nunca.

—Eso no es verdad y lo sabes —respondió calmado—. Pero es que no quiero tener que volver a pasar por lo mismo otra vez. Me costó mucho superar aquello y fue gracias a vosotros por lo que intento mirar siempre hacia delante. Es mi forma de no perder la esperanza.

Las palabras de Héctor no podían referirse a otra cosa que al día que perdió a su hermano Andrés.

El pequeño Andrés no fue un luchador y vivió sus últimos días sabiendo que iba a morir y rogándole a su hermano que lo salvara. Fueron unos días muy duros, en especial para Héctor y su madre.

El día de su muerte, cuando decidimos que era el momento de dejar a Héctor y su familia la tranquilidad e intimidad propia de este tipo de situaciones, Leonardo y yo nos fuimos a una cafetería que había en el tanatorio donde llevaron el cuerpo sin vida de Andrés. No era el tradicional bar al que acostumbrábamos a ir, ya que irónicamente, estaba falto de vida. Sentados en la barra de aquel frío lugar nos tomamos un café. Estuve a punto de pedir una copa, pero Leonardo me dijo que no era el momento ni el lugar y, aunque no sabía si se refería al precio que tenían las copas en ese tipo de sitios, o más bien a la situación en sí, me disuadió de hacerlo y acabé por acompañarle en el café.

—¿Sabes? Toda esta mierda, todo lo que ha pasado con el hermano de Héctor durante estos días, me ha hecho pensar. Creemos que ante estos problemas es una obligación ser valiente, como si ser débil fuese un pecado. Creemos que tiene más mérito un enfermo valiente que uno acobardado, uno que afronta la situación con sonrisas esperanzadoras a uno que llora y pide ayuda. Y lo cierto es, que no es así. Nos llenan la cabeza de historias de gente que luchó ante la adversidad como si ellos fuesen los únicos héroes... ¿Y qué pasa con los demás? ¿Dejan de ser héroes por haberse rendido antes de tiempo?

Mientras asentía con la cabeza a lo que Leo decía, del bolsillo de mi chaqueta extraje la cartera para pagar las consumiciones. Al abrirla, pude contemplar la foto que llevaba dentro. Era una foto pequeña, algo descolorida y arrugada que me había hecho con mis padres en la Alhambra de Granada, en uno de tantos viajes que hacíamos cuando era pequeño. Paseé la yema de mi dedo índice por encima del rostro de mi padre, como queriendo tocarlo.

—Si te vas a hacer el remolón, avísame y pago yo —comentó Leonardo a la par que sacaba su cartera.

Sonreí tímidamente, derrotado por mis propios pensamientos.

—Apenas recuerdo su voz —confesé.

Sabía que mi padre me había ocultado cosas sobre su pasado así que el hecho de no encontrar ninguna pista sobre su paradero no me sorprendió demasiado. Realmente, nunca supe gran cosa sobre él. No conocí a mis abuelos paternos y él, aunque era cercano y cariñoso, se volvía serio cuando le preguntaba por ellos.

Se marchó sin despedirse, sin dejar una nota, sin darme un último abrazo. Nunca entendí el porqué. Cuando le pregunté a mi madre, rompió a llorar sin mediar palabra. Esperé unos meses y volví a hacerlo. El resultado fue el mismo, así que dejé de hacer preguntas. Mi madre fue envejeciendo a pasos agigantados y llegué a culpar a mi padre por ello. Su marcha nos había destrozado a todos, pero sobre todo a ella.

Con el paso de los años, asumí su ausencia. También la de mi madre que, aunque seguía ahí, parecía que se había marchado con él. Por mi parte, empezó a darme completamente igual todo. Sólo me importaban mis amigos más cercanos, el resto me resbalaba.

Con quince años empecé como bebedor social, hasta que, no mucho más tarde, acabé llenando de *whiskey* una petaca; lo único que heredé de mi padre. Algunas noches, generalmente entre semana, me iba a la playa, fumaba marihuana y le daba sorbos a la petaca hasta que amanecía, en el mejor de los casos, o hasta que la agotaba, en la mayoría de las ocasiones.

Mi rendimiento en el resto de los ámbitos se vio afectado por mis excesos, aunque nunca me importó. Sólo una cosa podía sacarme de ese agujero en el que había caído: la verdad sobre mi padre.

126

Mi madre, pese a su estado de tristeza, no tardó en darse cuenta del camino que estaba tomando, y una noche decidió contarme todo cuanto sabía sobre él. Comprendí que ella nunca había sabido mucho más. Que se había enamorado de un hombre que había llegado a España con una identidad nueva, una vida nueva y que, cuando le preguntaba sobre su antiguo nombre, o su antigua vida, él le aseguraba que era mejor que no supiera nada y que lo único que importaba era el presente y el futuro. Confesó creer que mi padre era una especie de agente secreto.

Nunca supe cómo mi madre había llegado a enamorarse de semejante imbécil. El esfuerzo que ella había hecho para contarme todo aquello me hizo recapacitar un poco y encarrilar mi vida. Busqué un trabajo y disminuí considerablemente el consumo de alcohol y drogas. Pero ese relato no me sació del todo, aunque sí me impulsó a seguir buscando a mi padre y llegué a la veintena sabiendo únicamente que mi padre cogió un avión rumbo a los Estados Unidos, y que allí se le perdió la pista.

Sabía que el siguiente paso era buscarlo en suelo americano, así que durante varios años estuve ahorrando lo suficiente como poder subsistir unos meses sin muchos problemas. En más de una ocasión pensé en tirar la toalla. Veía imposible encontrar a mi padre por mucho que viajase para hacerlo. John Vendrell, o como quisiera llamarse, había dejado de existir.

Cuando se pusieron en contacto conmigo para hacerme saber que mi padre había muerto, por unos segundos, no supe cómo reaccionar. Transcurrido ese breve margen de tiempo y antes de romper a llorar, le pedí más información sobre mi padre a quien quisiera que fuese el que estaba detrás del teléfono. Contestó que no podía darme esa información, por mi seguridad. ¿Por mi seguridad? ¿Qué tipo de peligro supone que yo supiera qué había sido de mi padre? Entre lágrimas perdí la razón y nunca conseguí recordar los insultos que proferí, ni el momento exacto en el que me di cuenta de que ese ser desalmado me había colgado. Nunca le dije nada a mi madre, porque en el fondo siempre supe que, lo que la mantenía viva, era la pequeña llama de esperanza de ver regresar a mi padre algún día.

Esa fue la última vez que lloré. Cuando me llegaron sus cenizas, anoté la dirección de la oficina de mensajería de donde procedía el paquete, las llevé al garaje de Leonardo y las guardamos allí. Pensé en tirarlas al mar, pero sabía que tarde o temprano tendría que contarle la verdad a mi madre, igual que ella había hecho conmigo, y decirle que había arrojado las cenizas sin su permiso le haría un daño irreparable. Mi deseo por encontrar a mi padre se transformó en la rabia y la necesidad de descubrir su historia, una historia que siempre se me había negado.

Sin saber que Héctor me acompañaría, me enteré de lo de su hermano Andrés y decidí esperar unos meses para poner rumbo a América. Sabía que Héctor me iba a necesitar a su lado y no podía abandonar a una de las pocas personas que mantuvo la fe en mí, incluso cuando yo mismo la había perdido.

Me quedé en tierra de nadie. No pensaba volver sin las respuestas que buscaba, y no buscaba las respuestas que necesitaba para volver. Un trabajo, unos amigos y una falsa sensación de comodidad me convencieron de que tal vez, sin quererlo, había encontrado mi sitio en el mundo. Y luego apareció Sarah.

Recordé su cara brevemente hasta que ésta se transformó en el rostro monstruoso que me había sorprendido el día anterior.

Dejé de lado mis pensamientos y ayudé a Héctor a preparar lo necesario para salir del bar. Planeábamos ir en busca de una cuna para el bebé y asegurarnos una cantidad decente de agua embotellada.

—¿Por dónde comenzamos? —pregunté.

—Si quieres damos una vuelta con el camión, aunque no sé si llamaremos la atención de una horda de esas y nos pondremos en peligro. Podríamos ir a los almacenes que hay cerca del río y buscar cuantas garrafas podamos transportar. Es un bien de primera necesidad que no puede faltar —propuso.

—Me parece bien, aunque tenemos que volver antes de que anochezca. El camión no entra en el garaje y no quiero poner un pie en la calle de noche. Poca luz y muchos bichos de esos —opiné.

No tardamos en salir de allí en dirección al sitio que había dicho Héctor. Se trataba de un polígono industrial situado a las afueras que abastecía a los comercios de toda la ciudad. Mientras él dejaba al bebé en el asiento del copiloto y arrancaba el camión, yo me entretuve en acabar con los bichos más cercanos. Prefería terminar con ellos por si al volver seguían por la zona y nos ponían en aprietos. Una vez montado, me tocó sujetar a la pequeña criatura entre mis manos, algo que, aunque en un principio me disgustó, acabó relajándome un poco. Estuvimos dando vueltas por las calles de la ciudad y comprobamos que la mayoría de los locales estaban destrozados, edificios llevados al caos, cuerpos mutilados, buitres carroñeros viéndonos pasar, y ni rastro de vida humana. Vimos todo tipo de tiendas que saquear, pero teníamos que ceñirnos al objetivo principal, por lo que no fuimos a registrarlas. Héctor decía conocer una tienda idónea para encontrar lo que buscábamos, aunque yo realmente lo que buscaba era un rastro que me llevara a Leonardo.

—Puede que Leo viera el camión en mitad de la calle y no se haya atrevido a entrar en el bar —le dije a Héctor.

—Es lo más probable. Seguramente esté escondido en algún sitio cerca de aquí, pero es mejor dejar de hacer suposiciones que no nos llevan a nada. Prefiero pensar que lo encontraremos pronto —volvió a contestarme pausadamente.

—¿Y si está herido? No sabemos si alguno de los desgraciados de ayer le llegó a hacer daño.

Héctor no contestó y se limitó a seguir conduciendo hasta la tienda de bebés. Tampoco iba a decirme algo que no supiera. Si nuestro amigo estaba malherido en algún lugar, poco podíamos hacer sin que eso supusiera arriesgar nuestras vidas. Así que, asumiendo un poco la realidad, procuré centrarme en lo que teníamos por delante. Miré al bebé, que hasta el momento se había comportado de forma ejemplar, y le hice burlas con la cara para hacerle reír, pero se asustó y rompió a llorar.

—¿Qué hago para callar a Leonardo? —pregunté.

Héctor, que aparcó frente a la tienda de bebés, se giró hacia mí.

—El bebé no se va a llamar Leonardo —inquirió.

—¿Leo? —propuse rápido y con voz de niño pequeño.

—Tampoco. Ni Leonardo, ni Leo, ni Leonardito. Es que ni de coña —resopló.

—¿Y entonces cómo lo llamamos?

—Bebé. No lo sé. No he pensado en un nombre, eso qué importa ahora. Céntrate, tío, que vaya día llevas —dijo ofuscado, antes de abrir la puerta y bajar del camión.

—No te preocupes, Leonardito. Héctor puede ser muy duro, pero se preocupa por ti —le aseguré sonriente al bebé.

La puerta de la tienda parecía cerrada a cal y canto y la persiana de seguridad aparecía echada hasta abajo. Por suerte, el enorme cartel con forma de bebé que antes colgaba de la parte superior de la fachada se había descolgado por completo y atravesaba la reja metálica, aunque la puerta seguía teniendo una cerradura echada.

—Revienta de varios disparos la cerradura de la puerta y cojamos rápido lo que tengamos que coger —le ofrecí a Héctor, mientras comprobaba si la puerta estaba abierta.

—Eso provocará mucho ruido y el ruido atrae a esas cosas —explicó.

—Ya hemos hecho suficiente ruido simplemente por encender el motor del camión -—interrumpí—. No nos queda otra, date prisa.

Héctor, aunque no muy convencido, apuntó con el arma y realizó dos disparos seguidos que impactaron en la cerradura. De una patada golpeé en el mismo lugar para acabar el trabajo con el éxito esperado, no sin hacerme algo de daño en el pie. Mi amigo me miró preocupado.

—¿De verdad era necesario eso? Ya la habíamos abierto—vaciló.

—Asegúrate de que no se acerque ningún zombi. Y ve recogiendo lo que te vaya pasando desde dentro —contesté algo avergonzado antes de entrar en la tienda.

Tras cojear un par de pasos, confirmé que mi tobillo parecía intacto y había superado tanto la torcedura que me hice en el supermercado como el golpe que le había dado a la cerradura. Aliviado, comencé la búsqueda de la dichosa cuna. Cogí de un estante varios paquetes de toallitas y de pañales y los lancé hacia fuera. También encontré latas de leche en polvo y, aunque ya habíamos encontrado bastantes en el camión, decidí que no vendría mal tener de sobra.

«Ojalá estuviese aquí la dependienta para explicarme cómo cojones se hace esto», pensé mientras leía las instrucciones de uso en una de ellas.

Cuán fue mi sorpresa cuando, al girarme para llevarlas hasta la puerta y evitar así que el metal de la lata hiciese ruido al impactar contra el suelo, me di de bruces con un asqueroso zombi que se lanzó hacia mí con las fauces abiertas. La falta de luz de aquel lugar y las prisas por acabar con aquella tarea propiciaron mi error fatal. Lamenté haber sido tan descuidado, pues no me dio tiempo a desenvainar la espada y tuve que defenderme lanzándole botes de leche en polvo a la cabeza. Mientras pedía ayuda a gritos, la bestia avanzaba más y más agresiva a cada impacto que iba recibiendo, inútiles en el intento por ralentizarlo. Una vez acabados todos los suministros de la estantería, y ya con aquel monstruo casi encima, opté por empujarlo de una patada, lo que le hizo chocar con otra estantería e irse al suelo junto a ella. Hizo ademán de levantarse para volver a atacarme, pero conseguí adelantarme y propinarle otra fuerte patada en el costado. ¡Ingenuo de mí pensar que con eso bastaría para acabar con aquel ser! Entonces lo vi claro y cogí un biberón para incrustarlo en la cabeza de ese engendro hambriento, no sin antes romperlo contra el filo de la estantería para aumentar el daño que le iba a causar. Se lo introduje en la boca y le propiné un fuerte puñetazo en el rostro que hizo que cayera de espaldas, dándome los segundos suficientes para que pudiera agarrar mi espada y terminar el trabajo.

Me dirigí corriendo a la salida, por si le había pasado algo a Héctor y lo vi ahí, de pie, apuntando con la pistola y mirando perplejo lo que acababa de suceder.

CAPÍTULO V: Cuestión de suerte.

Héctor.

Iba amontonando los trastos en el camión conforme V me los lanzaba desde el interior de la tienda; paquetes de pañales, latas de leche en polvo, talco, toallitas, chupetes y varios biberones. Estaba ordenando el resto de objetos cuando el bebé rompió a llorar. Había buscado la forma de poder llevarlo encima sin tener que usar las manos, utilizando una serie de telas que encontramos entre los restos de objetos al vaciar el camión. El resultado fue un portabebés rudimentario bastante mejorable pero que acabó siendo de lo más práctico, pues apenas tenía que recolocar al crío, de cuando en cuando, para evitar que se cayera. Comencé a mecerlo y hacer cuanto podía y sabía para intentar callarlo, pero tras varios intentos que no dieron resultado, desistí. Acto seguido, comprobé que mi amigo había dejado de lanzar cosas, por lo que aproveché ese instante para dirigirme a la cabina y así, por lo menos, disminuir el escándalo que estaba formando el llanto del bebé. En la calle, a lo lejos, empezaron a asomarse los primeros zombis alertados por el ruido. Eran un par de monstruos que lentamente se arrastraban en busca del origen del alboroto. Subí a la cabina y cerré la puerta. Unos pocos minutos después, el bebé se calmó.

—No puedes estar todo el día así, canijo. Esto es trabajo en equipo y tienes que poner de tu parte —dije mientras le secaba la baba de la boca con su propia camiseta.

El crío me observaba atentamente, sin inmutarse.

—Nosotros te cuidamos y te damos de comer, ¿eh? Pero no vale de nada si te pones a llorar así en mitad de la calle —le acaricie los mofletes y este comenzó a reír—. Un día nos puedes poner en peligro y entonces sí que la habremos jodido.

Repentinamente, caí en la cuenta de que V se estaba demorando demasiado en el interior de la tienda. Bajé a toda prisa, desenfundé la pistola y me asomé a la entrada. En esos instantes, pude ver cómo mi amigo, tras patear a un monstruo, acababa con él atravesándole la espada a la altura del cuello. De manera instintiva, alcé el arma y apunté al zombi. V, intentando recomponerse de la situación, respiraba agitado.

—¿Se puede saber qué mierda hacías? —increpó furioso. Se abalanzó sobre mí y me agarró de la pechera—. ¿A qué esperabas para disparar?

No parecía que estuviera al tanto de que me había entretenido calmando al bebé y acababa de entrar en la tienda, por lo que decidí disimular:

—Perdona tío. No he podido disparar —fingí.

—¿En serio? ¿No has visto que casi acaba conmigo? —señaló el cuerpo que yacía en el suelo—. ¿Ni siquiera cuando tu amigo está en peligro eres capaz de disparar a esas cosas?

—Estaba a punto de hacerlo, te lo juro. Pero tenía miedo de darte a ti —conseguí que me soltara y añadí—. Entonces cuando lo tiraste al suelo, me pareció que lo tenías controlado.

—Espabila de una vez, maldita sea —me señalaba con el dedo índice mientras se dirigía al camión. Cerró la parte trasera y subió a la cabina por la puerta del conductor—. ¡A qué esperas!

Algo confundido, enfundé el arma y subí al camión. Vendrell, que ya había arrancado el motor evitaba mirarme.

—Lo siento, V.

—Olvídalo —contestó cortante. Pisó el acelerador y pasó por encima de uno de los monstruos que se dirigían hacia la tienda.

Durante varios minutos, lo único que se escuchaba en aquella cabina eran los gimoteos del bebé que pataleaba continuamente sobre mis piernas, y el camión golpeando cuerpos de zombis unos tras otros conforme se iban cruzando en nuestro camino. Cada vez que aparecía uno en la calzada, V aceleraba y lo embestía furioso, sin dejar de mirar al frente y sin pestañear. Fue entonces, al comprobar que pasamos varias veces por la misma zona cuando descubrí que mi amigo no iba hacia ningún lado en particular, estábamos dando vueltas. Era su manera de liberarse de lo que fuera que en aquellos momentos pasaba por su cabeza, cosa que agradecí profundamente, pues sabía que al cabo de unos minutos todo volvería a la normalidad. Un buen rato después, V detuvo el camión.

—Tienes que ponerte las pilas —lamentó hecho un basilisco—. Un día, probablemente tengas que hacerle frente a algo mucho peor que esos bichos. Y no tendrás tantas oportunidades —sentenció.

Bajó del vehículo antes de que pudiera contestar algo, pero en realidad no tenía nada que decir. Estaba destrozado y me sentía asquerosamente culpable por mi insensatez. Las lágrimas brotaron de mis ojos cuando V abrió la puerta del copiloto. Sin percatarme, había llegado hasta el siguiente punto marcado en el mapa.

—Vamos, hay que encontrar a Leo —tras abrir la puerta, desenvainó la espada y me dio la espalda.

—V, tío, entré un momento a atender al bebé, que se había puesto a llorar, cerré la puerta para que no nos oyeran y se me fue el santo al cielo —comencé a explicar. Este, que se había girado para mirarme mientras le hablaba, esbozó una sonrisa irónica.

—Lo peor de todo es que sé que no vas a cambiar —soltó. Esa reacción me sorprendió—. Siempre has sido así y no puedes evitarlo. Desde que te conozco, en cuanto ves una persona desvalida que sufre, allí que vas a socorrerla.

Iba a volver a disculparme, pero me interrumpió.

—¡No! ¡Ya está! Ahora hay que encontrar a nuestro amigo, que lleva desaparecido desde ayer, y como ya te he dicho, a cada minuto que pasa las posibilidades de encontrarlo son más remotas. Así que no vuelvas a sacarme este puto tema otra vez. ¿De acuerdo?

—De acuerdo —fue lo único que pude decir.

—Pues ahora saca la puta pistola, no te separes de mí, y reviéntale los sesos a todo lo que se mueva ahí dentro.

Volví a asentir y obedecí confiado. Esperaba poder demostrarle que podía contar conmigo y que lo que había sucedido minutos antes no volvería a ocurrir. Miré a mi alrededor y advertí que conocía el lugar en el que nos encontrábamos. Se trataba de un restaurante especializado en carne a la brasa, situado a unos quince minutos de nuestra casa, que solíamos frecuentar alguna que otra vez cuando teníamos algo que celebrar y podíamos permitírnoslo. El bistec de ternera con guarnición de verduras salteadas de ese lugar era de lo mejorcito en cuanto a gastronomía local se refiere.

El edificio, que en sus mejores tiempos relucía de un marrón intenso de ladrillo visto, con un tejado verde oscuro, grandes ventanales en la planta alta y algo más pequeños en la de abajo, presentaba un aspecto descuidado tras tantas semanas de abandono. El gran seto verde que rodeaba por completo el recinto había seguido creciendo, impasible al caos que asolaba al mundo gracias a las lluvias del último otoño y a la falta de mantenimiento. La cristalera de la puerta principal estaba destrozada. V, que también se había percatado, empuñó la espada con ambas manos.

—Atento ahora. La puerta está abierta —advirtió. La empujó levemente con el hombro para abrirse paso hasta el recibidor.

Afirmé con la cabeza, siguiendo a mi amigo con la pistola en la mano, intentando no pisar los cristales de la puerta que habían caído al suelo. El bebé parecía entretenido con el chupete mientras observaba atentamente. Creí conveniente llevarlo conmigo todo el rato, pues de haberlo dejado en el camión, por muy bien escondido que estuviera, habría roto a llorar, atrayendo así a invitados no deseados. De esta forma, y poniendo de mi parte para prevenir cualquier amago de llanto, podría mantenerlo calmado.

El recibidor daba paso a varias salas, a sendos lados de un pasillo principal color crema enmoquetado de fucsia, que ahora acumulaba una ingente cantidad de polvo. Salvo por la oscuridad y la suciedad, nada hacía parecer que el fin del mundo hubiera llegado. Las mesas estaban ordenadas y no nos encontramos con el desorden que resultaba habitual en aquellos tiempos. Tras examinar la planta inferior, subimos la escalera que conducía a la superior. No había rastro de Leo. Cuando estuvimos lo bastante seguros de que en aquel lugar no había nadie, ni vivo ni muerto, incluido nuestro amigo, decidimos separarnos para buscar algo de utilidad sin perder más el tiempo. Apenas pude conseguir un par de botellas de agua pequeñas que había en la despensa de la cocina. De vuelta a la entrada principal, pude comprobar que V había tenido menos suerte. Con las manos casi vacías, subimos de nuevo al camión. Vendrell, que parecía que empezaba a desesperarse, se frotaba la cabeza con las manos mientras intentaba pensar.

—¿Dónde puede estar? —preguntó observando el mapa.

—Quizás se haya escondido aquí —señalé un local de videojuegos a unos diez minutos en coche desde donde nos encontrábamos. Tenía una marca previa de esa misma mañana, pues era otro local relativamente habitual para nosotros, sobre todo para Leo y para mí, ya que V no era muy afín a aquellos temas. Arrancó el motor, pero justo entonces el bebé comenzó a llorar otra vez.

—¡Espera! ¡Para! —avisé. V, exasperado, quitó la llave del contacto, pero no dijo nada. Bajé del camión y abrí la parte trasera, cogí un bote de leche en polvo y un biberón y volví a la cabina.

—¿Podemos irnos ya? —preguntó V visiblemente malhumorado.

—Sí —abrí el bote y mezclé a ojo en el biberón la leche con el agua de una de las botellitas que encontré en el restaurante. V arrancó el camión y lo puso en marcha.

—¿Vas a gastar toda el agua para hacerle el biberón? —protestó.

—No, esta botella es para nosotros —señalé la otra que había dejado en la parte baja de mi asiento—. Pero no ha comido nada desde esta mañana, y de eso hace ya bastantes horas.

—Ni tú, ni yo. Aquí nadie ha comido una mierda desde que salimos del bar —argumentó molesto—. Pero tenemos que acostumbrarnos a pasar algo de hambre.

—Ya lo sé. ¿Y qué hago? ¿Se lo explico al niño? ¿O prefieres hacerlo tú? Es un bebé y los bebés lloran. No hay otra para que se calle. Hace un rato querías ponerle nombre, ¿y ahora estás quejándote de que le dé comida?

Aunque no pareció convencido con lo que acababa de decirle, decidió no añadir nada. Parecía evidente que no encontrar a Leo lo estaba frustrando y, a pesar de que la escasez de agua era real, estaba seguro de que aquella sería la mejor opción tanto para nosotros como para el crío.

La situación en la tienda de videojuegos era algo diferente. El local, bastante más pequeño que el restaurante, estaba totalmente destrozado. Tanto la puerta de entrada como el letrero de la fachada habían sido arrancados y arrojados al suelo en varios pedazos. Además, restos de sangre por todas partes hacían presagiar que nada bueno había ocurrido allí hacía no mucho. V bajó del camión y se acercó a la entrada.

—Parece que esto es reciente —comentó agachado junto al reguero de sangre. Desenvainó la espada y se adentró en el local. Bajé del camión y le seguí.

En el interior el hedor era insoportable. No había rastro de cuerpos vivos o muertos, pero se respiraba un aire denso, y los restos de sangre continuaban a lo largo de todo el establecimiento. Al final, tras una larga hilera de estanterías a medio vaciar, había una pequeña sala con sillones y una gran televisión donde en otros tiempos podías pasar el rato probando la última novedad que hubiera salido al mercado. V, en el umbral que daba acceso a la salita, observaba algo con el rostro descompuesto. Al asomarme, pude ver una media docena de cuerpos apilados alrededor de toda la estancia, algunos en avanzado estado de descomposición. El resto, no aparentaban llevar más de un par de días muertos. Ninguno era Leonardo.

—Vámonos de aquí, hay que seguir buscando —dijo V de regreso al camión mientras yo observaba sobrecogido aquella espantosa escena.

Leonardo.

Me miré en un espejo que Fred tenía en el baño de su casa, no sin antes pasar el brazo por encima de éste para apartar la gran cantidad de suciedad que acumulaba. «El fin del mundo no es una excusa, este espejo lleva sin limpiarse más tiempo del que puedo imaginar», pensé.

Contemplé mi rostro, seriamente afectado por lo ocurrido en el día anterior. Presentaba algunos arañazos, notorias manchas de sangre, grasa y suciedad, pero nada ocultaba las ojeras. El resto de mi cuerpo tenía un aspecto similar. La ropa no valía ni para convertirla en trapos, estaba igualmente manchada y agujereada. Sucio, dolorido y resacoso; no podía tener peor aspecto. Pensé en subir a mi casa y buscar algo de ropa limpia que ponerme, una idea que deseché por pura desgana. En esos momentos, mi higiene personal ya no me importaba. Aun así, en el torso y en el hombro tenía dos heridas que eran algo más que simples arañazos y, para evitar infecciones absurdas, pensé en curarlas, aunque me conformé con cambiarme de camiseta. Regresé a la habitación de Fred y busqué alguna que fuera de mi talla. Me desprendí de la mía con cierta dificultad porque algunas partes se habían quedado pegadas en las heridas y tirar de ella me hizo emitir algún que otro quejido de dolor. Tras ponerme la camiseta limpia, pude leer un anuncio publicitario que tenía en el pecho.

«Boom Boom. Night Club».

—Joder.

En cada letra «o» había un punto en el medio que simulaban un pezón.

La idea de volver a cambiarme ni me la planteé. No me iba a ver nadie y pasar por ese episodio doloroso era mucho peor que ir por ahí promocionando un club de alterne.

Me dolía todo el cuerpo y en cada paso sentía como la ropa rozaba mis rasguños y heridas, produciéndome un fuerte, pero soportable dolor.

Noté que tenía los labios resecos y pronto comprendí que necesitaba beber agua urgentemente. Cogí el hacha y la linterna de nuevo y me dirigí al bar bajando por las escaleras interiores de casa de Fred. Una vez allí, comprobé que el lugar había sido provisto de alimentos y otros objetos útiles para la supervivencia. Observé que sobre una mesa había una hilera de armas de diferente tamaño, colocadas una al lado de otra de forma minuciosa. Se me vino a la cabeza algún que otro ruido que esa mañana, mientras dormía, escuché de fondo y llegué a confundir con mis propios sueños. Ese hombre había estado moviéndose por el bar, el piso de Fred y el garaje sin percatarse de mi presencia.

El bar ya no parecía un lugar seguro. Si ese hombre conocía la localización, nada le impediría volver y podría hacerlo cuando menos lo esperase. Unos días antes, esa reflexión me hubiese obligado a buscar una vía de escape, pero en ese momento me sorprendí planeando una venganza. Deseaba que aquel asesino regresase y así poder acabar con él. ¿Sería capaz de matar a una persona a sangre fría?

Si quería conseguir terminar con la vida de ese hombre sin que el miedo o la cobardía en momentos claves me hicieran fracasar en el intento, tenía que planear algo similar a lo que le había hecho a su compañero. Una trampa de la que no pudiera escapar. Matarlo de forma indirecta. Así no me temblaría el pulso, no se daría el caso de que el pánico me impidiese hacerlo.

Estaba claro que tenía que idear un plan, aunque antes de ponerme a ello, varias fueron las dudas que me hicieron fruncir el ceño y reflexionar en silencio: ¿Por qué iba a querer instalarse allí? Además, ¿cómo supo de la existencia de la trampilla de Fred? ¿Por qué no trató de entrar por la puerta?

No tardé en sopesar la posibilidad de que, con algo de astucia y suerte, mis amigos hubieran escapado de la trampa tendida por esos hombres. Si yo lo había hecho, ¿por qué ellos no?

Aunque no quería hacerme ilusiones, existía un pequeño rayo de esperanza que me había devuelto la motivación.

Cogí una botella de agua y, mientras bebía, seguí ojeando el bar. Varias cosas llamaron mi atención. Además de un colchón y una bolsa de pañales para bebé, me fijé en que había una botella de licor verde en la mesa donde estaban todas las armas. La reconocí al instante.

«Ninguno de mis amigos bebería esa porquería», pensé.

Lo más prudente era quedarme escondido en alguna de las casas del edificio y esperar a que, fuera quien fuese el que se había ido en el camión, volviera.

Las horas pasaron lentas y mi paciencia se iba agotando. Impaciente, subía y bajaba cada planta del edificio tratando de matar el tiempo registrando lo que ya habíamos revisado el día anterior, por si nos habíamos dejado alguna cosa que pudiera ser mínimamente útil. Ya no me daba miedo a moverme por el edificio durante el día, e incluso la lógica me decía que no debía temer hacerlo también por la noche, ya que estaba libre de bichos. Salir a la calle, ya era otra cosa.

Lo más cercano a estar en la calle era el garaje, lugar al que fui antes de que cayera la noche. Cuando llegamos a América, decidimos comprar un coche de segunda mano entre los tres para compartirlo, aunque al final era yo el único que lo utilizaba en mis desplazamientos al trabajo. Cuando dejé el despacho, como Vendrell y Héctor no lo necesitaban, decidí venderlo por cuatro duros, dinero que invertí en salir con mis dos amigos a cenar y festejar mi dimisión y temprano retiro como abogado.

Héctor buscaba al camarero con la mirada. Se había acabado la copa de vino y quería más.

—¿Y ahora de qué piensas vivir? —me preguntó Vendrell mientras cortaba el filete que se estaba comiendo.

—Tú mismo lo has dicho. No sé de qué, pero lo importante es que pienso vivir. Algo que había olvidado durante estos meses de mierda —admití.

—Tómate un respiro, Leo. El puesto de perritos calientes está yéndome bien, y puedo poner tu parte en los gastos del piso si fuese necesario, tengo algo de dinero ahorrado. Además, he hecho migas con varios peces gordos, ya sabes, clientes que salen de sus oficinas y paran a desahogarse en el puesto. Igual puedo ofrecer tus servicios a alguno de ellos —me calmó Héctor.

—A mí no me mires. A la tienda de náutica no va nadie, y hace días que evito conversar con el jefe porque se avecina recorte de personal y sólo estamos él y yo. Así que, mientras busco otra cosa, nada de cruzar miradas ni estar quieto en el mostrador —comentó Vendrell.

—Gracias, pero no tenéis que preocuparos. Henry tiene un tío que trabaja en unos almacenes y cree que necesitan gente. Estoy tomándome un respiro, pero trataré de incorporarme en unas semanas —aseguré.

—*Mozo de carga en un almacén* —*balbuceó Vendrell mientras masticaba*—. *Una semana duré yo. De los trabajos más esclavizantes que conozco. Es inhumano. No volvería a trabajar allí en la vida. Estoy seguro de que, la gente que habla de apocalipsis zombis y hacen libros y películas al respecto, han trabajado cargando mercancía en almacenes en alguna ocasión.*

El garaje estaba prácticamente vacío, como era de esperar. Sin embargo, apoyada en una esquina, había una bicicleta rosa, con una cestita en la parte delantera y dos ruedas pequeñas en los laterales. Al acercarme, pude ver que, además, la bicicleta tenía una campanita en el centro del manillar y algunas pegatinas de Britney Spears y varias estrellas del pop de las que desconocía el nombre. ¿De quién podía ser? La única niña que había visto en el edificio era la hija de Sam, un vecino divorciado con el que Héctor iba a cazar de vez en cuando. Tenía que ser de ella, porque me resultaba un tanto esperpéntico que alguno de los demás vecinos hiciera uso de aquel cacharro.

Probé a montarme, pero me sentí tan ridículo que dejé la bicicleta allí y me volví al bar. La noche ya caía y tenía que prepararme.

Me senté en el suelo tras la barra y noté que en el bolsillo trasero del pantalón tenía el cuaderno de Gilbert Webster. Me apretaba e incomodaba, así que decidí sacarlo y dejarlo encima de la barra y allí, escondido y con el hacha en la mano, me mantuve a la espera hasta que perdí la percepción del paso del tiempo y el sueño me venció.

Cuando mi cuerpo cayó a un lado, desperté de un sobresalto. La luz del sol ya penetraba por las rendijas del bar y nadie había regresado.

«No lo entiendo. Si han descargado esto en el bar es porque pensaban volver. Pero aquí no ha aparecido nadie», pensé.

Mi paciencia había llegado a su límite. Tenía que acabar ya con esa situación tan desesperante. Un camión no sería difícil de encontrar. Si estaba cerca daría con él.

Aún era por la mañana cuando, montado en esa horrenda bicicleta con ruedecitas, y vistiendo una camiseta promocional de un club nocturno de las afueras, abandoné el edificio. Portaba mi hacha a la espalda y una botella de agua en la cesta de la bici. Salí en dirección contraria al supermercado, puesto que creí que encontraría menos bichos que en los alrededores del super. En las calles sólo veía algunos monstruos deambular sin rumbo fijo. El ruido de los pedales oxidados captaba su atención y se giraban hacia mí. Cuando vine a darme cuenta, varias decenas de esos bichos andaban tras mi pista.

Mi rebote de valentía me la había jugado. Había cometido una estupidez al salir de casa sin la más mínima idea de dónde tenía que ir, con una bicicleta ruidosa y tan oxidada que tenía que hacer mucha fuerza para que los pedales respondiesen. Esa lentitud que me proporcionaba suponía no poder dar esquinazo a esos zombis y volver al bar sin atraerlos.

Mi ineptitud me llevó a pasar los siguientes diez minutos pedaleando y reclutando un ejército de monstruos a mis espaldas.

Estaba calculando cuando tiempo aguantaría montado en ese cacharro. Creí que los pedales se reblandecerían después de un rato, pero seguían igual de duros. Supuse que lo mejor era dejar la bici y salir corriendo, aunque en ese mismo momento, vi como un coche circulaba lentamente por una calle perpendicular a la mía. Pedaleé hacia allí con todas mis fuerzas, pero antes de que pudiese llegar al final de la calle y girar a la derecha para seguir su rastro, todos los bichos que perseguían al coche me cerraron el paso. Algunos continuaron el camino tras el vehículo, sin embargo, una buena cantidad se desviaron hacia mí.

Monstruos delante, monstruos detrás, y a los lados, edificios cerrados con persianas metálicas o tablones de madera. Estaba rodeado.

Desesperado, miré a mi alrededor y busqué alguna vía de escape. La única salida posible consistía en acceder a uno de los edificios que tenía cerca, pero las probabilidades de conseguirlo antes de que me dieran caza eran casi nulas. Me acerqué a la puerta del edificio más cercano y pude constatar que, pese a los tablones de madera que alguien había clavado en el exterior para proteger la entrada del edificio, la puerta reunía las condiciones necesarias para que, cualquiera que estuviera dentro, se sintiera seguro allí. No parecía que, en el margen de tiempo que tenía hasta que los bichos me alcanzasen, pudiera acceder a ese edificio, pero no me quedó otra opción que intentarlo.

El corazón me latía a gran velocidad y me sudaban las manos ostensiblemente, por lo que el mango del hacha se me escurría y mi precisión a la hora de romper los tablones de madera no era muy efectiva. Con algo de torpeza, acabé por quitar el primero de los cuatro que había, y traté de hacerlo con el segundo de ellos, golpeando con el hacha los dos extremos del tablón. Sabía que apenas tendría tiempo de quitarlos todos antes de que se me echaran encima los monstruos, así que desistí en el intento y ataqué al primer zombi con el que me topé, clavándole el hacha en la cabeza.

Por una milésima de segundo, me mostré satisfecho por haber aniquilado a uno de esos carroñeros, pero la situación no me dejó festejar mi logro y al momento ya tenía a otro encima.

Sin muchos miramientos, hice lo propio con el nuevo contrincante. Sin embargo, no pude retirar el hacha que permanecía incrustada en su cabeza. Con todo mi empeño y fuerza, tiré del arma y me tropecé cayendo al suelo y dejando el hacha fuera de mi alcance.

Aturdido y desarmado, me daba por vencido en el momento en el que, a mis espaldas, escuché su voz.

—¡Ven, deprisa!

Sorprendido, mis ojos se agrandaron al ver que la puerta del edificio estaba abierta y que esa voz de mujer provenía del interior de éste. Instintivamente me levanté, y con toda la agilidad que pude, conseguí colarme entre las dos maderas que quedaban sin quitar, justo en el momento en el que las dos hordas de zombis cerraban el espacio y se fusionaban entre ellas.

En la situación en la que me encontraba apenas pude echarle un vistazo, pero mi subconsciente lo tenía claro. Estaba seguro de que la chica que había abierto las puertas de mi salvación era Engla.

Vendrell.

Había momentos en los que tenía la impresión de que éramos los elegidos para algún tipo de misión especial. Para llevar a cabo algún cometido cuya repercusión afectara a un número de personas que hiciera posible escribir el resto de nuestra historia con mayúsculas. Tantas semanas después del inicio de la catástrofe, tantos peligros evitados, uno tras otro, mientras escapábamos de la muerte a tan solo una casilla de distancia. Podría decirse que dependía de suerte, o simplemente casualidad, el hecho de que aún siguiéramos con vida, pues nuestros últimos actos no es que se hubieran caracterizado precisamente por ser un ejemplo de cordura. Nuestro grado de imprudencia hacía presagiar que por mucha fortuna que tuviéramos era cuestión de tiempo que nos viéramos atrapados en una situación de la que no podríamos salir.

Desperté con un fuerte dolor de cabeza, si fuera correcto decir que había estado durmiendo, pues más bien tenía la impresión de haber perdido el conocimiento. Al abrir los ojos e incorporarme ligeramente me sorprendí encerrado en una especie de jaula. Palpé la parte posterior de mi cabeza intentando encontrar el foco de tanto dolor, y gracias a la tenue luz que apenas iluminaba aquel lugar, descubrí restos de sangre en la palma de mi mano. Noté el latido de mi corazón palpitándome en la sien, un regusto amargo en la garganta y aquella vieja sensación cuando amaneces tras una larga noche de alcohol y peleas, sólo que en aquella ocasión estaba seguro de que el *whiskey* no había tenido nada que ver. Los pocos recuerdos que tenía no explicaban cómo había llegado hasta allí. Buscábamos a Leo y, tal y cómo me encontraba, no parecía que lo hubiéramos conseguido.

El resto de la habitación iba poco a poco esclareciéndose conforme mi vista se adaptaba al flexo que pobremente iluminaba desde la otra punta de la estancia. El habitáculo donde me habían encerrado ocupaba una de las esquinas de la habitación y no debía medir más de un metro y medio de altura. Dentro sólo contaba con una colchoneta mugrienta bajo una sábana sucia y roída que desprendía un olor repugnante. Entre los barrotes de mi celda y lo que parecía la única puerta de entrada a la habitación, había una enorme mesa de trabajo con varias cuerdas atadas en los extremos, cuya utilidad no hacía presagiar nada bueno. Por el aspecto deteriorado de las cuerdas y de la propia mesa, alguien más debió de haber pasado por allí no mucho tiempo atrás. La asfixia que transmitía aquel zulo me producía ansiedad e irritación a partes iguales. «Esto no puede acabar bien», pensé.

Tras examinar el resto de la sala y comprobar que Héctor no estaba conmigo, me incorporé lo máximo que pude para patear la cerradura de la celda y un dolor punzante me sacudió en el costado. Tanteé un poco la zona para comprobar si tenía alguna costilla rota, y por suerte parecía no ser así, pero, al levantarme la camiseta, comprobé varios cardenales del tamaño de una pelota de tenis. En ese momento, la puerta se abrió y un tipo comenzó a observarme desde el umbral. No conseguía verle bien la cara, pues llevaba una capucha negra sobre la cabeza, y la escasa luminosidad del lugar no me permitía ver nada más que formas. Justo cuando me disponía a gritarle algo, se acercó a la mesa donde estaba el flexo, y comenzó a trastear mientras murmuraba algo que no conseguí entender.

—¡Eh, sácame de aquí! —grité.

Aquel extraño hombre, sin inmutarse lo más mínimo, continuó farfullando cosas incomprensibles.

«Tenéis la culpa de todo esto. Sois los responsables de nuestra extinción, siempre lo he sabido y siempre me han tomado por un chiflado. Desde aquel día en que lo vi por primera vez en las noticias, no tuve ninguna duda». Ese chalado estaba comenzando a asustarme, así que me olvidé del dolor en el costado y comencé a patear la cerradura con fuerza para intentar reventarla, mientras él seguía de espaldas a mí sin prestarme la más mínima atención.

«River me lo advirtió. Nunca debes fiarte de los árabes, jamás debes fiarte de ellos». Patada.

«Aún recuerdo lo que le hicieron a la pobre cría. Oh, vaya si lo recuerdo, pobre criatura». Patada fuerte.

«Cómo encontraron su cuerpecito desgarrado y mutilado en aquel establo». Fallé la patada. Estaba perdiendo las fuerzas y no sabía si era por el agotamiento o de escuchar a aquel demente.

«Pero bien sabe Dios que dimos buena cuenta de aquellos desalmados, desde luego que lo hicimos». La patada apenas sacudió el cerrojo. No podía escuchar más locuras, me estaba desquiciando.

«Nunca más volveréis a tocar a ninguna niñita, y nunca más lo hicieron, nunca, nunca más». Levanté la cabeza y me sorprendió ver al hombre frente a mí, apenas a unos centímetros de la celda.

El resto de las luces de la habitación se encendieron y logré verle la cara. Parecía ido, a ratos tenía la mirada perdida, pero al instante movía los ojos a un lado y a otro sin mantenerlos en un punto fijo durante más de tres segundos. Aproveché un momento en el que había fijado la vista en algo que no era yo para intentar darle un puñetazo a través de los barrotes, aunque no fui lo suficientemente rápido para acertar. El hombre esquivó el golpe y sacó algo del bolsillo. No supe de qué se trataba hasta que una descarga eléctrica me sacudió el cuerpo y me dejó totalmente inmovilizado. Caí de espaldas golpeándome de nuevo en la cabeza y aunque casi pierdo el conocimiento, aturdido y sin poder abrir los ojos del todo, seguí percibiendo la intensa luz blanca de la habitación. Cuando recobré la conciencia del todo, estaba sobre la enorme mesa, maniatado.

—¡Suéltame ahora mismo! Te has equivocado de persona —conseguí balbucear no sin esfuerzo. La descarga me había paralizado la cara y tenía la sensación de que era incapaz de controlar los esfínteres.

—¿Confundirnos? Oh, no lo creo. Sabemos perfectamente que tipo de gente sois. ¿También nos equivocamos con lo de los chinos? ¿Y con los rusos? Siempre es lo mismo, la historia se repite y nosotros no vamos a caer en vuestras artimañas. ¿Vietnam? ¿Cuba? ¿El once de septiembre? ¿Corea del Norte?

—¿Nos? ¿Cuántos sois? ¿Qué queréis de nosotros? —me sorprendí.

«Iremos casa por casa, edificio por edificio, hasta acabar con todos y cada uno de vosotros y limpiar nuestra ciudad de basura extranjera. Sois el cáncer de nuestra gran nación y vuestros pecados han convertido esta tierra en un antro de vicio y perversidad. Nos ocuparemos personalmente de limpiar la enorme mancha que durante décadas ha corrompido nuestra raza convirtiéndola en la bazofia débil y corrupta que es ahora». La demencia del hombre pareció suavizarse un momento antes de que la puerta se abriera de nuevo y otra figura desconocida se presentara en la habitación. Resultaba difícil identificar al sujeto, pues llevaba la cara tapada con una máscara, pero parecía bastante más grande que el otro, y tenía una voz dura y grave.

—Deja de decir estupideces, pareces un lunático y estás asustando a nuestro invitado —ordenó a su compañero sin alterarse mientras me examinaba a fondo.

—¿Quiénes sois? —volví a preguntar, esta vez al que acababa de entrar, que parecía estar al mando.

—¡Aquí las preguntas las hacemos nosotros! —interrumpió de nuevo el loco.

Amenazante, me intimidó de nuevo con la porra eléctrica. Justo antes de rozarme la mejilla con ella, se detuvo y me introdujo un pañuelo en la boca. Acto seguido se llevó un dedo a la suya indicándome que debía guardar silencio.

—Sal de aquí —su compinche, que mantenía la calma, le indicó con el brazo que saliera—. Avísame si despierta el otro.

Supuse que se referían a Héctor, al que debían tener encerrado en otra habitación. Lamenté todo lo que podían haberle hecho y me culpé por no haberlo evitado. Por suerte, como tenía el pañuelo en la boca, no pudieron entender los insultos que acababa de proferir.

—Discúlpale, las formas nunca han sido su fuerte —continuó una vez que su compañero se había marchado de la habitación. Me retiró el trapo de la garganta y me advirtió que tenía que hablar sólo cuando me lo solicitara—. Mi hermano siempre ha sido muy dado a las conspiraciones. Cuando era joven, un día le dio una fuerte paliza a un crío porque pensaba que se estaba riendo de él —rio a carcajadas bajo la máscara, lo que le dio una apariencia más macabra.

Los siguientes minutos se convirtieron en un interrogatorio exhaustivo en el que me pidió, algunas veces de buenas maneras y otras de peores formas, que le dijera quiénes éramos y porqué estábamos allí. Resultaba curioso que no se refiriera al almacén en cuestión, ni siquiera al motivo de encontrarnos en la ciudad en aquellos instantes, sino que pretendía que le justificara la razón de nuestra presencia en el país.

Resumir tres años de tu vida mientras estás atado de pies y manos a una mesa con restos de sangre de alguien que había pasado por ese mismo lugar días antes que tú, era algo que no me apeteció lo más mínimo. Escupir en la cara de la persona que te tiene en esa situación no pareció ser la mejor de las respuestas. Fue entonces cuando las malas formas tomaron protagonismo sobre las buenas. En unas décimas de segundo desenfundó una faca de considerable tamaño y me la hundió en una de las uñas del pie derecho. Lo último que recuerdo antes de perder el conocimiento fue tener la cabeza cubierta bajo una manta.

Héctor.

Jugar con fuego hace que al final te quemes y nosotros llevábamos mucho tiempo tentando a la suerte. Para esas horas de la mañana, la mujer que se estaba haciendo cargo del bebé ya se había paseado varias veces por la habitación, y no fue hasta la tercera ocasión cuando decidió hablar conmigo.

La tarde anterior, a falta de apenas unas pocas horas de sol y con más de media ciudad recorrida, seguíamos en la búsqueda incesante de nuestro amigo Leonardo. Tras los primeros intentos fallidos en el restaurante y en el local de videojuegos, fuimos completando el resto de las localizaciones anotadas en el mapa, obteniendo el mismo frustrante e inútil resultado. Desde cafeterías que alguna que otra vez frecuentábamos, hasta un local de comida rápida en el que no habíamos puesto un pie en nuestra vida y que simplemente se cruzó en nuestro camino, pero que V decidió, por su propia cuenta, que podría ser un buen lugar para resguardarse. En total, el recuento era de tres botellitas más de agua, otro tanto de bolsas de snacks y cero amigos encontrados. El saco donde nos propusimos acumular el pobre inventario, apenas a la mitad de su capacidad, mostraba indignamente el fracaso de nuestro cometido.

Disgustados tras una decepcionante búsqueda, detuvimos el camión en una zona abierta situada a la entrada de la ciudad por una carretera secundaria. El bebé llevaba llorando desde hacía algunos minutos, así que alejarse del centro de la ciudad nos pareció lo más lógico. A nuestro alrededor, el río cortaba uno de los principales parques de la ciudad, separándolo en dos mitades casi idénticas, unidas simplemente por un puente. En la que nos encontrábamos nosotros, familias y amigos solían frecuentarlo para hacer picnics apenas semanas atrás. En el otro lado, un club de golf servía de pasatiempo para las clases más pudientes de la región. No llegué a saber de la existencia de ese club hasta pasados varios meses de mi llegada al país.

Parados en mitad de la nada, me di cuenta de que la esperanza de volver a casa con Leonardo había desaparecido. Llevaba varios minutos intentando decírselo a Vendrell, pero aún no me había atrevido a abrir la boca. Quizás todavía confiara en lograrlo, aunque la verdad era que, simplemente, recelaba de la más que posible desagradable respuesta de mi amigo. Afortunadamente, tras cambiarle el pañal conseguí tranquilizar al crío.

—Es inútil —acabó admitiendo—. Llevamos todo el día de aquí para allá y lo único que hemos conseguido es perder el tiempo —dijo abatido, señalando el saco de la vergüenza.

Reclinado ligeramente en el asiento, pensativo, preferí no contestar.

—Hay que volver antes de que caiga la noche —añadió accionando la llave del contacto. El molesto ruido del motor se sumó al agradable sonido del flujo de la corriente del río.

—No podemos volver sin agua —inferí—. Apenas hemos conseguido unas botellas y en el bar no nos queda ni para dos días. Prefiero arriesgarme ahora a tener que salir mañana otra vez. Por lo menos parece que hoy la ciudad está tranquila, no sabemos cuánto tardará en cambiar la situación.

Tal y como intuía, Vendrell, harto, torció el gesto y se limitó a resoplar sin decir nada. Más bien parecía contenerse y era mejor no saber qué pasaba por su cabeza en esos momentos.

—Sé que nuestro principal objetivo hoy era encontrar a Leo —continué explicando, intentando suavizar la tensión—. Pero volver a casa sin agua tampoco... Eso sería un fracaso doble.

Sabía que una vez más tenía razón, pero lógicamente, una vez más, V no me lo reconoció.

—¿Qué propones? —se limitó a preguntar.

—He pensado que podemos probar en este lugar —le mostré el mapa señalando un punto en él—. Está de camino al bar, no tendríamos que desviarnos. Es un almacén donde guardan suministros que después reparten a los negocios de la zona. Al estar retirado del centro de la ciudad, puede que no lo hayan saqueado aún.

—¿Y de qué conoces tú eso? —preguntó atónito. Aunque al instante pareció conocer la respuesta.

—Es de la empresa de reparto con la que tenía contratado el abastecimiento del puesto de perritos —expliqué orgulloso de mi aportación—. Un día, hablando con el chico que se encargaba de la zona donde tenía el negocio, entre otras cosas de lo hijo de puta que era su jefe y la cantidad de horas que le hacía echar, me dijo dónde se encontraba el almacén.

—Bueno. Por probar.

Tardamos apenas unos minutos en llegar al lugar en cuestión. Efectivamente, tal y como había anunciado, la ciudad parecía tranquila, aunque igual en exceso, pues apenas encontramos unos cuantos zombis por el camino, desparramados en la carretera. Y eso resultaba preocupante, sobre todo cuando parecíamos estar ya acostumbrados a ver mayor cantidad de ellos deambulando de aquí para allá. En la entrada del recinto que daba paso al almacén, más de lo mismo. No había rastro de inhumanos por los alrededores, con la única excepción de tres cadáveres a unos diez metros de la entrada que no suponían peligro alguno. Acabábamos de bajar del camión cuando el bebé empezó a llorar de nuevo.

—¿Y ahora qué le pasa? —desesperó V apoyándose en el capó del camión.

—No lo sé, joder, no soy adivino —protesté—. Tendrá hambre otra vez. Tienes un biberón preparado en el saco, dáselo, que seguramente sea eso—le expliqué entregándole al crío.

—Eh, espera. ¿Qué haces?

—Voy yo —decidí.

—¿Qué? No, ni hablar —respondió V sin evitar añadir una irónica risa.

—Venga ya, me toca a mí ahora —repliqué—. Déjame demostrarte que también puedo hacer estas cosas solo y que no todo tiene que depender de ti. Además, ha sido idea mía venir hasta aquí. No tardaré, si está cerrado volveré en unos segundos.

—Ya hemos discutido esto mil veces, he dicho que de estas cosas me encargo yo. Tú cuidas de esto, que para eso fue idea tuya quedárnoslo —sentenció entregándome de nuevo al niño. Se colgó la espada a la espalda y se dirigió al almacén.

Desilusionado, regresé al interior del camión y cerré puertas y ventanas. Seguí a V con la mirada, que avanzaba a paso lento hasta la enorme puerta principal de la nave, ojeando constantemente a uno y otro lado, escudriñando posibles amenazas. Parecía tranquilo, sin duda alguna. A mí en su lugar no se me hubiera visto tan confiado. Comenzó a darle la vuelta al almacén hasta que lo perdí de vista y en esos momentos agradecí estar dentro del camión.

Pasaron bastantes minutos hasta que decidí salir a esperar fuera. El crío parecía calmado en su portabebés y me veía con ánimo para estirar las piernas y dar un vistazo alrededor del vehículo, a la vista de la seguridad que se intuía. Fue entonces cuando todo se precipitó.

Un motor comenzó a rugir cerca de mi posición y apenas tardó unos segundos en aparecer tras la esquina del edificio que había frente al almacén. El coche se dirigió directamente hacia mí, e instintivamente busqué la pistola en el bolsillo y comencé a correr. Fui hacia donde se había ido Vendrell y grité para intentar alertarlo. Cuando giré hasta la parte trasera de la nave, vi a mi amigo tirado en el suelo, boca abajo, con una mancha de sangre en la cabeza y junto a él, a un extraño tipo vestido con indumentaria militar y un fusil automático en las manos que parecía estar esperándome.

—Ya era hora chico, llevamos esperándote más de veinte minutos —expresó sosegado desde debajo de una máscara con forma de calavera.

El vehículo que me perseguía se detuvo a nuestro lado y otro hombre con idéntica indumentaria se bajó de él. Alcé el arma para apuntarles, dispuesto a abrir fuego si seguían acercándose.

—¿En serio? —añadió con sorna el mismo tipo de antes, sin inmutarse—. No creo que estés en disposición de amenazar a nadie ¿no crees?

—Ya los tenemos hermanita, ¿ahora qué? —interrumpió el otro hombre visiblemente excitado.

Me quitó la pistola y comenzó a dar vueltas alrededor mientras nos apuntaba al bebé y a mí alternativamente.

—Tranquilo Ryan, este no parece que vaya a darnos muchos problemas. Es inofensivo como un pajarito, ¿verdad? —me señaló—. Grande, pero pajarito, al fin y al cabo. Yo me encargo del otro —se levantó la máscara y apuntó con el fusil hacia V, que seguía inmóvil en el suelo.

La mujer, de considerable estatura y complexión fuerte, aparentaba unos cincuenta años como mínimo. Tenía las facciones duras y los dientes desgastados. El mal carácter y la voz grave le daba un aire de lo más intimidatorio. El hermano, el tal Ryan, más bien parecía enclenque a su lado, pesaría veinte kilos menos que ella y no debía superar los cuarenta años. Éste, al contrario, tenía la cara afilada y la barba de varios días, junto a la falta de algunos dientes, le hacía parecer ridículo. No supe qué hacer, no tenía ni idea de cómo podía librarnos de aquella situación. Me quedé paralizado, agarrando con fuerza al bebé que lloraba de nuevo. Ni siquiera reaccioné mientras la mujer pateaba a mi amigo en el suelo, ni cuando ese loco me quitó al crío de los brazos.

—Vámonos de aquí antes de que este escándalo atraiga a los muertos de todo el condado. Pajarito, mira allí, ¿ves aquello? —me señalo algún punto en el horizonte que no alcancé a diferenciar. Acto seguido, me acercó un pañuelo a la nariz con un fuerte olor a químico. La cabeza me empezó a dar vueltas, la visión se distorsionó y pensé que de un momento a otro caería desplomado, pero no fue así. Observé la figura de la mujer frente a mí, agarrándome del brazo y llevándome hacia algún lugar.

Al despertar, tumbado sobre una cama, era incapaz de recordar cómo había llegado hasta allí. Sentía un ligero dolor de cabeza, notaba la visión borrosa y el corazón desbocado a doscientas pulsaciones por minuto. Tenía la sensación de haber vomitado varias veces, pero no había restos por ninguna parte. Me habían drogado con algún tipo de sustancia sedante y no logré recobrar la compostura hasta a saber cuántas horas después, tras varias cabezadas. Por la luz que atravesaba la ventana deduje que era temprano.

Estaba atado de pies y manos en una cama grande y agradable, la habitación estaba perfectamente amueblada y diversos objetos se amontonaban en la cómoda situada frente a esta. A un lado, en una butaca de madera que parecía tener más años que la casa, una mujer mecía y hacía carantoñas al bebé que dormía apaciblemente. Cuando se dio cuenta de que había despertado, se levantó sobresaltada y se marchó de la habitación.

—¡No! ¡Espera, por favor! —supliqué antes de que cerrara de un portazo.

Observé el resto de la habitación sin saber qué hacer. En uno de los laterales, junto a la ventana, había un armario enorme a juego con el resto de los muebles, incluida la mecedora, y en el lado contrario, una pila de cajas amontonadas hasta el techo impedía ver la pared color ocre. El resto se adornaba con varios cuadros de dudoso gusto, de los que llegué a contar más de una docena. Llegué a la conclusión de que nuestros captores sufrían cierto síndrome de Diógenes, acumulando todo lo que iban «encontrando» día a día, y no pude evitar recordar el incidente con el camión unos días atrás y en qué habíamos convertido el bar de Fred en el tiempo que habíamos pasado allí desde que todo empezó, preguntándome si en eso consistiría la supervivencia del ser humano a partir de entonces. Recoger los restos del pasado para formar el nuevo futuro no parecía la mejor esperanza para el que todavía siguiera con vida. En ese momento, la puerta volvió a abrirse y la mujer que el día anterior iba disfrazada con el uniforme de alguna unidad especial del ejército entró en la habitación. Desde la cama, tumbado, ella me pareció el doble de grande. Sin el traje militar, intimidaba la mitad.

—Tu compañero no está sirviendo de mucha ayuda y temo que de un momento a otro caiga muerto. Desde luego tiene carácter —El cuerpo se me descompuso al pensar en lo que podían estar haciéndole a V—. Espero que tú nos des menos trabajo y terminemos con esto rápido, ¿vale pajarito?

Sacó unas tenazas de considerable tamaño y amenazó con amputarme los dedos de los pies, uno tras otro. La mujer que hasta hace unos minutos mecía al bebé escuchaba ahora desde la puerta. Me quedé observándola unos segundos hasta que la otra reaccionó cerrándosela en las narices tras hablarle de malas formas. Se volvió de nuevo hacia mí y colocó las cuchillas alrededor de mi pie.

—¡Por favor, no! Os diré todo lo que queráis saber, pero tenéis que prometerme que dejaréis a mi amigo en paz —reaccioné de inmediato, temiendo más por el dolor que me causaría, que por la perspectiva de perder el dedo meñique del pie izquierdo.

—Me parece que eso va a depender de lo que nos digas, pajarito —respondió retirando las tenazas como gesto de buena voluntad. Sacó una pitillera de cuero de un bolsillo y se encendió un cigarro—. ¿A qué esperas? Soy toda oídos.

Tardé varios minutos en resumir, de la forma más creíble posible, nuestras últimas semanas, intentando no dar informaciones exactas pero que pudieran resultar convincentes. Les hice saber que nos refugiábamos en un taller mecánico, en la planta baja de nuestro edificio, situado en el centro de la ciudad. Media verdad. Esperaba que para cuando descubrieran la historia real ya hubiera podido hablar con mi amigo. Les di la dirección de una calle cercana a nuestro edificio que podía dar el pego para verificar mi relato, a cambio de que trajeran a V a la habitación donde me encontraba y dejaran de hacerle daño. El éxito del plan duraría lo que tardasen en ir a comprobar la dirección que les había proporcionado. Lo que podía hacer mientras tanto, es lo siguiente en lo que tendría que pensar a partir de ese momento.

CAPÍTULO VI: Algún lugar.

Leonardo.

Acepté con ansia los cereales que Agustina me ofreció esa mañana en aquella especie de comedor improvisado.

Me recordó a cuando era pequeño, y no pude evitar añorar esos momentos felices en la casa de mi abuela, donde intercambiaba con mis dos hermanos los cromos que venían en las cajas de cereales. En esos años de infancia el tiempo era la mayor barrera con la que chocaban todas mis aspiraciones. No era lo suficientemente mayor como para salir solo, ni para estar presente en ciertas conversaciones, o quedarme despierto por las noches y ver la misma película que veían mis padres. Ni siquiera podía repetir mi tazón de cereales porque mi madre me lo prohibía, ya que muchas veces me acababa doliendo la barriga de tanto comer. «Cuando seas mayor harás lo que quieras» era la frase más repetida. Para hacer lo que quisiera tenía que esperar a que transcurrieran los años. Todos esos alicientes hacían que desease que pasara el tiempo rápido para que llegase el día en el que pudiera cumplir mis sueños, como si la felicidad se encontrase en ese instante esperándome con los brazos abiertos. No podía culparme, a esa edad no era consciente de que la felicidad residía en esos momentos que pasaban desapercibidos, en todas esas pequeñas cosas que me rodeaban y acompañaban; en cada cucharada de cereales del único tazón que mi madre me dejaba comer.

—Puede que haya deseado con tanta fuerza que pasara el tiempo que ahora este ha decidido castigarme.

Agustina me miraba perpleja y no tardé en entender que había hablado en voz alta y ella no sabía a qué me estaba refiriendo.

—¿Dónde está la chica que me trajo ayer? —le pregunté, sin molestarme en explicarle mi anterior frase.

—¿La señorita Coraluna? Esta mañana volvió a salir con su tío y Neil.

Coraluna. Así era como se llamaba.

La tarde anterior había estado al borde de la muerte y de no ser por ella no habría escapado de la encerrona en la que me vi envuelto.

Tardé unos segundos en aceptar que confundirla con Engla había sido una jugada de mi subconsciente. En cuanto la tuve cerca, y pese a que no había mucha luz, intuí una figura bastante diferente a la que recordaba de ella.

Estábamos en el rellano de un viejo edificio, probablemente abandonado años antes de la catástrofe. Su aspecto ruinoso y polvoriento no transmitía mucha seguridad. Mientras trataba de hacerme a la situación y observaba bien aquel sitio, un zombi trató de entrar arrastrándose por el mismo lugar por el que lo había hecho yo. Gracias a su ausencia de agilidad en el intento de alcanzar el rellano, la chica pudo aprovechar el momento y atacarlo sin mostrar un atisbo de duda en su movimiento. Apuñaló en varias ocasiones el cráneo de aquel zombi con un arma blanca afilada que no acerté a distinguir del todo.

—Se están agolpando. Los tablones no tardarán en ceder y entrarán —dijo con firmeza. El sonido de su voz era dulce, lo cual hacía difícil dibujarla en un ámbito tan cruel y sanguinario como aquel.

Noté que me miraba y entendí que estaba barajando sus opciones. Salvarme había sido un acto de humanidad, pero llevarme con ella podía ser un error, un exceso de bondad e inocencia que podría pagar caro. Sabía bien la encrucijada que estaba pasando por la cabeza de aquella chica porque yo había vivido un episodio similar dos días antes.

—No te preocupes —me adelanté—, no voy a causarte ningún problema, si es lo que estás pensando. Agradezco enormemente que me hayas salvado. Ahora puedes irte, no voy a perseguirte, ni robarte, ni nada por el estilo.

No tenía intención de persuadirla, ni victimizarme. Quería quitarle hierro al asunto, no incomodarla, ni crearle un problema. Que supiera que no tenía ningún tipo de responsabilidad conmigo. Me sorprendió que mis palabras provocaron justo el efecto contrario que esperaba.

—En la segunda planta hay una puerta que da a una escalerilla de incendios del patio trasero. Si bajamos por allí, llegaremos al callejón donde tengo la moto —me indicó.

Los zombis penetraron en el edificio justo cuando subíamos los primeros escalones hacia la segunda planta. Su lentitud nos favoreció considerablemente y en unos segundos ya les habíamos dado esquinazo.

—¿Cómo coordinan sus piernas para subir escaleras? —pregunté extrañado.

—No las coordinan. Algunos logran subirlas arrastrándose como pueden, pero la mayoría se tropiezan y se caen antes de llegar al tercer peldaño —comentó.

Acto seguido se giró y se acercó a la puerta que daba al exterior. La abrió empujándola, no sin cierto esfuerzo.

La luz iluminó su figura y tan pronto mis ojos se acostumbraron a la claridad de la imagen, me fijé en la persona que me había salvado. Tenía el pelo castaño y recogido en una trenza. Su piel era algo más morena que la mía y sus ojos azabaches eran grandes y redondos. Vestía una camiseta gris ancha y unos leggins negros. Sus deportivas también eran grises, pero estaban manchadas de sangre, lo que, paradójicamente, hacía juego con un pañuelo rojo que llevaba embrollado en la muñeca. Su atractivo no pasaba desapercibido, así que antes de que notara que me había quedado anonadado al verla, volví a mirarle a los ojos dispuesto a decir alguna memez que sirviera para salir del paso. Sin embargo, entendí que ella había hecho el mismo análisis conmigo, y me ruboricé al pensar en que se debería haber llevado una impresión muy distinta. Instintivamente creí que podía salvar mi dignidad tapando con mis manos la publicidad de mi camiseta.

—No es mía, yo no he ido a un sitio de esos en mi vida —traté de excusarme sin éxito.

Lejos de parecerle un peligroso pervertido, negó con la cabeza, sonrió incrédula y señaló a la calle. En una esquina del callejón, al lado de dos contenedores, había una motocicleta de alto cilindraje que contrastaba bastante con aquella mugrienta callejuela.

Descendimos las escaleras de forma apresurada hasta llegar a la moto, que arrancó nada más montarse. Tras la escena anterior, lo primero que pensé fue en despedirme y salir de allí corriendo, pero le había dado tanta pena a esa chica que me invitó a subir. Intenté negarme, aunque su oferta resultó tan tentadora que acepté sin demorarme demasiado en contestar. No sabía a dónde me iba a llevar, pero cualquier lugar iba a mejorar mi situación, así que acepté ese gesto de compasión, terminé con la poca dignidad que me quedaba lo ocurrido antes y me monté detrás de ella evitando rozar mi cuerpo con el suyo para no incomodarla.

—Mi tío me va a matar —dijo con un tono más despreocupado que serio—. Espera. Va a ser necesario que te cubra los ojos, ponte esto —y se desató el pañuelo del brazo.

—¿Por qué? —pregunté desconcertado.

—Protocolo. Si el resto considera que no debes quedarte, te devolveremos aquí. Si lo prefieres puedes ir sin venda, pero si mi grupo no te acepta y te ven como un peligro, habrá que tomar una medida más radical.

Tragué saliva. No sabía si iba en serio, o se estaba marcando un farol. Por un lado, parecían palabras sinceras, por el otro, su media sonrisa y el mensaje no terminaban de resultar amenazantes.

—Si no te importa...

Como no sabía si su ofrecimiento era parte de una prueba de confianza y acabaría por revisar si me lo había puesto bien o no, traté de cumplir con mi parte y me cubrí los ojos con aquel pañuelo de la mejor manera posible.

—¿Así? Te prometo que no veo nada de nada —aseguré.

—Perfecto.

Del pañuelo emanó una leve pero dulce fragancia. No sabía cuánto tiempo llevaba sin percibir un olor tan agradable y por unos momentos me vi envuelto en él. Circulamos durante un rato largo y el ruido de la moto fue mi único acompañante. Mientras pasaba el tiempo, mis expectativas iban en aumento. No sabía ni hacia dónde me dirigía, ni quién, o qué me esperaba allí, pero difícilmente iba a empeorar mi estado. Aunque esa posibilidad estaba allí y el nudo en mi estómago se encargaba de recordármelo.

Llegado el momento, noté cómo reducía la velocidad y, al sentir que el suelo que pisábamos era pedregoso, entendí que se había desviado a una carretera secundaria.

—Ya estamos llegando, puedes quitarte el pañuelo si quieres.

Vacilé brevemente debido a los nervios, pero le hice caso.

En ninguna de las predicciones que había hecho durante aquella travesía, estaba el encontrarme un lugar así. Protegido por un doble vallado, se alzaba una especie de recinto similar a un pequeño campo de concentración compuesto por dos edificios, siendo uno de ellos bastante característico por su estructura ovalada. En uno de los extremos del recinto había un torreón de vigilancia de ladrillo, con la altura suficiente para divisar lo que ocurría en los alrededores. En el extremo opuesto, se divisaban los restos de otro torreón que no había corrido la misma suerte. Debido a la situación, no le dediqué mucho tiempo a preguntarme qué le habría sucedido para acabar derrumbado.

La valla externa era de mallas de simple torsión y presentaba zonas seriamente afectadas con grandes abolladuras y restos de sangre, o quizá grasa. La valla interna era de mallas electrosoldadas y permanecían sólidas y bien cuidadas, lo que me convenció de que el lugar mostraba seguridad más allá de la preocupante primera línea. La chica hizo parpadear la luz del faro de su motocicleta en repetidas ocasiones, y tras una breve espera, una figura surgió del interior y abrió la puerta corredera de la valla interior. Se trataba de un hombre de mediana edad.

—¿Dónde te habías metido? Ya está cayendo la noche y me empezaba a preocupar, ¿por qué no nos seguiste? —preguntó mientras nos abría paso en la segunda valla. Me sorprendió hablando español[2].

—Vi a un grupo de zombis persiguiendo a este chico. Sabía que se iba a cruzar con el grupo que teníais detrás y que se iba a ver atrapado, así que opté por hacer la buena acción del día y tratar de rescatarlo —explicó en inglés, mientras me indicaba con la mano que le acompañase al interior del recinto.

La indumentaria de ese hombre, que me miraba de arriba abajo, poco tenía que envidiar a la mía. Bajo una chaqueta de cuero, su camiseta de tirantes gris trataba de disimular una más que notoria barriga cervecera. Había pelo en los laterales de su cabeza, pero este desaparecía conforme se acercaba a la coronilla. Algo en él me resultó lejanamente familiar, pero en ese momento no supe adivinar el qué. Mientras el hombre me estudiaba con una mirada inquisitiva, me pregunté si me echaría de ahí a patadas por culpa de mi aspecto. Con su compañera no me había servido de mucho la excusa, así que esa vez preferí callarme y dejar que creyera lo que considerase oportuno.

—Le he vendado los ojos durante el camino —interrumpió la chica.

—Bien —admitió con semblante serio—. Lo tendremos a prueba. Llama a Warwick para que se encargue de vigilarlo.

---

[2]Como ya se indicó al comienzo de la historia, pese a que los protagonistas son españoles y entre sí hablen en castellano, el idioma común en EEUU y el que acostumbran a usar para dialogar con el resto de personajes es el inglés.

Vi a la chica asentir y tras dejar la moto en el interior de aquel lugar, al lado de un coche, se dirigió a uno de los dos edificios y, para evitar cruzar la mirada con ese hombre, mientras esperábamos la aparición de ese tal Warwick, observé ambas edificaciones con mayor detenimiento. El edificio ovalado tenía un rótulo que lo presentaba como «Goodwill Corporation *Research Center*».

—¿Un laboratorio? —murmuré.

El edificio de al lado, al que había entrado la chica, tenía un par de plantas y parecía una pequeña residencia. Ella no volvió y, en su lugar, un joven afroamericano y una mujer latina salieron a recibirme. La mujer, que rondaría los cincuenta años, era de baja estatura y caderas descomunalmente anchas. Llevaba puesto un delantal verde con margaritas. Su acompañante, cumpliendo con el estereotipo de afroamericano de barrio marginal, vestía una camiseta oficial de un equipo de baloncesto, lo que me llevó a pensar en lo bien que hubiese estado que Héctor me acompañara en esos instantes, dado que él sabía mucho de deportes y entablar una conversación amistosa sería ideal para evitar más situaciones incómodas o adversas.

—Te dejo con ellos —dijo el hombre antes de desaparecer por la misma puerta por la que la chica había hecho lo propio con anterioridad.

—¿Cómo está, querido? Yo soy Agustina, mucho gusto —el tono de la mujer rebajó ostensiblemente lo tenso que estaba. Cuando llegué no estaba tan nervioso, pero el hombre me lo había hecho pasar realmente mal con sus silencios incómodos y malintencionados. Me presenté algo dubitativo y el muchacho se acercó a mi sonriente.

—Hermano, relájate, estás en un lugar seguro. Somos un grupo enrollado. Yo soy Warwick, siento si Eduardo o Cora te lo han hecho pasar mal, pero no tienes nada que temer —explicó mientras apoyaba su mano en mi hombro y me daba unas palmaditas. Anduvimos unos pasos hasta la puerta del edificio residencial. Allí se pararon y decidieron explicarme un poco cómo funcionaban las cosas en aquel extraño lugar.

En aquel recinto convivían un total de ocho personas. Eduardo y Coraluna, ambos argentinos, eran familiares, tío y sobrina respectivamente. Agustina, por su parte, era una mujer, de origen peruano, que llevaba desde hacía muchos años en el país y trabajaba como ama de casa para la familia de Neil, un chaval de la edad de Warwick con el que ambos habían llegado hasta allí. Según contaron, durante la semana en la que se desbordó el país, Neil se encontraba con ellos dos en su casa. El padre de Warwick era el chófer de los padres de Neil, quienes se habían ido de viaje unos días a California. Me dieron a entender brevemente que, pese a las diferencias económicas de ambas familias, la relación personal entre ellas superaba con creces la profesional. En palabras de Warwick, Neil era su hermano blanco y sus padres le habían dado la vida a él y a su familia, e incluso se habían hecho cargo de los gastos que le suponía a Warwick el ir a la universidad.

Este pequeño grupo de cinco se juntó en unas de las carreteras de las afueras, intentando huir al Sur, cuando sorprendieron a dos rateros que trataban de apropiarse del coche de una mujer con ella en el interior. Aprovechando la larga cola de tráfico que había allí, Cora, Eduardo, Neil, Warwick, e incluso Agustina, se bajaron de sus respectivos vehículos y entre todos —Agustina repartió un par de guantazos, según afirmó Warwick— lograron salvar a aquella mujer, que fue quién les habló de aquel sitio y les invitó a acompañarla en uno de los desvíos más próximos.

—Al llevar aquí dos semanas, los recursos escasean ya, y hace unos días empezamos con expediciones a la ciudad en busca de reservas. Normalmente vamos en grupos de tres, aunque algunas veces se apunta Ruth, la bióloga forense que nos trajo hasta aquí. Trabaja para una organización que trata de erradicar al virus. Una tía de puta madre —añadió el chaval.

—Seguro que usted conocerá a nuestro equipo de investigadores mañana. Están ahí dentro con sus cosas —explicó Agustina a la par que señalaba el edificio ovalado—. Trabajan día y noche para ayudarnos a todos.

«Trabajan», pensé, y acto seguido recordé que habían afirmado ser ocho, por lo que entendí que tres serían las personas que se ocupaban del apartado científico en aquel lugar. La historia que me habían contado me valía y no quería ni cuestionarla. Estaba tan cansado que no me apetecía preguntar nada más. Por una vez prefería ser un ignorante con esperanzas que hurgar hasta encontrar un problema que me devolviese a mi estado natural;

el de ser pesimista, el de codearme con lo jodido. Si todo iba bien, ya tendría tiempo para cuestionar tanto como quisiera.

—Está refrescando, será mejor que entren si no quieren resfriarse —comentó Agustina.

La entrada daba directamente a una mesa de comedor rodeada de sillas de metal. Las paredes eran blancas y apenas estaban decoradas más allá de un par de cuadros. Al fondo había una cocina y, al lado de esta, una escalera hacia la primera planta. Esta tenía un pasillo rectangular y una barandilla protegía a los que pasasen por ahí de caer al comedor. La segunda planta era igual, por lo que desde el comedor podía verse el tejado de la casa, que estaba hecho de cristal, lo que permitía que la luna iluminase levemente el lugar.

Warwick, que leyó mis pensamientos, me explicó que en esas plantas estaban los dormitorios.

—Diez en la primera planta, y otros tantos en la segunda. Baño individual, una gozada, hermano. Calientas agua del pozo, te llenas la bañera y de lujo, el paraíso. Si quieres quedarte en la primera planta, puedes elegir la habitación número nueve, o la diez.

Reparé que aquel chico iba armado con una pistola en el bolsillo trasero. Me intimidó un poco, pero entendí que para toda esa gente yo era un completo desconocido y querían asegurarse de que no les suponía amenaza alguna.

—He hecho pastel de carne y ha sobrado bastante, por si quieres comer algo —me ofreció Agustina mientras encendía la luz de aquel comedor pulsando un interruptor que había al lado de la puerta—. Al parecer, la señorita Coraluna ha cogido un pedazo y se lo ha llevado a su cuarto.

Me asombré de que se encendieran luces en el techo, justo debajo del pasillo de la primera planta. Desconocía que hubiese luz, y Warwick, una vez más se adelantó a mis preguntas.

—Generador propio, hermano. Eso sí, sin abusar que los de al lado lo necesitan más que nosotros. Aquí a la antigua, luz natural o velitas potentes. Hemos pillado unos candelabros para ponerlas y tan de puta madre.

El idioma se me daba bien, pero lenguajes tan característicos como el de Warwick, me resultaban bastantes cerrados e incomprensibles.

Me senté en una de las sillas de ese comedor frente a ellos y devoré aquel pastel de carne.

—Cuéntanos algo de ti, tío —pidió Warwick mientras Agustina me observaba comer, satisfecha.

Las siguientes dos horas se convirtieron en un auténtico monólogo. Les hablé de mi ciudad de origen, Almería, de mi familia, mis estudios y los motivos por los que había ido a parar a tierras americanas. Les hablé de Joan Vendrell y de Héctor Román y de cómo los había perdido, apenas unos días atrás. En algún momento de mi relato supe que estaba llorando, pero no traté de contenerme. Hacía tiempo que no me abría con nadie y hacerlo delante de ellos me alivió. No dejaron de atenderme, ni siquiera me interrumpieron para preguntarme nada. Esas personas querían escuchar nuevas historias y la mía era buena. Llevaban muchos días sin ver a nadie que no fuera de su grupo y mi llegada les resultaba novedosa y albergaban una notoria curiosidad. Cuando decidí que no tenía nada más que contar que mejorase lo ya contado, hubo un breve silencio acompañado por el cierre de una puerta del piso superior.

—Neil, Coraluna y Eduardo madrugan mañana para volver a salir, así que se acostaron pronto. Será alguno de ellos. En las noches previas a salir de aquí les cuesta conciliar el sueño —explicó Agustina, en un inglés bastante mejorable.

—Era Coraluna. La he visto asomada —añadió Warwick.

No supe si me había estado escuchando todo el tiempo, o sólo parte de este, pero una parte de mí se avergonzó al pensar que ella lo hubiera estado haciendo. En la cama de mi nueva habitación, ese pensamiento sustituyó por primera vez al recuerdo de mis amigos, y me acompañó hasta que me quedé dormido.

Warwick se había pasado la noche agazapado al lado de la puerta de mi habitación vigilando que no saliera de allí sin permiso. Así me lo había hecho saber Agustina aquella mañana, al explicarme que minutos antes de que yo me despertara, el resto del grupo había salido a por bienes de primera necesidad y que ella había mandado a Warwick a descansar a su cuarto.

—Cuando venga, Eduardo hará el reparto de tareas que considere oportuno, y así podrá colaborar hasta acabar siendo uno más —comentó Agustina mientras me acababa aquellos cereales.

—Buenos días, ¿hay café? —una voz femenina nos sorprendió a los dos y su pequeña figura apareció por la puerta.

Era muy poca cosa. Delgada, bajita y con unas gafas redondas que eran casi más grandes que su cara. Se deshizo del moño que llevaba y su recogido pelo marrón se soltó y deslizó hasta llegar a la altura de sus caderas. Le calculé unos años mayor que yo, no muchos, pero sí los suficientes como para que no rondara por mi cabeza ningún interés personal.

Hablaba mucho y muy seguido, yéndose de un tema a otro.

—Doce días —afirmó la primera vez que me miró.

—¿Cómo? —fruncí el ceño.

—Los días que llevas sin ducharte —aseguró mientras me olfateaba fuerte, insinuando que olía mal desde la distancia.

Me ruboricé. No sabía qué me había sorprendido más, que no se presentara, que no preguntara quién era yo y qué hacía allí, o que hubiese clavado con exactitud los días que llevaba sin lavarme.

—Sr. Leonardo, le presento a Ruth —explicó Agustina, habida cuenta de la sorpresa que me había dado aquella mujer. Ruth no se contuvo y soltó varias carcajadas.

—Vaya cara se te ha quedado. No te preocupes, debido a estas circunstancias aquí todos hemos estado bastante tiempo sin ducharnos. Luego te das un baño y yo olvidaré que cuando te conocí tu hedor era similar al de un muerto.

Miré a Agustina, que se encogía de hombros mientras mi desconcierto aumentaba con cada palabra que Ruth soltaba por su boca.

—Ellos dos son como la noche y el día. No sé cómo el señor y usted se entienden trabajando allí dentro —admitió Agustina.

—Creo que el Doctor Webster ha aprendido a ignorarme —continuó riendo Ruth.

—¿Webster? ¿Gilbert Webster? —pregunté atónito y serio.

—El mismo —finalizó Ruth, que poco a poco dejó de sonreír y me contempló con una mezcla de extrañeza y curiosidad.

Vendrell.

Las piezas del tablero de ajedrez de mi padre simulaban figuras del medievo. En mis undécimas navidades, él me enseñó a jugar en el salón de casa. Estábamos sentados en unas butacas marrones, el uno frente al otro, al lado de la chimenea. En medio, nos separaba una mesa redonda donde había un enorme tablero de ajedrez cuyas esquinas se ajustaban a la perfección con la mesa. El calor que emitían los troncos de madera al quemarse acompañado del chisporroteo de las llamas era muy acogedor. ¡Qué a gusto me sentía!

Allí, en la casa de la sierra, refugiado del frío y protegido de cualquier amenaza externa, fue la primera vez que mi padre me trató como si fuera un adulto, aunque solo era un crío.

—Papá, ¿por qué los peones no son tan buenos como el resto? Tienen escudo y espada y, aun así, sólo se mueven de casi-

lla en casilla. Hay otras que se mueven de un extremo a otro si quieren, como la torre o el arfil.

—¿Quién dice que no sean tan buenos? Si no fuera por ellos, todas las demás fichas quedarían al descubierto. Ellos utilizan su espada para defender.

—¿Para defender qué?

—Para defender y proteger al resto.

Lo escuchaba con admiración. Todo lo que él me enseñaba me fascinaba y me pasaba el resto del día reflexionando sobre ello.

No tenía ni idea de que, tan sólo unos meses después, habría dado lo que fuese por que estuviera presente en mi primera victoria en una partida de ajedrez. Habría dado lo que fuera, a cambio de que, simplemente, él siguiese estando presente en mi vida.

La necesidad de vomitar me trajo de vuelta a ese infierno. A oscuras, saboreé los restos de vómito que tenía en la boca para tratar de reconocer si la presencia de sangre era significativa. En mis manos doloridas noté la ausencia de la mayoría de las uñas. Las palmas las tenía completamente quemadas, ya que había intentado agarrarme a los barrotes y evitar pisar la base de la jaula donde estaba.

Ese enfermo mental había descrito aquella tortura como la caja caliente. La jaula donde me había metido se sostenía sobre cuatro gruesas y cortas patas. Debajo de la base de ésta, había un hueco donde mi verdugo había introducido un hornillo o algo similar, que fue calentando el suelo de mi jaula hasta que quemase. Traté de aferrarme a los barrotes como si fuese un escalador, pero mi propio peso, el cansancio y el daño de mis manos destrozadas, me hacían caer una y otra vez hasta que, entre desesperados gritos de angustia, me rendí y caí de espaldas vociferando y perdiendo la consciencia a causa del dolor y la fatiga.

No debían haber tardado en sacarme de ahí, puesto que las quemaduras no revestían especial gravedad, o al menos, no lo suficiente como para acabar conmigo.

Lo siguiente que habían hecho era desnudarme y esposarme las dos manos a un radiador viejo que había en la pared de ese habitáculo. Cuando desperté, la tenue luz del flexo, que ahora parpadeaba de manera intermitente, me permitió identificar, al otro extremo, la jaula donde me habían realizado todas las torturas. No quería volver ahí dentro, así que tiré con fuerza hacia delante para intentar arrancar el radiador de la pared y escapar de esa habitación antes de que volvieran. No quería ser la presa de ese jodido juego macabro en el que me había visto involucrado sin comerlo ni beberlo. Pero tampoco tenía ni idea de cómo hacerlo. En esos momentos, hubiese sido bienvenida la creatividad de alguno de mis amigos. No habría estado de más que Leonardo o Héctor se me apareciesen encima del hombro como si fueran un duende mágico y me aconsejaran cómo salir de allí, porque mi plan de arrancar el radiador no tenía mucho futuro y la energía que me quedaba era escasa. El dolor de las quemaduras se volvía cada vez más insoportable. Tenía toda la espalda achicharrada, y el dolor apenas me dejaba pensar, ni mucho menos, reparar en el resto de las heridas del cuerpo.

Sabía que lo correcto era escapar de ese sitio, huir sin mirar atrás y dejar a un lado todo lo que me estaban haciendo pasar y, sin embargo, una parte de mí anhelaba venganza. Me bastaba con poder soltarme, liberar a Héctor y pedirle que se marchara sin mí. Después buscaría mi espada y de alguna forma sorprendería a esos dos miserables. Me daba igual morir en el proceso, iba a morir disfrutando del momento y devolviéndole todo lo me habían hecho multiplicado por diez.

Pensé en Héctor y me pregunté si seguiría vivo. Dudé de que pudiera soportar lo que yo estaba aguantando. Es más, probablemente habría suplicado el tiro de gracia.

El dolor de mis quemaduras, sumado al desconocimiento por saber cómo estaba mi amigo y la rabia por no poder soltarme de allí, me llevó a la desesperación. Estuve gritando hasta que perdí la voz y me quedé afónico. Mareado, intenté vomitar de nuevo, pero ya no me quedaba nada que expulsar y solo un pequeño y viscoso hilo de saliva trató de descolgarse por la comisura de mi labio, sin llegar a terminar de soltarse y atrapándose en los rizos de mi descuidada barba. Unas punzadas de dolor, cada vez más intensas, se habían instalado en mi cabeza y no parecía que quisieran abandonarla. Divagaba por la fina línea de la consciencia, perdiendo totalmente la noción del tiempo e intentando sostenerme recreando en mi mente mis deseos de venganza, cada vez más lejanos e improbables.

En algún momento de ese proceso, escuché unas pisadas provenientes del piso de arriba. Alguien estaba allí y andaba con paso ligero. Al minuto, un cerrojo precedió al crujir de una puerta abriéndose. Alguien descendía hacia la habitación en la que yo me hallaba. Instintivamente encogí mis piernas, tragué saliva y contuve la respiración. El loco irrumpió en el lugar. Portaba una mochila abultada que dejó caer al instante. Me miró y se agachó a mi lado. Posó sus manos en mi zona escrotal, palpando todo cuanto encontraba y enfocando el lugar con una linterna. Acto seguido se llevó la mano a la nariz y la olfateó, riéndose.

—Alguien no ha podido aguantarse las ganas de mear, ¿eh? —dijo la mujer, que también había hecho acto de presencia en el lugar.

Supe que tenía razón. Sin darme siquiera cuenta, me había orinado encima. Lamenté que aquel desgraciado me viera en esa decadente situación. Cargado de rabia y esperando que mi pie golpease en alguno de los dos individuos, lancé una patada al aire que quedó en nada.

—Calma, calma. ¿Sabes? Tu amigo nos ha engañado. Con lo grande que es y no ha aprendido que engañar a la gente está mal —en su tono de voz pude percibir cierta rabia contenida.

Anduvo por la sala y se agachó ante la jaula, en silencio, calculando cada palabra que iba a soltar por su asquerosa boca.

—Siento mucho haber llegado a esta situación. Mi hermano ha debido excederse, lo sé. Pero no nos quedaba otra. No estáis colaborando y sabes perfectamente que la paciencia que tiene una con sus invitados puede agotarse. Terminemos de una vez, ¿dónde tenéis vuestras reservas? ¿Hay más gente con vosotros?

—¿Qué le habéis hecho a mi amigo? —contesté ignorando su pregunta, algo que no le debió hacer gracia alguna.

—Con tu amigo he sido demasiado condescendiente, pero creo que eso se acabó. Créeme, ese pajarito se ha reído de mí y ha menospreciado mi hospitalidad.

El pirado de su hermano seguía a mi lado, riéndose por lo bajo y repitiendo alguna de las palabras que su hermana pronunciaba, como si le produjesen especial gracia. La mujer se acercó a mí, y puso su boca a medio palmo de la mía. De ella emanaba un olor a muerte. Le olía la boca igual que a uno de esos monstruos que vagaba por las calles.

—Por última vez, si quieres hacerte un favor y también a tu amigo y al bebé, responde a mi pregunta antes de que salga por la puerta. No habrá más oportunidades.

Esa vez no quise insultarles, ya que no iba a satisfacer mi deseo de partirles el cráneo y opté por un silencio como respuesta. Tres segundos más tarde, resopló y concluyó:

—Te vas a arrepentir de esto. Ryan, todo tuyo —señaló —. Ah, una cosa... cambia un poco el estilo. Ya sabes a lo que me refiero.

Ryan aguardó a que su hermana se marchara. En ese breve espacio de tiempo, el corazón empezó a latirme a un ritmo frenético. Quedarme a solas con ese auténtico lunático era justo lo que menos deseaba. Mi cuerpo iba a decir basta más pronto que tarde. No estaba preparado para otra sesión de torturas, de hecho, me percaté de que estaba temblando. Escuché la hebilla metálica del cinturón de Ryan y acto seguido cómo se bajaba la cremallera de su pantalón.

«La niñita no quería jugar, pero ellos le aseguraron que sería divertido».

A continuación de la mochila extrajo una especie de trapo y un bote de líquido que vertió sobre dicho trozo de tela.

—¿Qué cojones piensas hacer ahora?

«Ella seguía diciendo que no. Ellos la forzaron a oler el perfume».

—¿Perfume? ¿Niña? ¿De qué hablas? Mira, llama a tu hermana, ¿vale? Voy a hablar con ella, llegaremos a un acuerdo. Os daremos lo que queráis, cogeremos nuestras cosas y nos olvidaremos de todo esto. Ambos ganamos. Pero ahora, para con esto.

Me sentí mal, verdaderamente mal. Había tirado la toalla. Y sabía que, de igual manera, en el momento en el que supieran dónde estaba el bar acabarían con nosotros. Ya no me importaba. Prefería el camino rápido. Morir de un cuchillazo, o de un disparo. Sólo quería que acabase con esa mierda.

Hizo un amago de dejar el trapo y dirigirse a la puerta, por lo que respiré aliviado. Entre risas, se dio la vuelta y se apresuró en cubrirme con el trapo la nariz y la boca. Traté de zafarme como pude moviendo la cabeza de un lado a otro. Retiró el trapo y me propinó un puñetazo en la nariz. Puede que llegara a percibir la sangre brotar, aunque lo cierto fue que, antes de que llegara a convertirse en un rio de sangre, Ryan, aprovechando que me había dejado aturdido, me hizo oler aquel químico con el que había mojado el trapo para poder perpetrar su sádico plan.

—*Joan, Alberto dice que tú le pegaste primero, ¿es cierto?*
—*Sí.*
—*¿Por qué?*
No contesté.

Me dolía la espalda. Acababa de pelearme con un compañero que se había reído de mí por no tener padre. Era mi segundo año de instituto, había repetido curso y cambiado de clase. Me costaba adaptarme, apenas hablaba con ningún compañero si no era para acabar peleándome. En las dos primeras semanas de curso, mi madre ya había ido a varias tutorías y, con total seguridad, esto iba a deparar en otra más. Alberto, o como quisiera llamarse ese flipado, se rio de mí cuando le conté que mi padre se había marchado hacía un año. Soltó alguna alusión sobre mi madre, una tontería propia de imbéciles de su calaña y yo, sin mediar palabra, le golpeé en la cara y me marché de allí. Sin embargo, ese asqueroso no podía quedarse quieto y avergonzado delante de su pandilla de gallitos de corral, decidió seguirme con un bolígrafo y clavármelo en la espalda. Cuando me giré para darle de palos hasta en el carné de identidad, un profesor ya estaba en medio, separándonos.

No tenía ganas de sincerarme con el director, me daba igual que me sancionaran. Ya podían expulsarme que no iba a explicar nada. Me había quedado muy satisfecho con ese puñetazo y mientras me echaban una verdadera reprimenda, yo hacía oídos sordos y me centraba en rememorar una y otra vez aquel golpe.

Como sanción, me prohibieron pisar el patio en el recreo durante dos meses. Tenía que ir a la biblioteca, donde los niños más aplicados se quedaban para leer o estudiar. Si lo que buscaban era que consiguiese socializar y me reinsertase entre los niños del instituto, con esa medida la llevaban clara. Ese no era mi sitio, pero al menos no había escoria que me molestase.

El primer día me senté en una mesa que había al final del todo y me quedé callado viendo, a mi lado, a dos chavales jugando al ajedrez. Ellos no tardaron en darse cuenta de que tenían público y de vez en cuando me miraban en búsqueda de reconocimiento por la jugada que habían hecho. Al final de semana, ya compartíamos saludos y despedidas en los pasillos del instituto.

El lunes siguiente, en la pausa del recreo, llegué el primero a la biblioteca y tomé asiento como acostumbraba, al fondo del todo, lejos de la supervisión del encargado de la biblioteca. Al cabo de unos minutos, uno de los dos chicos que jugaban al ajedrez, concretamente el más alto, apareció con su tablero bajo el brazo y se acercó a mí.

—¿Juegas?

Me quedé extrañado porque no esperaba esa invitación. Sorprendido, balbuceé que sí a la par que asentía con la cabeza.

—¿Blancas o negras? —me preguntó mientras colocábamos las piezas.

—Negras.

Cogí un peón negro y lo sujeté con mis dedos. Ese ajedrez, clásico, no tenía las piezas medievales, y a mí se me hacía raro sostener un peón distinto a la imponente figura medieval, y minuciosamente tallada, que era el peón del tablero de mi padre. Ese tablero que había heredado, y que seguía en el salón de casa, en la mesa situada junto a la chimenea.

—¿Eres más de alfiles o de caballos? —preguntó interesado el chaval.

—De peones —dije al colocar el peón en su sitio.

—¿De peones? ¿Por qué de peones?

—Porque se encargan de defender al resto, dar la cara por ellos. Por eso y porque tienen espada.

Mi contrincante miró sus peones tratando de analizarlos en profundidad, en la inútil búsqueda de la espada a la que yo había hecho referencia. Al verlo así, con semejante inocencia en su mirada, se me escapó una sonrisa.

—¿Cómo te llamas? —interrumpí—. Llevo una semana viéndote jugar y aún no sé tu nombre.

—Héctor, ¿tú? —contestó adelantando uno de sus peones—. Te toca.

No tuve la suerte de que el efecto de la droga durase lo suficiente como para que pasara todo aquello sin tener que vivirlo conscientemente. En algún momento, comencé a notar las duras embestidas de Ryan y, unos segundos después, ya había recuperado de todo el sentido y escuchaba los jadeos que emitía ese enfermo al penetrarme. Me fijé en que me había cambiado de posición y ahora yacía de rodillas mirando a la pared. En cuanto mi cuerpo entendió las señales que le mandaba mi cerebro, traté de revolverme e intenté gritar, aunque ya no tenía voz para ello. Ryan se enfadó por mi intento y cesó en su violación. Furioso, comenzó a golpearme de forma violenta, pateándome el costado y la cabeza indistintamente. Supuse que pronto algún golpe terminaría conmigo, así que cerré los ojos y dejé de oponer resistencia. Tras perder a Henry, desaparecer Leonardo y sin Héctor, que probablemente ya habría corrido la misma suerte que los dos anteriores, mi muerte iba a cerrar la historia de supervivencia que habíamos iniciado un mes atrás.

—Os digo que Fred también se ha ido. Hace dos días que no escucho ningún ruido que venga de su casa, ni del bar —comentaba Henry mientras arrasaba nuestra despensa.

—¿Y adónde va a ir? Si le dijo a Sam que pasaba de viajar y menos con los vecinos. Que se iba a quedar aquí. Tampoco recuerdo que tuviera familiares. Me quiere sonar algo de una sobrina, pero estaba en Londres o en Cardiff —contestó Héctor.

Habían pasado dos semanas desde que anunciaron los primeros casos de infectados por mordeduras en el Laboratorio de Coldbrid-

ge y en los pueblos más cercanos a este. *La primera semana decían que todo estaba bajo control, sin embargo, todo era una falacia de nuestros gobernantes, como de costumbre. Casi todo lo que decían solía ser mentira. Los comunicados desde la Casa Blanca estaban envueltos con una falsa calma que me parecía casi insultante. Y más aún cuando, a continuación, mostraban el incremento descontrolado de los casos y el cierre total de ciudades y condados enteros que quedaban abandonados a su suerte. Además de eso, los vídeos grabados a móvil que circularon por redes sociales los primeros días, antes de que Internet dejara de funcionar, aumentaron la distancia que había entre lo que decía el presidente en sus comparecencias y la realidad que se vivía en las calles. Héctor lo defendía alegando a la buena fe y a que trataba de dar esperanza y que el caos no terminase de colapsar el país. Yo detestaba esas medias verdades y también el conformismo de mis amigos.*

Nosotros habíamos hecho una buena compra con la seguridad de que nos valdría con aguantar unos días encerrados hasta que se arreglara todo. Por lo que habíamos visto en televisión, aquellos bichos eran demasiado lentos y resultaba impensable que llegaran a suponer un peligro real en el país. El ejército y las demás fuerzas de seguridad lo tendrían fácil. Además, un país donde las armas estaban demasiado presentes en los propios hogares, debía ser un país preparado para contrarrestar amenazas de este tipo.

Transcurrida la primera semana, el descontrol era eviden-

te y el sistema mostraba grandes signos de negligencia e ino-perancia que hacía presagiar lo peor. Instaron a parte de la población a que abandonasen cierto perímetro, o bien, en el caso de permanecer en la zona, aconsejaron que no saliéramos de casa, pues iba a llevarse a cabo una drástica limpieza.

Casi todos nuestros vecinos abandonaron el edificio, pero alguno, como era el caso de Henry, había preferido resguar-darse en casa. De vez en cuando hacía «expediciones» y se su-bía a nuestro piso. En los últimos días, lo hacía con mucha más frecuencia. Yo ya le había comentado a Héctor y Leonardo que Henry, siempre que venía, cogía algo de comer sin ni siquiera pedirnos permiso. Ellos me acusaban de exagerar, pero ahí es-taba otra vez, comiéndose mis galletas con pepitas de chocola-te mientras nos contaba una parida que no nos servía de nada.

Cuando algo me jodía y, por no liarla, no podía expresarme como quería, tenía por costumbre sonreír y aguantarme las ganas de reventar cabezas. Por eso, estaba debajo del marco de la puerta de mi habitación, sin pestañear y sonriente vien-do a Henry engullir mis galletas. Leo, que se había percatado del asunto, hacía aspavientos con la mano disimuladamente, pidiéndome paciencia. Yo no aguantaba más.

—¿Te vas a comer todas?

Henry reparó en mí. Ese gorrón se había comido ya casi medio paquete y ni se había dignado a mirar a su alrededor.

—¿Cómo? —hizo una pausa para tragar —. Perdona, ¿qué? —respondió haciéndose el disimulado.

—Las galletas, que si nos piensas dejar alguna al resto —contesté manteniendo la sonrisa.

—Solo llevo dos o tres, hombre —dijo mientras se llevaba otra a la boca.

«Dos o tres», había dicho el hijo de puta.

Cuando mi rabia aumentaba a una especie de segundo grado, solía soltar alguna carcajada forzada y el brillo de mis ojos se encendía. Como en ese instante.

Leo, que estaba sentado al lado de Héctor, le dio un golpecito en la pierna y le hizo una seña para que interviniera.

—Henry, como la situación parece que se va a alargar, ¿por qué no vamos a tu casa y cogemos lo que te haga falta y así te instalas aquí hasta que acabe?

Leonardo se acercó a mí antes de que Henry articulase palabra y me empujó suavemente dentro de mi habitación. Aún no había terminado de sopesar lo que acababa de soltar Héctor por la boca, de lo contrario, probablemente ya me habría abalanzado sobre él.

—Escucha, Vendrell, esta mañana hemos estado sopesando lo que nos comentaste y creemos que lo mejor es que Henry se venga aquí con nosotros —me explicó.

—¿Qué habéis sopesado lo que dije? ¿Y qué parte del «quiero que este tío se vaya a tomar por culo de mi casa de una puta vez» os ha llevado a la conclusión de que lo mejor es invitarle a que se quede aquí indefinidamente?

—Hombre, visto así, no suena bien. Pero como entendimos

que el problema es la comida, pues se trae la suya y asunto arreglado. Así se acaban sus visitas gastronómicas —aseguró.

Incrédulo, vi como mis compañeros, armados con un par de cuchillos de cocina, salían de casa para ayudar a Henry a traer sus cosas allí. Abrí el frigorífico y cogí una cerveza, para ver si así se me pasaba el disgusto. Antes de darle el primer sorbo, sonó el teléfono. Desde que había comenzado esa especie de crisis vírica, la línea telefónica se pasaba más tiempo colapsada o sin dar señal que operativa, por eso, y porque nosotros utilizábamos el fijo con muy poca frecuencia, cuando este sonó, di un respingo sobre el asiento, sorprendido.

—Ni tomarse una cerveza tranquilamente le dejan a uno —maldije en voz alta—. ¡Quién! —exclamé, molesto al descolgar el aparato.

—Está a punto de recibir una llamada internacional a cobro revertido. Si desea aceptarla pulse la tecla uno, o diga «sí» tras la señal —dijo la voz típica del contestador automático.

Realicé ambas opciones simultáneamente y pregunté de nuevo.

—¿Héctor? —sonó la voz de una mujer al otro lado del teléfono.

—Disculpe. ¿Quién es? —pregunté relajando mi tono un poco.

—¿Es la casa de Héctor Román? —habló en castellano.

—Es aquí, sí, pero ahora no se encuentra disponible. ¿Con quién hablo?

—Soy su tía Julieta. Necesito hablar con él. ¿Está bien? ¿Le ha pasado algo? —su voz era acelerada, casi atropellada.

—Sí, todo bien, no se preocupe. Resulta que acaba de salir,

pero no debe tardar en volver. ¿Qué ocurre? Si quiere le dejo algún mensaje, que estos días las líneas dan muchos problemas.

—Es su madre, lleva varias horas con mucha fiebre. Le ha mordido un contagiado esta mañana —dijo con voz temblorosa.

—¿Un contagiado? ¿Dónde están ustedes? ¿Es que hay casos en España? —pregunté sorprendido, ya que nosotros creíamos que el virus no había cruzado el charco.

Ella suspiró.

—Hijo mío, España entera está plagadita. Europa, África. Ha entrado por todas partes. Por favor, no tengo mucho tiempo, la madre de Héctor quiere despedirse de su hijo, ¿cuándo va a volver?

—Si se espera un momento, lo aviso, no cuelgue —le pedí.

—Mamá, la tita está teniendo unos espasmos muy raros —se oyó la voz de una niña al fondo.

—¿Va todo bien? —pregunté, aunque sabía que la respuesta iba a ser negativa.

—Tengo que colgar, dígale a Héctor que se cuide mucho y que lo queremos —se apresuró a decir, colgando sin esperar a que le contestara.

Cuando mis amigos regresaron a casa y se sentaron a mi lado, no encontré la forma de contárselo. No sabía de qué manera eso podría contribuir positivamente en su estado de ánimo. Les iba a afectar demasiado, no estaban preparados para más calamidades. Leonardo ya había tenido suficiente con el caso de Engla y no poder saber qué había ocurrido con su familia le terminaría de destrozar. Y Héctor, era verdad que tenía una personalidad más fuerte, pero era su madre la que acababa de morir. No lo soportaría.

Decidí posponerlo, estaba seguro de que sería mejor contárselo más adelante. Encontraría el momento adecuado, si es que había momentos adecuados para noticias de tal índole. Supuse que lo mejor era esperar a que asegurásemos nuestro futuro... o cuando fuera seguro que ya no había un futuro para nosotros.

Sin duda, supe que ese momento había llegado, aunque ellos ya no estaban conmigo.

Héctor.

El marrón intenso de sus ojos destacaba en una mirada tan perdida que ni ella misma se molestaba en disimular. De vez en cuando la sorprendía observándome cuando pensaba que dormía o que seguía inconsciente, producto de la droga que me seguían suministrando. En aquellos instantes daba vueltas por la habitación, inquieta, meciendo al bebé cariñosamente. El crío, que pareció darse cuenta de que lo estaba mirando, comenzó a patalear en brazos de la mujer intentando liberarse y alzando sus diminutos bracitos hacia la cama en la que seguía atado. Pero esa vez, cuando ella se percató, no hizo por huir del dormitorio y un breve silencio se apoderó del ambiente cuando el crío, como siempre oportuno, cesó en su rabieta.

—Supongo que te han ordenado que me vigiles —intenté romper el hielo amablemente—. Si te sirve de consuelo, no creo que pueda ir muy lejos. Estoy tan drogado que no podría encontrar la salida de este sitio por mis propios medios ni aunque quisiera.

El dolor de cabeza casi había desaparecido por completo, pero todavía sentía un ligero mareo y la visión algo borrosa, por lo que preferí no descubrir completamente el estado real en el que me encontraba.

Observando de nuevo la habitación donde me habían encerrado, lamenté la situación en la que pudiera estar Vendrell, que no debía haber corrido la misma suerte. Me resultó curioso comprobar que a pesar de la cantidad de cosas que acumulaban allí dentro, todo parecía estar medianamente ordenado, incluso pude ver algunos objetos para bebés que pude reconocer entre el resto de trastos, depositados casi cuidadosamente por todo el suelo cubierto por un parqué ajado de color marrón. Supuse que aquellos dementes, en algún momento, volvieron hasta el camión y desvalijaron todo lo que pudiera interesarles. Tal y como pude comprobar al echar un vistazo a través de la ventana, el sol seguía brillando con fuerza y penetraba al interior de la habitación proyectando la sombra de un árbol que se levantaba a unos metros de distancia de la casa. Desde mi situación, tumbado y atado en la cama, no podía examinar más allá.

Iba a continuar hablando, cuando la mujer me sorprendió interrumpiéndome.

—Simplemente me aseguraba que siguieras con vida. Me conviene tanto como a ti.

La voz, aunque notoriamente áspera, propia de alguien que ha pasado toda su vida fumando, le temblaba y apenas podía terminar las palabras que intentaba articular. La mujer no debía superar los cuarenta años, pero las arrugas de la boca y las patas de gallo, junto a las más que destacables ojeras que presentaba le hacía parecer diez años mayor. La pálida piel se le camuflaba bajo la sudadera que llevaba puesta de un color beige claro, varias tallas más grandes que ella.

—Ayúdame entonces —supliqué sin dudarlo al escuchar aquello.

—No es tan sencillo —dudó con cierto nerviosismo.

—Cuanto más tiempo pase aquí encerrado, más difícil me resultará. No sé qué mierda me estarán metiendo dentro, pero cada vez me siento más débil —mentí piadosamente—, y no quiero imaginarme lo que estará pasando mi amigo, si es que aún sigue vivo.

La mención de mi amigo le cambió el semblante, lo que me dio un vuelco al corazón. Aquella mujer sabía lo que le estaban haciendo a Vendrell y tal y como torció el gesto no parecía ser nada bueno. Sabía que V no iba a dar su brazo a torcer, pues su cabezonería y orgullo le impedirían entregar lo que para él sería casi como dar su propia vida. Me preguntaba hasta qué punto sería capaz de llegar, sabiendo de sobra la respuesta, por lo que debía actuar de inmediato si quería volver a ver a mi amigo con vida. Ante la gravedad de la situación, y con la esperanza de ganarme un mínimo de su confianza, opté por sincerarme con aquella mujer y relatar los acontecimientos acaecidos en los últimos días. Desde que salimos del edificio los tres amigos en dirección al supermercado para buscar algunos suministros, incluyendo el incidente con el padre del bebé y su socio, y el fatal desenlace que les sobrevino, hasta la desaparición de Leonardo, motivo por el cual nos encontrábamos dando vueltas por la ciudad sin rumbo fijo cuando nos sorprendieron sus compañeros.

—El resto creo que ya sabes cómo sigue —finalicé—. Sea lo que sea que quieran hacernos tus amigos, deberías saber el porqué.

La mujer, que había estado escuchando atentamente sin interrumpirme en ningún momento, dejó asomar varias lágrimas que cayeron mejilla abajo hasta desembocar en el cuello de la sudadera.

—¡Oh, venga ya! ¡No necesitamos tu compasión! —exclamé indignado. Su falta de iniciativa comenzaba a impacientarme.

—No sé exactamente qué es lo que Joyce y Ryan le estarán haciendo a tu amigo, no me han dejado entrar en la sala donde lo tienen encerrado—explicó bastante angustiada y sin mirarme en ningún momento a la cara.

Me mantuve en silencio esperando que ella continuara explicando algo, pero permaneció con la cabeza gacha en silencio, transcurriendo los minutos sin ningún avance. Si no fuera porque era yo quien tenía las manos atadas al cabecero de la cama, bien parecía que esa mujer estaba tan atrapada como nosotros.

—Tan solo ayúdame a desatarme, del resto me encargaré yo mismo —sugerí desesperado.

—Si cuando regresen descubren que te he ayudado, me matarán a mí también —apuntó, no sin razón. Después de ver el trato más que desagradable que recibió por parte de esa tal Joyce, todo hacía indicar que esta pobre mujer era el miembro más prescindible de la familia.

—¿Por eso has dicho antes que te convenía mantenernos con vida? Entonces es ahora cuando tienes que hacer algo, antes de que sea demasiado tarde. Desátame, dime dónde está mi amigo y nos iremos antes de que esos dos vuelvan.

—No es tan sencillo...

—¡Entonces dime qué cojones vamos a hacer! ¡Eh! ¿¡Qué se supone que va a ser de nosotros!? —no pude evitar perder el control.

El tiempo pasaba y cuando los hermanos regresaran de vacío debido a la lista de mentiras que les había anunciado, las consecuencias serían fatales. El crío rompió a llorar asustado y la mujer se apresuró a tranquilizarlo logrando silenciar aquel escándalo con una habilidad envidiable. El contacto con el bebé activó algo en su interior, ese algo que me recordaba tanto a mi madre y a mi hermano cuando desde bien pequeño me instruyó en todas las argucias posibles para hacer calmar al, por aquel entonces, inquieto bebé que era Andrés. Cuánto daría por volver a verla no lo sabía nadie, y aun sabiendo que aquello era una quimera, ya solo me conformaba con saber qué había sido de ella, dónde estaba y si se encontraba bien.

—Me llamo Gladys —comenzó a explicar la mujer, interrumpiendo mis pensamientos—. Os tienen encerrados en la residencia de una antigua sociedad a la que tanto Joyce como Ryan pertenecían antes de que todo esto se fuera al traste.

En palabras de la mujer, aquella vivienda era la sede de una especie de círculo selecto, databa de más de un siglo de antigüedad y había pertenecido a la familia de los dos hermanos desde entonces, que se ocuparon de mantenerla en buenas condiciones aun después de que la pandemia lo arrasara todo. Contaba con todo tipo de comodidades que en aquellos tiempos las convertían en lujos al alcance de muy pocos; agua limpia y corriente eléctrica procedente de depósitos y generadores propios.

—Gladys, agradezco tu sinceridad y que abras tu corazón. Pero sinceramente me importa bien poco qué demonios sea o haya sido esta casa si no vas a mover un dedo para ayudarme —la mujer, sorprendida, agachó la mirada y se marchó de la habitación con el crío en brazos—. ¡No! ¡Espera! —rogué sin éxito—. ¡Mierda!

Lamenté mi torpeza durante los siguientes minutos que me resultaron eternos. Desesperado, intenté despojarme de las cuerdas dando fuertes tirones al cabecero, pero lo único que conseguí fue cansarme inútilmente. Cerré los ojos durante unos instantes para recobrar un poco las fuerzas y cuando pude darme cuenta, tenía la imponente figura de Joyce ante mí. La sonrisa que se dibujaba en su rostro era de todo menos cordial.

—Vaya, vaya, vaya... Al pajarito le gusta decir mentiras, eh —pronunció pausadamente, inmóvil junto a la entrada.

El escalofrío que recorrió mi cuerpo me había inmovilizado por completo y me impidió por lo menos intentar justificarme. Pasaron varios segundos hasta que pude abrir la boca, pero antes de poder decir nada la mujer alzó un dedo a modo de advertencia, negándome esa posibilidad.

—Sh, sh, sh, sh... ni se te ocurra abrir el pico, pajarito. Suficientes cuentos he escuchado por hoy —interrumpió, otra vez calmada mientras trasteaba en el cajón de la cómoda que había junto al armario—. Ahora vas a dejarme a mí que te explique un poco qué está pasando aquí y sólo contestarás cuando yo te diga, ¿entendido?

No recordaba haber gesticulado asintiendo con la cabeza, o tan siquiera pronunciando algún sonido, pero en mi memoria siempre perdurará la imagen de aquella mujer, destilando lo que creí una combinación perfecta de odio y asco. Lo que resultó que había estado buscando no era sino un rollo de cinta adhesiva. Cortó un trozo con las manos y lo utilizó para taparme la boca. Entonces, continuó hablando:

—Resulta que tras todo lo que nos habéis hecho pasar, todo el daño que ha sufrido nuestra familia por vuestra culpa, te doy la oportunidad de zanjar las cosas de manera amistosa sin que sufras daño alguno, con todo tipo de comodidades; una cama cómoda y limpia en una de nuestras mejores habitaciones, algún chute potente para llevar mejor el transcurso de las horas que estás pasando aquí y calefacción central para que el pajarito no pase frío, gastando de nuestro propio generador. Altruismo puro, ¿cierto? —preguntó sin esperar respuesta, gesticulando de forma exagerada—. Y lo único que obtengo de ti son mentiras y más mentiras.

—Es cierto que a tu amigo no le hemos tratado con la misma cortesía que a ti, pero tienes que entender a mi hermano. Después de lo que él le hizo a su hija no puedo negarle a Ryan que tome alguna que otra represalia. Tan solo está devolviéndole algo del sufrimiento que tu amigo le ha provocado. He de decir que mi hermanito me ha sorprendido gratamente, tiene más imaginación de lo que pensaba. La verdad, no querrías ver en qué estado ha dejado a tu colega.

Extrañado al escuchar aquello, fruncí el ceño. La mujer continuó hablando:

—Pero bueno, volvamos al meollo de la cuestión. No digo que lo anterior no fuera importante, pero quiero acabar de una vez con esto. Me estáis haciendo perder el tiempo y lo que es peor para vosotros, la paciencia. Aquel desafortunado día, cuando pasó lo que pasó, llegué a entender incluso que lo hicierais. Si se tratara de proteger a mi familia, yo habría hecho lo mismo sin dudar, pero a estas alturas ya tienes que comprender que habéis perdido. Y que vuestra última oportunidad para seguir con vida es que me cuentes de una vez la verdad.

Volvió a reinar el silencio en la habitación durante un momento. Joyce observaba el horizonte a través de la ventana sin mirar nada en particular. Permanecía sentada a los pies de la cama, sosteniéndose una mano con la otra en lo que me pareció un intento por calmar un ligero temblor. Incluso podría decirse que el odio de su mirada había dejado paso a un triste vacío.

Cuando al cabo de unos minutos volvió en sí, se levantó y sacó una hoja de papel arrugado de uno de sus bolsillos y ladeó la cama hasta donde tenía atada mi mano derecha. Rebuscó otra vez en su chaqueta y sacó un lápiz.

—No quiero más tonterías, tu amigo no aguantará mucho más —y se limitó a añadir—. Ya sabes lo que tienes que hacer.

Me había quedado sin opciones, ya no quedaba nada por lo que suplicar y aquella mujer no estaba dispuesta a soportar otro engaño, por lo que agarré el lápiz y escribí lo mejor lo que me permitía mi situación:

Edificio Prado Verde, Pine Street,
entre 7th y 8th Avenue,
The Lone Ranger Bar

La mujer observó detenidamente la nota durante unos instantes y al levantar la cabeza de nuevo se había dibujado en su cara una ligera sonrisa. En cualquier otro rostro diría incluso que podría expresar cierta dulzura. En su caso, era simplemente perversidad.

—Todo habría sido más sencillo si hubieras cantado antes, pajarito. Pero... —se detuvo pensativa, eligiendo cuidadosamente sus palabras— ¿arriesgar la vida por esto? —concluyó bastante contrariada.

Intenté responder inútilmente, pues la cinta adhesiva me impidió articular nada inteligible. Joyce, satisfecha tras recibir por fin nuestros preciados secretos, accedió a librarme de la mordaza. Tiró fuerte de la cinta sin ningún tipo de miramientos.

—Os habéis confundido de personas, Joyce —pronuncié de inmediato—. Nosotros no hemos hecho lo que se suponen que os han hecho.

De forma sosegada, traté de seguir explicándome para intentar sacarla de su error, aunque ya fuera demasiado tarde, pues Ryan ya habría descargado toda su frustración sobre V. Apenas tuve tiempo de volver a abrir la boca y pronunciar tres palabras, cuando vi el puño de aquella salvaje a escasos centímetros de mi cara. Tras el impacto, unas gotas de color rojo sobre las sábanas y el sabor a sangre en la boca me hicieron comprender de inmediato que ya no había posibilidad de acuerdo. El dolor tardó unos segundos más en aflorar.

—¡Cierra el maldito pico! —zanjó la mujer, de forma pausada, con otros cuatro golpes más. Acto seguido, me colocó de nuevo otro trozo de cinta sobre la boca y abandonó la habitación a toda prisa.

La secuencia de puñetazos en el rostro me dejó completamente grogui, pero sin llegar a perder el conocimiento en ningún momento. Notaba las secuelas de los golpes en todas las partes de la cara, desde la boca hasta ambos laterales de la cabeza, pasando por nariz y pómulos. Era la primera vez que me golpeaban con tanta rabia así que no podía asegurar con certeza qué partes se me habían roto y cuáles no.

Para cuando el dolor empezó a remitir ligeramente y el mareo parecía ir disminuyendo, unas sombras se movían ante mí y la perspectiva de encontrarme de nuevo a aquella loca con la intención de seguir pintándome la cara de morado hizo que derramara alguna lágrima. Sin embargo, fue Gladys y no Joyce quien comenzó a hablarme mientras me frotaba los pómulos con un trozo de algodón empapado en alcohol.

Me había despojado de nuevo de la cinta de la boca, para así intentar curarme la herida del labio e intenté pedirle perdón por mi reacción anterior. No sabría decir si llegó a escucharme pues no cesaba de hablar, obviando mis disculpas. A duras penas conseguía entender lo que Gladys me estaba relatando, pues uno de los oídos seguía pitándome considerablemente. Sin embargo, cuando mencionó a la hija de Ryan, me animé a escuchar aquella historia.

Según explicó la mujer, uno de los primeros días, al inicio de todo y al poco de finalizar las evacuaciones que convirtieron la ciudad en un paraje casi fantasmal, alentados por la propia Joyce, con el pretexto de que de esa forma cubrirían más terreno y la posibilidad de encontrar más y mejores suministros sería mayor, Gladys, Ryan y su hija Raine, de quince años partieron de expedición en busca de provisiones a una localidad cercana a la nuestra; el pueblo natal de los dos hermanos. Así pues, al llegar a un comercio de una conocida marca de alimentación fue cuando conocieron a Cook y al padre del bebé, que resultó llamarse Nicholas. La locura de los primeros días es difícil de relatar, pero el desconcierto y la anarquía reinaban en una vorágine de destrucción y saqueos, pues los últimos retales de cualquier signo de autoridad abandonaron la región días atrás.

Como cabría imaginar, el saqueo en el comercio acabó en batalla campal por la disputa de los bastantes recursos que todavía podían disponerse por entonces.

Cook, Nicholas, Gladys, Ryan y su hija, tras una serie de desafortunados acontecimientos se vieron atrapados por otro grupo de supervivientes que, tal y como lo describió Gladys, se trataba simplemente de otra familia tratando de salirse con la suya dejando atrás cuanto fuera necesario para salvar su culo. En la disputa por el alijo que los dos hombres guardaban en el camión, fue Ryan quién aprovechó para atacar por sorpresa a varios de los miembros del otro grupo, llegando incluso a acabar con la vida de uno de ellos. Su intención no era otra que la de tomar él mismo las valiosas posesiones de Cook y Nicholas y para intentar ganarse su confianza les invitó a pasar la noche en la casa de la familia de Ryan.

Gladys, desconocedora de las verdaderas intenciones de Ryan, pensó que era lo mejor, pues al peligro de los grupos de saqueadores que ya comenzaban a organizarse, había que añadir el de los zombis que poco a poco empezaron a merodear durante la noche en hordas lo suficientemente grandes como para suponer un peligro real.

En las primeras horas todo parecía transcurrir perfectamente. Gladys y Nicholas llegaron a compartir alguna que otra charla amistosa en la que relataban historias de su pasado y el camino recorrido hasta llegar allí. Los dos hombres, agradecidos por salvarles la vida, y confiando en el que había sido su salvador, se sinceraron y les mostraron lo que tenían entre manos.

En palabras de la mujer, «aquellos hombres habían sido chantajeados a cambio de hacer una limpieza total en la ciudad». Acabar con todos los que pudieran y destruir cuanto dejaran a su paso. Algo siniestro, malvado y que no podía caber en la cabeza de nadie que no tuviera algo que perder, y es que a Cook y Nicholas les habían coaccionado con las vidas de su hijo y su mujer, respectivamente. El primero había sido herido por una mordedura. Debía tratarse de uno de los primeros infectados durante la semana cero de la pandemia, pues todavía creían posible salvar la vida de aquel que fuera atacado por alguno de esos monstruos. O eso fue lo que una organización llamada «Goodwill Corporation» les ofreció.

Como gesto de buena voluntad, ayudaron a la mujer de Nicholas a dar a luz en unas condiciones óptimas, pues a la peligrosidad natural de un parto había que añadir las circunstancias del momento. Así pues, Cook se vio obligado a aceptar la propuesta de inmediato, pues la vida de su hijo estaba en juego, pero Nicholas, sin embargo, en un principio se mostró reacio a prestarse a aquella vil tarea. El secuestro de su mujer por parte de la misma organización le hizo, también de forma forzosa, cambiar de idea.

Cuando Ryan escuchó esas historias no dudó un instante y les propuso cooperar en aquella tarea a cambio de repartir las provisiones a partes iguales, algo que tanto Cook como Nicholas aceptaron de buena gana para así no sentirse tan culpables con ellos mismos al realizar por sí solos aquel macabro encargo. Permanecieron toda la noche despiertos, organizando punto por punto el reparto de las tareas que debían llevar a cabo cada uno a lo largo de toda la región, y las fechas y lugares para realizar el intercambio de suministros utilizando un pequeño mapa en el que ambos grupos tenían marcado en él los lugares que debían «limpiar». Gladys, sin embargo, se mostró recelosa y le hizo ver a Ryan que si, tal y como les explicaron, la misión consistía en liquidar a tanta gente como se fueran encontrando, tarde o temprano ellos mismos entrarían dentro de ese plan si la vida de sus familiares estaba en juego. Esto acabó convenciéndole para volver a su plan inicial: coger las pertenencias de esos hombres y huir de allí dejándolos atrás. Pero todo se torció...

Gladys hizo una pausa en su relato y me mostró varias fotografías desgastadas en las que se veían tanto a Cook como a Nicholas con lo que supuse eran sus familias. En la primera foto podía apreciarse a un orondo señor posando junto a una mujer igual de rolliza que él y un crío de unos diez años, todos ataviados con una vestimenta rural que junto al fondo color sepia de la fotografía le daba a la imagen un toque deprimente. En la otra, Nicholas posaba radiante sobre un sofá abrazando la tripa de una bella mujer en avanzado estado de gestación. La foto iba acompañaba de una carta que la mujer supuestamente le escribió a su marido después de ser secuestrada.

—Me las enseñó el propio Nicholas mientras charlábamos —se sinceraba Gladys—. No tuve tiempo a devolvérselas. Ahora las utilizo para no olvidar jamás lo que pasó aquella noche.

—¿De qué se trata? —pregunté mientras observaba detenidamente las fotografías que me había entregado—. ¿Qué es lo que se supone que han hecho estos hombres para que ahora nosotros estemos así?

Cuando terminé de hablar volví a mirar a mi alrededor sin poder imaginar cuánto daño ha de sufrir alguien para querer devolvérselo de aquella forma a quienes cree que han sido los culpables de todo ese sufrimiento. Al fin, Gladys comenzó a explicarlo:

—No recuerdo el momento exacto de la noche, pero sí recuerdo los gritos. Estaba durmiendo en una de las habitaciones y, de repente, escuché a la pequeña Raine chillando desesperada en otra de las habitaciones, al otro extremo de la casa. Cuando entré en ella...—Gladys cesó en la explicación, las lágrimas no la dejaban expresarse con claridad—...recuerdo ver a Ryan maniatado mientras el otro le obligaba a observarlo todo...Y cómo dejaron a la pobre chica.

—Está bien Gladys, no tienes por qué entrar en detalles —dije asqueado por lo que mi mente estaba imaginando.

—Al enterarse del plan de Ryan, Cook utilizó a su hija para hacerle daño. Y yo no pude hacer nada para impedirlo —dijo la mujer entre sollozos.

—¿Qué le pasó a la cría al final?

Gladys no contestó, simplemente negó con la cabeza agachada y las manos en la cara sin dejar de lamentarse.

Cuando la mujer finalizó, lo único que pude hacer fue llorar. Sentía un nudo en el estómago del tamaño de una pelota de tenis que me impedía hablar. Todas aquellas situaciones espantosas que nos estaban sucediendo no eran sino una sucesión de malentendidos. Y nosotros, unos desgraciados sin suerte que sufrían los actos destinados a otros, pagando así quizás por todo lo malo que habíamos hecho en los últimos días.

—He intentado hacerles ver que se equivocan de personas,

te lo juro —volvió a decir Gladys—. Pero Ryan está fuera de sus cabales, os ha confundido a tu amigo con Cook y a ti con Nicholas. A pesar de que es evidente que no es así, él no hace caso, la locura le ha superado y su hermana cree todo lo que le dice. Me culpan por la muerte de Raine —tomó aire como pudo—. Yo también tengo miedo de lo que me puedan hacer —concluyó antes de romper a llorar de nuevo.

En cualquier otra circunstancia, ver a aquella mujer rota habría producido en mí una sensación de dolor, haciéndome sentir tan culpable como si yo fuera el causante de ese mal. Pero en esos momentos no sentía nada, era como si mi propio sufrimiento se hubiera propuesto acaparar toda la compasión y empatía que podría hacerme sentir aquella mujer. Además, la conmoción causada por los reiterados puñetazos en las distintas partes de la cabeza y el dolor que me causaban hacía menos propenso si cabe el hecho de poder sentir algo más.

—Aún estás a tiempo de hacer algo —añadí de forma concisa, volviendo la vista hacia la ventana.

El sol comenzaba a ponerse y las últimas luces del día iluminaban la estancia de sombras anaranjadas. Cuando volví la mirada hacia la mujer la vi de pie, buscando algo en la habitación.

—No sé cuánto tiempo falta para que regresen, pero voy a intentar ayudaros —dijo mientras agarraba unas tijeras del mismo cajón donde Joyce guardaba la cinta adhesiva—. Eso sí, antes tienes que prometerme algo, ¿vale? Cuando os saque de aquí huiremos de la ciudad y del condado si es necesario. Si nos quedamos aquí nos encontrarán de nuevo, y te aseguro que entonces no serán tan amables contigo como lo han sido hasta ahora.

Escuchar aquello me devolvió parte de la energía que me habían ido arrebatando a lo largo del día. Asentía con la cabeza a todo lo que Gladys iba relatando, tratando de asimilar la información, con ciertas dudas sobre si «amable» era el término correcto para definir esa situación. Esperanzado de nuevo ante una nueva oportunidad, me revolví en la cama mostrándole las ataduras, implorando que me las quitara. Decidida, se encaminó a despojarme de las sujeciones de las manos cuando un ruido procedente de algún lugar de la casa la detuvo en seco. Paralizada, se alejó de la cama y se asomó al pasillo que presumiblemente unía la habitación con el resto de la residencia. Cuando se giró hacia mí, en su cara pude comprobar que todo se había acabado.

—Han vuelto —advirtió aterrorizada.

—¡No, espera! ¡Aún hay tiempo, por favor! —supliqué sin mucha fe.

El ruido se fue convirtiendo en pasos que iban haciéndose cada vez más audibles, acercándose decididos en lo que me parecieron unos segundos eternos. No sabía si era más por el miedo que sentía o por el deterioro de la madera sufriendo bajo cada pisada, pero llegué a creer que de un momento a otro aparecería ante mí la mismísima muerte, guadaña en mano, anunciándome el final que tantas veces habíamos estado retrasando en los últimos días. En su lugar Joyce, aparentemente herida, apareció arrastrando una pierna de la que emanaba una hilera de sangre de considerable tamaño. Su rostro desencajado irradiaba el mismo odio de siempre. Parecía que iba a arrancar a hablar, pero no dijo nada, en su lugar alzó la pistola que portaba en su mano derecha y la apuntó hacia mí. Estuve seguro de haber preferido presenciar la figura de la parca antes que aquella espantosa silueta.

Observaba a Gladys y Joyce indistintamente esperando obtener algo de la primera mientras esperaba que la segunda no accionara el gatillo. Joyce entonces, se dirigió hacia Gladys:

—Prepara la sala para nuestros invitados Gladys, creo que ya no vamos a sacar nada más de aquí.

—Joyce, apenas acaba de despertarse, no ha hecho nada extraño desde que os marchasteis.

—¡Que hagas ahora mismo lo que te he ordenado, puta desagradecida! —gritó furiosa cruzándole la cara. De un empujón, la sacó de la habitación, y al bebé con ella.

Una vez que los pasos de Gladys se fueron desvaneciendo, Joyce comenzó a quitarme los nudos que me retenían en aquella cama, sin dejar de apuntarme con el arma.

—Nos has enviado a una ratonera de zombis, en un tugurio de mala muerte —comenzó a explicar pausadamente.

—Joyce, nosotros no...

—Cállate, por favor, tan solo cállate. Mantén el pico cerrado por una puta vez, pajarito. Cuando me diste la dirección me sorprendí al verla, pero aun así le di otra oportunidad. Desesperación, quizás —asentía con la cabeza buscando mi aprobación, que diera por verificada su versión. No contesté y ella continuó.

—Al llegar a la puerta ya sabía que nos habías estafado otra vez, y cuando decidí dar marcha atrás, nos vimos sorprendidos por aquella horda. Escapamos de milagro —me miró de nuevo a los ojos con profundo odio—. ¿Lo tenías todo planeado, pajarito? —preguntó colocándome el arma en la cabeza.

Sentía el frío del acero junto a la sien cuando me liberó el brazo izquierdo. Una vez que hizo lo propio con el derecho, me ordenó que yo mismo desatara los nudos que me habían colocado en las piernas y que me pusiera en pie. Obedecí y una vez solté las cuerdas que me liberaban de la cama, me levanté con bastante esfuerzo ya que tenía el cuerpo medio adormecido por llevar tanto tiempo tumbado.

—Sal de la habitación —dijo Joyce una vez estuve de pie, señalando con el arma.

—Joyce estáis cometiendo un grave error, nosotros no le hemos hecho nada a tu sobrina —dije aterrado.

—Cierra...la puta... boca —se limitó a decir. Me señaló de nuevo la puerta de salida dándome un fuerte empujón hacia ella. Obedecí.

Salí de la habitación hacia un oscuro pasillo de unos veinte metros de largo, en el que convergían, según pude observar, más de una decena de habitaciones. Apenas podía diferenciar formas allí, pues no había ninguna fuente luz que mostrara ningún detalle, todo estaba negro. Cuando estuve en el umbral, la mujer me ordenó continuar a la derecha, hasta unas escaleras enormes que daban paso al vestíbulo de la casa. Allí, el orden convenía de igual forma que en la habitación donde había estado encerrado. Todo parecía meticulosamente colocado en su lugar exacto y varias esculturas antiguas y cuadros decoraban aquel recibidor que mostraban el deterioro de las paredes, dejando ver el paso del tiempo. Entonces lo vi.

—Oh, Dios...—lamenté.

Mi amigo Vendrell, semidesnudo, descalzo y con la piel llena de moratones permanecía inmóvil, de pie. Pude descubrirle hasta media docena de quemaduras por todo el cuerpo y tiritaba de frío sobre la madera. Cuando se dio cuenta de que estaba junto a él se limitó a observarme con la mirada perdida, totalmente ido. Ryan, a su lado, sonreía ansioso.

—¿Y ahora qué toca, hermanita? —preguntó el hermano, señalándonos a los dos.

—Entrarán en el círculo de la congregación. Deben expurgar todos sus pecados —contestó Joyce—. Cuando sus almas se purifiquen, serán liberados.

—Joyce, por favor —imploré sin dejar de observar a mi amigo esperando alguna respuesta por su parte.

V no había apartado su mirada de mí en ningún momento, pero no parecía que estuviera en condiciones de hacer nada. Su cuerpo, sucio y maltrecho, estaba frente a mí, pero su cabeza no daba señales de estar en ninguna parte. Además, continuaba esposado tanto en las muñecas como en los tobillos.

Ryan comenzó a reírse a carcajada limpia y se encaminó hacia una de las salidas del vestíbulo tirando de mi amigo, que avanzaba a duras penas tras él, siendo arrastrado con una correa de metal de la que de vez en cuando tironeaba haciéndole caer al suelo. A mi espalda, con un ligero cojeo, Joyce continuaba encañonándome mientras me obligaba a seguir a su hermano.

El pasadizo por donde nos adentraron disminuía su tamaño con respecto al resto de la casa, dejando paso finalmente a una habitación con la puerta de madera maciza y múltiples cerrojos. Allí apareció Gladys, con un manojo de llaves de considerable tamaño. El bebé no estaba por ninguna parte. Cuando la miré a los ojos, me apartó la mirada y se dirigió a Joyce.

—Está todo listo, la puerta está abierta —dijo señalando el enorme manojo de llaves—. Y los huéspedes aguardan.

—Perfecto entonces, llegó la hora.

—¿Puedo hacer yo los honores hermanita? —interrumpió Ryan visiblemente excitado.

—Está bien hermano, que esto te ayude a aplacar tu sed, y a saciar tu hambre de venganza —le dijo cariñosamente acariciándole el pelo—. Déjame comprobar que todo esté listo para la reunión —sentenció y observó detenidamente a Gladys con escepticismo.

Acto seguido, empujó la puerta de la cámara y cerró tras ella. Inmediatamente después, Gladys me agarró de la manga del abrigo para enseñarme el enorme manojo de llaves, que tenía enganchados varios candados de menor tamaño sobrepuestos a él. A pesar de no entender nada, le asentí con la cabeza. En el momento en el que Ryan se iba a dirigir a nosotros, unos gruñidos provenientes del interior de la cámara lo alertaron y varios disparos rompieron el silencio, al que se sumaron varios gritos que sin duda procedían de Joyce. Ryan, sorprendido, volvió su mirada hacia atrás y casi al instante, vio como Gladys la atacaba con unas tijeras, clavándoselas en el cuello en repetidas ocasiones. El hombrecillo, que parecía no dar crédito, se arrodilló en un charco de sangre mientras se llevaba la mano a la profunda herida.

—¡Vamos, hay que salir de aquí! —me sorprendió Gladys agarrando consigo a V—¡Sígueme!

Desconcertado, seguí a la mujer por el pasillo de vuelta, mirando hacia atrás con frecuencia. Ryan continuaba luchando por taponar la herida del cuello mientras los gritos de Joyce y los disparos se sucedían dentro de la cámara. Cuando volvimos al vestíbulo de la casa, Gladys nos dirigió hacia la cocina, una enorme sala con una isla central, también de madera, como no podía ser de otra forma. En uno de los laterales una puerta abierta indicaba una salida al exterior. La mujer nos condujo hasta la calle donde pude ver de nuevo el camión aparcado. Sin dudar un instante, Gladys subió en él y arrancó el motor.

—¿A qué esperas? —me insistió—. Ayuda a subir a tu amigo y marchémonos de aquí de una vez.

Entre sorprendido y aterrado por lo que acababa de pasar,

miré de nuevo hacia la imponente casa. Sin dudarlo, abrí la puerta del copiloto y ayudé a un ausente Vendrell a acomodarse en el asiento. Allí, comprobé como el bebé dormía apaciblemente. Lo sostuve con las manos con cuidado de no despertarlo y cerré la puerta. El camión comenzó a rodar y nos alejamos de allí sin un destino establecido y un futuro más que incierto.

Leonardo.

Cuando lo tuve cara a cara por primera vez, me costó asimilar que esa persona era la misma que había escrito las páginas del cuaderno que encontré en casa de mi vecina Katie. Intenté recular y convencer a Ruth y Agustina de que mi sorpresa al haber escuchado su nombre se debía a la fama y popularidad que tenían algunos de sus estudios y, por suerte, en el momento en el que Ruth, fingiendo un interés vocacional, siguió indagando y estaba a punto de echar abajo mi ridícula excusa, un hombre de avanzada edad que vestía una bata blanca de laboratorio entró a escena acompañado de otro que parecía un portero de discoteca y que iba armado con un fusil de asalto.

—¿Quién es este? —preguntó el último, notoriamente inquieto.

—Tranquilo Mark, se llama Leonardo y ha venido con Coraluna. Eduardo y el resto han pensado que es buena idea tener a alguien nuevo que nos eche una mano —explicó Ruth molesta por haber sido interrumpida.

—Y una boca más que alimentar —replicó.

—Con que no proteste por todo ya estará aportando más que tú.

—Estoy aquí para protegeros a ti y al doctor. Si no hubieras adoptado a este grupo de mindundis podríamos estar trabajando durante semanas sin preocuparnos por la escasez de comida.

—¿Tú? ¿Trabajando? Si no haces nada más que dar vueltas por aquí con tu metralleta y mirarte los bíceps en el espejo mientras destilas chulería y prepotencia. Esta gente a los que tú llamas mindundis se juegan la vida para reponer existencias, una tarea que se te acabaría asignando a ti tarde o temprano.

El resto de nosotros mirábamos la batalla dialéctica como si de un partido de tenis se tratase. Fue Gilbert el que intervino para mediar.

—No hace falta que discutan. Se acordó un aforo de hasta diez personas, así que no hay problema. ¿Cómo te llamas, muchacho?

La conversación cesó y Mark y Gilbert se dirigieron a la cafetera de la cocina donde se llenaron dos tazas de café recién hecho.

Procuré hacer una presentación resumida ya que no quería entrar en detalles y que se me escapara algo sobre el edificio Prado Verde, el cuaderno, o Katie. Acababa de llegar y lo mejor era no abrir la boca demasiado, así que tampoco hice preguntas sobre el edificio ovalado y las investigaciones que se llevaban a cabo dentro de él. No era de mi incumbencia, o más bien, no debía serlo por el momento.

No me encontraba cómodo contando aquel relato. Sabía que si Ruth retomaba la conversación delante de Gilbert y volvía a interesarse por los estudios de los que había afirmado tener conocimiento, se descubriría mi burda tapadera y levantaría sospechas. Cuando terminé, respiré aliviado hasta que reparé en que, mientras los demás habían dejado de prestarme atención, Ruth seguía con su mirada inquisitiva, intentando resolver sus propias incógnitas. Sospechaba de mí y no hacía por ocultarlo, lo que me incomodaba aún más, hasta estar a punto de derrumbarme y confesar la verdad: que conocía a la mujer de Webster y que había encontrado un diario y leído todo lo que el profesor había escrito allí. Tampoco era un secreto inconfesable y, probablemente, yo le estaba dando más importancia de la que tenía, pero la posibilidad de que hubiese metido el hocico donde no debía y que eso me creara algún problema con Gilbert me seguía preocupando.

—¡Tenemos un problema! —se oyó decir a Warwick desde la planta de arriba.

—¿Qué pasa? —preguntó Ruth, interrumpiendo la presión a la que me estaba sometiendo. Respiré aliviado.

—Por la ventana de mi habitación he visto a una decena de zombis agolpándose en la entrada del recinto. ¡La valla está a punto de ceder! —exclamó bajando las escaleras.

Acompañé a Warwick al lugar mientras los demás se asomaban tímidamente desde una zona segura, cercana a los edificios. El viento soplaba con fuerza y la tierra se levantaba y se metía en los ojos.

—Joder, no sé si voy a poder con todos y no veo a Mark por la labor de echar una mano —dijo desanimado.

—Puedo ayudarte, pero tendrás que darme algo afilado para poder ir clavándoselo en la cabeza a través de las rendijas de la valla. Así no peligramos —le propuse en un arrebato de valentía.

Warwick, que sopesó mi oferta durante un instante, acabó aceptando. Supe que esa era mi oportunidad para demostrar que era de fiar, así que cogí aire para afrontar aquella misión.

Tras intercambiarse un par de gestos indicativos con Warwick, un desganado Mark, que no se había dignado a ofrecerse para ayudarnos en aquel entuerto, se dirigió al edificio ovalado y, mientras abríamos la puerta corredera de la valla interior, nos trajo un par de lanzas artesanales de dudosa calidad.

—Échanos una mano Mark. Enróllate, tío —pidió Warwick.

—Estoy cansado de repetirlo. Mi trabajo es la seguridad del interior del recinto, lo que ocurra en el exterior no es asunto mío.

—No seas gilipollas, es evidente que si las vallas caen tendrás un problema y seré yo el que tenga que salvarte el culo.

Mark le hizo una peineta a Warwick y se unió al resto del grupo. Mientras escuchábamos los reproches que Ruth y Agustina le hacían al gorila, Warwick y yo avanzamos al pequeño espacio que había entre ambas vallas. La exterior estaba sensiblemente doblada hacia dentro y los bichos se amontonaban en la misma zona, lo que nos hacía pensar que pronto se doblaría tanto que acabaría cayendo, permitiéndoles el paso.

Seguí los pasos de Warwick y empujé con fuerza la lanza

hasta atravesar el cráneo del primer bicho que se acercó. Repetí la acción contra un par de zombis más. Al retirar el arma de su cabeza estos caían al suelo. En el tercer intento, apoyé mi mano izquierda en la valla para tomar impulso y poder retirar con mayor precisión la lanza del tercer zombi al que atacaba. Sin embargo, otro que estaba al lado, se lanzó a la valla intentando morder mis dedos. Erró en el intento y clavó los dientes en la valla, lo que me hizo dar un respingo y caer al suelo de tierra. Observé esa cara inhumana. El hambre se había apoderado de su instinto y apenas quedaba rastro de raciocinio en lo que aparentaba haber sido una mujer. Ahí seguía lanzando mordiscos al aire, mientras yo la observaba con estupor. Me asombraba a la par que horrorizaba su figura y me llegué a preguntar si, en la nueva vida que me había tocado vivir, llegaría a estar en la misma situación que en la de aquel bicho y tendría que actuar con esa sangre fría y esa carencia de sentimientos.

Me incorporé para terminar con él, pero algo lo golpeó por detrás paralizando su rostro durante el segundo previo a su desplome. Cuando el zombi cayó encima del cuerpo de uno de los otros tres a los que había aniquilado, pude ver el rostro pálido de un chaval. Sus ojos claros y su pelo dorado y rizado, acompañado de una pacífica sonrisa, conformaban un aspecto agradable y tranquilizador.

—Veo que el nuevo se está adaptando rápido.

Me fijé en el coche que había tras él. Cora ayudaba a Eduardo a bajar de él.

—¿Qué ha pasado? —preguntó Warwick mientras terminaba de deshacerse con calma del último zombi en pie.

Había acabado con seis, el doble que yo. «Necesitas mejorar, Leo», me dije.

—Estábamos subiendo por unas escaleras de madera y Eduardo pisó un escalón que se rompió haciéndole caer. Cuando nos fijamos, el sitio estaba infestado de termitas que habían hecho un montón de agujeros. Al ver que Eduardo cojeaba, hemos decidido volver —explicó minuciosamente Neil.

—¿Está herido? —me interesé.

—Estoy hecho una mierda —dijo él acercándose, cojeando ostensiblemente. Cora le servía de apoyo.

Warwick avistó otro zombi que se acercaba a los de fuera amenazante y se lo hizo saber al grupo. Neil le pidió a Warwick que metiera el coche en el recinto mientras él se deshacía de aquel mordedor. Yo abrí la valla y me quedé a esperar a que Cora y Eduardo entraran, mientras supervisaba la acción. Cuando pasaron por mi lado, Eduardo, antes de proseguir su camino al interior del recinto, observó el escenario de sangre y cadáveres que habíamos dejado y me dirigió unas palabras.

—Estás dentro. En un rato nos reunimos en el comedor para el reparto de tareas.

Ser admitido tan pronto fue algo que me sorprendió. No esperaba ser aceptado con esa facilidad, ya que no llevaba ni un día allí, aunque, por otro lado, era evidente que un par de manos extras iban a aportar bastante al bienestar del lugar. Ese bienestar que ya de por sí estaba presente, en buena parte por el trabajo de Agustina. Lo cierto era que, si yo había necesitado menos de un día para convencerles de quedarme, el mismo tiempo había sido el que Agustina necesitó para mostrarme su gran labor como encargada del lugar. Mantenía todo limpio, preparaba la comida e incluso nos ayudaba con la ropa y a llenar las bañeras de agua extraída del pozo que había detrás del centro de investigación. Todas las tareas las hacía sin mostrar un ápice de desgana. Mientras el resto se centraba en proteger el lugar y traer bienes de primera necesidad, ella le daba naturalidad al interior de nuestra vivienda. Bajo ese techo todo volvía a la normalidad.

Gracias a ella disfruté del primer baño en dos semanas, donde convertí el agua limpia en una mezcla de mugre y restos de sangre. Además, había dejado sobre mi cama una muda de ropa limpia. Cuando me estaba terminando de vestir, Neil y Warwick tocaron la puerta de mi habitación para avisarme de que Agustina ya tenía la comida preparada y la reunión para el reparto de tareas iba a dar comienzo.

Una vez tomado asiento, observé como le daban a Mark tres bolsas de cartón envueltas y éste se iba al laboratorio.

—Apenas les vemos la cara —explicó Neil mientras se sentaba a mi lado

—¿Perdona?

—A los tres del laboratorio. Se pasan días enteros allí dentro. Que el grupo estaba dividido entre los supervivientes y los investigadores parecía evidente, pero seguía sin saber qué aportación le hacían a la humanidad en ese centro de investigación.

Eduardo estaba sentado frente a mí. Tenía varios rasguños en el rostro y una venda en la mano izquierda. Masticaba con la boca abierta un pedazo de pan con queso, ignorando el serio gesto de desaprobación de su sobrina Cora, que estaba sentada a su lado.

—A ver, explicación para el nuevo —dijo mientras apuntaba nombres en un cuadro que había dibujado sin mucho cuidado en que le saliera recto.

Cora tomó la palabra.

—Dividimos las tareas en tres grupos: mantenimiento, vigilancia y expedición. Agustina se encarga del mantenimiento de la casa, cada semana vamos cambiando los turnos y uno de nosotros le ayuda.

—Creo que lo pillo.

—Aún no estamos seguros de que estés preparado para salir de expedición —soltó Neil con tono firme.

—En eso discrepo, llevo viviendo ahí fuera todo este tiempo, sé lo que es —contesté, aunque en el fondo sabía que mi defensa se basaba en una medio mentira. Me había pasado gran parte de los días previos encerrado y las dos veces que había pisado la calle conseguí escapar de milagro.

—Lo sabemos, pero la tarea conlleva trabajo en equipo y sacrifico —especificó el muchacho.

—Es una simple cuestión de tiempo. Empiezas por tareas

más fáciles y luego vamos introduciéndote en las complicadas —volvió a tomar la palabra Cora.

—Si todos estáis de acuerdo en hacerlo así, yo también lo estoy. Sólo quiero colaborar.

—Esta semana te toca guardia nocturna —anunció Eduardo tajantemente.

Fruncí el ceño extrañado porque no sabía exactamente de qué se trataba la tarea. Warwick cazó al vuelo mi gesto y me sacó de dudas.

—Básicamente se trata estar desde que atardece hasta que amanece mirando a la nada en la cabina del torreón. Si no está nublado tendrás suerte, las estrellas iluminarán la zona y te podrás entretener mirando las distintas sombras de zombis a lo lejos. Si escuchas un ruido en alguna valla, baja, revisa que todo esté bien y subes. Tan jodidamente fácil como aburrido.

—No es tan fácil, cuando a ti te toca guardia dedicas el tiempo en dar unas cabezadas importantes —dijo Neil entre risas.

—Reflexiono, pero sin dejar de estar al loro de todo —negó Warwick con la cabeza.

—Si a roncar como un cabrón se le puede llamar reflexionar...

Cora soltó varias carcajadas. En ese momento, me pareció notar cierta complicidad entre ambos, pese a que ella era varios años mayor que él. Una breve sensación de desilusión me azotó por dentro, por lo que, tras terminar de comer, me retiré a mi dormitorio aprovechando que me tocaba trasnochar y quería estar descansado para la tarea que me habían asignado. Pese a tener que acabar con unos zombis esa mañana, había disfrutado de ratos de verdadero sosiego por primera vez en mucho tiempo. Sobre la cama pensé sobre eso y también en lo solo que estaba. Al ver a Warwick y Neil bromear, añoré a mis amigos. Ver a Cora y Eduardo, e incluso a Agustina con las tareas de ama de casa, me hizo rememorar con nostalgia a mis familiares y mi infancia. Y contemplar a Neil y Cora compartir miradas y gestos de cariño me recordó a lo insignificante que me había sentido en ocasiones pasadas en las que sufrí por amor.

Aquella noche, cuando todo el mundo terminó de cenar, traté de desperezarme antes de subir a la torre de vigilancia, Neil me acompañó hasta las escaleras del torreón, algo que consideré como un gesto amistoso. Me dio una linterna de largo alcance y miró hacia arriba en dirección a un foco que había bajo la ventana de la cabina de la torre.

—Me encantaría conseguir de alguna forma que el foco funcione, pero aquí nadie maneja sobre el tema, ¿tú entiendes algo?

Su mirada interesada me hizo imposible responder nada que pudiera decepcionarle.

—Puedo intentarlo —le dije convencido.

Asintió satisfecho y se marchó de allí. En el momento que se giró y se largó, mi cara convincente se evaporó.

—¿Puedo intentarlo? —me pregunté en voz baja—. ¿Cómo que puedo intentarlo? —volví a cuestionar.

No tenía ni la más mínima idea de circuitos eléctricos, ni de tecnología en general. En el piso dónde vivía, me costaba hacerme a la idea de que el mando de la televisión no funcionaba porque se habían gastado las pilas. Y siempre, tras muchos intentos en los que apretaba el botón fuerte y no lograba encenderla, le daba golpes con la mano, creyendo que esa era la solución del problema y que así acabaría arreglándolo.

Seguí renegando sobre mi capacidad para exponerme al ridículo hasta que vi saliendo del edificio ovalado a Ruth, Gilbert y Mark. Este último bostezaba de manera ruidosa y exagerada. Andaban con desgana, estaban exhaustos. Sentí cierta compasión. No sabía hasta qué punto nuestro futuro dependía de ellos, pero fuese como fuese estaban exprimiéndose al máximo.

Se perdieron en el interior de la residencia hasta que, al cabo de dos o tres minutos, desde mi posición, pude ver como uno de ellos utilizó una vela para iluminar su dormitorio. Les tocaba descansar.

Asumí que eso iba a ser lo más emocionante que ocurriría aquella noche, por lo que tenía que buscarme algún tipo de entretenimiento si no quería dormirme. La cabina en la que me encontraba estaba dotada de una silla y una pequeña mesita donde dejé la linterna que Neil me había prestado. Me senté en la silla y, tal y como acostumbraba a hacer cuando trataba de evadirme, tarareé canciones que traían consigo recuerdos felices.

Transcurrido un cuarto de hora, mis bostezos parecían competir con los de Mark y sólo media hora más tarde, el sueño empezaba a apoderarse de mí sin que pudiera hacer nada para remediarlo.

Me sorprendí abriendo los ojos, motivado por un ruido proveniente de las escaleras de la torre. En un ademán de actuar con rapidez, encendí la linterna de manera poco ortodoxa ya que la bombilla apuntaba a mi cara y acabé deslumbrado, lo que me impedía ver mi alrededor con claridad. Parpadeé varias veces para, inútilmente, tratar de adaptarme con mayor rapidez.

Para cuando recuperé la visión, la figura de una persona estaba frente a mí. Reaccioné instintivamente, enfocando su cara con la linterna. Cora cerró los ojos y giró la cabeza molesta por la luz.

—Ah, que eres tú —respiré aliviado.

—Menudo recibimiento para alguien que te trae café —dijo con tono burlón.

Coraluna venía con un termo humeante y el olor del café impregnó la cabina.

—No tenías que molestarte. Podría haber bajado yo a por él.

—A decir verdad, me manda mi tío. Hoy han merodeado por la zona más zombis de lo habitual y pensó que esta noche podrías necesitar de alguien que te echara una mano.

En ese momento dudé sobre cuál sería el verdadero motivo por el que estaba allí. O bien quería asegurarse de que llevaba a cabo mi tarea sin dormirme y era de fiar, o simplemente su compasión, nacida por mi inutilidad acreditada, llegaba hasta esos límites.

—No hacía falta —respondí tajante—. Agradezco que me hayas traído el café, pero, de veras, ve a dormir que seguro que mañana tienes muchas cosas que hacer.

—También traigo un par de bolsas de patatas.

Recordaba esas patatas. Las había probado en varias ocasiones en la cárcel. En la puerta de la sala de visitas donde estaba Engla había una máquina expendedora de snacks y bebidas. Solía comprar siempre alguna bolsa para ofrecérsela a mi cliente. Aunque al principio rechazó mi ofrecimiento, en una determinada ocasión llegó a aceptarlas y acabó por ser el único momento en el que, al degustarlas, la vi mostrar un ápice de felicidad.

Esa amarga reminiscencia me iba a acompañar durante toda la noche si no hacía algo para evitarlo.

—Compartamos el botín entonces.

Dejó de importarme el verdadero motivo por el que me hacía compañía. No me apetecía estar solo toda la noche y, con suerte, podría mejorar la impresión que Cora tenía de mí.

Satisfecha, se sentó en el suelo apoyando su espalda en la pared de madera. Llené de café el vaso que venía con el termo y me coloqué a su lado, rozando mi brazo con el suyo.

—¿Cómo se llamaban tus amigos? —preguntó de pronto, de manera tan directa que me quedé callado—. Escuché tu historia anoche.

—Llaman. No los des por muertos aún —sonreí apenado.

Se dio cuenta de su metedura de pata y se mostró arrepentida.

—No quería decir eso, es la costumbre. Pero tienes razón,

seguro que aún están por ahí —dijo con notoria sinceridad.

—No te preocupes. A decir verdad, ya casi no tengo esperanza.

Como por arte de magia, el viento movió una nube tras la que se escondía la luna, y ésta penetró por el ventanal de la cabina iluminando nuestros rostros. Aproveché para mirarla, aunque ella, sabedora de que estaba contemplando sus finos rasgos, no me devolvió la mirada. En su lugar, cogió una patata de la bolsa.

—Joan y Héctor.

—¿Héctor? Mi padre también se llamaba así —me contó.

—No es un nombre muy americano. Ahora que lo mencionas, sois argentinos, ¿no? —pregunté interesado.

—Ellos. Mis padres y mis tíos se mudaron a Canadá antes de que yo naciera.

—¿Sabes hablar castellano? —pregunté interesado.

—«Muy poco» —contestó forzando la pronunciación—. Lo entiendo bastante bien, porque mi tío cuando se enfada suele hablar en su idioma natal... y suele estar enfadado gran parte del tiempo.

La diversidad que había en ese grupo me gustaba. Dentro de la dificultad que como nuevo miembro tenía para adaptarme, el hecho de que no fuera un grupo homogéneo me facilitaba mucho las cosas.

Quería preguntarle sobre su familia, pero lo vi muy precipitado. Pensé que, si hablaba un poco de mí, se sentiría más segura para hacer lo propio. Resoplé y volví a hablar de Héctor y Joan.

—¿Sabes? Me persigue la culpa. Estoy viviendo de prestado porque no me atreví a ayudarlos cuando estaban en peligro. Ellos lo habrían hecho por mí.

—¿Culpable por actuar distinto de lo que se esperaba de ti? No todos somos igual de valientes, inteligentes, o maduros. Si algo tenemos en común, es que no somos perfectos y todos nos equivocamos —hizo una breve pausa, y al no obtener respuesta, siguió—. Las personas fallamos. A veces demasiado, y reponerse de ello sin daños psicológicos se convierte en algo utópico. Pero no podemos martirizarnos más de la cuenta por ello.

—Tienes razón, pero, aun así, no me veo merecedor de esta segunda oportunidad que me estáis dando.

—Asume una cosa: la vida no es controlable. A veces te tratará mejor de lo que crees merecer y otras veces te castigará injustamente.

Su tono de voz, suave y dulce, mecía mis pensamientos hasta tranquilizarme y acercarme a la paz que te otorga tu conciencia cuando no pesa en ti ningún remordimiento.

Dibujé en mi mente una foto familiar que se fue emborronando hasta desaparecer. En ella imaginé a Henry, Joan, Héctor y el resto de los familiares y amigos que tenía en Almería. Era el momento de decirles adiós, de aceptar que ese era el comienzo de una nueva vida sin ellos. Sin embargo, la presencia de Coraluna traía consigo el recuerdo imborrable de los últimos días que vi a Engla. Pese a que fueran tan distintas, casi como el agua y el aceite, y pese a que la compañía de una me resultara agradable y el recuerdo de la otra llevase meses anclado en mi memoria, rasgándome las vestiduras del alma y apretando en la herida provocada. Lo sucedido con Engla iba a permanecer ahí, propinándome golpes como si de un ring de boxeo se tratara.

—¿Leo? —rompió el silencio.

—Perdona, por un momento me he visto atrapado por los recuerdos —me excusé mientras terminaba de un sorbo el café—. Si no me invade la culpa, lo hace la soledad. Me pregunto si encajaré aquí, si la vida nos dará de nuevo la oportunidad de conocer a alguien y formar una familia.

—¿Una familia? ¿Para qué quieres una familia? Con la de preocupaciones que eso te daría —respondió cuestionándome.

—Creo que al final la vida se trata de rodearte de gente que te dé amor y le dé significado a tu propia existencia.

—No creo que uno mismo, para darle significado a su existencia, tenga que formar una familia. No es una condición, más bien una opción. Pero no te preocupes, si tanto quieres formar una familia, buscaremos a alguien que esté por la labor, aunque eso sí, no te pongas una camiseta de un club de alterne para impresionarla —bromeó.

Me costó encajar la broma ya que estaba abriéndome ante ella, pero enseguida supe que lo que trataba de hacer era curar todos mis males de la mejor forma posible: haciéndome reír. Y lo conseguía.

Una estrella fugaz nos sorprendió desde el ventanal.

—Es la tercera que veo esta semana. Aquí se ven muchas.

¡Corre, pide un deseo! —me animó.

—Tengo tantos que no sé ni por dónde empezar.

—Ahora tengo curiosidad por saberlo —admitió.

—Te lo diría, pero entonces no se cumple, o eso dicen.

—Eso dicen —finalizó susurrando.

El silencio se acomodó allí dentro y pasamos los minutos siguientes sin mirarnos. Éramos dos personas respirando calma, sin necesidad de añadir nada más a nuestra conversación. Sin hacer un sólo gesto, pero sintiéndonos presentes. Cuando Cora apoyó la cabeza en mi hombro, entendí que se había quedado dormida.

«Que esta noche no se acabe nunca». Ese había sido mi deseo. El deseo inocente de alguien que sabía que, por su propia incongruencia, era de imposible cumplimiento.

CAPÍTULO VII: Fantasmas.

Vendrell.

A menudo discrepaba de aquellos que se refugiaban en el alcohol como escudo o para evadirse de sus problemas. A lo largo de mi vida había visto que gente como Leonardo y Héctor se emborrachaban tras un mal día, dándole el peor uso posible que la bebida podía tener. Para mí, el alcohol era el mejor amigo del hombre; nada de perros o animales que domesticar o cuidar. El mejor amigo del hombre tenía que ser algo que le sumase y no le supusiera más responsabilidades de las que la vida traía consigo. Sin embargo, la inmensa mayoría de las personas le daban un mal uso a una de las mayores hazañas de la humanidad. Pero yo lo tenía claro: por mucho que trataran de desprestigiarlo con sus campañas alertando sobre las consecuencias del consumo de alcohol, no conseguirían cambiar algo que resultaba evidente; una botella de buen *whiskey* nunca podría ser el culpable de nada. ¡Qué culpa tenía yo de que, tras siglos y siglos de historia, el ser humano no hubiese aprendido a beber como mandaban los cánones! Ahí residía el verdadero problema: la enferma humanidad y su manía por autodestruirse. Los verdaderos culpables eran ellos. Como sucedía con todas las cosas; si uno conducía un coche por encima de los límites de velocidad establecidos, el culpable no era el coche, sino el propio conductor. Si otro saltaba de un edificio y se estampaba contra el suelo, la culpa no era del edificio, sino del que saltaba. ¿Y por qué se decidió que el alcohol se debía convertir en culpable de su mal uso? Aunque, a fin de cuentas, me importaba bien poco sus anuncios alertando de ese ficticio peligro o que celebrasen esas estúpidas reuniones de alcohólicos anónimos. Hiciesen lo que hiciesen no iban a frustrar mis momentos de desconexión y relajación en los que sujetaba una jarra helada de cerveza o una copa de vino gran reserva. Cavaban su propia tumba si dedicaban sus esfuerzos en endemoniar cualquier cosa pudiendo echar balones fuera y no aceptar ser ellos los propios responsables de todos sus errores y fracasos. Quizá, por haber perdido el tiempo en culpar y señalar al alcohol como fuente potencial de problemas y no centrarse en lo verdaderamente importante, quizá y sólo quizá, se habría evitado que el mundo se hubiese ido a la mierda.

Pese a todo, nadie iba a conseguir que no disfrutase de esa botella de vino encontrada días atrás, ni siquiera el mocoso que lloraba más que de costumbre porque le estaban empezando a salir los dientes.

Habían pasado nueve meses desde que aquel degenerado no tuviera ningún reparo a la hora de ensañarse conmigo de todas las maneras que iluminaron la bombilla de su mente enfermiza. Los primeros días se desdibujaron en mi memoria. Apenas recordaba algún momento claramente, más bien había una mezcla de recuerdos borrosos que no tenían un orden claro en mi conciencia. Entre otros, me acordaba, y de manera imprecisa, de Héctor sujetando a Gladys contra el suelo, evitando que nos hiciera algún daño por culpa del síndrome de abstinencia que padeció la yonki en los días posteriores a la huida. Mi amigo se encargó de vigilarla constantemente, casi más que al bebé.

Por mi parte, tardé en recuperarme de los acontecimientos sufridos. Sabía que gran parte de mí no volvería, que se había quedado en ese zulo, y que sólo el tiempo me ayudaría a superar algunas de las fobias y traumas que había desarrollado. Aunque otras serían imposibles de vencer y no me quedaba más remedio que aprender a convivir con ellas.

Dormir era una verdadera odisea ya que él no tardaba en aparecer entre mis sueños, dispuesto a sembrar el pánico con sus torturas. Al principio me despertaba en mitad de la noche casi sin aliento, intentando coger aire y evitar asfixiarme, pero pronto acabé por pasar las noches en vela y descansar durante el día a base de siestas cortas, aprovechando momentos de tranquilidad en los que el bebé tampoco molestaba. Durante la noche me encendía una vela y leía algunos de los pocos libros que habíamos encontrado en los lugares donde indagábamos en busca de recursos. Desde mi posición escuchaba a una maniatada Gladys soltar toda clase de bufidos, despertando al crío y éste, a su vez, soliviantando a Héctor. Observaba todo sin inmutarme, como si mis ojos fuesen una pantalla de cine y yo estuviese sentado tras ellos, en una especie de butaca, siendo mero espectador de la escena que acababa de ocurrir.

Nunca sabía dónde nos encontrábamos con exactitud. Héctor se encargaba de dirigir nuestro rumbo. Algunas noches en las que se cercioraba de estar en un lugar seguro, acampábamos al aire libre ya que la mayor parte del tiempo estábamos encerrados en el camión y había que aprovechar las noches en las que las circunstancias nos permitían pasarlas fuera de éste.

Los días transcurrían y con ellos, los meses, hasta que en algún momento Héctor decidió sustituirme por Gladys. Cuando noté que recuperaba la energía y la iniciativa de nuevo, vi que esa yonqui, a la que consideraron desintoxicada, ocupaba mi lugar y andaba decidiendo hacia dónde teníamos que ir. Creí que debía ser cosa temporal, que simplemente estaba supliéndome mientras yo me reconstruía, pero me equivocaba. En aquel grupo hasta el bebé tenía más peso que yo. Me parecía tan indignante que tarde o temprano debía decírselo a Héctor. Él era mi mejor amigo por lo que tendría que escucharme. ¿Cómo no iba a hacerlo después de todas las cosas que había hecho por él? Ese pensamiento estuvo rondando por mi cabeza durante tanto tiempo, que, de no ser por un pequeño calendario que encontré dentro del camión, había perdido la cuenta de los días que lo mantuve anulado.

Finalmente, una noche, tras darle un buen sorbo a la botella de vino, y mientras Gladys y Héctor se servían de un mapa para decidir el nuevo pueblo al que íbamos a ir, rompí mi silencio.

—¡Tú! —señalé a Gladys con el índice de la mano que tenía libre —. Ya se te acabó el cuento, ya has aportado suficiente, a partir de mañana dejarás de comerle el coco a Héctor.

La desgraciada no tuvo el valor de dar dos pasos al frente y hablar conmigo. En cambio, Héctor tenía claro de qué lado estaba.

—V, Gladys sólo nos está ayudando.

—¿Ayudando? —pregunté. El camión parecía estar en marcha porque hizo que me tambalease—. Nosotros nunca hemos necesitado su ayuda —contesté—. Parad el camión ahora mismo.

—Basta de numeritos Vendrell —sus palabras fueron cortantes y su firme tono de voz me resultó dictatorial.

—Por favor no discutáis, el bebé está dormido —murmuró Gladys.

—Sí, sí, numeritos, pero estoy harto de tener que seguir a las órdenes de una yonki que en cualquier momento nos venderá al primer camello con el que nos crucemos. Parad el camión —volví a inquirir.

Héctor alzó la voz por encima de su tono habitual.

—Ella nos salvó y se ha ganado el derecho a decidir qué hacer. El mismo derecho que tienes tú y que tengo yo. Forma parte de esto.

El llanto del bebé volvió a hacer acto de presencia.

—¡No nos tendría que haber salvado si los enfermos con los que iba no nos hubieran encerrado! Parece que ya se te ha olvidado lo que hicieron conmigo.

Héctor se calló. Entendí que no se atrevía a disculparse, que su orgullo le impedía darme la razón y eso me encendía aún más.

—¡Que pares el camión coño! —grité.

—¡Que está detenido, imbécil! Eres tú el que no para de tambalearse porque llevas toda la noche bebiendo vino. ¡Míranos! ¿Quién iba a estar conduciendo si estamos los tres aquí? Dime, ¡quién! —Héctor no parecía arrepentido, sino furioso.

Vacilé un instante mientras observaba la botella casi vacía que seguía sujetando con mi mano izquierda. Miré a mi alrededor y reparé en que mi amigo tenía razón. Me costó recordar el momento en el que había empezado a beber, o tan siquiera rememorar algo de lo que había hecho en las últimas veinticuatro horas. Los recuerdos se acumulaban en mi cabeza, pero no sabía situarlos en el tiempo. De pronto, me asaltaron las ganas de vomitar. Me giré y abrí la puerta del remolque. De un salto, salí de nuestro estrecho e improvisado hogar y avancé unos metros, iluminado por la fuerte luz de una luna redonda, casi llena, a la que le acompañaban miles de estrellas desperdigadas por el cielo. Me sentí observado por ellas mientras expulsaba toda la angustia que concentraba. Me limpié los restos de vómito con la manga de la camiseta sin constatar si quedaba algo de ellos en mi densa y descuidada barba. Estábamos en el arcén de una carretera, rodeados de planicies y silencio. Héctor había seguido mis pasos y se sumaba a ese coro de luces como espectador de aquel lamentable espectáculo. Lo escuché suspirar, recuperando la compostura tras nuestro encontronazo. De fondo, también se oía a Gladys tratando de calmar al niño.

—V, nadie está mandando sobre ti, simplemente estamos devolviéndote el favor. Está claro que lo que te hicieron necesita tiempo para que puedas superarlo y recuperarte —se acercó y dejó caer la palma de su mano sobre mi hombro.

—Ya lo he superado —mentí.

—No lo creo —tragó saliva—. En estos meses has tenido varios momentos difíciles. Recuerda el del otro día —se obligó a decir.

¿A qué se refería? No tardé en caer en ello.

Todo ocurrió en algún indeterminado momento de la semana anterior. Héctor había trazado un plan de supervivencia basado en evitar lugares tales como ciudades y sitios donde podían aglomerarse esos zombis carroñeros. En la mayoría de lo posible, circulábamos de un lugar a otro por carreteras secundarias, pero a veces nos veíamos obligados a volver a carreteras principales. En cierto tramo, la carretera se convirtió en una numerosa fila de coches parados y abandonados, que a simple vista no parecía tener final. Tras aprovechar el depósito de algunos vehículos para llenar el tanque de nuestro camión y con una maniobra plausible en la que el estrecho de la carretera aumentó la dificultad del cambio de sentido, Héctor se dirigió a una pequeña localidad que había en una zona montañosa cercana nosotros.

El pueblo estaba bien oculto entre las montañas y era de dificil acceso, sobre todo para un camión tan grande. Con habilidad de camionero experto consiguió ascender por carreteras serpenteantes y empinadas. Ocupando el asiento de copiloto, por momentos di por hecho que bajo las ruedas del camión no había carretera y que nos precipitábamos directamente al vacío.

Cuando llegamos al lugar nos percatamos de que al notable descenso de las temperaturas le acompañaba una bruma densa y un silencio sepulcral. Aquel recibimiento no podía ser bueno, pero la inagotable esperanza de Héctor guiaba nuestros pasos sin nadie que le echara el freno o le parase los pies.

—Es cierto que no ha sido el recibimiento más caluroso que nos han hecho, pero este pueblo está alejado de la mano de Dios. Con suerte, han evitado que esos seres hayan llegado hasta aquí.

—Y tan alejado. Tiene pinta de llevar abandonado más tiempo del que nos podemos imaginar —precisé.

—Yo no me fiaría —apuntó Gladys.

No las tenía todas conmigo, pero no iba a darle el placer a «Lady Jeringuillas» de compartir su opinión. Me bajé de la cabina y observé cómo Héctor se encogía de hombros, cruzaba unas palabras con la mujer y, tras coger una escopeta, se bajaba del camión también.

Anduvimos unos metros, adentrándonos en las primeras casas de ese pueblucho sin vida.

—¿No viene tu amiga? —pregunté esbozando una sonrisa de conformidad.

—No. Hace mucho frío y hemos decidido que se quede en el camión con el bebé, vigilando que nadie lo robe y evitando que el niño coja frío y enferme —explicó.

—¿Robarnos el camión? —di una vuelta sobre mí mismo, mirando a todos lados, incrédulo—. La única que puede robarnos el camión es ella, no hay nadie más.

—No nos lo va a robar. Ella no es así —contestó Héctor, seguro.

—Algo parecido dijiste del padre del bebé —murmuré.

Dudó brevemente, pero no tardó en justificarlo, convencido.

—No sabe conducir. No iría muy lejos por esa carretera, acabaría despeñándose montaña abajo.

La respuesta me cogió por sorpresa. Confiase en ella o no, lo cierto era que Héctor no había pecado de inocente como otras veces y había sopesado toda posibilidad antes de tomar una decisión.

Pronto llegamos a la zona céntrica del pueblo: una humilde plaza adornada con algunas estatuillas de granito nada ostentosas. Unos cuantos bancos de piedra se situaban en los extremos de ésta. Tras ellos, protegidos por pequeños muros de ladrillo, había varios setos visiblemente descuidados.

La plaza aparentaba ser el lugar más concurrido del pueblo, puesto que tanto los establecimientos importantes como algunos pequeños negocios rodeaban el lugar. Tras estos edificios, como si fuesen capas de la piel de una cebolla, calles de *casas de planta baja envolvían el pueblecito, siendo separados únicamente por estrechos e irregulares caminos de asfaltos resquebrajados.*

Durante un par de horas mantuvimos un modus operandi propio de profesionales. Entrábamos en las viviendas más accesibles. Yo arremetía contra sus frágiles puertas o ventanas mientras Héctor apuntaba con la escopeta por si algún bicho de esos aguardaba dentro de la vivienda. Pero allí no sólo no había nadie, sino que tampoco habían dejado nada. Ni un rastro de comida.

—Qué extraño. Hay platos, cubiertos, libros, electrodomésticos y televisiones, pero nada que echarse a la boca. ¿Se ha esfumado todo?

—Tampoco hay rastros de sangre, por lo que parece que evacuaron el pueblo. No deberían considerarlo tan seguro —concluyó Héctor.

Habiendo revisado prácticamente todas las calles sin conseguir un botín del que sentirse orgulloso, la noche nos sorprendió embrujando el lugar y creando una atmósfera más tenebrosa aún. La niebla, cada vez más espesa, frustraba el uso de la linterna y su luz tenía un alcance paupérrimo.

—Vamos a regresar, Gladys debe estar preocupada.

—Que le den a la tía esa. Probablemente esté festejando nuestra desaparición.

—No digas más tonterías. Ella forma parte de nosotros, te guste o no.

—Desde luego que sí. ¿Sabes dónde noto que forma parte de nosotros? En mis manos, en mi espalda y hasta en el culo. Cada vez que miro a esa tipa a los ojos veo al desgraciado de su ex sodomizándome —confesé rencoroso.

—V, lo entiendo, pero ella no tiene la culpa. También fue víctima del mismo verdugo.

—No, no entiendes una mierda. Tú no estuviste allí, no viviste aquello. Me insultas si dices que lo entiendes.

—Pues quizá yo no lo entienda porque no lo viví. Sin embargo, quien sí lo entiende es ella. Te aconsejo que compartas tu dolor con Gladys, los dos podéis superar esto...

—Y yo te aconsejo que no me aconsejes más sobre el tema —interrumpí para zanjar el asunto.

En ese momento, Héctor se quedó parado iluminando la pared de una de las calles por las que habíamos subido y por la que ahora íbamos a regresar al camión. Sin preguntarle por el hallazgo me acerqué hasta él, curioso. Un cartel algo cubierto de mugre rezaba así:

«REUNIÓN DE VECINOS EN LA IGLESIA.
¡UNIDOS POR LA SALVACIÓN!»

Bajo este, una flecha señalaba en dirección opuesta a la que nos encontrábamos, en concreto a un pequeño campanario que había al final del pueblo y que se había dejado ver en escasos momentos de la tarde, cuando la niebla lo había permitido.

—Vamos —solicité.

—¿Para qué? Ya es muy tarde, además, ¿qué crees que vamos a encontrar ahí?

—He visto bastantes crucifijos en las casas en las que hemos entrado. Un pueblo de creyentes equivale a una iglesia poderosa. Paseemos un rato por los senderos del Señor, tal vez sea benevolente y misericordioso con nosotros y nos de la inmunidad contra las mordeduras de zombi o algo mejor; un barril de cerveza.

Héctor resopló.

—Si te hace feliz... —hizo una breve pausa para mirar la mochila donde estaba el contenido de lo encontrado hasta el momento—. No perdemos nada, supongo.

El asfalto se acabó una vez superadas las últimas calles de casas del pueblo y pronto el camino de tierra fue cubriéndose de hierbajos. Un portón de acero oxidado nos recibió apareciendo entre la bruma. Una de las puertas estaba entreabierta por lo que la terminé de abrir con sumo esfuerzo mientras sus bisagras de metal chirriaban alertando a varios cuervos que terminaban de componer aquella inquietante sinfonía a base de graznidos al aire, desafiando a todo aquel que osaba explotar esa burbuja silenciosa en la que llevaban tiempo sumidos. Tras el portón, un caminito hasta una diminuta ermita estaba bordeado por una hilera de tumbas. La ermita, que se encontraba al final del caminito y encima de una escalinata de mármol, estaba pegada a una enorme iglesia de ladrillo sobre la que se alzaba el campanario.

—Creo que hay un cartel en la puerta de la ermita —anunció Héctor algo dubitativo, intimidado por el lugar.

—Salvo que tengas algún familiar enterrado aquí y quieras acercarte a su lápida, no hay más opciones.

—Al menos estos muertos están donde tienen que estar —se consoló mientras reiniciaba la marcha.

«PADRE AUSENTE. NO MOLESTAR»

—Si está ausente, ¿cómo le vas a molestar? —pregunté desde debajo de la escalinata en tono burlón, tratando de romper el hielo creado en aquel inhóspito sitio.

—Querrá decir que no se molesten a los muertos —trató de descifrar Héctor.

Héctor rodeó el lugar mientras yo me acercaba a la entrada. La puerta estaba cerrada y parecía difícil de derribar, aunque era la única opción viable que se me ocurrió. Intenté manipular el pomo y ejercer presión sin obtener resultado alguno.

—Habrá que darle un par de escopetazos para hacer un boquete y poder entrar —deduje en voz alta.

Para mi sorpresa el sonido de una llave precedió a la apertura de la puerta. Héctor apareció tras ella, haciéndome quedar sin respiración del susto durante unos segundos.

—En uno de los laterales hay una ventana grande abierta de par en par. No ha sido difícil colarse —explicó con satisfacción.

La linterna iluminó el habitáculo y Héctor no tardó en encontrar un candelabro con varias velas colgado de la pared. Enfocó la mochila y de ella extrajo un mechero con el que encendió ese y otros tantos artilugios de luz que estaban esparcidos por la habitación.

Aquel sitio era tan lúgubre como prometía la fachada y el ambiente que lo rodeaba. Una vieja estantería de madera repleta de libros antiguos, en su mayoría religiosos, ocupaba gran parte de la salita. Frente a la librería, rompiendo un poco con lo esperado, un trípode sujetaba una cámara apagada que estaba orientada a una mesa también de madera. Sobre la mesa había un ordenador portátil encima de un mantel dorado de terciopelo. A su lado, un trono de tres puntas de madera maciza tallada servía de asiento en ese lugar, aunque estaba girado mirando al trípode. Tomé el candelabro y me acerqué hasta el trono mientras Héctor toqueteaba la cámara.

—No enciende —le escuché decir.

—¿Y qué esperabas? Lo tecnológico no tiene cabida en este mundo.

Me senté en aquel lugar intentando emular a su antiguo dueño. ¿Qué pasaría por la cabeza de ese acérrimo creyente cuando descubrió que Dios no había acudido a sus llamadas ni escuchado sus plegarias? Héctor dejó la cámara y trasteó el polvoriento y obsoleto portátil. Probó a encenderlo y este respondió iluminando su pantalla. Tras un minuto de carga, observamos que no tenía contraseña por lo que pudimos iniciar sesión y comprobar que la batería estaba a punto de agotarse.

—Suficiente para ver qué secretos esconde un cura —escudriñó.

—Ya te lo adelanto yo. Niños, muchos niños —aseguré convencido.

La pantalla de inicio apenas mostraba nada relevante más allá de una carpeta con clips de audio ordenados por capítulos del evangelio. Héctor se agachó y fue poniendo alguno de esos audios en los que se podía escuchar un eco ensordecedor con la voz de fondo de alguien leyendo algún pasaje bíblico. En lo que íbamos escuchando esa epifanía, yo noté que los reposabrazos del asiento estaban un poco pegajosos, como si alguien hubiese derramado algún líquido.

—Qué es esto...

Héctor me interrumpió.

—Mira, mira, un vídeo.

El archivo no tenía nombre más allá de la fecha de grabación y mostraba a un hombre vestido de sotana sentado en el trono donde yo estaba. Yacía con los ojos cerrados y cubierto de sangre y sujetaba una cruz de oro que le colgaba del cuello. Sus ojos se abrieron y observé que eran enormes y estaban llenos de odio. Aunque miraba a cámara, parecía no estar fijando la vista en ella. Su boca se hizo monstruosa cuando soltó una sonrisa a todas luces diabólica. Con tono de voz cercano al gutural que me puso la piel de gallina, recitó de memoria algún pasaje o escritura.

«Pero lo malo de este mundo y de todo lo que ofrece está por acabarse. Y aquellas personas que le han dado la espalda al Creador y se han convertido en sus enemigas sufrirán el castigo judicial de destrucción eterna. Pero quienes sigan el mandato de Dios de no ser parte de este mundo vivirán eternamente.»

En la grabación se podía ver que tras el trono en el que estaba sentado se encontraba una puerta que habíamos pasado por alto. Palpé con la mano detrás del asiento y certifiqué que estaba allí. El cura seguía con su anuncio, aunque esta vez el mensaje no parecía extraído de ningún escrito religioso. Hablaba despacio y sus pupilas negras y absorbentes se hacían cada vez más grandes.

«He cumplido con el sacrificio. Todos los habitantes de este pueblo han sido sacrificados en la casa de Dios, nuestro señor. Los impuros e infieles no tienen cabida en la Tierra en la que una vez el mesías fue Jesús, y ahora, por herencia y palabra de Dios, es Kalígula el que lleva su mensaje, en forma de purga, para expiar todos los pecados que la humanidad ha cometido.»

—¿Es que no queda nadie normal en este mundo? —preguntó Héctor visiblemente acongojado.

Como si el ordenador se hubiese puesto de acuerdo con ese clima sectario, se apagó justo al acabar el vídeo y sin permitirnos revisar la fecha de grabación. Héctor seguía ensimismado, sin creerse semejante visión, y yo me levanté de un respingo al reconocer como sangre esos restos de líquido seco del que estaba impregnado el trono y que se volvía viscoso al pasar mi sudorosa mano.

—Hay una puerta aquí detrás —señalé—. Si movemos el trono podemos abrirla y ver qué hay tras ella.

—Lo que sea con tal de acabar ya.

El asiento pesaba demasiado. En otros tiempos me habría bastado para moverlo, pero en las últimas semanas me sentía algo más débil, por lo que Héctor no dudó en ayudarme al verme en apuros.

La puertecilla de metal se abrió hacia fuera y un fétido olor impregnó la salita. Tras la puerta, la total oscuridad no resultaba en absoluto alentadora. Sabíamos que ese olor a putrefacción sólo podía ser la antesala de algún cadáver en descomposición. A la luz del candelabro, pudimos identificar unas escaleras que descendían a un sombrío sótano. Al bajar los primeros peldaños, una sensación de vértigo se apoderó de mí. Recordé con pánico el sótano donde Ryan me había encerrado y ahogué un grito con discreción, para no preocupar a Héctor, que me observaba con impaciencia.

—¿Bajas o qué?

Tragué saliva y asentí. Él iluminó la zona con la linterna y noté cierto nerviosismo en su pulso, dado que la luz se movía ligeramente. Con prudencia, fuimos bajando y cerciorándonos de que allí no había ninguna amenaza aletargada, a la espera de una presa a la que atacar. Llegando a los últimos escalones, observamos un cadáver colgado de una viga cercana a estos. El olor insoportable, que indudablemente emanaba de allí, se clavaba en la sien y se superaba por momentos, cuanto más nos acercábamos al cuerpo sin vida.

—¿Remordimiento del padre? —pregunté con sorna, algo superado por la imagen.

Héctor, que también estaba afectado por la multitud de grotescas escenas, no contestó a mi pregunta.

—Algo no cuadra —se limitó a decir mientras enfocaba el cadáver con la linterna.

La luz del candelabro no me permitía ver dónde acababa esa habitación, así que no fue hasta que Héctor se decidió por iluminar el fondo que no vimos todo aquello. Mi imaginación no podía haber estado más equivocada al pensar que ese sitio era diminuto, un pequeño escondite. Al contrario; aquel lugar se expandía bastantes metros llegando a situarse no sólo debajo de la ermita donde estaba el cura, sino también de la iglesia. Un camastro estaba en un lateral, cerca del cadáver y al lado un cubo que apestaba a orina y heces. Más al fondo cuatro hileras de estantes considerablemente largos aglomeraban montones y montones de objetos y alimentos. Los siguientes minutos de jolgorio y festejo nos hizo olvidarnos de la peste que cohabitaba con todas esas pertenencias.

—¡Nuestra salvación! Aquí tenemos para vivir varios años —exclamó Héctor.

—El cura fue saqueando todas las casas antes de colgarse y ha reunido comida para un regimiento. Nos ha hecho el trabajo sucio —aclaré.

Nos sumergimos en ese descubrimiento, ese tesoro, iluminando y analizando cada producto, descartando los caducados y arrojándolos al suelo.

—Voy a por la mochila, metemos algo para darnos un festín esta noche y mañana regresamos a sacar todas las cosas de aquí. Podemos llevarlas a alguna casa e instalarnos allí, ya que la peste de este lugar no va a irse tan fácilmente. Tampoco es ideal hacer vida rodeado de un cementerio —planificó.

Se apresuró a las escaleras con habilidad dejándome allí, siendo consciente de nuevo de aquel hedor que volvía a tomar protagonismo cuando la euforia por el descubrimiento comenzó a disiparse. Mientras lo esperaba, seguí revisando estantes con tranquilidad. Acerqué el candelabro a una estantería que estaba pegada a la pared y la luz de las velas me mostró una serie de pintadas escritas con algún tipo de tinta oscura, quizá sangre. Las palabras recorrían la pared sin un estilo fijo, pisándose entre sí. Llegué a discernir varias frases cortas:

«CRISTO TEN PIEDAD», «MISERICORDIA», «PERDÓNAME SEÑOR».

Fui leyéndolas en voz baja, de una en una, hasta que una voz que me resultó conocida leyó el último.

—Líbrame del mal.

Asustado y desesperado, noté como mi respiración se aceleraba por segundos. Intenté localizar a la persona que había emitido aquel mensaje, pero el candelabro no iluminaba más de un par de palmos por delante de mí.

—Nadie lo escuchó —continuó.

—¿Quién eres? —pregunté.

Un breve e incómodo silencio en el que no hubo contestación fue acompañado por otra letanía.

—Quiso expiar sus pecados, pero Dios no estaba allí, había descendido a los infiernos.

Avancé hacia el camastro, apresurado e inquieto. Cuando quise darme cuenta estaba gritando, envuelto en un sudor frío que empapaba mi espalda.

—¿Quién eres? —volví a preguntar—. ¡Héctor! —exclamé con tanta fuerza que noté una punzada en la garganta.

—Aquí arriba —pronunció la voz.

Enfoqué el cadáver y aunque la luz apenas acertaba a iluminarlo, descubrí que ese ser que creía muerto, no sólo no lo estaba, sino que además lo conocía: era Ryan. Su cara me miraba como aquel día en el que me atormentó hasta la saciedad. Dejé caer el candelabro y me llevé la mano a la boca, poseído por el terror. Por unos instantes me quedé petrificado.

—No nos dio tiempo a despedirnos. Yo quería seguir jugando contigo.

—No. No eres tú —balbuceé—. Tú estás muerto, lo sé, lo vi con mis ojos.

Pestañeé con fuerza esperando que, al volver a mirar, aquel demonio desapareciese del techo. Seguía ahí.

—Bájame.

—Estás muerto, lo sé —repetí entre sollozos.

—Aún no he acabado contigo —insistió.

Quise llorar y esconderme, pero un arrebato de valentía me hizo entender que aquello era una oportunidad. Esa vez yo estaba en una posición ventajosa. Sin dudarlo, corrí hacia el cuerpo y tomé impulso, saltando sobre él y haciendo que la soga se soltase cayendo ambos y golpeándonos contra el suelo. Me senté encima suya y le golpeé con mis puños sin cesar, sin darle respiro, ni dejarle articular una sola palabra. Pero aquellos golpes no causaban el efecto esperado y él no dejaba de soltar carcajadas hasta que la voz de Héctor le borró la sonrisa de la cara de un plumazo. En su lugar, el rostro desfigurado y descompuesto del cadáver, consumido por gusanos me hizo dar un sobresalto, sorprendido.

—Era él, te juro que era él —musité mientras contemplaba el paso de varios gusanos por la cuenca en la que un día debió estar su ojo izquierdo.

—V, ¡¿qué has hecho?! —maldijo Héctor desesperado.

Tardé en comprender sus palabras, pero el humo me apremió a hacerlo. El fuego del candelabro caído se había extendido por todas las estanterías de madera, arrasando con gran parte de esta. El humo me hizo toser.

—¡Aún puedo coger algo! —grité desesperado.

Me acerqué al nido de fuego creado e intenté coger algo del primer estante, pero una viga cayó del techo y solo el bra-

zo salvador de Héctor consiguió apartarme de una muerte casi segura.

—Vendrell, ya no hay vuelta atrás. ¡Vámonos de aquí! ¡Se acabó!

Dentro de la frustración que le causé, Héctor fue comprensivo conmigo y cuando terminé de disculparme y explicárselo, de regreso al camión, también se disculpó por dejarme solo. «Me entretuve demasiado. No debí dejarte allí abajo sólo tanto tiempo». A la mañana siguiente, abandonamos ese condenado pueblo.

Dejé la botella sin terminar en una caja cuando nos subimos al camión. El bebé volvió a dormirse tras mi disputa con Héctor y hasta yo pude conciliar el sueño durante más rato del habitual. Los primeros rayos de luz hicieron acto de presencia y un Héctor madrugador puso el motor en marcha, poco después de que amaneciese. Yo le acompañé desde el inicio del trayecto, leyendo en el asiento del copiloto.

—Oye, ¿por qué nos fuimos? —pregunté—. Quiero decir, ¿por qué no seguimos mirando en el resto de las casas, o descansamos un día después de lo que ocurrió?

—No las tenía todas conmigo.

—¿A qué te refieres?

—¿Te acuerdas del caso de Engla?

—La chica que defendió Leo, ¿no? Lo recuerdo, sí.

—¿Y no recuerdas que para defenderla estuvo dando la turra con la reconstrucción de los hechos? Venga a imaginarse como podían haber pasado las cosas, ¿lo recuerdas?

—Como para olvidar. Soporífero.

—Pues eso hice en la ermita y las únicas respuestas posibles me acojonaron —explicó.

—¿Respuestas de qué? Especifica un poco —rogué.

—Lo primero que me llamó la atención es que el cadáver del cura no tenía la cruz de oro que enseñaba en el vídeo. Por eso me entretuve, empecé a buscarlo por la habitación de arriba. Pensé que era una tontería, que podría haberlo dejado en cualquier sitio antes de atarse la soga al cuello, pero me quedé parado en la puerta y entonces lo tuve claro. La puerta se abría hacia fuera.

—¿Y? —pregunté por comodidad, ya que intuí la respuesta.

—Si la puerta se abría hacia fuera y para pasar había que apartar el trono, cuando el cura bajó a colgarse, ¿cómo hizo para colocar el trono de nuevo?

—Eso quiere decir que alguien del exterior debió colocarlo. O también...

—Que el del vídeo no era el que estaba colgado en el sótano y ese ser demoníaco podía seguir vivo por allí cerca —finalizó Héctor provcándome un nudo en la garganta.

Héctor.

El traqueteo del coche y los continuos fallos que día tras día nos interrumpían en la búsqueda de un nuevo destino dejaba entrever que aquella tartana no aguantaría muchos kilómetros más. A mi lado, en el asiento del copiloto, Gladys observaba con preocupación a un Vendrell que roncaba como un descosido en la parte trasera del camión. Por suerte, en aquella ocasión el sueño de mi amigo no se debía a una fuerte ingesta de alcohol, algo que parecía estar controlando con el paso de las semanas.

Ya habían transcurrido nueve meses desde que huimos de la casa de los hermanos y de nuestra ciudad y todavía no sabía con exactitud lo que V había tenido que sufrir en aquel sótano, pues ni él parecía estar dispuesto a hablar sobre aquello, ni yo me atrevía a preguntarle. Gladys, en alguna ocasión, intentó sin éxito acercarse a él con el propósito de compartir las experiencias que les unían, pero Vendrell solo confiaba sus secretos a una botella de *whiskey*.

Durante las primeras semanas nos movíamos de aquí para allá sobreviviendo como podíamos, durmiendo en el propio camión o incluso a la intemperie si las condiciones nos lo permitían, llegando al lugar exacto en función de lo que necesitáramos. Si lo que necesitábamos era comida, nos adentrábamos en el primer pueblo que apareciese ante nosotros, saqueábamos casas y locales hasta encontrar lo justo para seguir el camino y nos marchábamos de allí, y si lo que nos hacía falta era combustible, nos acercábamos a alguna estación de servicio en un intento desesperado por encontrar gasolina. Todo ello con el peligro que suponía cualquier enfrentamiento con otros grupos que ansiaban más de lo mismo. Y eso para un equipo formado por una toxicómana, un niño pequeño, un chico cuya mente parecía a punto de decir «basta» y yo, un chaval cuya decisión más importante que había tomado hasta la fecha era el lugar de comida rápida que prefería para cenar esa noche, no parecía lo más recomendable.

El papel de líder me venía grande, pues no estaba acostumbrado a tener que asumir ese rol. Hasta la fecha, había sido siempre V el que había llevado la voz cantante en cuanto a las decisiones importantes mientras yo quedaba relegado a un segundo plano. Pero no nos quedaba otra y poco a poco fui cogiéndole el tranquillo, e incluso el gusto, al hecho de ser yo quién dirigiera nuestros destinos. Mi amigo aún no estaba mentalmente capacitado.

Vendrell, por momentos parecía haber superado lo ocurrido con Ryan y sin embargo, de repente, me lo encontraba hablando solo a algún espejo o a alguna figura tamaño real que su mente había transformado en el culpable de su sufrimiento. O lo que es peor, a un cadáver que encontramos colgado de una viga mientras le aplastaba la cara con los puños. ¿Pero qué podía hacer sino ayudarlo en todo lo que estuviera en mi mano? La única salida era seguir huyendo de los peligros en busca de algún lugar donde poder empezar de cero.

—Como siga roncando así durante la noche atraerá hasta el último zombi del condado —dijo mientras observaba a V a través del hueco que comunicaba la cabina del camión con el remolque.

—No pega ojo por las noches Gladys, no creo que eso vaya a suponer un problema.

—¿Qué quieres decir?

—Pues que rara vez concilia el sueño cuando no es de día —apunté oteando el paisaje a nuestro alrededor.

La carretera por la que circulábamos serpenteaba a través de un bosque montañoso en un estado lamentable, producto del paso del tiempo. La maleza que ya le había ganado por completo el terreno al asfalto hacía aún más difícil la conducción, provocando algún que otro giro brusco de volante que ponía en riesgo la estabilidad del vehículo.

—Cuando me toca hacer el turno de guardia se queda conmigo con la excusa de que prefiere hacerme compañía. Y pasa el resto de la noche en silencio, observando las estrellas o con la mirada perdida en dirección a la pequeña hoguera que encendemos para protegernos del frío.

Gladys suspiró afligida.

—Creo que nunca podré perdonarme todo lo que le hicieron.

—No te martirices más. Bastante has pasado tú como para que también cargues con la culpa de esto —intenté tranquilizarla.

—Siempre va a quedar en mí la sensación de que pude haber evitado todo esto —contestó acariciando al crío, que la observaba atento desde su sillita improvisada en el centro de la cabina.

El chico, que ya casi rondaría el año de edad, había crecido notablemente y los lloros de los primeros meses se redujeron casi al mínimo. En su lugar, pequeñas rabietas y balbuceos parecían indicar que iba a pronunciar sus primeras palabras en cualquier momento. Presentaba una melena rizada de color rubio en forma de matojo que era imposible de domar y, junto a unos ojos verdes como la lima le daban un aire de lo más tierno.

—No creo que todo sea tan sencillo como eso. Las cosas han pasado así por algún motivo, estoy seguro. Y el hecho de que tú hubieras hecho algo diferente no habría evitado acabar en la situación en la que estamos.

Gladys había decidido continuar con nosotros justo después de salir de la casa del que hasta ese momento era su marido. Para ella quizás fue más duro aún si cabe abandonar la que había sido su vida, aunque esta consistiera en vivir atada a un hombre que la despreciaba profundamente y la trataba como al último trasto de la casa. Su historia no es fácil de contar, pues se trataba de una vida de falsas apariencias, violencia y adicciones.

En sus propias palabras, Gladys había sido una niña de papá durante toda su juventud. Su familia poseía grandes cantidades de acciones en diversas empresas punteras en el sector de la construcción por todo el país. Tenían una vida idílica propia de familias ricas en las que todo parece perfecto. Pero todo cambió tras la terrible crisis que hizo que su padre perdiera la mayoría de sus bienes. Entonces su madre, preocupada porque su nivel de vida decayera y se convirtiera en lo que vulgarmente llamaban «personas normales», comenzó a buscar posibles opciones y encontró la solución en ella.

Prácticamente lo que hizo fue venderla. Le presentó a Ryan y como era de esperar al principio todo era maravilloso; buena presencia, buenas compañías, buenas impresiones... Todo fachada, todo mentira. Raine, la hija que Ryan había tenido fruto de una relación anterior, nunca llegó a aceptarla, ya que a pesar del buen trato que ella le daba, la niña siempre la vio como alguien que intentaba sustituir a su madre, fallecida un año antes de que Gladys y Ryan comenzaran a salir. Tras unos meses de noviazgo, su madre empezó a allanar el camino hacia el matrimonio. Ese paso supuso el punto de inflexión en la relación, y a partir de ese momento su vida se convirtió en un infierno. Fue entonces cuando empezaron los golpes. Ryan comenzó a pegarle prácticamente desde el momento en que se dieron el sí quiero.

La familia de Ryan también disponía de los recursos económicos que tanto ansiaba su madre, pero la forma de la que disponían de ellos era algo diferente. Los padres de Joyce y Ryan provenían de una familia de clase alta, con gran influencia en más de una decena de condados por todo el estado. De cara al público se mostraban como una familia tradicional más, acomodada y gustosa de asistir a la iglesia todas las semanas, pero detrás de todo eso se escondía una verdad siniestra. A los pocos meses de casarse con Ryan, Gladys se enteró de que su familia formaba parte de una secta de carácter supremacista que había sobrevivido con el paso de los años relacionándose con las facciones más conservadoras del espectro político a lo largo de buena parte del país, mientras seguían practicando la violencia contra grupos a los que consideraban impuros. Cuando Gladys quiso darse cuenta, ya era tarde. Estaba totalmente atrapada junto a un hombre que la maltrataba física y psicológicamente.

Se lo contó a sus padres, y su madre, más preocupada por mantener esa vida de lujos, visitas al Club, sesiones de masaje y té con las amigas, insistió en que le perdonara, que todo había sido un malentendido y que era eso en lo que consistía el amor. Valiente zorra. Mientras, Gladys, sola, intentaba contactar con su padre que de poco parecía enterarse, pues él continuaba dejándose la vida para intentar salvar sus negocios. Hasta que un día llamaron del trabajo diciendo que había sufrido un infarto y había fallecido.

Su madre, lejos de apoyarla, le recriminó que había sido por su culpa, que había matado a su padre a disgustos. Entonces llegó la adicción. La heroína acabó siendo la única vía de escape a una vida de pesadilla, y en una ocasión, tras sufrir una sobredosis que la mantuvo varias semanas en el hospital, Ryan le dijo que cambiaría. De eso hacía más de cinco años, aunque nada cambió.

Tomó la última dosis de droga pocos días antes de huir de su pasado, y tras unos primeros meses de abstinencia más que difíciles, por fin podía decir que estaba limpia.

—Allí donde nos dirigimos es un lugar perfecto para empezar de nuevo —comentó pensativa mientras observaba por la ventana.

—Por lo que me has contado, no se me ocurre ninguno mejor —sonreí ilusionado.

Tras unos días deambulando de aquí para allá con el camión, sin establecernos en ningún lugar en concreto, y con la intención de asentarnos en algún sitio antes de que llegara de nuevo el invierno, Gladys sugirió que podíamos ir a una zona residencial en un pequeño pueblecito a las afueras de la capital, donde los padres de Ryan poseían una lujosa residencia, que según decía, contaba incluso con terreno suficiente donde poder cultivar nuestros propios alimentos. La zona, en medio de la nada, situada entre una pequeña cadena montañosa en la que convergían un precioso valle con un río, estaba lo suficientemente alejaba de la gran ciudad como para que resultara improbable encontrarnos con una horda importante de zombis o con otro grupo de supervivientes. La última vez que algo así ocurrió, tomamos la decisión de aislarnos lo máximo posible de la gente.

Fue un par de días atrás. La semana anterior, tras el incidente de Vendrell en la ermita, el mal augurio que nos envolvió visualizar aquel vídeo y el siniestro personaje que aparecía en él, decidimos por unanimidad que debíamos distanciarnos por un tiempo de cualquier población. Por pequeñas que fueran estas no debíamos fiarnos, así que decidimos dormir dentro del propio camión, escondiéndolo entre los árboles para camuflarlo todo lo posible, o bien pasar la noche al raso si el

ambiente dentro del vehículo se hacía insoportable y las con-
diciones climatológicas lo permitían.

Una de esas noches, la lluvia apareció de repente. El agua-
cero empezó a calar pronto la ropa y encender un fuego se
convirtió en una odisea, pues carecíamos de medios suficientes
para mantenerlo encendido. Tras esconder el camión en me-
dio de un camino entre los árboles, resolvimos que lo mejor se-
ría dormir por turnos en el remolque, y como el espacio dentro
de este era reducido, siempre habría alguien haciendo guardia
dentro de la cabina. Gladys se ofreció la primera, yo sería el
segundo y Vendrell me remplazaría a mí. Poco antes de que
terminara mi turno, V insistió en que me fuera a dormir y des-
cansara algo más, ya que ese día había pasado muchas horas
al volante. Acepté tras hacerle prometer que me despertaría
un par de horas antes del amanecer.

Recuerdo haberme despertado algo alterado tras un extra-
ño sueño. Miré a ambos lados, situándome, y observé a Gladys
y al niño durmiendo profundamente. Salí del remolque y com-
probé que no sólo no había dejado de llover, sino que, por el
contrario, apretaba con más fuerza. El camino se había con-
vertido en un pequeño riachuelo que arrastraba las hojas caí-
das de los árboles pendiente abajo. No había dado dos pasos
fuera y ya estaba completamente empapado. Pero lo peor fue
llegar a la cabina y comprobar que V no estaba allí.

—Mierda —maldije en voz baja para evitar despertar al resto.

Retrocedí un par de pasos y busqué a mi amigo por los alrededores por si había bajado a satisfacer alguna necesidad y rodeé el camión con el mismo objetivo, pero no lo vi por ningún lado. Decepcionado, negué con la cabeza.

—¿Y ahora qué, Vendrell? —pregunté molesto.

Regresé dentro del remolque y cogí mi escopeta, una linterna de tamaño ridículo, de esas que se accionan por fricción y cuyo haz de luz apenas alcanzaba un par de metros y que fue la única que pude encontrar, y un abrigo para protegerme de la lluvia. Acto seguido, me dispuse a buscarlo.

Al salir de nuevo al exterior, me vi sorprendido por el estruendo de un trueno que parecía haber roto el mismísimo cielo y en apenas unos segundos la lluvia se intensificó aún más. Intenté imaginar el camino que podía haber recorrido mi amigo, pero por más vueltas que le daba no encontraba un motivo por el que alejarse tanto del camión, sin avisar, y en su turno de guardia.

Últimamente entender las intenciones de V era como darse de bruces contra una pared, simplemente asentías a lo que fuera que dijera y esperabas impaciente que las consecuencias no te salpicaran demasiado. Pues allí estaba yo ahora, no solo salpicado sino completamente empapado y devanándome los sesos intentando encontrar una razón a su desaparición. Al llegar al otro lado del camino, pude observar unas huellas de zapato que a simple vista parecían recientes porque la lluvia no las había hecho desaparecer aún. Me pudo la curiosidad y decidí seguir por esa dirección.

Apenas anduve unos minutos cuando comencé a escuchar un ruido de voces a lo lejos. El bosque ofrecía una pequeña pendiente dándole la forma de un pequeño risco donde una piedra de gran tamaño se asomaba por el borde. El ruido parecía provenir de allí abajo.

Había perdido lo que, supuse, eran las huellas de Vendrell y la oscuridad era casi total salvo por el leve foco de mi linterna, que inútilmente me alumbraba los pies. Frustrado por el fracaso de la búsqueda y calado hasta los huesos, me propuse volver al camión cuando otro relámpago iluminó el bosque casi por completo. Entonces fue cuando pude reconocer la silueta de mi amigo. Estaba agazapado detrás de la enorme piedra, observando algo con atención.

Al llegar a su lado, apenas se inmutó, me miró de reojo y volvió a centrar su atención a lo que tenía delante, unos metros más abajo.

Se trataba de un pequeño grupo de supervivientes entre los que pude contar por lo menos a diez personas. Parecían disfrutar relajados mientras charlaban amistosamente. Por el equipamiento que llevaban, no parecía que sufrieran carencias de ningún tipo. Entre las cosas que pude distinguir, destacaba las grandes cantidades de comida y bebida, material de acampada y cuatro vehículos todoterreno. Habían extendido una lona a un par de metros sobre el suelo atándola a cuatro árboles, para protegerse de la lluvia. En el centro de todos, una enorme fogata los mantenía calientes. Desde luego si hubiera una mejor forma de pasar el apocalipsis, me gustaría que me la mostraran. Vendrell, que parecía leerme el pensamiento añadió al momento:

—Menuda panda de descerebrados.

Aquello me sorprendió.

—¿A qué te refieres?

—A su falta de organización y su exceso de irresponsabilidad —objetó en voz baja—. Están formando un escándalo monumental, yo mismo los he escuchado desde nuestro camión cuando he bajado a tomar un poco el aire. Mira eso por Dios, si tienen hasta niños pequeños.

—Bueno V, respecto a esto último, nosotros no hemos sido mucho más discretos —intenté corregirle.

—Sí, pero nosotros no montamos fiestas armando semejante alboroto.

—No creo que haya muchos zombis por aquí —opiné convencido—. Apenas hemos visto un par de ellos a lo largo del día. Parecen un buen grupo, creo que si nos unimos a ellos podríamos sobrevivir más tiempo.

—Ni pensarlo —sentenció.

—¿Se puede saber qué demonios te pasa?

—No son los zombis quienes me preocupan —me interrumpió—. Es de las personas de quien tenemos que protegernos. Imagínate que en vez de nosotros quien da con esta gente es alguien como Joyce y...

No pudo acabar la frase, pero no hacía falta saber a qué se refería, y poco pude añadir, pues no le faltaba razón. Cuando volví a mirar de nuevo al grupo, empecé a verlos de otro modo. Apenas conté armas que pudiera ver a simple vista. Todo el mundo en esa reunión parecía mostrar un entusiasmo desmedido, y por el tono de las conversaciones y las carcajadas supuse que se debía a un exceso de alcohol. Además, en una noche más tranquila, aquel vocerío se escucharía a varias centenas de metros a la redonda, lo que sería un imán no solo para esos seres que deambulaban de aquí para allá intentando comerte el cerebro, sino también para grupos de saqueadores con propósitos mucho peores.

Finalmente decidimos dar media vuelta y seguir nuestro camino. Había ocasiones en las que seguir las viejas intuiciones de mi amigo era lo más inteligente, y comprobar que aún era capaz de discernir esos detalles resultaba gratificante. Sabía que nunca más volvería a ver a mi lado al viejo Vendrell, pero al menos daba la sensación de que no se le podía dar del todo por perdido. Comprobé que había traído consigo una linterna de mayor tamaño que la mía, la accionó e iluminó el terreno instantáneamente. Sólo habíamos desandado unos cuantos metros cuando una voz procedente del camino que llegaba hasta el campamento de supervivientes nos dio el alto. Al mismo tiempo, V y yo alzamos las armas hacia la dirección dónde provenía la voz.

—¡Quiénes sois vosotros! —gritó de nuevo aquel hombre—. ¡Tirad las armas al suelo y poned las manos donde pueda verlas!

El extraño, a unos diez metros de nosotros, nos apuntaba con una pistola, se tambaleaba ligeramente hacia los lados y a juzgar por el botón desabrochado de su pantalón daba la sensación de que se había apartado del grupo para mear.

—No pretendemos haceros nada. Hemos escuchado ruidos y nos hemos acercado a comprobar de qué se trataba —expliqué calmado sin dejar de apuntarle con la escopeta.

—¡He dicho que tiréis las armas al suelo! —el desconocido avanzó un par de pasos hacia nosotros trastabillándose.

—¡No acertarías a un elefante a cinco metros de distancia, imbécil! —intervino Vendrell no muy dado a la diplomacia. Le eché una mirada de reproche que no pareció captar—. ¡Antes te haces un agujero en un dedo del pie!

El hombre no dejaba de fruncir el ceño. Alumbrado por el foco de la linterna aparentaba rondar la cuarentena, mostraba las mejillas rojas y junto al intenso naranja de su melena evidenciaba ascendencia irlandesa. Enfadado por lo que acababa de escuchar, tensó el brazo y lo dirigió hacia V. Justo cuando parecía que iba a disparar, otro desconocido se acercó hasta él.

—Tranquilo Tony, no son una amenaza —interrumpió un hombre de color, aparentemente desarmado.

Oír aquello me resultó extraño, pues era evidente que teníamos más opciones de ganar aquella disputa. Éramos dos hombres armados contra uno desarmado y otro en unas condiciones deplorables.

—Y tú qué cojones sabrás sobre nosotros. Ahora mismo podríamos saquearos todo lo que tenéis y dejaros con una mano delante y otra detrás en medio de la nada —amenazó V, que parecía impacientarse.

—Sé que estáis aparcados con un viejo camión al otro lado de la carretera, a unos pocos minutos de aquí. También sé que sois cuatro, vosotros dos, una mujer y un niño pequeño. Os he visto llegar antes de que cayera la noche, mientras inspeccionaba los alrededores. Y no, no voy desarmado —dijo apartándose la chaqueta hacia un lado enseñando así la culata de una pistola.

El hombre que en todo momento permanecía tranquilo se acercó hasta mí y me tendió una mano.

—Idos por donde habéis venido y aquí no ha pasado nada —ofreció.

Dudé un instante, observé a Vendrell que negaba ligeramente con la cabeza, pero esa vez decidí hacerle caso a mi instinto y le estreché la mano con fuerza.

—Vámonos de aquí — me dirigí a V.

Éste permaneció en su sitio unos segundos más apuntando al otro hombre, hasta que finalmente decidió seguirme. Al igual que ellos, no les quitamos el ojo de encima hasta no perderlos de vista. Una vez que desaparecieron, aligeramos el paso de regreso a nuestro camión y cuando al fin llegamos, subimos a la cabina, comprobé que Gladys y el crío seguían durmiendo y arranqué el vehículo para alejarnos del lugar. Escuché los reproches de Vendrell durante todo el trayecto hasta encontrar

otra zona donde esconder el camión, pero mi conclusión fue
que había veces en las que era mejor evitar cualquier enfrenta-
miento, aun estando en superioridad y teniendo de tu parte el
factor sorpresa. Nos habíamos visto inmersos en demasiadas
hostilidades hasta la fecha y nunca nos habíamos encontra-
do con alguien así, por lo que no debíamos desaprovechar la
oportunidad de poner un poco de paz en nuestras vidas.

La carretera de montaña nos dio un respiro y un pequeño prado nos rodeaba por completo, el verde había dado paso a un marrón otoñal que aun así le otorgaba una belleza extraordinaria. Aparqué a un lado de la carretera e hicimos un breve descanso para comer algo. Apoyado en el lateral del camión, observaba el horizonte mientras compartía una lata de comida con Gladys y Vendrell. El niño, que ya era capaz de mantenerse en pie él solo y dar algunos pasos, parecía divertirse jugando con la tierra.

—¿Creéis que llegará a conocer algo del mundo tal y como era? —pregunté mientras me metía una cucharada de estofado de lata en la boca.

—No —sentenció V sin dudar un instante.

Gladys, que se acercó al crío para acariciarlo cariñosamente, no contestó a la pregunta, por lo que pude intuir que no variaba mucho de la de mi amigo.

—No estoy seguro, pero tengo la sensación de que hay algo de todo esto que se nos escapa —añadí pensativo—. Quiero decir. Todas las noticias que vimos acerca de este maldito virus antes de que cortaran las comunicaciones eran únicamente en los Estados Unidos. Pero... ¿y si fuera del país todo sigue como si nada? ¿Y si en el resto del mundo nada de esto ha ocurrido?

Vendrell, que no parecía cómodo con la conversación, se limitó a suspirar.

—No lo sé, me resultaría imposible creer que la expansión haya sido controlada y que después de tanto tiempo nosotros continuemos así —aportó Gladys—. Supongo que de ser así ya habrían tomado medidas para ayudarnos. Ha pasado casi un año, Héctor.

—Lo sé, lo sé, tiene sentido. Era simplemente una falsa sensación de optimismo.

—Abandona cualquier esperanza. Ahora solo nos tenemos los unos a los otros, amigo. No esperes nada más y tus expectativas no se verán frustradas —añadió Vendrell en un tono filosófico casi insoportable.

—¿Sabes una cosa, V? El otro día, cuando nos encontramos a esos tipos durante la noche, me desperté porque tuve un sueño de lo más raro —le expliqué.

Vendrell no parecía muy interesado, pero continuaba mirándome, por lo que continué hablando:

—Se trataba de mi madre. Estábamos juntos en alguna playa que no supe reconocer. Al principio todo parecía normal, o todo lo normal que podría resultar un sueño; paseábamos a caballo por la orilla, notaba incluso cómo me golpeaba la brisa en la cara. Al poco, nos sentábamos sobre una toalla y disfrutábamos del sol, dándome la sensación de que me quemaba la cara. Pero llegó un momento, en el que mi madre me cogió de la mano y comenzó a llorar. Cuando la miré de nuevo a la cara, había envejecido como unos veinte años de golpe. De repente, tenía el pelo canoso y la frente arrugada. Parecía una viejecita entrañable y no paraba de decirme que todo iba a salir bien. Todo el rato, una y otra vez...

—Todo va a salir bien —repitió V en un susurro, totalmente abstraído.

—Así es —afirmé tras engullir otra cucharada de comida.

Mi amigo no añadió nada más, simplemente nos dio la espalda, subió al camión y esperó a que termináramos de comer, sentado en la cabina revisando el mapa de carretera. Una vez regresé a su lado para ponernos de nuevo en marcha, añadió:

—Sé a dónde podemos ir.

Leonardo.

Subí la persiana metálica del garaje del Edificio Prado Verde para que Neil pudiera meter el coche, y que estuviera a buen recaudo. Habían pasado más de nueve meses desde que abandoné el que había sido mi hogar y mi refugio y, por el momento, el tiempo lo respetaba y nada parecía afectarle. Los zombis no habían conseguido acceder a su interior, algo que me había estado temiendo ya que no recordaba si al irme de allí había dejado el garaje abierto de par en par.

Teníamos como principal objetivo comprobar si las armas que habían aparecido en la barra del bar la última vez que estuve allí seguían intactas. Conseguir según qué tipos de medicinas o bienes de primera necesidad se volvía cada vez más complicado y tarde o temprano tendríamos que planear grandes asaltos a lugares infestados de zombis. Para ello, habíamos considerado la opción de abastecernos de distinto armamento, y no tardé en hacer uso de mi palabra para proponer regresar por última vez al que había sido mi hogar más de medio año atrás.

En ese tiempo había conseguido adaptarme al grupo a la perfección y en pocas semanas era uno más. Ruth no tardó en convertirnos en sus confidentes y nos contó los avances en sus investigaciones y las disputas internas que tenía con Mark e incluso con Gilbert Webster, de quien se sentía cada vez más alejada. Según nos había explicado, llevaban todo el tiempo trabajando en encontrar la cura del virus. Este se propagaba mediante mordeduras o arañazos producidos por un infectado. En los últimos días nos había anunciado que, tras muchos intentos fallidos, sus investigaciones empezaban a ofrecer resultados satisfactorios, haciendo que tantas horas de esfuerzo diesen sus frutos. También pudimos conocer algo de su historia más personal y nos contó cómo había llegado hasta allí.

Cuando todo se fue de madre, la sociedad conocida como «*Goodwill Corporation*» había contactado con ella para que cooperase con el doctor Gilbert en su trabajo. Para cuando el grupo había llegado a las instalaciones, Gilbert ya llevaba varios días allí, bajo la única supervisión y protección que Mark le proporcionaba. Gilbert le había asegurado en reiteradas ocasiones que no sabía mucho más que ella, algo que no me terminaba de convencer, dado que no le había contado nada de lo que había presenciado y escrito en el cuaderno que dejó en casa de su mujer. Una mujer de la que parecía haberse olvidado cuando se presentó al grupo. Todo eso envolvía la historia en un aura de duda y desconfianza. Llegamos a poner sobre la mesa la idea de que Gilbert fuese un impostor, pero Ruth aseguró que había visto fotos de ese hombre y que, además, en su pequeño laboratorio de Little Rock tenía varios recortes de noticias científicas en las que salía su nombre y menciones sobre que, entre otras cosas, había sido una referencia para el mundo de la ciencia. Añadió que alguna vez había comentado con el propio Gilbert algo a espaldas de Mark, lo que le daba cierta confianza ya que le hacía sentirse parte del mismo equipo. Lo cierto es que Mark era el más sospechoso de todos. Cada día que pasaba sin noticias de sus superiores se volvía más desquiciado. Un acreditado vigilante de una asociación que llevaba meses sin dar señales de vida. Se sentía abandonado y Ruth temía que algún día explotase e hiciera alguna locura que perjudicase al grupo, por lo que se lo comentó a Gilbert y ambos acordaron no quitarle el ojo de encima.

No desaprovechamos la oportunidad de preguntar el motivo por el que Mark nos prohibía el paso al laboratorio. Una noche en la que estábamos reunidos en la torre de vigilancia, Ruth nos comentó que Mark le había dicho en más de una ocasión que él se limitaba a cumplir órdenes. Para tranquilizarnos nos aseguró que tampoco se ocultaba gran cosa en ese edificio y que parecía más una morgue abandonada que un centro de investigación.

No era la primera vez que sometíamos a Ruth a infinidades de cuestiones que en muchas ocasiones quedaban sin respuesta. Aprovechábamos la guardia de alguno y Cora, Warwick, Neil y yo nos reuníamos con ella en la torre, a espaldas del resto, procurando que nada llegase a oídos de Eduardo y pudiera reaccionar de mala manera. Agustina, que era demasiado transparente, tampoco debía saber nada del asunto.

Gracias a aquellas reuniones secretas en la cabina pude conocer más a esa parte del grupo. Ruth era un auténtico personaje: su excentricidad no dejaba de asombrarme. Era muy dicharachera y tenía respuesta para todo. Además, descubrí que ocultaba uno de los mayores sentidos del humor que había conocido en una persona. Bajo esa bata de laboratorio también escondía un gran corazón. Otro que también me transmitía buenas vibraciones era Warwick. El chaval no había tenido una vida fácil, más bien todo lo contrario. A lo largo de su infancia se había visto rodeado de situaciones adversas y conflictivas. Se adaptaba a todo sin perder la sonrisa. Siempre encontraba un momento para bromear o sonreír. Me seguía costando entender buena parte de su vocabulario y muchas veces nos tirábamos largos ratos intentando trabajar la pronunciación para poder comunicarnos. Neil, en ocasiones, acababa haciendo de traductor. Los dos amigos compartían una humildad y una solidaridad ejemplar. Neil era algo más maduro y responsable que Warwick, aconsejando cada vez que había un problema y siendo atento y cercano en el trato. Junto a Cora, se esforzó desde el primer momento para que no me sintiera apartado y, cierto era, que había contribuido bastante en que mi felicidad no se viera entorpecida por el amargo recuerdo que traía consigo la pérdida de Héctor y Joan Vendrell.

La mayor ayuda la había recibido por parte de Cora. Descubrí que su tío no le había mandado vigilarme en aquella primera guardia nocturna cuando Eduardo se enteró y regañó a su sobrina por no descansar lo aconsejable a un día previo a la expedición. Sabía que era una excusa, a Eduardo le causaba cierto rechazo que su sobrina estableciera de manera temprana lazos de amistad con un desconocido. Sin embargo, obvié su desencanto por la situación y le devolví el gesto a Cora cuando le tocó la guardia a ella. Al final acabamos haciendo juntos las guardias, con muchas horas de conversaciones interminables y por supuesto, cansancio acumulado de no dormir. Se había convertido en mi momento del día preferido. No me importaba dormir poco porque lo hacía con la paz y la tranquilidad que me otorgaban esos ratos. Además, era muchísimo más satisfactorio que cuando lo hacía cargando con el peso de problemas y con esa mezcla de pesimismo y negatividad que llevaba tiempo persiguiéndome.

Aprendí mucho sobre Coraluna y ella supo prácticamente todo sobre mí. En las guardias invernales más frías nos envolvíamos con la misma manta y acurrucados nos dejábamos poseer por el embrujo de la noche, disfrutando de cada gesto, de cada palabra, e incluso de cada silencio. Mi única preocupación en esos días era pensar en la fecha de caducidad de todo aquello. Era consciente de que había dejado de dominar la situación y que, mientras disfrutaba de su compañía, me preguntaba hacia dónde nos estaba llevando el destino. Cierto era que gran parte de la complicidad creada desaparecía durante el día y, aunque al principio creí que eran cosas mías, cuando traté de acercarme un poco más a ella, noté como trataba de esquivarme disimuladamente. Pero evité que eso me afectara y no le mencioné nada al respecto en ninguna de las noches de guardia. Tal vez por miedo a que por precipitarme se fuera todo a la mierda y se acabasen esos momentos. Dejar que todo fluyera; tanto si a Cora le preocupaba lo que su tío pudiera pensar, como si fuera otro el motivo, no le iba a crear inconvenientes. Al fin y al cabo, yo sólo quería mantener lo que ya teníamos, cuidarlo porque lo sentía frágil y creía que en cualquier momento se iba a romper. Cada día que pasaba, yo mismo me felicitaba por conseguirlo, por protegerlo, por no cagarla.

Fue en una de esas reuniones, previa a una guardia de Cora, donde Ruth anunció que el antídoto estaba casi listo, y pronto dejaríamos de temer que una mordedura de esos bichos acabase con nosotros. Al parecer, al inocular el antídoto, los vasos sanguíneos rechazarían el «veneno de serpiente». Así es como llamábamos a la saliva modificada de los zombis, ya que su reacción en el ser humano era similar al de la mordedura de un reptil venenoso. Dicho veneno, gracias al antídoto, se vería rechazado por la sangre, como sucede con el agua y el aceite y no acabaría extendiéndose por todo el cuerpo, por lo que, si evitábamos su expansión a tiempo administrando el antídoto tras sufrir una mordedora, el veneno se quedaría en ese lugar, sin moverse. Esa era la previsión de Ruth al respecto.

Nuestra mayor incertidumbre se situaba a posteriori. No sabíamos qué iba a pasar con nosotros cuando dejasen de necesitar a Ruth y Gilbert y había que barajar todas las posibilidades, sobre todo las que se podrían producir en escenarios adversos. Por eso, estar armados iba a ser importante, y el bar de Fred disponía de todo un arsenal que valdría para defendernos ante cualquier contingencia.

Y allí estábamos. Una vez dentro del garaje, bajé de nuevo la persiana hasta dejarla a media altura. En algunos rincones no llegaba la luz, por lo que encendimos las linternas y nos aseguramos de que no hubiese ningún zombi renqueante.

—Mientras voy al bar, echad un vistazo en el apartamento A de la primera planta. Era la casa de mi amigo Henry y si mal no recuerdo, no pasé por ella. Henry no era muy de cocinar así que no me extrañaría que dieseis con varias latas de comida. Algo habrá seguro.

Warwick le había enseñado a Neil cómo utilizar ganzúas y antes de que yo terminara de entrar en la casa de Fred, él ya había conseguido abrir la puerta de la de Henry.

Noté algo extraño en el ambiente cuando llegué al salón del hogar del que había considerado como mi barman de confianza, pese al trato desagradable que tenía con su clientela. Un leve pitido se coló en mi oído y me hizo terminar de desconectar con el exterior. Me sentía inmerso en una especie de burbuja, quizá producida por la nostalgia que da regresar después de bastante tiempo a lugares conocidos.

Tras echar un breve vistazo al interior del piso me dirigí a las escaleras que bajaban al bar.

—¿Quién coño es ahora? —una voz familiar me recibió cuando puse el pie en el primer escalón.

Confuso, seguí bajando peldaño tras peldaño hasta toparme con Fred que estaba tras la barra, acompañado por Henry. Mi amigo apuraba una jarra de cerveza y miraba a Fred con una sonrisa pícara, juguetona. Cuando Henry sonreía de esa forma era que algo tramaba.

Fueron cientos las dudas que me asaltaron tras contemplar esa escena, pero no era mi prioridad aclararlas en aquel instante. Sentí la necesidad de continuar con aquella vivencia, de no interrumpir el proceso, así que tomé asiento al lado de Henry. Él me miró y acto seguido se dirigió a Fred.

—Ya han llegado los refuerzos. Ponte otra ronda que invita el bueno de Leo.

Fred me miró con cierta desgana, esperando que asintiera con la cabeza para hacer lo que Henry le había pedido. Sacó una jarra y la llenó de cerveza. Acto seguido hizo lo propio con la de Henry. Al finalizar, se agachó y cogió un cuaderno para ofrecérmelo con su desinterés característico.

—Toma, pon esta mierda debajo de la cerveza que no me quedan posavasos y estoy hasta los huevos de tener que ir pasando la bayeta. Y, por cierto, diles a los desgraciados de tus amigos que son muy rápidos para beberse hasta el agua de los floreros, pero luego no lo son tanto para pagar. Seis días de retraso llevan.

Mientras terminaba de quejarse, sostuve el cuaderno de Gilbert entre mis manos y lo hojeé, confirmando que estaba en buenas condiciones.

—Has llegado en el momento indicado, Leo. Vas a verme triunfar. ¿Ves esa chica del fondo? Está sola. ¿Hace falta preguntarle qué hace aquí? No. ¿Por qué? Porque sabemos la respuesta. Esa chica busca consuelo de algún hombre. Y aquí tiene un alma caritativa capaz de hacer como que la escucha el tiempo que haga falta —intervino Henry.

La ausencia del sexo femenino en el bar de Fred tenía su base en el carácter del dueño y el tipo de clientela que podía frecuentar un antro como aquel. Por eso, que hubiera una chica sola en una de las mesas me resultó llamativo, pero en el momento que seguí con la mirada a Henry para ver a qué mesa se dirigía y quién era la chica a la que iba a molestar, la voz de Coraluna se coló en esa atmósfera espesa borrando todo espejismo y devolviéndome a la realidad de aquel lúgubre cuchitril.

—Leo, ¿dónde estás?

Me di de bruces con un escenario desértico. Ni personas, ni jarras de cerveza, ni armas. Sólo tenía el cuaderno de Gilbert en la mano. Al instante supe que algo no iba bien, que mi mente no carburaba como debía. Me había dejado llevar por la imaginación hasta el punto de no discernir entre realidad y ficción y no hacer caso a la lógica que desde un primer momento había estado mandándome señales de que era imposible que Fred y Henry estuviesen allí.

Avergonzado, me dije que los fantasmas del pasado iban a quedarse en ese bar abandonado y que nunca más regresaría para encontrarme con ellos.

—Vaya cara traes, ¿estás bien? —preguntó Cora en el rellano de la primera planta.

Sabía que mi respuesta, fuese cual fuese, no iba a convencerla, así que cambié de tema en cuanto pude, mientras observaba a Neil vaciar un bote de colonia en tres pañuelos de tela.

—Las armas. Estaban ahí abajo la última vez que las vi y ahora han desaparecido. Alguien debió venir —argumenté con inseguridad, intentando olvidar aquella jugarreta que me había hecho mi mente.

—Echemos un vistazo a tu casa, igual las subiste y no te acuerdas, además allí podrás coger algo de tu ropa. Aunque si vamos a seguir en un edificio donde hay cadáveres lo mejor es que nos tapemos con esto. El olor a putrefacción ya llega hasta aquí.

—Vale, vayamos a mi casa directamente y así lleno una maleta con mi ropa —miré a Cora que seguía con el ceño fruncido. —También podemos ir al piso de una vecina que no llegó a marcharse de aquí. Entiendo que tendrá toda su ropa y algo te puede servir.

No sirvió para convencerla pero, al menos, la persuadí de seguir insistiendo.

Las armas tampoco estaban allí. Tal y como había previsto Neil, el estado de descomposición del cadáver de Henry no era apto para gente sensible, quizá tampoco lo fuese para el resto de las personas a las que pocas cosas eran capaces de impresionar. Mientras vaciaba los armarios de mis amigos con la ayuda de Cora, nuestro compañero se quedó en el salón sin importarle que el desagradable olor estuviera ahí. A mí era al que menos le apetecía estar allí, en el edificio en general y en mi piso en particular, y menos después de lo que había vivido minutos antes. Traté de darme prisa y me apresuré en llenar una maleta y dejar un hueco en otra para la ropa que Cora fuese a añadir al equipaje. Las sacamos al salón donde estaba Neil mirando una foto que tenía en la mano.

—¿Qué haces con eso?

—¿Es él? —preguntó al mismo tiempo que la mostraba.

En la foto se podía ver a Henry con cara de circunstancia sentado en el capó de un Ferrari. Recordaba bien esa imagen. Le había acompañado a comprar unas cosas para la casa en una tienda cuyo dueño era amigo suyo. Aprovechaba para darme a conocer y repartir tarjetas del despacho de abogados. A la vuelta, topamos con un deportivo deslumbrante y a Henry se le ocurrió echarse una foto sentado en el capó. Me explicó que con la foto y un llavero de imitación fingiría ser el dueño del Ferrari cuando conociese a alguna chica en una discoteca. Sin embargo, justo en el momento previo de hacer la captura con la cámara del móvil, el verdadero dueño, que bien tenía apariencia de pertenecer a una banda criminal, llegó vociferándole a Henry que le iba a rayar el coche con la cremallera de los bolsillos traseros del pantalón. Aún con la cara visiblemente desencajada por el susto y con medio amago de apartarse realizado, a Henry le convenció la foto final. Aunque nunca llegué a saber si le dio resultado.

—¿De dónde la has sacado? —pregunté extrañado.

—De esa cartera. Estaba tirada al lado del cadáver y la foto sacada de ella —señaló Neil.

No recordaba haber registrado el cuerpo de Henry en ningún momento, pero tampoco era de extrañar que, en su momento, Vendrell hubiese hecho algo por el estilo. Extendí la mano para pedírsela y haciendo de tripas corazón, y procurando no mirar mucho a los gusanos que paseaban por las cuencas de los ojos de los restos del cuerpo de mi difunto amigo, la dejé sobre su frente con extremada delicadeza. Cora no tardó en coger mi mano y tirar de mí, algo que consideré simbólico. Entendí que lo hacía para mostrarme que en los momentos duros no estaba solo y así evitar que me invadiera la tristeza.

Seguimos el plan previsto y tratando de que no se nos hiciera tarde, decidimos acelerar el paso e ir al piso de Sarah y terminar de llenar una de las maletas con ropa de mujer. Mientras yo transportaba mi maleta, Neil llevaba en una bolsa todas las latas de comida que habían encontrado en casa de Henry

El olor nauseabundo que emanaba de los dos cadáveres de esa casa superaba con creces los del resto del edificio. Para poder soportarlo de alguna manera, abrí las ventanas y tomamos un poco el aire antes de volver a taparnos la nariz con el pañuelo de tela. El cielo estaba nublándose y apenas entraba claridad. Cora comenzó a hacer selección de la ropa que había en la habitación de Sarah y yo la iba metiendo meticulosamente en la maleta. Escuché a Neil abrir el cajón de la mesita de noche que Sarah tenía a la derecha de su cama, frente al armario empotrado donde nosotros dos seguíamos con lo nuestro.

—¿Qué coño? ¡Mirad esto!

Ambos nos giramos al instante. Neil sujetaba incrédulo un consolador rojo de cuyo escroto colgaba pelo blanco. Lo miraba perplejo hasta que de repente empezó a moverse y emitir una melodía: «Jingle Bells».

—Neil, apaga eso, por dios —protestó Cora.

—¡Que se ha puesto solo! —se excusó él.

Tardó unos segundos en encontrar el botón para apagar el cacharro y lo tiró sobre la cama, con resignación y rechazo.

Tras esa incómoda pausa, terminamos de cerrar la maleta haciendo presión entre los dos. Neil continuaba registrando la mesita de noche.

—Vamos Neil, deja ya de invadir la privacidad de esa chica, en su mesita de noche no vas a encontrar nada de valor —le replicó Cora, con visible agotamiento.

—Parece que esos dos se querían —comentó él, refiriéndose a una especie de postal que había encontrado. —¿Alguna vez has estado enamorado, Leo? —prosiguió.

La pregunta me incomodó y ruborizó a partes iguales.

—Muchacho, ¿otra fotito? ¿Vas a estar coleccionándolas? —le pregunté con cierto retintín, al tiempo que se la arrebataba de las manos.

No es que me molestase que registrase las cosas de mi vecina. De hecho, en otras expediciones el registrarlo todo era práctica habitual, pero ese día estaba agotado física y mentalmente y deseaba que acabase ya el día.

Miré la foto casi sin querer y quedé impactado. Sarah y Héctor besándose con una noria de fondo, rodeada de elementos propios de un parque de atracciones. Intuitivamente le di la vuelta a la foto y encontré una pequeña nota que confesaba:

Tan imposible como real. No me olvides, no nos olvides.

H.

Me quedé inmóvil tratando de asimilar lo que significaba aquel descubrimiento y lo que habría supuesto conocerlo en otras circunstancias.

—Si quieres esta vez dejo yo la foto sobre alguno de los cuerpos —se ofreció Neil al darse cuenta de que algo me había sobrecogido.

—No, ésta mejor dejarla en el cajón —murmuré.

«El lugar del que no debería haber salido nunca», pensé algo alicaído. Me pesaba haber descubierto aquello, pero no por la historia de amor que Héctor había mantenido en secreto y le había ocultado a Vendrell cuando éste nos explicó lo sucedido con Sarah. Lo que hacía que me lamentara era el haberme dado cuenta en ese momento, y no antes, de lo poco que me había preocupado por Héctor, por saber qué sentía y qué pensaba. La realidad era que en Estados Unidos se había vuelto muy hermético, más que de costumbre, y yo no había hecho mucho por estar a su lado.

Hicimos el recuento antes de salir: dos maletas con ropa, una mochila con latas de comida, papel higiénico, algún utensilio y lo más importante, el cuaderno de Gilbert Webster.

—¿Nos vamos? —preguntó Cora.

—Esperad, acompañadme antes a la casa de Katie Webster. Lo que ha hecho Neil me ha dado una idea —expliqué.

—¿Qué he hecho? —cuestionó él sin que su pregunta tuviera respuesta por mi parte.

Allí dentro me acerqué al cuerpo del zombi que atacó a Héctor, y soportando de nuevo un olor repugnante registré sus bolsillos.

—Leo, ¿qué estás buscando? —escuché a Cora a mi espalda.

—Su documentación.

—¿Por qué? ¿Qué más te da quién sea?

No contesté, simplemente se la enseñé nada más localizarla en el interior de su pantalón.

—Gilbert Webster.

El día se había puesto de acuerdo con mis sentimientos al dejar atrás el edificio Prado Verde y con ello toda vida pasada, y la tormenta nos sorprendió al salir del garaje. Busqué con la mirada al zombi en el que se había convertido el viejo Fred, esperando que, pese a que hubieran pasado varios meses desde la última vez que lo vi, aún anduviera vagando por las inmediaciones de su bar, pero no fue así. Hasta las almas condenadas se habían marchado a otro lugar.

La lluvia apretaba cada vez más y los truenos sonaban con una intensidad extraordinaria dentro del edificio residencial del recinto.

Agustina había convenido con Eduardo tener preparados varios barreños de agua caliente para que los tres pudiéramos disfrutar de un baño al llegar. Aproveché esos momentos de relajación para reflexionar sobre lo acaecido en el día.

En el camino de vuelta concluimos que lo mejor era no precipitarse y esperar a que Ruth terminase de trabajar en el centro de investigaciones. Aprovecharíamos la reunión que teníamos en la torre esa semana para poner en conocimiento de Warwick y de ella lo descubierto y hacerle entrega del cuaderno. Juntos idearíamos un plan para abordar la situación sin cometer ninguna imprudencia. Las mismas posibilidades teníamos de acertar en nuestras sospechas que de equivocarnos, por lo que la cautela era nuestra mejor aliada.

También pasó por mi mente, mientras jugaba con la espuma y sumergía mi cabeza en la bañera, la imagen de Sarah y Héctor y la historia de amor que habían mantenido en completo secreto. Recordé la pregunta que Neil me había formulado cuando vio la foto de ellos. ¿Había estado alguna vez enamorado?

Hacía tiempo que había perdido la práctica. El interés, mejor dicho. Si mi vida fuera una película, el sexo había pasado a un segundo plano. El amor no aparecía ni de extra en los créditos. Desde que me mudé a Estados Unidos, sólo había tenido una relación, con Angela, una chavala muy extravagante, apasionada de los piercings y de los tatuajes. Al principio todo iba bien, ella tenía su estudio de tatuajes y no tenía que cumplir con un horario estricto por lo que compaginábamos bien la manera de vernos. La verdad era que no se podía decir que aquello fuera amor, pero sí era cierto que tuvimos una época de cariño mutuo. Me gustaba su estilo y acabó convenciéndome para lanzarme y tatuarme alguna cosa en el brazo, algo que no llegó a ocurrir porque la historia se terminó antes de tiempo. Nos dimos cuenta por las típicas señales que te dicen que algo no va bien, en concreto, cuando le confesé mi infidelidad y ella me dio una paliza. Ella y dos primos suyos bastante fornidos. A raíz de eso, cada vez que me la cruzaba me montaba una escena. Una vez, nos encontramos en el supermercado y me asedió a huevazos. En otra ocasión, me la crucé en el cine y me dio una patada en la entrepierna, haciéndome tirar todas las palomitas que llevaba. Incluso se cruzó con Vendrell y por el mero hecho de ser mi amigo, cuando él le saludó, ella le respondió escupiéndole en la cara. Así que aprendí la lección y cada vez que la veía corría lo más lejos que podía. En el fondo, forjé un carácter escurridizo que podía poner en práctica con una horda de zombis. Había adquirido un sexto sentido para salir por patas antes de que algo malo pasara.

Después de eso me alejé del sexo contrario tanto para algo serio como para algo esporádico y mi vida social se limitó a disfrutar del tiempo que pasaba con mis amigos. Pese a que Angela y yo nunca llegamos a catalogar lo nuestro como una relación de noviazgo como tal, no me sentía bien con lo que había hecho.

No, en Estados Unidos no había conocido el amor. ¿Y en España? Mis relaciones en España no habían sido acertadas y nunca sentí nada que pudiera identificar como amor. Más allá de algún noviazgo adolescente, no había tenido nada serio. ¿Era amor lo que sentí con mi primera pareja? ¿Cómo podría yo saberlo? Éramos jóvenes, a cualquier cosa llamábamos amor. Por esas edades solíamos infravalorar esa palabra.

Sonreí al recordarlo todo. Al fin y al cabo, aunque hubiese pasado por un trance personal con la pérdida de mis amigos, poco a poco me estaba recuperando. Y había días que me sentía fuerte, con ganas de comerme el mundo. Volvía a ser el de siempre, con mis preocupaciones, mis recuerdos, pero el de siempre. ¿Qué era lo que me había despertado de esa pesadilla? ¿Qué me había hecho recobrar la esperanza pese al mundo apocalíptico en el que vivíamos? Coraluna. Esa chica me había revitalizado. Cada segundo a su lado era una experiencia que recordar, por duro que fuera el momento.

Había salido de la bañera y me miraba en el espejo, pensativo.

—Cora —dije en voz baja.

¿Eso era amor?

De pronto, escuché un ruido tras la puerta del lavabo. Alguien había abierto la puerta de mi habitación. Le siguieron unos pasos, leves, casi imperceptibles. Los interrumpí preguntando quién era y el ruido de un trueno fue lo único que obtuve como respuesta. Volví a preguntar, pero esta vez ni la tormenta quiso hacer acto de presencia. Intenté buscar un objeto afilado que me sirviera de autodefensa y reparé en mi cuchilla de afeitar. La traté de coger, pero mis nervios no me lo permitieron y cayó al suelo. Extendí mis palmas de las manos, y las noté temblorosas. Cogí aire y resoplé. Pensándolo con claridad, no tenía motivos para estar tan nervioso, pero la paranoia vivida aquella tarde no era mi mejor consuelo y acechaba mi pensamiento, atemorizándome. Volví a escuchar los pasos y el chirrido de la puerta de la habitación antes de cerrarse. Me armé de una falsa valentía porque sabía de sobra que allí ya no iba a haber nadie. Envolví sobre mi cintura una toalla y salí del baño. Busqué a tientas mi linterna, que la solía dejar al lado del marco de la puerta. La encendí y enfoqué ansioso a todos los lugares de la habitación sin encontrarme con nada extraño. Corrí y abrí la puerta de la habitación, pero en el pasillo no había ningún rastro. Supuse que alguno de mis compañeros me había gastado una broma de mal gusto. Volví dentro a terminar de secarme y ponerme algo de ropa cómoda y dejé la linterna sobre la cama. La sombra de un pequeño objeto que había al lado de la linterna se hacía más grande al verse enfocada en la pared por la luz del aparato. Lo agarré, de nuevo apurado. Un walkie. Traté de tocarlo, de revisarlo ayudándome de la linterna, cuando me sorprendió emitiendo un sonido. Parecía un aguacero. «Lluvia», pensé. El sonido era muy vivo, alguien tenía que estar ahí fuera, mojándose. Me apresuré a la pequeña terraza de mi habitación donde, gracias a la puerta corredera de cristal, durante el día, mi cuarto estaba bien iluminado, y desde allí se podía ver la parte trasera del recinto, y si te asomabas fuera, alcanzabas a ver el pozo del que extraíamos el agua. Sin embargo, la tormenta tenía el exterior sumido en la más profunda oscuridad y no me permitía ver más allá de un juego de sombras propia de las tenebrosas noches de tormenta, o tal vez de mi mente perturbada.

Me iba a dar la vuelta cuando una cadena de relámpagos y rayos iluminaron todo el recinto durante el tiempo suficiente para reconocer la figura que se hallaba a la intemperie, con la mirada alzada y clavada en mí.

—¿Me recuerdas? —la voz de Engla sonó tras el walkie y mis miedos me abrazaron hasta cortarme la respiración.

Vendrell.

Cuando recibí la llamada donde me anunciaron que mi padre había muerto, lo primero que hice fue anotar el número de teléfono e investigar a través del prefijo desde dónde me habían telefoneado: Arkansas. Gracias a su diversidad geográfica, pude convencer a Héctor para vivir allí y no en otro lugar de Estados Unidos. Arkansas era reconocido como «el estado natural», ya que dicha diversidad estaba compuesta por lugares naturales de toda clase; lagos enormes como el Ouachita, ríos fronterizos como el Rojo, o las montañas de Ozark, repletas de pinos y robles de hojas marrones, rojas y amarillas con esa tonalidad cobriza que tanto utilizaban los directores de cine para evocar el paso del tiempo y la nostalgia. También tenía rutas por cientos de cuevas y minas con diferentes minerales, cristales y piedras preciosas. Un par de semanas antes de que todo se fuera de madre, había planificado una de estas rutas como la siguiente excursión a realizar. Al principio, Héctor me acompañaba en estas aventuras, pero cuando llegó Leonardo, ambos preferían otro tipo de rutas más gastronómicas. No les culpaba; la salsa de queso en Arkansas podía llegar a ser tan adictiva como la droga.

Durante los primeros meses en EE. UU. tuve sentimientos encontrados: la frustración de no saber dónde preguntar, ni el qué, en lo que a la búsqueda de mi padre refería, con la sensación de ser realmente libre en aquellos parajes. Poco a poco, la búsqueda de mi padre fue quedando postergada hasta no reparar mucho en ella.

No sólo existía diversidad geográfica. En Arkansas, como en muchos otros sitios, había una gran diferencia social y económica. Eso quedaba reflejado en barrios del más alto standing y barrios completamente marginales y excluidos, donde la pobreza, el hambre y la miseria eran palpables. Sin embargo, por mucha diferencia económica que hubiera, lo cierto es que aquellos bichos no hacían distinciones y para ellos todo tenía el mismo valor. El valor de la sangre.

El mal tiempo no impedía apreciar lo acogedor que resultaba el pueblo por el que caminábamos. No estábamos allí por casualidad y no era la primera vez que yo recorría esas calles. Una de las pocas pistas que tuve cuando recibí la urna en las que estaban las cenizas de mi padre, además de la llamada anónima que me informó de su fallecimiento, fue la dirección postal desde la que se había enviado aquel tarro; había salido de una oficina de mensajería de ese pueblo. Ir allí fue una de las primeras cosas que hice al llegar a EE. UU. Y, además de preguntar en la oficina si podían darme algún tipo de información sobre el remitente de las cenizas, di una vuelta por la zona y pasé un rato viendo sus grandes y suntuosas casas. No estuve mucho tiempo porque la chica de la oficina de mensajería no me dio ningún tipo de información y saber que el rastro que había seguido acababa allí me frustro y desanimó bastante. Solo quería llegar a casa con Héctor y Leonardo y pasar ese mal trago en compañía de mis amigos.

Siendo totalmente diferente al pueblo fantasmal en el que habíamos estado días atrás, este lugar seguía teniendo una agradable presencia. Y eso que, a diferencia del otro, sí merodeaban muertos por las calles. El contraste de esos bichos deambulando con su particular espectro desalentador en comparación con las aceras despejadas y medianamente bien conservadas, nos llamó la atención nada más llegar. Cada casa tenía un jardincito con el típico buzón al lado de la entrada. A esas alturas ya estaba visiblemente descuidado, pero aún permitía intuir, junto al resto del retrato, que en otro tiempo la mayoría de sus habitantes era gente acomodada.

Al tratarse de barrios tan separados del pueblo al que, a falta de nombre había bautizado como «Villa Ricachones», la presencia de zombis era discreta y no podía considerarse amenazadora. Algunos vagaban por los jardines y otros pocos se habían echado a la carretera, caminando a paso lento, arrastrando las piernas, sin un objetivo claro. Pero incluso en «Villa Ricachones» una clase social marginaba a la otra, permitiendo distinguir entre gente con dinero y gente con muchísimo dinero. Y es que, en la zona más apartada del pueblo, un camino empinado bordeado por verdes y floridos arbustos partía la villa en dos, separando la zona de clase alta en la que estábamos de la zona de grandes mansiones al alcance de pocos, muy pocos.

Decidimos aparcar el camión en la entrada del camino porque habíamos notado que el ruido del motor había atraído a un pequeño grupo de esos merodeadores y no queríamos que se amontonasen más y nos siguieran debido a que, aunque por separado no suponían amenaza alguna, en grupo sí podían crearnos algún peligro.

Anduvimos a paso ligero durante unos cuantos minutos por mitad del camino. La altitud en la que nos encontrábamos nos hizo aminorar la marcha porque respirar se empezó a antojar difícil. Héctor iba unos pasos por delante de nosotros, sosteniendo su escopeta de caza a la que le había acoplado una bayoneta para evitar tanto malgastar cartuchos como atraer a todo ser viviente que escuchase el disparo. La longitud de la escopeta le permitía mantener la distancia con esos bichos, evitando de esa manera exponerse a una herida o mordedura accidental.

Por mi parte, desde que había perdido la espada, no había terminado de adaptarme a ninguno de los trastos que había estado utilizando como arma. Cuando registrábamos alguna vivienda intentaba buscar algo que se le pareciese, pero todavía no había tenido la suerte de encontrar nada similar. En ese momento, portaba una azada oxidada que encontramos días atrás en mitad de un paraje en el que habíamos estacionado para estirar un poco las piernas.

Habíamos estimado oportuno que yo cerrase el grupo para proteger a Gladys, que se encontraba en medio de los dos y llevaba al bebé pegado al pecho, sujeto con un fular.

En ningún momento parecía que tuviéramos un objetivo fijo, algo que se veía reflejado en nuestro paso lento e inseguro. La supervivencia en un lugar apartado se nos antojaba más segura que en cualquier casa de otro vecindario. En las tierras de una mansión podría intentar cultivar algún tipo de alimento con el que subsistir cuando los recursos escasearan. Aunque iba a suponer, sin embargo, varios días de dedicación para adaptar y asegurar todo el perímetro de peligros y amenazas. Pese a todo, era el único plan aceptable de todos los que se habían propuesto. Un plan que, por desgracia, no sólo lo habíamos tenido nosotros.

Advertimos la presencia de una persona antes de que se diera cuenta de que nos acercábamos. Lo vimos agachado, con algo parecido a un trapo en la mano, cerca de dos estatuas entre las que había un portón dorado. Al otro lado de cada una de las estatuas, un muro de dos metros de altura separaba la carretera del recinto que rodeaba la primera mansión con la que topamos. Aquel lugar podría ser una buena alternativa, pero antes tendríamos que lidiar con su actual ocupante.

Héctor hizo ademán de acercarse al extraño hombre, algo que me parecía una idea poco inteligente.

—¿Se puede saber adónde vas? —pregunté desconcertado.

—Ir a hablar con él, obviamente. Es una persona —contestó señalándolo con la mano.

—Por eso mismo. No sabemos quién es, qué hace allí y de lo que es capaz de hacernos si le parecemos una amenaza.

Héctor se volvió hacia mí y se acercó para evitar así tener que alzar demasiado la voz.

—¿Desde cuándo te preocupa más encontrarnos con un humano que con un carroñero de esos? —cuestionó—. ¿En qué momento nuestra propia raza se ha convertido en el verdadero peligro?

—En el momento en el que dos grupos distintos de supervivientes nos quisieron matar. En el puto momento en el que sobrevivir por encima del resto se convirtió en la norma imperante —contesté airado, tratando de que no se me escuchase mucho, pero sin esconder mi enfado.

Mi amigo negó con la cabeza.

—Que haya gente así no significa que todos vayan a comportarse igual. El otro día en el bosque nos dejaron marchar sin mayor problema. Además, le superamos en número y nosotros vamos armados.

—Pero no sabemos si está sólo. No entiendo por qué tanto interés. Si tenemos la opción de evitarlo, ¿para qué arriesgarnos?

Héctor se quedó callado, aunque esa vez noté que no era porque no supiera qué decir, si no, más bien, porque no quería contestarme.

Gladys se colocó entre nosotros. Tenía mejor aspecto desde hacía varias semanas. Su rostro, demacrado en los primeros días, había recuperado el color, y sus facciones delgadas y alargadas ahora habían adquirido cierto atractivo. Aunque no solía posicionarse cuando Héctor y yo discutíamos, sí que después hablaba con él sobre lo que ella opinaba al respecto, algo que me molestaba especialmente ya que no me gustaba que tuviera ese tipo de actitud cobarde conmigo.

—Héctor, creo que Vendrell tiene razón. Lo mejor sería buscar otro lugar y no exponernos de esta manera. Puede ser peligroso.

Al escuchar que Gladys estaba de acuerdo conmigo reaccionó visiblemente decepcionado.

—No, no la tiene. Creéis que siguiendo así llegaremos muy lejos y estáis equivocados. Sin la ayuda de nadie será cuestión de tiempo que acabemos muertos —dijo dudoso—. Quiero evitar eso, trabajando por ser positivo y mantenernos unidos y cautos hasta que encontremos algún lugar seguro, pero creedme, no somos ninguna especie de grupo de supervivientes homologados, y para colmo tenemos a nuestro cargo a un bebé. Es obvio que necesitamos ayuda. Sé el riesgo que corremos al acercarnos a otras personas, sé que ese tío puede ser un pirado, pero si existe la remota posibilidad de que nos preste la más mínima ayuda, creo que merece la pena arriesgarse e intentarlo.

Supe que, tras su discurso derrotista poco de lo que dijera iba a hacerle cambiar de opinión, pero tampoco tuve la oportunidad porque el hombre ya había advertido nuestra presencia y no estaba sólo, le acompañaba otro más. Aunque aún estábamos algo lejos, podíamos apreciar que el otro iba armado con algún tipo de rifle, que de momento no parecía tener intención de utilizar.

—No creo que quieran hacernos nada, ¿no? De lo contrario, habrían disparado ya —comentó Héctor con algo de inseguridad en el tono—. Este es el plan: nos acercamos a ellos e intentamos dialogar. Vamos a pactar una palabra clave y si la cosa se pone tensa, o uno de los dos advierte un peligro inminente, utilizamos la palabra clave y pasamos a la acción sin miramiento.

—¿Palabra clave? De acuerdo —procesé—. ¿Qué te parece «*velociraptor*»?

—¿Eres tonto? ¿Y cómo metemos en el contexto de la conversación un puto dinosaurio? —preguntó cabreado.

—Es que si decimos una palabra que sea más común se puede colar dentro de la conversación y puede armarse el pifostio por una equivocación.

No dio tiempo a acordar una palabra definitiva, ya que cuando ya habíamos acortado bastante distancia, uno de ellos levantó el arma y nos increpó:

—¡Qué queréis!

Héctor decidió no hacer lo propio con su bayoneta para que entendieran que nuestra intención no era causarles ningún tipo de problema, aunque en mi interior deseaba con ansias tener la oportunidad de poder golpear al cretino que nos apuntaba.

En el breve espacio que nos seguía separando disfruté del placer de imaginar qué tipo de torturas podría infligirle, hasta que el eco del recuerdo de las sufridas meses atrás volvió para atormentarme. Seguía causándome escalofríos rememorar aquello, pero poco a poco había conseguido dejarlo a un segundo plano, convirtiéndolo en pesadillas remotas y recuerdos accidentales.

Nos pusimos frente a ellos y estudié su aspecto detenidamente. El que nos había gritado era un poco mayor que nosotros, o al menos aparentaba una diferencia de edad levemente superior. No era muy alto y era más o menos delgaducho; ni con un rifle en la mano conseguía imponer demasiado. Vestía unos pantalones militares marrones y una camiseta color caqui. Llevaba un chaleco antibalas negro colocado encima de la camiseta, y calzaba unas botas del mismo color. Además, tenía puestas unas rodilleras algo desgastadas. Su compañero, que también vestía de forma similar, era visiblemente mayor. Apenas tenía un poco de pelo blanco en la cabeza, aunque sus patillas y barba estaban tan pobladas como descuidadas. Su cara de pocos amigos estaba repleta de arrugas y patas de gallo. Esto hacía suponer que rondaba los setenta años, sin embargo, tenía un cuerpo visiblemente venido a menos, pero que aún se conservaba lo suficientemente bien para la edad que yo le había supuesto inicialmente.

—Aquí no hay sitio para vosotros. Será mejor que os busquéis otro lado —dijo este último con voz áspera y seca.

El más joven, que tenía unos ojos diminutos y saltones, apuntó nervioso hacia nosotros, cambiando cada dos o tres segundos de objetivo, llegando a apuntar también a Gladys que estaba detrás nuestra.

—A otro lado no, Simon. Si les dejamos ir no sabemos si acabarán volviendo cuando estemos desprevenidos —Negó con la cabeza.

Miré de reojo a Héctor, que estaba petrificado, sin saber muy bien qué decir debido a lo tensa que se había vuelto la situación. Si él era incapaz de actuar y sacarnos con vida de allí, me tocaría a mí volver a tomar las riendas y tampoco las tenía todas conmigo.

—Nathan, no vas a matarlos a sangre fría —dijo el anciano consciente de la gravedad de la situación, pero sin perder la calma —. Han venido en son de paz y estoy seguro de que se irán del mismo modo.

—¡Y eso quién lo dice! —exclamó el de los ojos saltones, cuya ira crecía por segundos.

—Lo digo yo —dijo la voz femenina de alguien que no alcancé a ver en un principio porque la columna de la estatua la tapaba.

Cuando la vi por primera vez, me llamó la atención su porte y elegancia. Vestía con un traje gris con botones y bordes dorados. Su pelo, que estaba recogido con una horquilla, era negro azabache, aunque tenía varios mechones casi plateados. No sabía adivinar por qué, pese a ser poca cosa, su presencia destacaba sobre el resto y su semblante serio imponía ante los allí presentes.

—Ya te dije que a mí nadie me da ordenes, ¿te lo tengo que repetir? —le contestó ese tal Nathan, desafiante, pero tragando saliva y mostrándose inseguro.

Al acabar de pronunciarse, una gota de sudor descendió por la frente del joven y se le introdujo en uno de sus ojos, haciéndole bajar el arma durante un breve instante.

—¡Diplodocus! —exclamé.

Héctor me miró indeciso.

—¿Diplodocus o velociraptor? —murmuró, aunque ya era demasiado tarde para aclarárselo.

Ante nuestra visible inoperancia, lo que conllevó a desperdiciar la oportunidad de atacar al muchacho, el viejo actuó como si nos leyera la mente y sujetó el brazo de su compañero, forcejeando con él hasta que éste cedió en el intento de mantener el arma bajo su control y observó cómo se la quitaban las manos. Vencido, nos dirigió una mirada fulminante antes de marcharse de allí y entrar de nuevo en el recinto. Una vez fuera de escena, la mujer tomó la palabra sin perder en ningún momento su tono autoritario.

—Como ya os han dicho, me temo que tendréis que buscar otro lugar.

Héctor, más calmado al dejar de sentirse directamente amenazado, contestó implorante:

—Mírenos. No vamos a llegar a ningún otro lugar. Si estamos vivos es gracias a la suerte que nos ha acompañado en momentos cruciales. Créame, han sido muchos los momentos, y más aún la suerte presente en ellos.

La mujer no parecía dispuesta a ceder.

—Lo siento por vosotros, pero aquí no podemos ayudaros. Somos cinco personas y los recursos escasean, nuestras cosechas no dan para alimentar tantas bocas.

Que tuvieran cultivos era una buena noticia porque suponía gozar de autoabastecimiento. Empezaba a estar de acuerdo con Héctor sobre la oportunidad que podía suponer que nos permitieran quedarnos allí, así que traté paliar su gesto derrotista al que ahora le acompañaba la mano de Gladys sobre su hombro, en una clara muestra afectiva. Parecía que ya se iban a rendir sin insistir más, así que tomé la palabra:

—Ese tío... el de antes —especifiqué, tratando de no insultar al desgraciado—. No parece que os esté ayudando mucho, sino más bien os crea problemas. Os vendría bien nuestra ayuda para mantenerlo a raya.

La mujer apenas dedicó unos segundos para sopesar la oferta, volviendo a declinarla al instante.

—Estamos bien así. Ahora mismo controlar a Nathan es el menor de nuestros problemas. Creo que con vosotros sería más difícil porque la escasez de alimentos se notaría mucho más y los problemas se agravarían.

Observando cómo la mujer ya se dirigía al interior de la mansión, tal y como lo había hecho el tal Nathan sólo un par de minutos antes, hice ademán de insistir, pero Héctor me cortó.

—Déjalo Vendrell, ya nos ha quedado claro —sentenció.

En ese momento, la mujer, a la que no le parecía interesar

en absoluto nuestro devenir más allá de que fuera lejos de allí, se detuvo como si hubiese reparado en algo y clavó sus ojos en mí. Sin dejar de mirarme, se acercó lentamente, como si tuviera un encuentro con un ser de otra dimensión. Nervioso, desvié la mirada al sentirme violento por su análisis exhaustivo y fuera de lugar. El ambiente no tardó en volverse turbio hasta que dejó de andar, parándose justo a un palmo de mí.

—Señora... ¿está usted bien? —balbuceé nervioso.

Al escuchar mi voz de nuevo, pestañeó volviendo en sí, como si se recuperase de un trance circunstancial. No era la primera vez que veía un episodio parecido, pues tiempo atrás, cuando nos cruzábamos a nuestra vecina Katie Webster por el edificio, en ocasiones se quedaba paralizada tratando de situarnos y reconocernos, algo aturdida.

—Está bien —dijo, rompiendo así su silencio—. Pasad, os enseñaré el sitio y os buscaremos una habitación donde podáis instalaros.

Ese cambio drástico de opinión nos dejó perplejos a todos, pero no pusimos objeción alguna, más allá del cuestionamiento interno que cada uno pudo hacer de camino al interior. Ya era demasiado tarde para echarse atrás, así que sólo quedaba andarse con ojo y actuar en consecuencia.

En fila india, dejamos al anciano allí, limpiando con una bayeta las placas de las estatuas de la puerta, y acompañamos a la señora por un sendero medio asfaltado con piedra que llevaba a la mansión.

El pedregoso caminito, que ascendía levemente por el jardín hasta la entrada de la mansión, estaba acompañado por una hilera de estatuas y esculturas variopintas con placas de diferente material en el que se especificaba a quién o qué se conmemoraba con cada efigie. Entre ellas había focos de suelo, obviamente apagados, que en las noches de antaño debieron iluminar aquella serie de memorándums ofreciendo claridad a la escenografía de acero, mármol y piedra tallada. Estos pequeños monumentos se situaban en el extremo más cercano al camino por el que pasábamos, escoltando un enorme jardín situado tras ellos. El jardín, en contraste con los que habíamos visto en las casas de la parte de abajo de la villa, sí estaba bien cuidado y lucía fresco, emitiendo un olor intenso a lavanda.

Cuando llegamos al final del camino, una escalinata de mármol separada por un descansillo situado en mitad de ésta daba acceso a la mansión. La edificación contaba con tres plantas, entre ellas la planta baja, donde había una zona para aparcar vehículos con varios coches, y lucía de una fachada labrada de relieves, que terminaba con unas figuras en forma de gárgolas góticas en el último piso. Marjory, tal y como se había presentado nuestra anfitriona, nos explicó que la segunda planta se conservaba tal y como se había construido siglos atrás, a excepción de la parte trasera, que se derrumbó en una de las remodelaciones anteriores. Pero el estado de conservación del resto, pese a las fuertes inclemencias del tiempo y el azaroso paso de los años, mantenía ese aspecto propio de su época. Nos comentó que anteriormente esa planta fue objeto de numerosas visitas, pues allí tenían lugar exposiciones de grandes obras y objetos de valor incalculable que el anterior dueño había acabado vendiendo antes de tener que deshacerse del total de la mansión. Cuando ella compró aquello, el servicio de limpieza se encargaba del cuidado de los pocos elementos de menor valor que el dueño no había conseguido encasquetar, a nadie y ya con el paso de los años, esa segunda planta pasó a ser un gigantesco desván, descuidado y polvoriento, donde se acumulaban objetos inservibles entremezclados con esas otras esculturas y cuadros malditos.

Marjory había pronunciado exactamente esa palabra; malditos. Que en su meticuloso y mecanizado discurso, en el que cada palabra parecía elegida tras un profunda reflexión, que utilizase el término «malditos» llamó mi atención. El resto de tiempo que pasamos conociendo los pormenores de la mansión, lo pasé elucubrando sobre cómo y cuándo podría visitar aquel lugar, y si era cierto que estaría lleno de secretos y revelaciones tal y como empezaba a creer.

La mansión presentaba un espacio clásico, evocando épocas pasadas. En un lateral del recibidor había una especie de estrado pequeño de madera, donde según nuestra anfitriona, en actos importantes solía haber una persona controlando la entrada al lugar y utilizando como servicio de guardarropas un pequeño cuartillo que se encontraba a espaldas del asiento de recepción.

Una larga alfombra impoluta de color burdeos recorría dicho recibidor hasta las escaleras que había frente a la puerta, y a través de estas, que iban acompañadas por unas barandillas doradas, se ascendía a la primera y segunda planta.

Antes de subir por ellas, Marjory nos mostró las habitaciones que había a cada lado del recibidor, en la planta baja. A la izquierda, una cocina y un gigantesco comedor que, aunque ambos mantenían cierto aspecto en conexión con el resto de la casa, sí mostraban particulares avances tecnológicos y modernidades en los electrodomésticos, que al igual que los focos de suelo del jardín, también parecían carecer de corriente eléctrica, o al menos estar desconectados.

Al otro lado del recibidor se encontraba el salón. Un lugar indescriptiblemente enorme, propio para encuentros y actos de mucho aforo. Tenía un estilo clásico, y la mayoría del mobiliario estaba en los extremos, dejando el centro para muebles auxiliares donde apoyar copas y distintos enseres.

En el techo había numerosas lámparas suspendidas, todas similares, de metal cromado decoradas de arriba abajo con lágrimas de cristal. En las paredes había una serie de candelabros, algunos de pie sobre muebles y otros adosados a la pared.

En los extremos había zonas con numerosos asientos y sillones largos, también con ese peculiar aspecto de valer una fortuna en una casa lujosa, y de ser, a la misma vez, un trasto viejo si se encontrase en el trastero de una casa humilde.

Sobre uno de ellos nos encontramos a otro de los miembros del equipo de Marjory: Butch. Al parecer, tal y como nos comentó cuando salimos de allí, este tal Butch había sido su mayordomo durante los últimos meses, aunque tras lo acaecido en el mundo, se dedicaba a holgazanear, responder mal y hacer migas con Nathan, el pinche de cocina y sobrino descarriado de un allegado de Marjory que casi nos vuela los sesos en la puerta de la mansión.

Butch tenía muchísimo pelo, y no solo en la cabeza. A simple vista diría que tenía pelo en partes del cuerpo donde nadie tenía pelo. Además, era un pelo feo, rizado y descuidado. Cuando nos lo presentó, no se molestó en levantarse del sofá en el que estaba tumbado. Siguió mirando una revista de coches que tenía en una mano, mientras con otra sujetaba un cigarrillo. Nuestra anfitriona le quitó el cigarrillo de un manotazo, advirtiéndole de que si quería fumar debía de hacerlo afuera. Él no dijo nada, pero cuando abandonábamos el salón, vi de reojo cómo se encendía otro, lo cual me pareció gracioso.

Sin llegar a entrar, antes de subir por las escaleras, Marjory nos enseñó unas puertas que había al lado de éstas, frente a la puerta de la entrada, indicándonos que se trataba de las puertas del garaje, cuyo acceso principal estaba en la parte de atrás de la mansión.

La primera planta tenía un largo pasillo que conectaba numerosas habitaciones, en su mayoría dormitorios y aseos, con una decoración también del estilo general de la mansión. Entramos en algunos que estaban libres y pudimos comprobar lo espaciosos que eran. Uno de esos dormitorios llegaba a ser casi igual de grande que nuestro pequeño piso del edificio Prado Verde. En un extremo del pasillo, cerrado con llave, se encontraba el despacho de Marjory, lugar que evitó enseñarnos con naturalidad pasmosa y queriendo dar a entender que era irrelevante.

En el extremo opuesto al despacho, un gran ventanal con un asiento empotrado y acolchado con cojines color canela, le permitía a uno sentarse allí a leer o simplemente a observar el paisaje al que daba la parte trasera de la mansión. Cuando me acerqué allí pude ver una explanada asfaltada de gravilla que, según la mujer, hacía de helipuerto para cuando alguna eminencia o celebridad acudía a algún evento celebrado allí. A esta explanada le seguía rodeando el muro que nacía en la entrada del recinto, pero en la zona más apartada un montón de arbustos, musgos y madreselvas se habían apoderado de él, haciéndole casi fusionarse con la naturaleza. Nos indicó que entre tanto arbusto, debía esconderse una pequeña puertecilla de metal oxidado, que en sus tiempos valía como salida de emergencia. Era poco ortodoxa y al parecer no llevaba a ningún sitio en concreto donde estar seguro, pero seguía siendo una salida de emergencia y una vía de escape necesaria.

Para ayudarnos a instalarnos en nuestros respectivos dormitorios, Marjory tocó a la puerta de una de las habitaciones y avisó a Gemma, la única habitante a la que no habíamos conocido aún. Gemma llamaba la atención por su altura y corpulencia. Debía ser unos pocos centímetros más baja que Héctor, era morena de pelo corto y ojos marrones. Sus hombros eran anchos, tenía una espalda descomunal y el resto del cuerpo me hacía suponer que tenía la resistencia de un roble y la fuerza de un oso. Tenía los labios finos y el tabique nasal desviado. A priori creí que se trataba de una bestia analfabeta y bruta, pero me equivoqué. Era seria, pero formal y educada e incluso le hizo una carantoña al bebé cuando lo vio. Se lamentó de no poder ofrecer una cuna, pero aseguró que bajaría a la villa a buscar una para traérsela cuanto antes. Finalmente, acompañó a Gladys a una habitación para ayudarle a acomodarse y explicarle dónde tenían productos propios de higiene femenina.

Héctor y yo nos instalamos en dos habitaciones contiguas que tenían incluso una puerta corredera en su interior que conectaba la una con la otra, algo que hicimos brevemente pues no llevábamos encima nada que dejar ahí, más allá de nuestras cazadoras, aún húmedas por la lluvia, y las armas.

—Tenemos que bajar al camión a por nuestras cosas —le dije a mi amigo mientras me dejaba caer de espaldas sobre el mullido colchón—. Este sitio es ideal, aunque no consigo quitarme de la cabeza lo que ha ocurrido antes. A esa tía le ha dado un lapsus y ha pasado de querer echarnos a hacernos una puta guía turística por el sitio.

Héctor se asomó por la ventana de la habitación, que daba a uno de los laterales de la mansión y se estiró.

—Sí, el chaval que nos quería matar me preocupa y la mujer no termina de convencerme —se mantuvo en silencio un rato—. Mira

—señaló—, aquí abajo es donde tienen parte de sus cultivos. Ahora que lo pienso, no nos han dicho cómo consiguen el agua. Deben tener algún modo de obtenerla, de lo contrario no estarían aquí.

—Le preguntaremos más tarde. Hay muchas cosas que todavía se nos escapan, pero, joder, murallas, parcela para plantar frutas y hortalizas, vivienda enorme, lejos de grandes grupos de zombis... este sitio es perfecto.

—Seguro que Leonardo le hubiese puesto alguna pega —susurró Héctor, casi lamentándose al instante por lo que acababa de decir.

Me entristeció recordar a Leo después de tanto tiempo. Lo cierto era que tras lo de Ryan y su hermana, su recuerdo se había ido evaporando, teniendo cada vez menos protagonismo entre nosotros. En esos momentos, aunque seguía siendo doloroso, Leonardo formaba parte de ese saco de recuerdos donde habíamos metido a toda la gente que nos había acompañado a lo largo de nuestra anterior vida. Ahora era un miembro más del pasado, un fantasma más al que recordar siempre.

—Aquí hay muchas estatuas, y demasiado tiempo libre. Por una más, no creo que nadie se moleste.

—¿Hablas de hacerle una estatua a Leo? —intentó adivinar Héctor.

—Creo que es una buena manera de recordarlo —contesté.

—No te digo que no, pero ninguno de los dos tenemos ni puta idea de tallar en piedra. Ni siquiera sé si disponemos de las herramientas necesarias.

Me levanté de la cama y me acerqué la ventana, a su lado, observando el paisaje a través del cristal.

—Tenemos toda una vida por delante para aprender.

CAPÍTULO VIII: Crimen y castigo.

Héctor.

Habían transcurrido más de veinticuatro horas desde que llegáramos a aquella majestuosa mansión y seguía resultándome llamativo todo el despliegue de medios de la que hacía gala. La ostentación que envolvía tanto a la edificación señorial como a su propietaria abarcaba hasta el más pequeño detalle del último rincón de la casa. Por insignificante que pareciera, cualquier elemento lograba estar en sintonía con el resto, y sobre todo con una Marjory que parecía querer tenerlo todo bajo control. Algo habitual en alguien que sin duda se ha pasado gran parte de su vida dando órdenes.

Y a pesar de todo, ahí estábamos nosotros, indiferentes al oscuro aura que nos rodeaba y engullendo cada plato de comida que nos ofrecían como si tuviésemos que aprovechar cada segundo de aquella nueva oportunidad antes de que nos golpeara la cruda realidad. Todo bajo la atenta mirada de la anfitriona de la casa, que no dejaba de ofrecernos todo cuanto tenían, siempre con una elegante sonrisa y sin decir más palabras de las necesarias. Por desgracia, el torbellino de preguntas e incógnitas que se nos agolpaban en la mente desde que pisamos la mansión no parecían estar destinadas a ser aclaradas en aquel momento. El silencio que dominaba el ambiente solo era interrumpido por el entrechocar de los cubiertos y la ingesta de comida y bebida que disfrutábamos con ansia.

Sentado al lado de la señora, Butch, el perezoso ayudante de Marjory, se dedicaba con ahínco a dar buena cuenta del pastel de carne que tenía sobre el plato sin mostrar el más mínimo interés hacia nosotros. De vez en cuando, cesaba de masticar para darle un trago a la copa de vino de una botella que él mismo se había encargado de llevar a la mesa, pero que no parecía estar dispuesto a compartir con nadie. La imagen simiesca que ofrecía aquel rostro poco agraciado era de lo más primitivo; a una tupida y cerrada barba negra había que añadirle un poblado entrecejo que resultaba incluso desagradable a la vista. Frente a él, otro de los ayudantes de Marjory, Nathan, no dejaba de observarnos con desprecio sin apenas probar bocado. Su actitud chulesca, contra la que no tardamos en tener un encontronazo ese mismo día, producía un rechazo inmediato. Sin embargo, la sobreprotección que le ofrecía la mujer le permitía seguir allí, retándonos tanto a V como a mí y lanzando miradas provocativas a una Gladys que evitaba hacer contacto visual con él y el ojo morado que ahora resaltaba en su cara. Hasta entonces, todo había transcurrido sin más contratiempos.

Aquella primera mañana en la mansión desperté con el nacer del alba, antes de la salida de los primeros rayos de sol. Estiré mis extremidades como un gato desperezándose y me levanté de un salto para comprobar que el niño dormía apacible en la camita que habían situado junto a la mía. La tarde anterior, poco después de nuestra llegada, la propia anfitriona intermedió para que, con la ayuda de Gemma, trasladaran la pequeña cuna que guardábamos en el camión hasta el dormitorio que me habían asignado.

La habitación era simple pero espaciosa, con una enorme cama y dos mesitas a cada uno de sus lados con una lamparita en una de ellas que, ante la falta de electricidad, parecían mantenerse más por decoración que por utilidad; y un armario empotrado frente a estas que ocupaba por completo una de las paredes de color alabastro. Al fondo, una ventana con marcos de madera daba a uno de los patios laterales del recinto. Incluso disponía de un pequeño baño con todas las comodidades. Dejé escapar algunas lágrimas ante la atónita mirada de los residentes de la casa, sorprendidos por mi reacción, tras ser informado de que disponíamos de agua caliente para ducharnos.

Me acerqué a la puerta de la habitación contigua donde se había instalado Vendrell para ver si se había despertado, pero el sonido de los ronquidos de mi amigo aclaró mis dudas antes de que me asomara por el pequeño pasadizo que unía las dos estancias. Decidí no molestarle y que descansara cuanto quisiera, y me acerqué hasta la ventana para disfrutar de un poco de aire fresco. Al momento de abrirla, la brisa me golpeó el rostro y me erizó el vello de los brazos. El verano acabó semanas atrás y comenzaba a notarse el descenso en las temperaturas. Al fondo del paisaje que tenía delante de mí, los picos de las montañas se dejaban ver con las primeras nieves del otoño y los bosques de nuestro alrededor amarilleaban las pocas hojas que continuaban sin caerse. Dentro del recinto donde nos encontrábamos, y hasta donde me alcanzaba la vista antes de que la propia casa tapara el resto, pude ver una fila de cuadras para caballos en uno de los laterales junto al pequeño invernadero donde un huerto perfectamente cuidado abastecía a la mansión. Varios manzanos decoraban el interior del perímetro a lo largo de la misma muralla que nos encontramos al entrar. Una muralla que servía de protección y separación del resto de la villa. Todo parecía tan aparentemente perfecto que incitaba a desconfiar al momento después de lo vivido tiempo atrás, alertando los sentidos cuando te daba por pensar que por fin logramos encontrar un lugar donde poder empezar de cero.

El llanto del crío interrumpió mi ensimismamiento, me acerqué hasta él y acaricié sus rizos dorados para que se tranquilizara. No parecía que tuviera la intención de volver a dormirse por lo que antes de que comenzara de nuevo con algún berrinche me coloqué el pañuelo que usábamos para transportarlo, lo acomodé dentro y me dirigí a la cocina para prepararle algo de comer. En el pasillo de la primera planta, donde se encontraban la mayoría de las habitaciones, no había rastro de movimiento y todo permanecía en un silencio sepulcral. Me encaminé por las escaleras hacia la cocina, también vacía. Era una estancia enorme que contaba con los electrodomésticos más modernos del mercado en su día, sin dejar de desentonar con la decoración clásica que caracterizaba el resto de la mansión.

Durante la tarde del día anterior, cuando bajamos hasta el camión, aprovechamos para recoger algunas pertenencias, así como ropa y comida para el bebé que pudiéramos necesitar. También llenamos una caja con comida en lata y se la entregamos a Marjory como gesto de buena voluntad. Esta aceptó gentilmente nuestra donación, aunque recalcó que no era necesario y que disponían de provisiones más que suficientes. Cuando nos enseñó la enorme despensa repleta de comida me sentí avergonzado de nuestra pobre oferta.

—Y hace un momento nos querían echar a patadas por la escasez de alimentos... —me susurró V con algo de sorna.

Cogí todo lo necesario para prepararle un biberón al crío y no pude evitar fijarme en una cafetera aún caliente sobre de la encimera.

«Parece que no soy el único que ha madrugado hoy», pensé.

El hecho de que hubiera café caliente llamó mi atención pues no había corriente eléctrica, pero en seguida comprobé cómo dieron solución a ese problema con un hornillo de gas y una pequeña bombona situada justo al lado. De dónde sacaron esa bombona era otro misterio más a resolver, aunque viendo la cantidad de recursos de los que disponían no era de extrañar que tuvieran otra despensa solo para eso.

La falta de actividad dentro de la casa y el aburrimiento me hicieron aventurarme a explorar los alrededores de la mansión. Taza de café en mano salí hasta la escalera del porche exterior y comencé a rodear la edificación hasta llegar a la parte trasera, mientras el niño trasteaba con el biberón para llevárselo a la boca. El día parecía despejado y el sol comenzaba a golpear el techo del invernadero provocando un pequeño deslumbramiento en los ojos al pasar junto a él. Al llegar al establo, me sorprendí al comprobar que disponían de varios caballos. Los animales asomaban la cabeza por la abertura superior de la cuadra pareciendo buscar la ligera brisa y el calor que proporcionaban los primeros rayos del día. El crío dio un pequeño respingo cuando uno de los caballos pateó la puerta de su cuadra al pasar junto a ella. Aparentaban un estado formidable, lucían limpios y disponían de pienso y agua en abundancia en los comederos. Sentada en una vieja banqueta de madera que parecía reventar bajo su imponente físico, Gemma trabajaba en algo con un hermoso ejemplar de color canela con una mancha blanca que le cubría toda la frente.

—Buenos días —saludé a la fornida mujer que se sobresaltó un poco al verme llegar.

—Oh, hola, chico. ¿Qué tal has pasado la noche? —preguntó amablemente—. ¿Te ha dejado dormir este diablillo?

La mujer había cesado de trastear en uno de los cascos del caballo y saludó cariñosamente al crío, que volvía a estar completamente centrado en su biberón y no parecía prestar mucha atención a lo que lo rodeaba. La caricia de la mujer le dejó una mancha en una de las mejillas dándole un aspecto de lo más entrañable.

—He dormido de maravilla la verdad. Después de tanto tiempo llegué a pensar que nunca vería una cama en condiciones en la que descansar sin miedo a ser sorprendido en medio de la noche por una horda de caminantes.

Gemma asentía gentilmente a las penurias que le iba relatando de nuestra desgraciada existencia aportando de vez en cuando alguna que otra palabra cómplice, pero sin caer en la compasión.

—¿En qué estás trabajando? —cambié de tema al darme cuenta de que mi historia no la inquietaba lo más mínimo.

—Ah, esto. No es nada, es este grandullón de aquí, el otro día se hizo daño en una pata y estaba poniéndole sus zapatos nuevos —explicó palmeando el lomo del animal.

—Es un caballo precioso. Sorprende verlos en tan buena forma y tan bien cuidados —dije acariciándole la cabeza—. Veo que estáis bien preparados aquí, no os falta de nada. Y no lo digo solo por lo de los caballos, si no... en general —indiqué, un gesto con la mano que abarcaba al resto de la casa.

La mujer dejó caer una de las patas delanteras del animal y se acercó hasta la otra para repetir el proceso. Dejó ver una sonrisa en su rostro antes de contestar:

—No nos podemos quejar. El huerto da suficiente comida y la muralla es bastante sólida. Desde luego, aún en el apocalipsis parece que sigue habiendo clases y clases.

—Sin duda le caerás bien a Vendrell —sonreí al recordar alguna de las frases míticas de mi amigo sobre la corrupción de la civilización provocada por luchas de poder.

—Ah no, no me malinterpretes, no quería hacer una crítica al sistema. Al fin y al cabo, llevo trabajando para Marjory algunos años ya y no puedo decir ninguna mala palabra de ella —se justificó y añadió—: Además una persona de su reputación mantiene recursos de sobra hasta en el fin del mundo.

«¿De su reputación? ¿Qué tipo de reputación seguiría ayudando a una persona en un momento así?», reflexioné.

—¿De qué conoces a la señora? —preferí preguntar.

—Bueno, como te he dicho trabajo para ella desde hace unos años ya —insistió Gemma.

—¿Y te hizo seguir trabajando para ella después de que todo esto empezara? ¿Un poco cruel por su parte no?

—No tenía otro sitio dónde ir y sabía que mejor que con ella no iba a estar en ningún lado —contestó mientras revisaba los clavos de la herradura del caballo.

—¿No pensaste en ir con tu familia?

Gemma cesó de inmediato en lo que estaba haciendo y se hizo un silencio incómodo.

—Marjory es la única familia que me queda —contestó sin mirarme.

—Lo siento, no quería meterme donde no me llaman. Pero es que tengo tantas preguntas que hacer y a veces cuesta elegir el mejor momento para cada una —respondí sincero.

—No te preocupes. Te llamas Héctor, ¿no?

Asentí.

—Pues Héctor, estoy seguro de que a lo largo del día muchas de tus preguntas serán contestadas —respondió simpática—. Acerca de mí, poco más puedo contar. Soy de un pueblo al sur del Estado. Me alisté en los marines al terminar el instituto y pasé con ellos la mayor parte de mi vida viajando de aquí para allá hasta que cumplí los treinta. Cuando llegas a esa edad en el ejército parece que si no sigues ascendiendo intentan quitarte de en medio como sea. Fue entonces cuando falleció mi padre y, casi seguido, también mi madre, y me volví a mi tierra para estar con mi gente. Marjory me ayudó en un momento difícil para mí, me ofreció trabajar para ella y hasta ahora —resumió a sabiendas, queriendo compartir la información justa, pero sin dejar de mostrar una sonrisa amable.

—¿Te parece poco? Yo creo que es una bonita historia —mentí.

No pude disimular algo de decepción tras el relato que acababa de contarme, pues si bien Gemma me pareció de lo más simpática, no era exactamente lo que quería escuchar. La mujer continuó examinando las patas del caballo para comprobar que estuvieran en buen estado y, por el esmero que mantenía en la operación, parecía tenerle un cariño especial a ese animal. Me preguntó por mí y por el crío al que confundió con mi hijo. Le relaté la verdad sin muchos rodeos pues no consideré que fuera necesario ocultar una información que por otro lado ya no significaba demasiado. Cuando estaba a punto de insistirle para que soltara prenda sobre Marjory, unos gritos nos alertaron. Miré preocupado a Gemma y me dirigí hasta el lugar de donde provenía el jaleo. Al final de la fila de cuadras, junto a una caseta donde guardaban herramientas y material tanto para el huerto como para los caballos, Nathan y Gladys mantenían una discusión acalorada.

—¡He dicho que me sueltes! —gritó Gladys intentando zafarse del chico, que la tenía acorralada contra la pared. La mujer le soltó un rodillazo en la entrepierna y consiguió liberarse. Nos miró tanto a Gemma como a mí y se marchó hacia la casa sin decir nada más.

—¿Qué está pasando aquí? —pregunté extrañado.

—¡Sé cómo sois las personas como tú, y que tarde o temprano acabarás cayendo! —se burló Nathan recomponiéndose aún del golpe.

—¿Qué narices se supone que pretendes? —intervino Gemma aparentemente tranquila. Parecía acostumbrada a las salidas de tono del chaval.

—Tú no te metas donde no te llaman, caracaballo. Dedícate a lo que sea que la vieja te haya ordenado.

Antes de que pudiera hacer o decir nada, Gemma, en un rápido gesto armó el brazo derecho y atizó un puñetazo en el ojo de Nathan que lo tumbó de inmediato. Éste, avergonzado y dolorido a partes iguales, se levantó aturdido y se fue acelerando el paso.

La situación se volvió incómoda por aquel incidente. Transcurrieron varios minutos pensando sobre lo ocurrido y sin saber qué decir ni qué explicaciones pedir, hasta que Gemma decidió volver a los establos para seguir con el trabajo que tenía pendiente. Al verme solo de nuevo con el crío, me acerqué hasta la habitación de Gladys para interesarme por lo sucedido, pero no la encontré. Traté de buscarla por el resto de la casa hasta que desistí preocupado por si hubiera salido del recinto. Fui hasta la habitación de Vendrell para informarle y lo encontré dándose un placentero baño con espuma. Cuando le conté lo que acababa de ocurrir no mostró la más mínima preocupación y más bien parecía querer dejarlo pasar por alto. No me sorprendí del todo ante la reacción de mi amigo pues sabía que Gladys no era santo de su devoción y que la seguía culpando de lo que le había ocurrido con Ryan.

—Ya es mayorcita, sabrá cuidarse por sí misma —se limitó a decir.

Le conté también lo que había hablado con Gemma y su expresión cambió ligeramente. Parecía mostrar bastante más interés en todo lo que incumbiera a la señora de la casa y se prometió tener una charla con Marjory antes de que acabara el día. Dejé a mi amigo con sus preocupaciones mientras terminaba de bañarse y me acerqué hasta el despacho de la señora. En la puerta, Simon me impidió el paso alegando que no se encontraba allí.

No fue hasta bien entrada la tarde cuando pude tener unos minutos para hablar con ella y lo único que se dignó a decirme fue que nos preparásemos para la cena que iba a tener lugar a continuación. Acto seguido, me cerró la puerta de su despacho en las narices dejándome allí plantado.

La mujer se presentó a la mesa con la comida ya servida, vistiendo un reluciente traje abotonado de color bermellón con broches dorados a juego con unos pendientes que, aun con mi nulo conocimiento sobre la materia pude intuir que se trataba de rubíes. Todo conjuntado con la pintura de color carmesí que coloreaba tanto sus labios como unas uñas de las manos perfectamente arregladas. A pesar de superar la sesentena, la señora siempre parecía querer aparentar algunos años menos.

—¿Así que dijiste que te llamabas Vendrell? —preguntó mientras degustaba su plato con delicadeza.

—Joan Vendrell, concretamente. V para mis amigos —contestó este tras dar un trago de vino.

—Yo soy Héctor Román, aunque a mí simplemente me llaman Héctor.

—¿Y cómo has acabado aquí, V? —añadió la mujer sin prestarme la más mínima atención.

Nathan se percató del detalle y se mofó con una media sonrisa.

—Bueno, pues... es una larga historia —contestó mi amigo

algo incómodo —seguro que con el paso de los días podremos ponernos al tanto los unos de los otros.

—Por suerte en estos momentos, no tengo ninguna prisa — se limitó a decir la mujer.

Tras un breve silencio, y después de cruzar algunas miradas de recelo conmigo, V comenzó a contar nuestra vida desde que el mundo se fuera al traste. Desde el piso en Prado Verde y la muerte de Henry, hasta las idas y venidas con el camión estos últimos meses, pasando por la desaparición de nuestro amigo Leonardo. Omitió deliberadamente los acontecimientos sucedidos con Ryan, hasta llegar al día de hoy.

—Cuéntame más sobre tu vida antes de llegar a los Estados Unidos. Tenías una familia en España, ¿no es así? —indagó Marjory.

—Tenía una madre —contestó Vendrell algo enfadado por la indiscreción de la señora—. A la que vi por última vez antes de que todo se fuera a tomar por culo. La verdad que me hubiera gustado despedirme de ella. Y hace tiempo tenía también un padre, sobre el que no se mucho.

—Tiene que ser devastador para alguien tan joven perder a tu familia a tanta distancia y no poder decirles adiós como es debido —intentó consolar Marjory con condescendencia. Vendrell se quedó observándola, vacilando.

—Sí, supongo...

—Puede que aún podamos hacerlo tío, no podemos perder la esperanza de volver a verlas. Tu madre, mi madre... seguro que están esperándonos —intervine posando mi mano en el hombro de mi amigo, ante la falsa empatía de la anfitriona.

—No Héctor, nadie nos está esperando —dijo este tras dar un bocado de pastel.

—¿A qué te refieres? —pregunté extrañado.

—Hace muchos meses, a las pocas semanas del inicio de todo, recibí una llamada de tu tía Julieta.

—¿Qué?

—Tu madre fue infectada. Están todos muertos.

Intentaba ordenar toda la información que acababa de recibir de golpe. Mi madre. Mi tía. Muertas.

«Están todos muertos», repetí en mi cabeza intentando asimilar lo que significaba.

Pero la noticia de la muerte de mi madre no era lo que estaba revolviendo mis tripas. Conocía de sobra las posibilidades de que después de tanto tiempo no volviera a verlas con vida. Era el hecho de que mi amigo lo supiera y no tuviera el valor de decírmelo.

—Así que como podrás ver, no hay mucho más que contar —continuó V como si nada, dirigiéndose a Marjory.

—¡¿Lo has sabido todo este tiempo?! —interrumpí furioso—. ¡¿Lo sabías y no has tenido cojones para contármelo?!

—Héctor, no encontré el momento oportuno para decírtelo. Y después la cosa no mejoró —intentó explicarse con sorprendente calma.

—¡Vete a tomar por culo, cabronazo! ¡Cualquier momento es oportuno para decir algo así! —Me encaré con él—. ¡He vivido todo este tiempo con la esperanza de volver sano y salvo con mi familia! ¿Qué me queda ahora?

—¡Si te lo hubiera dicho antes te habrías venido abajo y no hubiéramos podido contar contigo para nada! —contestó subiendo el tono de voz—. ¿Acaso no te das cuenta de que si no es por mí no hubieras sobrevivido ni un solo día en esta pocilga?

Marjory se puso en pie intentando calmar los ánimos ante la estupefacta mirada del resto de los presentes. Simon, que no había intervenido en toda la cena dio un golpe en la mesa zanjando la discusión.

—Eres una mierda de persona, amigo —finalicé.

Me levanté de la mesa y abandoné el salón con el ritmo acelerado y la respiración entrecortada. Salí al exterior de la casa y contemplé cómo un manto de estrellas cubría el cielo. La fría noche heló mis pulmones al intentar respirar profundamente. No sabía dónde dirigirme, quería marcharme de allí y dejarlo todo atrás. Caminé en círculos a lo largo del recinto durante varios minutos, intentando controlar los nervios. Pensé en volver a la casa, coger a Vendrell de la camiseta y soltarle el mismo puñetazo que Gemma le había dado esa mañana a Nathan, pero sabía que no era capaz. Llegué hasta los establos y me detuve frente a una cuadra que tenía la puerta abierta de par en par. Allí, un caballo de color canela y con una mancha blanca en la frente yacía en el suelo totalmente destripado. Un zombi disfrutaba del banquete encima del animal, que aún respiraba y daba alaridos de dolor. Sin dudarlo dos veces, agarré la banqueta de madera que había al pie de la cuadra y golpeé la cabeza del zombi. El impacto lo desplazó casi un metro hasta chocar con la pared. Éste, que hasta ese momento no se había percatado de mi presencia, se dirigió hacia mí. Antes de que consiguiera levantarse, incrusté una de las patas de la banqueta en el ojo de aquel bicho. Con toda la rabia contenida, continué golpeando su cabeza hasta convertirla en poco más que papilla. En un determinado momento que no llego a recordar, rompí a llorar de la tensión. Me acerqué gateando hasta el pobre caballo, abrazando su cabeza mientras expiraba el último aliento de vida.

—Todo va a salir bien —susurré con los ojos empañados en lágrimas.

Leonardo.

En aquellos días ni las lluvias de otoño perdonaban a la ciudad. Una bóveda de nubarrones negros se había instalado en el cielo y no parecía vaciarse nunca.

Yo aprovechaba para dar uso a una gabardina que había traído de España y que acabó siendo una de las prendas a la que más recurría cuando llegaban las épocas de temporal.

Carl estaba esperando debajo de una cornisa lo suficientemente larga como para resguardarse de los enormes goterones que golpeaban con furia la acera de la calle. Al verme llegar, consultó su reloj para cerciorarse de que había sido puntual. Acto seguido, sacó de su abrigo su pitillera de cuero y de ella extrajo un cigarro que encendió con un mechero. Tras darle una calada me estrechó la mano.

—¿Por qué no hemos quedado directamente en el despacho? —pregunté.

—Pronto parará de llover —contestó mirando al cielo.

Una de las cosas que aprendí sobre ese señor de pelo canoso y piel ajada fue a comunicarme con él mediante indirectas y acertijos. Al principio me costó entender cómo cambiaba radicalmente de tema dentro de una misma conversación, pero pronto supe que había mensajes ocultos dentro de esos cambios drásticos. Decía mucho sin decir nada.

—No comprendo el clima de aquí. Días y días de lluvia.

—No trates de comprenderlo, limítate a convivir con él.

Carl había sido el socio de bufete de mi jefe Jack. Cuando yo llegué, Carl ya estaba jubilado. Aun así, seguía acudiendo con frecuencia y en los primeros días me ayudó con los temas administrativos y procesales que me encomendaba Jack, hasta que el asunto de Engla llegó a mis manos y dejé todo lo demás a un lado para centrarme en él. Jack intentó persuadirme de ello esgrimiendo argumentos tan lógicos como convincentes, la mayoría de ellos referidos al coste que suponía para el despacho que uno de los dos se dedicara en exclusiva a un solo caso que, además, no reportaba beneficio alguno.

Sin embargo, Carl medió en el asunto y se ofreció voluntario para suplirme en otras tareas.

También se prestó a colaborar Rose, su mujer. Ella trabajaba en el despacho cumpliendo con funciones más dedicadas a la organización de la agenda y llamadas a los distintos clientes. Algo así como una secretaria, aunque, a decir verdad, ella era tan dueña del negocio como Carl y Jack. Llevaba casada con Carl treinta años y juntos hacían una pareja entrañable. Ambos me habían dicho que aprovechara la oportunidad para curtirme en el oscuro mundo del derecho penal y que no diese por perdido el caso, algo que yo hacía a menudo. Una y otra vez, me veía tentado a ceñirme al cumplimiento de plazos y de las demás obligaciones procesales que suponía mi asistencia jurídica. Personalmente, la situación estaba afectándome y creía que, como primera experiencia, era una prueba excesiva para la que no estaba en absoluto preparado. Por el contrario, cada vez que me topaba con la foto de Engla me dejaba llevar por ese halo siniestro de misterio que rodeaba al caso y sentía que debía seguir adelante hasta el final. Si la cosa se complicaba demasiado siempre podría volver a mi tierra y olvidar aquella experiencia. Podría decir que no había vivido «el sueño americano», sino, más bien y tal como la llamaba Vendrell «la pesadilla yankee».

Como seguía lloviendo, nos refugiamos en una cafetería poco frecuentada, tanto por su recóndita localización como por su nefasta presencia. Competía seriamente con el bar de Fred como el sitio menos recomendable de todos los que había visitado desde que estaba allí. Mezclaba lo hortera con lo descuidado, de manera que podías encontrarte con una mesa de colorines, que pretendía emular algo de modernidad, rodeada por sillas de madera carcomida que difícilmente aguantaran el peso de alguien con unos kilos de más.

—No sé cómo te puede gustar este sitio —le dejé caer.

—Siempre que vengo hay una mesa libre.

Su contestación no iba a pasar de ahí, aunque yo sabía que el verdadero motivo por el que venía era otro. Carl tenía cierta fobia a las aglomeraciones, no se encontraba cómodo si había mucha gente en un espacio cerrado. Dentro de las opciones de lugares apartados, el «Daisy Coffee», era su predilecto. Daisy era la camarera y propietaria de aquel tugurio. Servicial, con carácter y despreocupada por su imagen, solía llevar exceso de maquillaje y los ojos tan mal perfilados que costaba creer que no lo hiciera aposta. Fuera como fuese, pese a ser dos personas totalmente contrarias en aspecto y personalidad, Carl y ella se entendían a la perfección.

—Hombre, mira a quién tenemos aquí. Si es mi viejo preferido —saludó Daisy tras la barra.

Carl sonrió algo avergonzado al verse sorprendido por semejante torrente de voz, y respondió tímidamente agitando su mano. Instantes después, la camarera se acercó a la mesa donde habíamos decidido tomar asiento y sacó una libretilla para tomar nota. Carl nos pidió un café a cada uno.

—¿Queréis un trozo de tarta de manzana? Es de ayer —confesó la camarera.

—Habrá que probarla —aceptó Carl de buena gana, mientras me miraba buscando mi apoyo en su decisión.

—Yo no, gracias —rechacé educadamente.

—Apunto dos trozos —Daisy desoyó mi negativa.

—Dos trozos —confirmó Carl cómplice.

Incrédulo y resignado, dejé que los dos se salieran con la suya. Mientras seguían hablando de cosas banales, aparté la mirada de ambos. A través del cristal que daba a la calle, pude ver que la lluvia que había caído durante todo el día daba un respiro a los atrevidos viandantes.

Cuando la mujer se había marchado a preparar los cafés, volví a dirigirme a Carl.

—Si no fuera porque estás casado, diría que entre la camarera y tú saltan chispas.

—Amigo mío, no sé en tu país como será, pero aquí, recrearse con la mirada y ser amable con alguien no está considerado como infidelidad, ni supone ningún incumplimiento de mis votos matrimoniales.

Guardamos silencio y estuvimos consultando nuestros respectivos teléfonos hasta que nos sirvieron. Después del primer sorbo de café, Carl volvió a tomar la palabra.

—He estado viendo eso, ya sabes, lo de los minutos de diferencia.

—¿Y bien?

—Es buen comienzo.

—¿Buen comienzo? Yo diría que es decisivo.

—Puede que sí, o puede que no. Es una prueba a favor, frente a un dossier entero en contra.

—Pero es fundamental. Evidencia que no fue ella.

—Si yo fuera un juez y tuviera un asesinato con una única sospechosa...

—¿Qué?

—Que no lo consideraría suficiente. Un reloj algo adelantado, otro atrasado. Por cinco minutos no cambio mi decisión. Necesitaría más.

Quería tener argumentos para quitarle la razón a mi compañero, sin embargo, no pude hacer otra cosa que admitir que Carl estaba en lo cierto. Él notó mi frustración y, tras un sorbo de café y terminarse su trozo de pastel de manzana, tomó de nuevo la palabra, no sin antes aclararse la voz.

—No vas mal, muchacho. Busca más argumentos, devora todas las declaraciones hasta encontrar más cosas. Si no es ella, tiene que ser otra persona. Si es otra persona, tiene que haber algo que lo evidencie. No existe el crimen perfecto.

Estiró su brazo hacia el plato donde estaba mi trozo de pastel y se lo acercó a su lado. Empezó a comerlo con gusto sin que me dejase opción a articular palabra. En el fondo, tampoco me importó.

Carl tenía razón: si quería que dejaran libre a Engla debía hallar indicios que apuntasen a otros posibles culpables. Al tribunal había que sembrarle una duda más que razonable sobre la culpabilidad de la hija de los Wallace.

—Por cierto, lo mejor sería que no le comentes nada de esto a Jack. Yo te echaré una mano en lo que necesites, pero a él no le molestes con el tema —finalizó Carl.

Afuera, el aire era frío, pesado, y estaba acompañado por una humedad que me caló la ropa hasta llegar a los huesos y hacerme temblar. Las perezosas gotas, que se habían resistido a caer, resbalaban por las hojas de los árboles hasta, finalmente, golpear el suelo.

—¿Quieres que te acerque a casa? —le ofrecí a Carl.

—No hace falta. Aprovecharé que no llueve para dar un paseo y tomar el aire.

Finalmente, nos estrechamos las manos y, antes de tomar direcciones opuestas, se despidió con un consejo.

—Los pies en la tierra, muchacho.

«Los pies en la tierra», pensé. Podía significar tantas cosas.

Una vez en casa, vi que Vendrell estaba sentado en la mesa del salón, dibujando sobre unas cuartillas del tamaño de un folio. Cuando me vio entrar, lanzó un saludo al aire con cierta indiferencia. Al verlo concentrado, dejé a un lado de la mesa la carpeta con toda la documentación del caso Engla y decidí relajarme un rato, cambiar de tema. Aunque fuera unos minutos, me ayudaría a despejarme. Me interesé en sus pinturas y le pregunté sobre su contenido.

—Hago formas con las gamas de colores. Las distintas gamas transmiten diferentes sensaciones al que las ve.

Cogí una que giraba en torno a distintas tonalidades de naranja, quizá un poco de amarillo, o incluso algo de marrón. Vendrell dejó por un momento el que estaba terminando de pintar y se dirigió a mí con sumo interés.

—Qué, ¿qué sientes?

No me causaba ningún tipo de reacción, así que traté de mentirle piadosamente. Aproveché mis conocimientos básicos sobre los colores, unos conocimientos que tampoco se distanciaban mucho de los de Joan Vendrell, el supuesto artista.

—Me transmite cierta calidez, nostalgia...

Se le iluminó la cara.

—¡Exacto! Es lo que pretendo. Hacer llegar a la gente este tipo de sentimientos para que puedan añadir al decorado de su casa el toque perfecto. Que quieres transmitir frío, coges el azul, que prefieres calidez, el naranja. Para los góticos, el negro, para los obsesionados con la limpieza, el blanco. Todo tiene un sentido.

—¿Eso no estará ya inventado, Vendrell? Además, no sé qué finalidad buscas con esto.

—¿Finalidad? Pagar todas las trampas y deudas que tengo con el glorioso sistema capitalista americano.

—Ah, ¿pretendes venderlas?

V captó la ironía y arqueó una ceja. No quería que mi amigo pensase que no le apoyaba, así que reaccioné con rapidez y cogí unas cuantas del montón que tenía listas.

—A ver si puedo encasquetarle alguna a los clientes del despacho.

Se le dibujó en la cara una pícara sonrisa al oír mis palabras.

—En el bar de Fred te cobrarás tu comisión, tranquilo.

—Hablando de comisiones, ¿dónde está Héctor? Necesito ayuda para revisar unos papeles.

—Ni idea. Llámalo, pedimos unas pizzas y nos ponemos con tu tema. Yo también colaboro.

Héctor no tardó en aparecer tras mi llamada. Mostraba una alegría inusual en él, acompañada por cierto optimismo desmesurado que no pasaba desapercibido entre nosotros dos. Aceptó el plan de buena gana y fue a su habitación a cambiarse de ropa.

—¿Qué le pasa a éste? —susurré.

—No lo sé, pero hay que aprovechar y pedirle que saque la basura y tienda la ropa. Seguro que acepta.

Joan Vendrell roncaba cuando las agujas del reloj apenas marcaban las doce de la noche. Héctor y yo tratábamos de digerir los últimos pedazos de pizza mientras subrayábamos todas las declaraciones sin encontrar nada que resultase llamativo. No había contradicciones. Amigos, conocidos, vecinos..., a todos les había cogido por sorpresa. No sólo el crimen, sino que también la más que posible autora.

—Es curioso que sea al propio Bill el único al que no le impactara que su hermana hubiese sido la que mató a sus padres —comentó Héctor.

—La relación entre los hermanos era un poco rara. Al principio se llevaban mal, hasta que Louis dejó de hacer cosas que Bill pudiera justificar. Ahí estrechó lazos con Engla, lo que hizo que Louis se pirase, pero se enteró de que su hermano había muerto de sobredosis, y Bill volvió a cogerle manía a Engla. Tener a quien culpar le haría más fácil superar, tanto la muerte de su hermano, como sentirse responsable por haberlo dejado de lado. Aunque sí es verdad que me llama más la atención que lamente más la muerte de la madre que la del padre. En las declaraciones solo habla de ella. Supongo que tendría una especie de predilección maternal.

—Yo no creo que se lamente más por uno que por otro. A lo mejor es lo que tú has dicho, que siente un grado de responsabilidad mayor en lo que a su madre se refiere.

—¿Responsabilidad? ¿Por qué? Uno no es responsable de que se cuelen en casa de sus padres y los maten.

Algo más que el cansancio fue lo que hizo que todo el júbilo que Héctor había mostrado desapareciese de golpe y porrazo.

—No lo sé, Leo. A veces nos cargamos con el peso de una culpa que no nos corresponde. Yo siempre pienso que pude hacer más por Andrés —suspiró y, con evidente esfuerzo, continuó—. Bill se siente mal porque canceló unos planes que tenía con su madre esa misma semana, excusándose con temas de trabajo.

Yo también pagaría lo que fuera por recuperar el tiempo que no estuve con mi hermano y que malgasté en gilipolleces.

—Hubiese muerto igualmente —pensé en voz alta.

—¿A qué te refieres?

Mis palabras podrían haber sido malentendidas por Héctor, así que procuré aclararlo a tiempo. Era evidente que nuestros pensamientos estaban en puntos distintos.

—La madre —titubeé nervioso—. No creo que el haber estado con ella hubiese cambiado el destino. De hecho, él también podría haber muerto de estar en casa de sus padres. Algunos creemos que podemos hacernos los héroes en según qué situaciones, pero luego, a la hora de la verdad, somos igualmente víctimas del verdugo de turno.

—¿Y si fue él?

—¿Bill?

—Claro. Culpa a sus padres de elegir a Engla por encima de su hermano fallecido. Así que decide matarlos y le encasqueta el asunto a su hermana.

—No lo quiero descartar, pero tiene coartada y testigos que lo sitúan ese día a muchos kilómetros de distancia.

—Pudo contratar a un sicario.

—Pudo —contesté emulando a mi compañero Carl en las respuestas breves de significado amplio.

—Tío, ya es tarde y aquí no hay nada más que sea destacable. Lo único que se me ocurre, es que busques alguna prueba que corrobore que Bill tenía pensado pasar tiempo con su madre y al fi-

nal no pudo. A lo mejor fingió tristeza por ella porque así desaparecerían las sospechas que pudieran tener contra él. Tal vez, eso de que tenían planes juntos forma parte de una historieta para que la gente piense que había buen trato entre madre e hijo. Tú prueba.

—Héctor, se te olvida que estás hablando de seres humanos. Matar a tus padres, fingir pena por su muerte y culpar a tu hermana. Menudo pack.

Mi gran amigo desvió su mirada al techo, reflexionó brevemente sobre cada palabra que acababa de decir.

—Tú prueba —finalizó.

Dos días más tarde, poco después de que amaneciese, recogí a Carl enfrente de su casa. Él llevaba dos humeantes vasos de café entre sus manos. Sujetó ambos con una de ellas y, con cierta dificultad, consiguió abrir la puerta del coche con la otra.

—Toma, hora de despertarse.

Le di un sorbo al café mientras aguardaba con calma que Carl fuera dejando caer, con su particular sistema de goteo, cada dato para que yo pudiera sacar una conclusión sobre qué hacíamos allí y cuál era el plan que tenía en mente.

La tarde anterior habíamos contactado con Bill Wallace. Carl se hizo pasar por un agente de policía, ya que, como parte contraria, no teníamos derecho a comunicarnos directamente con él, si no era en presencia de su abogado. El plan tenía las fisuras necesarias para desmoronarse a la primera de cambio, sin embargo, contra todo pronóstico, funcionó. Un Bill notablemente hastiado se prestó a colaborar a cambio de que le dejásemos pasar página de una vez. Dejó constancia de que no fue él quien había reservado el vuelo, sino que era su madre la que iba a visitarle a él y que tenía los resguardos de la cancelación del billete.

Aceptando que esa línea de investigación ya no tenía más salida, me dispuse a descansar un par de días antes de retomar al trabajo, pero Carl, en una muestra de constante esfuerzo del que aún me quedaba mucho por aprender, me había citado al día siguiente a primera hora. Así que ahí estaba, espabilándome a base de cafeína.

—¿Cuándo vas a visitar a la chica?

Ambos mirábamos la solitaria calle a través del cristal delantero del coche mientras apurábamos nuestros vasos. El cielo seguía encapotado, sin permitir que el sol asomara tras las nubes en aquella helada mañana de noviembre. A lo lejos, un hombre caminaba bajo un paraguas abierto, probablemente por temor de que rompiera a llover antes de que pudiera reaccionar y la lluvia le sorprendiera empapándole para el resto del día.

—Mañana iba a pasarme por allí. ¿Qué tienes?

—Nada.

—¿Entonces?

—Hemos vuelto atrás, es verdad. Aunque seguimos con una idea de base.

—¿A qué idea de base te refieres?

—La de un plan preconcebido —se encendió un cigarrillo y bajó su ventanilla antes de continuar—. Asesinar al padre con una motivación existente, aunque desconocida hasta el momento, y crear evidencias para culpar a la hija adoptiva dejando resuelto el crimen y así evitar una mayor investigación policial.

—¿Y qué papel juega la madre en todo esto?

—Nosotros tenemos que partir del hecho de que quien sea que entró en la casa no esperaba que Margaret estuviera con su marido y su hija.

—¿En qué nos afecta eso?

Carl le dio una fuerte calada a su cigarro.

—Déjame que te conteste con otra pregunta. ¿Por qué no contaban con la madre?

—Porque conocían su agenda y sus planes —supuse, sin saber si Carl iba por ahí. Su gesto afirmativo me dio la razón—. ¿Y cómo?

—El que está detrás de esto tiene que ser cercano a la familia. Hay que buscar a alguien del entorno que no tenga coartadas y tenga un motivo para querer cometer un crimen tan atroz —razonó antes de darle una gran calada al cigarro y arrojarlo por la ventanilla a medio terminar.

—Pues habrá que seleccionar por dónde empezar. No parece que sea una agenda reducida la del señor Wallace.

Revolviéndose con dificultad sobre el asiento, Carl palpó los bolsillos de su pantalón hasta dar con una hoja que extrajo de su bolsillo y mostró convencido. En ella había escrito el nombre de los dos miembros del servicio de la casa de los Wallace.

—Empezaría por aquí. Después me extendería a los guardas de seguridad, pero por lo visto, la seguridad se la procuraba su partido

político y no tenía hombres de confianza, sino que más bien se tra-
taba de una empresa de seguridad privada. Hueso difícil de roer.

Admiré el profundo trabajo de investigación que Carl ha-
bía llevado a cabo. Agradecía tenerlo ahí, ayudándome en una
tarea que me venía enorme. Puse el coche en movimiento.

—¿A quién visitamos primero?

—Ya dije en su momento todo lo que sabía.

Tras lo ocurrido en el hogar de los Wallace, Pam tardó
varias semanas en buscarse un nuevo trabajo y poder seguir
adelante. El generoso sueldo que obtuvo trabajando en casa
de los Wallace le había permitido seguir su vida sin impedi-
mentos con el dinero extra que había estado ahorrando du-
rante todo ese tiempo. Un contacto suyo le había conseguido
un puesto de cocinera en el restaurante de comida rápida don-
de la habíamos logrado localizar. Después de estar viajando
cuatro horas, logramos que nos atendiera en el callejón de al
lado, aprovechando que tenía que tirar una bolsa de basura.

—Estamos buscando pistas entre los contactos de la fami-
lia. Algo que nos ayude a seguir con la investigación —insistí.

—Lo siento, pero aquí no van a encontrar nada que les sir-
va. No sé qué pista pretenden que les dé. Si la policía dice que
fue la niña, pues fue la niña. Yo no me meto, que luego salimos
perjudicados los de siempre.

La mujer afroamericana respiraba agitada. Le estába-
mos robando su tiempo y las comandas se le acumulaban.

Iba a seguir insistiéndole, pero Carl apoyó su brazo en mi hombro y, al mirarle, entendí que debía cesar en el intento. Le di una tarjeta con mi número de teléfono y dirección apuntadas con bolígrafo.

—Creo que su opinión sobre lo ocurrido pone en jaque la versión oficial y nos ayudaría a nosotros con la defensa. Aun así, entiendo su postura por lo que no pretendo molestarla más. Le dejo esto por si cambia de opinión.

Iba caminando en dirección al coche junto a Carl cuando ella se apresuró para darnos alcance.

—Oigan, ¿ven ustedes a Engla?

Su tono se había tornado agrío, al tono de quien recuerda con dolor un tiempo pasado. Me giré hacia ella y asentí.

—Pues díganle que se cuide, por favor. Y que le prometo que cuando todo esto pase, iré a visitarla esté donde esté.

—Eso si permiten visitas —murmuró Carl, confiando en que ni yo, que estaba a su lado, le habría logrado escuchar.

Previo a volver al coche, Carl se encendió un cigarro y me pidió un poco de tiempo para seguir estirando las piernas. Nos esperaba otro fatigoso viaje de vuelta y en absoluto apetecible.

—Carl, ¿estamos haciendo lo correcto? —pregunté con sinceridad

—¿Por qué no íbamos a estar haciéndolo?

—Estamos trazando una línea de investigación sobre una teoría que nosotros mismos nos hemos sacado de la manga. Nuestro deber sería defender la verdad, no inventárnosla.

Carraspeó para aclararse la voz. Cuando lo hacía, signifi-
caba que iba a hablar más continuado de lo que acostumbraba.

—*Creo que te confundes. Nosotros investigamos como abo-*
gados, no como detectives. No necesitamos un camino lleno de
pruebas, nos basta con alguna que respalde con fuerza nues-
tra teoría. ¿Lo pudo hacer? ¿Puede ser nuestra cliente la auto-
ra de los crímenes? Sí. ¿Pudo hacerlo otra persona? Hay que
hacerle pensar al juez que también. No vamos tras la misma
verdad. La acusación va a ir tras la verdad que la culpa a ella
y nosotros tras la verdad que la exime de culpa. Son cami-
nos distintos y el Tribunal será quien decida cuál es el bueno.
Nuestra teoría de momento es inconsistente, pero para eso es-
tamos trabajando, para darle consistencia —*dejó que un bre-*
ve silencio me ayudase a comprender todo lo que acababa de
decir—. *Y no te desanimes, ten en mente que un caso siempre*
se defiende como propio y se pierde como ajeno.

—*Enemigos, gente que quisiera haceros daño.*

Mi relación con Engla había mejorado bastante, pero aún
seguía dejando mucho que desear. Ese día se limitaba a comer
con parsimonia e indiferencia los snacks de patata que le ha-
bía traído. Parecía estar encerrada en una burbuja de la que se
negaba a salir, como si el exterior doliera y abandonar aquella
zona de confort y recordar el pasado le horrorizase. Yo no era
nadie para obligarla a salir de ahí. El lugar, la sala de visitas,
rezumaba pesimismo y decadencia, algo que tampoco ayudaba.

—Mira, te he traído una cosa —le dije para intentar cambiar de tema.

Saqué de mi maletín varios papeles hasta dar con las cuartillas que había dibujado Vendrell. Le extendí unas cuantas con cierto reparo. A mí no me convencían en absoluto y temía que ella me las tirase a la cara. Su fría mirada adquirió una viveza inusual y chispeante. Analizó esas cuartillas y tras tomar un par en las que Vendrell había estado utilizando gamas negras y grisáceas, me miró.

—¿Tienes más de éstas?

No le contesté, me limité a aguantarle la mirada, como si el rumbo de la conversación dependiera de quién ganaba ese duelo. En un arranque de valentía, de necesidad y de sinceridad posé mi mano sobre la suya, que aún sujetaba una de las cuartillas.

—Todo esto es una putada, Engla. Tú lo sabes mejor que yo, pero tenemos que colaborar el uno con el otro si queremos que se haga justicia.

Desvió su mirada hacia mi mano. Probablemente, era el primer gesto de afecto que le habían dedicado desde la muerte de sus padres. Un castigo mayor que el que ya de por sí suponía haberlos perdido de esa forma tan cruel.

—Mi padre era una persona conocida. Claro que tenía enemigos, muchos. Algunos querían hacerle daño y no sabían cómo, y otros querían, sabían cómo, podían hacerlo y lo han hecho.

—Por favor, separen las manos —un guardia se había acercado para llamarnos la atención. Le miré con cierta rabia por interrumpirnos, algo que no le causó efecto alguno.

—¿Qué te parece si me cuentas quién os ha hecho daño en los últimos tiempos? Yo por mi parte trataré de ver si esas personas tienen relación con la muerte de tus padres.

Engla estuvo mirándome un rato, sopesando si debía contarme lo que tenía en mente, o no. En cierto momento, creí ver unas lágrimas brotar de sus ojos, pero desaparecieron antes de que pudiera confirmar si de verdad habían aflorado. Asintió, su voz quebrada delató que lo que venía a continuación no iba a ser fácil de contar ni de escuchar, así que hice de tripas corazón y me preparé tragando saliva y cruzándome de brazos. Durante los siguientes minutos, no se rompió en ningún momento, pese a que lo que contaba era una historia de una crueldad atroz. Intenté mantenerme estoico ante tal relato, tratando de demostrarle que estaba capacitado para escuchar eso y más, pero por dentro sólo me sentí frágil, impotente. Incapaz de soportar cada palabra que salía de la boca de Engla y se clavaba como un puñal en mi cerebro. En algún momento desvié la mirada y no pude recobrar la compostura y volver a observarla de frente.

Abandoné la sala dejando tras de mí a una Engla que había comprendido con suficiente perspicacia que lo que me había contado había hecho mella en mí. No pude despedirme de ella con algo más que un atragantado adiós, casi susurrado. Por dentro me sentí ridículo, cobarde. Era su historia y yo me había visto más afectado que ella. Me temblaron las piernas de camino a la puerta hasta que escuché su voz pronunciar mi nombre por primera vez.

—Oye, Leonardo —pude escuchar el ruido metálico de las esposas que le estaban poniendo.

Me paré frente a la puerta. Estaba llorando, no podía girarme y que me viera así. Recuperé la voz con un fuerte carraspeo y contesté sin darme la vuelta.

—Trae más dibujos de estos. Me gustan.

Antes de abrir la puerta del coche, vomité al lado de la rueda, sin poner mucho empeño en procurar que no me salpicara a la ropa. El aire me parecía tan frío que costaba respirarlo. Tan frío como el sudor que había estado recorriendo mi cuerpo unos minutos atrás y que había empapado mi camiseta interior.

Conduciendo de vuelta a casa lo entendí todo. Engla estaba tan muerta como sus padres.

Aparqué en el garaje de casa y esperé antes de llamar a Carl. Tenía que ponerlo al día, pero no sabía cómo empezar. Decidí pasarme por el bar de Fred para tomar un trago que me quitase el regusto a vómito que me había estado acompañando durante el viaje de vuelta. Lamenté toparme con Henry en el bar, ya que habría deseado que estuviera vacío para que nadie me molestara. Mi vecino me saludó con brevedad pues le urgían necesidades fisiológicas y se apresuró a un pequeño habitáculo en el que Fred había puesto un inodoro y que también utilizaba para guardar una escoba y una fregona. Me acerqué a la barra a pedir. Con algo de suerte, podría escabullirme antes de que volviera.

—Ponme algo que pegue fuerte, Fred.

—¿Algo que pegue fuerte? A mí me especificas el qué. No me calientes más la cabeza.

—Un vodka doble, con hielo. El más barato que tengas.

—Encima con baratijas —expresó con notorio desprecio—. Por cierto, vaya mierda de gente me traes al bar. Vienen y no consumen.

—¿A qué te refieres?

—A tu amiga, ya sabes, esa de las que le gusta el jazz.

Miré a Fred barajando la posibilidad de que estuviera inventándoselo.

—Se refiere a una mujer afroamericana que se ha pasado antes preguntando por ti —explicó Henry al salir del baño.

—¿Qué quería? —le pregunté.

—No lo sé. Preguntó si te conocíamos y si sabíamos dónde te habías metido. Fue hace un rato largo. Le indiqué tu piso, pero creo que ya venía de allí. ¿Quién es? ¿Un nuevo ligue? Un poco mayor para ti, ¿no crees?

El móvil sonó en el momento perfecto para ahorrarme contestaciones. Era Carl. Bebí la copa que Fred me acababa de poner.

—Luego bajo y te pago, que me tengo que ir.

—Luego, luego, luego. Siempre es luego. Estoy hasta los cojones de vuestros «lueguismos» —escuché a Fred decir cuando salí a la calle.

—El jardinero tampoco sabía nada. Bueno sí sabía, pero callaba. Le presioné lo que pude, pero salió su nuevo jefe y amablemente me invitó a abandonar el recinto. Adivina. Nuestro jardinero se ha convertido en el chófer de un magnate ruso. Según me ha dicho, su jefe de ahora conocía al señor Wallace, y le ofreció el contrato cuando ocurrió eso para que no se quedara en la calle. Lo sé, apesta más que una mofeta. Ahí podemos tener algo. ¿Qué tal tu visita a Engla?

Me tiré en el sofá de casa y suspiré. No quería tener que contarle a Carl lo que Engla me había dicho. No me veía con fuerzas de reproducir de nuevo todo aquello. Traté de abordarlo con profesionalidad, pero me resultó imposible.

—A esa chica la violaron en una fiesta a la que fue con sus padres. Según me ha contado, la típica fiesta de gente de clase alta. Risas falsas, champán y postureo —esperé unos segundos para continuar—. Al parecer su padre le había presentado a unos amigos, socios suyos, unos días antes de la fiesta. Uno de ellos, en la fiesta le presentó a otro, pero por el alcohol que llevaba en el cuerpo no recuerda el nombre. El caso es que ese fue el que lo hizo. Estaba anocheciendo y Engla había perdido de vista a sus padres. La gente estaba abandonando el recinto de la fiesta cuando...

—Leonardo —me interrumpió Carl—. No hace falta que entres en detalles, este viejo no está para escuchar ese tipo de cosas. Dime qué pasó después, qué más te contó.

—Engla se lo contó a su padre, y éste en un principio ni la creyó ni la respetó. Llegó a propinarle una bofetada y prohibirle que sacara más el tema. Sin embargo, se ve que con el tiempo el padre acabó distanciándose del hombre que le había llevado hasta el que la violó. Mijail, no sé qué más.

—Ismailov, Mijail Ismailov—se adelantó Carl.

—Sí. Ese. ¿Tan famoso es?

—Lo he conocido esta tarde.

Me despedí de Carl y colgué el teléfono. Al rato, Vendrell salió de su habitación.

—Coño, si estás aquí. No te he escuchado llegar, estaba en la ducha.

Fingí tener algo de interés en la conversación y me esforcé en responderle, por lo que él continuó hablando.

—¿Qué tal el día? ¿Has vendido mis dibujos? Hace cosa de dos horas vinieron preguntando por ti. No me ha querido decir su nombre y eso que le he preguntado, pero me ha dado esto —explicó mientras me devolvía la tarjeta que yo mismo le había dado a Pam el día anterior.

La sostuve entre mis manos. Debajo de mi número estaba apuntada otra dirección y acompañada de un nombre: Janeth Brown.

—¿Te dijo algo más? —le pregunté a mi amigo mientras marcaba el número de Carl en el móvil para avisarle.

—Que tú sabrías de qué hablar con esa persona y poco más. Entiendo que pueda ser importante, pero sigues sin decirme nada de lo de mis cuartillas.

Carl no respondió a mi llamada, así que colgué el teléfono y fui a por el archivador donde tenía toda la documentación del caso. Dividí el montón de hojas en dos. Mientras, Vendrell seguía mirándome en silencio, esperando una respuesta. Sonreí, esta vez, con algo de empeño para que se me notara animado.

—Tengo buenas noticias sobre tu negocio. Ayúdame a buscar un nombre en todos estos papeles y después hablamos sobre las cuartillas.

Le hice entrega del taco de folios menos grueso y yo me quedé con el otro. No fue una tarea dura, el nombre de Janeth Brown estaba en varias hojas: era la inspectora que inicialmente había llevado la investigación de los crímenes en la casa de los Wallace.

El portero que regentaba el edificio en el que vivía Janeth Brown me indicó que hacía unos minutos que ella había salido para recoger a su hija del colegio de al lado. Como podía ver la escuela desde allí, me asomé a la calle para entretenerme en la espera jugando a adivinar quién, de todos los padres que estaban esperando a sus hijos, era Janeth. Mientras, traté de contactar con Carl por tercera vez, aunque el resultado era el *mismo. Su móvil había dejado de tener señal desde la segunda vez que lo llamé.*

El reloj marcó la hora punta y decenas de niños hicieron su aparición en la puerta del colegio, llenando brevemente de vitalidad un día gris de viento y nubarrones que avecinaba una fuerte tormenta. En mi situación, el día se había puesto de acuerdo con los acontecimientos; amenaza de una tempestad que iba a llegar en cualquier momento.

Minutos después, una mujer de estatura ligeramente inferior a la mía avanzaba con paso firme y autoritario hacia el lugar donde me encontraba. Llevaba puestas unas botas negras que le llegaban hasta las rodillas y un abrigo marrón bajo el que se podía ver un jersey negro de cuello alto. Su pelo largo y desaliñado destacaba por su color cobrizo. Agarrada a su mano, le acompañaba una niña de unos seis años que andaba más por los tirones que su madre le daba que por iniciativa propia. De cuando en cuando, se giraba para despedirse del resto de compañeros que cada vez le quedaban más lejos. Ni su madre ni ella se iban percatando de que, en más de una ocasión, la niña pisaba algún charco ocasionado por las fuertes lluvias de los días anteriores y las irregularidades del asfalto.

Llegaron al portal y pasaron delante de mí, ignorándome por completo.

—¿Inspectora Janeth Brown? —les abordé antes de que cogieran el ascensor.

—Retirada. Inspectora retirada. Ahora si nos disculpas… —su voz era áspera y el tono de sus palabras denotaba cierto hastío.

—Necesitaría hablar con usted.

—Lo dudo mucho, no tengo nada que decir que le pueda interesar.

—Pero si no sabe quién soy, ni a qué he venido.

—He dicho que no tengo nada que decir, independientemente del tema por el que quieras preguntar. No me hagas repetírtelo más.

—Soy el abogado de Engla, me dijo Pam Winston que le localizara para así mantener una conversación —insistí.

—¿Y te dijo Pam qué se supone que ibas a conseguir hablando conmigo?

—Creo en la inocencia de Engla y necesito algo de información que me ayude a conseguir una defensa sólida.

Resopló.

—Si te soy sincera, entiendo tu énfasis, pero te aconsejo que lo dejes estar. Tienes mucho que perder y poco que ganar.

—No creo que pueda dejarlo estar. Mire, seré honesto, entiendo que no quiera saber nada del tema, pero no me pida que yo deje de intentarlo.

Puso su mano en mi hombro, fingiendo cierta compasión poco convincente.

—Siento mucho lo de esa chica, de veras.

Mi capacidad de persuadir a esa persona era prácticamente nula. No iba a conseguir nada de esa conversación y no tenía ganas de seguir intentándolo. Miré a su hija, que me observaba con *cierta timidez protegida y cubierta por la pierna de su madre. En su redonda cara pude ver unos gordos y rubicundos mofletes. Su nariz era diminuta y tenía un pequeño lunar en la punta. Sus ojos y labios destacaban sobre todo lo demás; eran muy grandes y gruesos respectivamente. La vi tan ignorante e inocente que no pude evitar preguntarme cómo una madre que se dedicaba al mundo del crimen podía parecer tan diferente de su hija, ya que daba la impresión de que eran como la noche y el día.*

—Estaba cuestionándome sobre qué haría usted si a su hija le incriminasen por algo parecido y la persona que pudiera ayudarle se limitase a decir que lo siente mucho.

Su rostro era tan inexpresivo que se hacía imposible saber si lo que le había dicho le sentó mal. Realmente, yo sólo había buscado una reacción, aunque fuese negativa, pero mis palabras no habían tenido el efecto deseado. Sus ojos recorrieron todos los recovecos del portal. Tras cerciorarse de que ni el portero estaba atento a nuestra conversación, me indicó con la mano que la acompañara.

Me sorprendió el caos que había en la casa de la inspectora hasta tal punto que, en un primer momento, creí que unos ladrones le acababan de entrar a robar. En la mesilla que había en la entrada vi varios juegos de llaves, algún que otro juguete de miniatura, un jarrón medio roto y una inmensa torre de cartas y folletos de publicidad apilados, sin abrir. Janeth me invitó a pasar al salón siendo consciente de que me estaba fijando en el desorden que había allí montado. El salón no se encontraba en mejor situación que el recibidor, al contrario. Comparado con ese, el de mi casa tenía un aspecto envidiable. La composición de la habitación tampoco era nada del otro mundo: un sofá ocre en el centro de ésta, frente al que no había televisor alguno, sino más bien, un montón de libros y carpetas apilados allí de forma que mantenían el equilibro sin venirse abajo por pura chiripa. Entre los libros y el sofá había una mesa rectangular con varios platos con restos de comida. Tras el sofá y bajo una gran ventana, se hallaba una zona de juegos improvisada con una alfombra verde sobre la que había casitas, coches, muñecos y algún otro objeto cuyo uso recreativo podía solo entenderse con una gran dosis de imaginación. Janeth llevó de la mano a su hija hasta allí, se agachó y tras decirle algunas palabras la dejó jugando. Acto seguido, llamó por teléfono y pidió algo de comida a domicilio mientras se sentaba a mi lado. Sacó un cigarrillo y se lo encendió.

—¿Fumas?

Negué con la cabeza.

—Haces bien —hizo una breve pausa—. Cualquier otra cosa te matará.

Deslicé el dedo por una esquina de la mesa y contemplé el polvo acumulado.

—La semana que viene nos vamos a Holanda. Tengo los billetes comprados. Es necesario alejarnos de todo esto y poder hacer nuestra vida sin temer por ella. En Holanda vive mi hermana con su pareja y nos hará hueco hasta que encontremos

algo —había comenzado a hablar haciendo pausas para darle breves caladas al cigarro.

No supe si lo hacía para desahogarse, o para alertarme de algún tipo de peligro, pero justo cuando iba a preguntárselo me sorprendió dándome una respuesta anticipada.

—La vida de una inspectora en esta ciudad es una mierda. Siempre relegada a casos de poco interés. Detener a algún yonqui, o disolver una pelea de bar entre borrachos. Todo siempre en los bajos fondos, en las cloacas. Allí nadie ve nada, nadie sabe nada. Las únicas palabras que te dedican son machistas o malsonantes. Sin embargo, una se acostumbra a eso, es como un aspecto más de la profesión. Lo que cuesta aceptar es que esas mismas palabras te las dediquen tus propios compañeros de trabajo —apagó su cigarro en el plato, abrió el paquete de tabaco y se encendió otro—. Y cuando crees que todo va a cambiar, que tienes un caso que va a darle un giro a las cosas, resulta que te ves presa de una trampa, de un engaño, de un juego en el que tú eres una marioneta más. Aunque te rebeles, actúes, defiendas tu integridad, da igual. Era una partida que ya habías perdido antes de tirar el primer dado.

Como persona influenciable que era, esas palabras no me aportaban nada positivo y la opción de abandonar el caso se dibujó en mi cabeza. Mientras tanto, ella se detuvo por primera vez a estudiar mi aspecto físico con detenimiento, consciente de que le había estado dejando hablar para ver hasta qué punto me contaba algo relevante.

—¿Qué edad tienes? —dijo finalmente.

Tras contestarle, volvió a su particular estado de desinterés y apagó el segundo cigarrillo al lado de la colilla del primero.

—Eres joven, casi diez años más joven que yo. No dejes que esto te arruine la vida tan pronto —aconsejó con sinceridad.

Salió de la habitación y se dirigió a una cocina que había en la habitación contigua. Aproveché ese momento para acercarme a la pequeña y me senté en el suelo junto a ella.

—¿A qué juegas?

No contestó. Se ruborizó sin más y señaló los juguetes que tenía más cercanos. Janeth no tardó en aparecer y sacarme de esa incómoda situación en la que yo mismo me había metido al creer que lograría interactuar fácilmente con su hija.

—He pedido demasiada comida, si quieres, puedes quedarte a comer.

Sabiendo que difícilmente iba a sacar algo de allí, las ganas de pasar más tiempo en ese lugar respirando humo de tabaco y pesimismo no eran demasiadas. Sin embargo, acepté la proposición mientras maldije para mis adentros mi falta de valor para afrontar ese tipo de respuestas comprometidas.

Después de comer varias porciones de un seco pollo al horno y conseguir que la pequeña Ada entablase algo de conversación conmigo, se quedó dormida en el sofá, por lo que Janeth la cogió en brazos y la llevó a su cama. Aproveché ese momento para levantarme y coger mi abrigo. Iba a ponérmelo, pero Janeth me interrumpió.

—Espera. Ven, tengo algo para ti.

La seguí hasta otro dormitorio que había en el extremo opuesto al de su hija. Este sólo tenía una mesita de noche, una cama de matrimonio deshecha, un armario viejo y, colgado de la pared, un corcho para poner fotos. Allí había dos o tres fotos de ella con su hija y algún conocido suyo. Algunas en la nieve, otras de turismo por otros países. Nada fuera de lo normal. Ella se acercó hasta el corcho y palpó la parte trasera de éste hasta dar con un Pen Drive que se hallaba pegado con cinta adhesiva.

—Aquí tienes algunas de las respuestas a tus preguntas, yo ya no lo necesito. Me da igual lo que hagas con él, pero si vas a sacar algo de esto en la prensa o utilizarlo en tu juicio, sí te pido que te esperes una semana para que yo me haya ido. No quiero estar aquí cuando esto explote. No tienes ni idea de lo que esta gente es capaz —dijo seriamente —. Tampoco se te ocurra buscarme, o contar conmigo para declarar en ningún juicio. Esto es tuyo y es tu responsabilidad a partir de ahora, ¿de acuerdo?

—Descuida, tienes mi palabra. Nadie sabrá de dónde he sacado esto y, por supuesto, esperaré unos días antes de hacer nada con lo que sea que haya en el contenido del pen.

Janeth se acercó a la puerta de la habitación. Acto seguido, la cerró echándole el cerrojo. Se volvió hacia mí.

—Ada se despertará en media hora —calculó mientras se quitaba el jersey negro.

Al salir de casa de Janeth la noche había hecho acto de presencia. El frío aire me cortaba la respiración así que corrí para subirme al coche cuanto antes. El vehículo tenía escarcha en los cristales por lo que arranqué el motor, puse la calefacción con el ventilador al máximo y dirigí el aire hacia el parabrisas. Mientras se descongelaba, saqué el móvil e hice una ronda de llamadas. Carl seguía sin estar operativo así que le dejé un mensaje de voz pidiendo que me llamara lo antes posible. Necesitaba reunirme con él y contarle mis avances en el caso. Probé con Vendrell, a quien lo escuchaba bastante mal. Había mucho jaleo de fondo.

—¿Dónde estás? —le pregunté alzando la voz.

—No te lo vas a creer. Fred ha aprovechado para sortear una botella entre los que mejor vayan disfrazados y ha venido bastante gente al bar. Hay buen ambiente, se han juntado varios grupos de gente del barrio. Henry está tratando de ligar, a su manera claro. Tienes que ver su disfraz, da vergüenza ajena.

Sonreí.

—¿Cómo se le ha ocurrido a Fred hacer una fiesta de disfraces?

—¿No has mirado el calendario? Es Halloween, joder.

Lamenté profundamente haber perdido la noción del tiempo y estar perdiéndome ese acontecimiento.

—Venga, tío, vente que apenas llevamos un rato.

—No sé si me dará tiempo, estoy a dos horas y aún tengo que pasar por el despacho a mirar unas cosas. Por cierto, ¿Héctor dónde está?

—Según me ha dicho, va a aprovechar que no llueve y que es Halloween para ir a las discotecas de las afueras a montar el puesto de perritos. Van a haber varias fiestas importantes y los chavales borrachos son los mejores clientes, así que le ha pedido la camioneta a Sam para desplazarse allí con algunas mesas de plástico y demás —me explicó V.

—Está bien. Te llamo luego —le aseguré en mi despedida.

El trayecto de regreso lo pasé con algo de nervios y dándole vueltas al asunto. Sentía que aumentaban mis pulsaciones de solo pensar que en el pen drive encontraría todo lo que buscaba. De hecho, en más de una ocasión me sorprendí superando con creces los límites de velocidad de la vía mientras seguía pisando el acelerador inconscientemente.

Las primeras gotas aparecieron poco antes de que llegase al despacho. El cielo rugía con rabia y algunos relámpagos iluminaban la oscura noche. Eran los momentos previos a que se desatase la tormenta.

Tras aparcar a un par de calles del despacho y caminar hasta éste, un trueno ensordecedor dio paso a la anunciada tromba de agua a la que le acompañaron constantes descargas eléctricas. Subí las escaleras hasta llegar al primer piso. Al entrar al bufete y resoplar aliviado, miré a través de la ventana que había en el recibidor donde Rose atendía a cada cliente que llegaba y realizaba las llamadas oportunas. La manta de agua que estaba cayendo en la calle, me hizo pensar en la suerte que había tenido de que me hubiera respetado durante todo el tramo de vuelta y caí en que Héctor no estaría teniendo la misma fortuna, así que una vez sentado en la silla de mi despacho, e iluminado únicamente por la nítida luz de las farolas que penetraban por la ventana de la entrada, llamé a mi amigo mientras esperaba a que el ordenador se iniciase.

—Dime —dijo tras el teléfono, elevando un poco el tono.

—Imagino que el negocio pinta mal hoy.

—No te oigo bien, repite.

No sabía si era problema de mi cobertura o de la suya, pero repetí la frase al mismo par que introducía las claves de acceso del ordenador.

—Sí, se ha jodido la cosa. He quitado las mesas y me he puesto un poco más alejado de las discotecas, debajo de unos soportales. Veremos si alguien se acerca, si no, en un ratillo vuelvo a casa, que Vendrell me ha comentado que hay marcha en el bar de Fred —dijo algo bajo de ánimos—. ¿Y tú qué? ¿Dónde andas?

—He venido al despacho después de hablar con una inspectora sobre el caso de Engla. Estoy aquí mirando unos documentos, así que me queda un poco. Oye, ¿por qué no pasas a por mí? He aparcado un poco lejos y no tengo paraguas. Ya mañana le diré a Carl que me recoja en casa para ir al despacho —le pregunté mientras metía el pen drive en la ranura del ordenador.

No recibí respuesta. Volví a preguntar y obtuve el mismo resultado. Tras consultar la pantalla de mi teléfono vi que se había apagado.

—Sin paraguas, sin teléfono, sin cargador. Mal vamos —murmuré.

El juego de sombras que la noche dibujaba en el bufete me estremeció cuando un rayo iluminó el sitio durante apenas un segundo. Aproveché que me había levantado de mi asiento para servirme un café, y cerré la puerta de mi despacho para evitar que aquella siniestra escena me desconcentrase. Saberme sólo e incomunicado no mejoraba la situación, por lo que me prometí no estar mucho tiempo allí y acabar cuanto antes.

El contenido del pen drive estaba dividido en varias carpetas. Una tenía el nombre de «Personas» y dentro de ella almacenaba fotos de sujetos involucrados en el caso, entre las que se encontraba Engla. Otra carpeta titulada «Noticias» estaba repleta de capturas de imagen de artículos de periódico. Por último, una tercera carpeta bautizada como «Otra documentación», albergaba un expediente del caso en sí. Lo primero que pensé que tenía que hacer era contrastar la información de ese expediente con la mía para ver qué cosas se me habían podido escapar, pero un documento fuera de las tres carpetas terminó de acaparar toda mi atención. No tenía título así que lo abrí para ver qué contenía: una carta.

Querido Michael:

Soy consciente de que esta carta no te hace ningún bien ni justicia alguna, pero también sé que eres demasiado bueno como para guardarme rencor por ello. Si aún me recuerdas, espero que tengas en cuenta que no se me da bien escribir cartas y mucho menos, andarme con rodeos. He decidido escribirte porque, para serte sincera, eres la única persona en la que puedo confiar un tema así. Sólo tú podrías tomar la decisión correcta sin que te quemen las manos al hacerlo. Espero que puedas hacer justicia y darle a esta chica la segunda oportunidad que merece.

Su nombre es Engla Wallace, quizás te suene de oídas, o de haberlo visto en algún periódico local. Le acusan de haber asesinado a sus padres, David y Margaret Wallace, y todo lo que envuelve el caso chirría. Es mejor que lo leas por ti mismo y saques las conclusiones que consideres oportunas, pero trataré de resumirte de manera breve, concisa y clara lo que para mí ha supuesto este caso.

En un inicio me resultó sospechoso que mi superior, decidiera confiarme a mí el caso. Han sido muchos años soportando humillaciones, vejaciones y desprecios, algo que aumentó desde que supieron que soy madre soltera. Desde que te fuiste, he vivido episodios de auténtico acoso en el trabajo, pero como bien sabrás, siempre me he considerado una mártir del oficio. Soportar algunos de los momentos más duros me han endu-

recido como persona, y creo que alguien tiene que pasar por esto para que, tarde o temprano, se normalice que en este país haya mujeres inspectoras.

Si lo pienso profundamente, hubo un momento en el que me ilusioné por la posibilidad de que esto no fuese un engaño, creyendo que al fin la vida me había dado un caso que merecía la pena y me estaba poniendo a prueba para que demostrase mi valía. Una ilusión que se esfumó de inmediato por varios motivos. Uno de ellos fue ver que el abogado asignado a la chica era ese narcisista de Jack Allen. Sí, el del caso Fortuna y el caso Simmons. Sigo sin saber cómo se ha librado de todo el escándalo que le cayó por ocultar documentación en perjuicio de su propia defensa. Bueno, sí que lo sé, lo sabe todo el mundo y que no esté pudriéndose en la cárcel no es una casualidad. Al indagar un poco, descubrí que no había sido designado por el turno de oficio si no que él mismo se había presentado como abogado de Engla, alegando ser un viejo conocido de la familia.

Aquello era una farsa, una investigación simulada en el que el resultado estaba orquestado. ¿Las claves? Una inspectora mediocre y un abogado corrupto. Me habían metido en un marrón con la idea de que cerraría rápido el caso para quitármelo de encima, pero yo estaba al tanto y, aunque las premisas no hacían presagiar nada bueno, lo tenía claro: iba a llevarlo hasta el final. Por muchas presiones que ejercieran sobre mí, no iba a amedrentarme. Ahora no.

El crimen en sí tampoco me ayudó. Por un lado, la muerte de un matrimonio asesinado en su propia casa y con su hija como principal sospechosa, sumado a que una de las víctimas era un sujeto localmente conocido, añadían tanta presión que convirtió mi investigación en una contrarreloj. No se trataba de resolverlo, si no de hacerlo rápido. Una solución rápida que sirviese para satisfacer a la opinión pública.

Nada más empezar a tomar declaraciones percibí que iba a ser en vano. Cada pista, cada testimonio, iba dirigido a la misma conclusión: La hija de los Wallace había asesinado a sus padres adoptivos a sangre fría. Quedaba patente que no existía verdad más absoluta que aquella, por eso mi interés sobre lo que tenía que aportar cada testigo fue disminuyendo hasta desaparecer del todo. Confiaba más en lo que podría sacar de las víctimas y sus vínculos, en concreto, de David Wallace. Si mi tiempo estaba siendo cronometrado, debía darme prisa y tirar de instinto, por eso, indagué en la vida de David. Si existía otra respuesta distinta a la del parricidio, era probable que esa alternativa se encontrara en la lucha por el poder de David Wallace con gente de su mundillo. De hecho, tras sopesarlo profundamente, las piezas podrían encajar. Si me estaba pareciendo evidente que una especie de mano negra estaba dirigiendo todo el cotarro desde algún lugar, esa mano negra debía tener una gran influencia en distintos ámbitos. Normalmente esto funciona así, te meten presión para que resuelvas con la mayor brevedad posible, pero siempre hasta cierto punto. En el caso de la familia de los Walla-

ce, la insistencia por cerrarlo y enjuiciar a Engla cuanto antes llegaba a ser asfixiante.

Tenía que darme prisa. Si tal y como creía, esto no se trataba de un parricidio, estaba obligada a demostrarlo pronto. Por eso me centré en David Wallace y obvié lo demás. Reuní toda la información posible sobre él y me hice una idea de quién había sido en vida. Un político cuya imagen resultaba bastante cuestionada ya que era extraño el mes en el que no se libraba de problemas con la justicia. Lo habían asociado a un grupo de grandes empresarios, algunos rostros reconocibles entre los que se encontraban Mijail Ismailov y Daniel Green; un ricachón ruso, principal accionista de varias empresas, y el dueño de una de las inmobiliarias más importantes del estado, respectivamente. Remarco esos nombres, como supondrás, por su conexión con el asunto, pero el grupo es más amplio. Según me han asegurado, hay involucradas figuras importantes de la justicia, del orden y de la industria farmacéutica, entre otros. Pero ya sabes donde acabas si te da por investigarlos. Más o menos donde he acabado yo, o peor.

Entre los documentos que he recopilado y que acompañan a esta carta, encontrarás noticias y fotos de Wallace con los dos sujetos antes mencionados, tanto en actos públicos como en cenas y eventos privados. Por lo que llegó a mis oídos, dentro de este grupo, el trato de David con Mijail, Daniel y un tercero no identificado, era más cercano que con el resto. Les unía negocios en Arkansas en general, o al menos eso creo. Sin embargo, algo hizo que un día el padre de la familia Wallace cambiara el chip y se distanciara totalmente de ese grupo, les plantase cara y se abriera una guerra de intereses entre unos y otros. Prueba de ello está en algunos de los discursos que hizo David en el último año, donde destaco cosas como «Perseguiremos a todo corrupto, hasta que se haga justicia y pague por sus delitos, da igual si se trata de un político, de un juez, un inversor o el jefe de una empresa inmobiliaria. No hay lugar para corruptos en este estado, sea el sector que sea.» Este específico pronunciamiento no puede significar muchas otras cosas. No he llegado a descubrir de qué se trata, de cuál es el motivo por el que David Wallace cambió radicalmente su comportamiento. ¿Qué buscaba? ¿Simple redención? Me ha sido imposible dar con la respuesta a esa pregunta pese a que lo he intentado. La verdad es que, en cuanto a silencio por temor a hablar más de la cuenta, las clases altas no tienen nada que envidiarles a los bajos fondos. La única que no tenía nada que perder era la hija, Engla Wallace. Así que decidí hablar con ella por si podía darme alguna pista sobre el cambio de parecer de su padre. Esa fue mi sentencia.

Me topé de bruces con Jack Allen. Como abogado suyo, estuvo presente en todo momento, evitando que Engla hiciera declaración alguna. Ella estaba con la mirada perdida, en otro lugar. Tendrías que verla, es de esas personas que no se olvidan. Pese a que le hice las preguntas oportunas siempre respondía su abogado. No declarar. Quise hacerle comprender que estaba para ayudarla, que esta vez lo que necesitaba era declarar, pero no sirvió para nada. Ese gilipollas le había convencido de que no de-

clarara, así que, hastiada de sus comportamientos, le amenacé. Le dije que sabía lo que había detrás de su defensa. Se le iluminó la cara y, por un momento, le vi titubear. Me fui con las manos vacías pero el orgullo intacto. Lo cual no valió para nada. Al día siguiente estaba de patitas en la calle. El mismo día que el médico me comunicó que tenía una leucemia en fase terminal.

La fase terminal es algo relativo Michael... el tiempo en sí lo es. Hay gente que llevo sin ver meses y me parece que han pasado décadas, y sin embargo nuestra despedida la sigo sintiendo como reciente, pese a que en febrero hagan seis años desde la última vez que te vi en el aeropuerto.

Que me despidiesen al final fue un favor. Me sentí increíblemente bien sabiendo que por momentos había sido una amenaza para ese engranaje corrupto que hay montado. De hecho, creo que ahora Jack Allen se aparta de la defensa y van a nombrar a otro abogado. El miedo, Michael, el miedo es el arma más efectiva. Mucho más que el dinero.

Hace unos días, un contacto me envió más documentación al respecto. Le comuniqué que ya no trabajaba en el caso, pero aun así me dio un dato bastante significativo. Si lees todo lo que hay sobre el doble crimen, te encontrarás con el testimonio de un vecino, clave en la noche de los hechos, ya que avisó a la policía a tiempo para que interceptaran a Engla en las afueras de la mansión de los Wallace. Ya de por sí, hay cierta contradicción entre las horas de los avisos y el momento de los disparos. Además, en un principio la patrulla que detuvo a Engla dijeron que cuando la encontraron estaba asustada, agazapada en los matorrales huyendo, y después esos mismos policías se retractaron de su primera declaración y a un periodista le contaron que vieron a Engla alterada y violenta, tratando de revolverse. Pero lo más llamativo es lo de este vecino. Una persona endeudada, con su casa en venta y de repente, un milagro y se hace dueño de unas fincas valoradas en varios millones de dólares. ¿Es realmente Estados Unidos una tierra de oportunidades? ¿O tendrá que ver que la inmobiliaria dueña de esos terrenos es la de Daniel Green? No voy a poder responder a esas preguntas, pero confío en que tú logres dar con las respuestas.

¿Sabes qué? Aunque soy cabezona, reconozco que tenías razón. Nuestro oficio es incompatible con formar una familia. Desde el primer momento respeté tu decisión de no querer ser padre, de no involucrarte con esto, aunque ambos sabemos que algún día mi pequeña será mayor, querrá saber la verdad y yo no podré negársela. Tener a Ada fue algo que decidí yo y, aunque es lo más bonito que me ha pasado en la vida, también ha traído unas consecuencias muy duras. Es más, diría que, si hay algo que me persigue hoy en día, es pensar que una mala decisión pueda afectar a mi pequeña. Por eso ha llegado el momento de que tomara cartas en el asunto.

He hablado con mi hermana y en unas semanas pondremos rumbo a Holanda. Dice que conoce una clínica donde han conseguido frenar esta devastadora enfermedad en muchos de los pacientes. Ya sabes lo que pienso de los médicos: sales peor de como entras. Aunque no por ello dejaré de ir, a ver si encuentran la fórmula para que pueda compartir con Ada más tiempo del que estiman que me queda.

Contactar contigo y escribirte estas palabras, imaginarte y, sobre todo, recordar otros tiempos, no ha sido algo sencillo. Conociéndote, cuando leas esta carta te verás atormentado por los fantasmas del pasado, de la misma forma que yo he revivido con nostalgia los recuerdos de lo que un día fuimos.

Creo que la de aquella vez no fue una gran despedida. No hacía justicia a nuestra relación, a todos esos años en los que, a nuestra manera, nos hicimos felices el uno al otro. Quedaron muchas palabras por decir y siento que nuestro orgullo enfriara el adiós en aquel momento. Por eso, en parte quería servirme de esta carta para agradecerte todo lo que aprendí a tu lado y deseo de corazón que te esté yendo bien en Virginia.

La vida no nos permite volver atrás, pero sí castigarnos por no poder hacerlo. Y yo sueño cada día con ese tren. Sueño que te agarro de la mano y que te digo al oído todo aquello que tenía que haber dicho y que callé.

Gracias por enseñarme a querer, Michael.

JANETH BROWN.

Aunque el contenido de esa carta iba dirigido a otra persona, lo leí y lo sentí como propio. Había conocido lo que se escondía tras la fachada que Janeth creó para no descubrir al mundo sus miedos e inseguridades. Para que nadie la viera quebrarse y se aprovechase de ello. Aquellas líneas finales mostraban un gran pozo de dolor del que, inexplicablemente, me sentí partícipe pese a no tener nada que ver con ello.

Me descubrí abatido, golpeado por una vida que no era la mía. Janeth, al igual que Engla resultó ser una persona maldita cuya desgracia la estaba siguiendo hasta hacerle huir para ver si, dejando atrás esa vida, conseguía extinguir el incendio que se iba propagando en cada rincón por el que ella pasaba. Me pregunté si en algún momento se comparó con la hija adoptiva de los Wallace y se vio de algún modo reflejada en ella. También se pasó por mi cabeza la duda de si en esa tarde, cuando me entregó el pen drive, la inspectora Brown era plenamente consciente de que iba a leer su carta. Barajé la posibilidad de que su ofrecimiento carnal respondía a una motivación desconocida hasta ese momento. Tal vez, su mente encontrara en mí algún parecido con el antiguo amor al que le había escrito aquellos párrafos y, aunque tuviera que autoengañarse, yaciendo conmigo lograse liberar, sólo por unos minutos, toda la angustia que le atormentaba. Una angustia como la que debía sentir Engla.

Lo que había en esa carta, acompañado por esos documentos era más que esclarecedor. Pensé que, por mucho que pusiera tierra de por medio, Janeth Brown no podría salvarse a sí misma, pero con su última acción como inspectora quizás podría salvar a Engla Wallace.

Aunque fui consciente de que Janeth era ese tipo de persona que ni escondiéndose en el lugar más recóndito del mundo lograría evitar que sus condenas le pesaran en el alma, quise imaginarla por última vez, de la mano de su pequeña Ada, vagando por una de las tumultuosas calles de Holanda. Imaginé cómo caminaba habiendo perdido por completo la noción del tiempo, aunque sabiéndose feliz porque había encontrado su sitio. Una felicidad que le duraría hasta el final de sus días.

Borré la carta de Janeth, ya que consideré que su relato no debía leerlo nadie más, y extraje el pen drive antes de apagar el ordenador. Me cercioré de que lo llevaba todo y salí de mi despacho hasta el recibidor, donde miré a través de la ventana que daba a la calle principal para hacerme una idea de lo que me esperaba ahí fuera. En noches de tormenta como esa, me encantaba ver alguna película tumbado en el sofá de casa con una manta echada por encima, escuchando de fondo el sonido de las gotas al estrellarse con los cristales y el rugido eléctrico del cielo.

Caía un auténtico diluvio y no parecía que tuviese intención de amainar, pero yo quería llegar a casa y poner a cargar el móvil cuanto antes para llamar de nuevo a Carl y contarle todo. No sabía siquiera si Héctor había llegado a escuchar lo que le dije antes de que se me apagara el móvil, así que no me quedaba otra opción que salir y mojarme en el trayecto que había entre el bufete y el coche.

A esas horas ya no quedaba nadie al que la tromba de agua le hubiera pillado por sorpresa. La calle estaba totalmente desierta, con la excepción de un vehículo en doble fila que tenía las luces encendidas y el motor en marcha. ¿Qué haría allí?

Me quedé unos segundos observándolo hasta que apagó las luces. Sin embargo, no se bajó nadie de él. Permanecía inmóvil, esperando algo. De repente, el portal del edificio se abrió y alguien subió deprisa las escaleras. Contuve la respiración al oírle trastear la cerradura y reaccioné escondiéndome tras la mesa del recibidor, agachado. Escuché cómo introducía la llave y conseguía entrar al bufete, avanzando a gran velocidad por el pasillo de la entrada. Si había abierto la puerta con un juego de llaves, era muy probable que fuera alguien conocido, así que salí de mi escondite y seguí sus pasos hasta frenarme al oír su voz.

—¡Joder! ¿Dónde está la puta carpeta?

Jack revolvía papeles en su despacho, mientras no paraba de maldecir exacerbado. Lo hacía casi a oscuras, iluminándose con su móvil. No sabía cómo actuar ya que algo me decía que él no deseaba que estuviese nadie presente. La impresión que me daba era que Jack estaba metido en algún lío, pero tampoco podía quedarme de brazos cruzados, o volver a esconderme confiando en que no me descubriera. Para evitar sobresaltos retrocedí hasta el recibidor y encendí la luz de allí.

En ese momento, Jack dejó de revolver papeles y, tras unos silenciosos segundos, alzó la voz.

—¿Quién anda ahí? Voy armado y me importa una mierda tener que volarle la cabeza a alguien —aunque su mensaje era agresivo, su voz temblorosa delataba inseguridad.

—Soy Leonardo, ¿qué pasa? —pregunté alarmado.

Volví a su despacho y lo encontré cubriéndose con su asiento y asomando el cañón de un revólver con el que apuntaba a la puerta. Di un paso atrás por miedo a que por accidente apretase el gatillo. Cuando me reconoció se le iluminaron los ojos y se incorporó.

—Te dije que cerraras el caso. Y te insistí, pero nada. Teníais que seguir investigando, metiendo las narices donde no os llaman. Ahora qué, ¿estás contento!? —recriminó enfurecido—. ¡Apaga la luz que nos van a descubrir!

—¿Descubrir quién? ¿Qué ha pasado? —pregunté mientras apagaba el interruptor.

—¿Que qué ha pasado? Ayer me llamaron y me lo dejaron muy claro. «La has cagado Allen, tu compañero ha estado husmeando por la finca de Ismailov» y hoy Carl ha aparecido colgado de un puto árbol. ¿Entiendes lo que significa? ¿Lo entiendes o necesitas un puto croquis? Soy el siguiente, por gilipollas, por confiar en un paleto medio mexicano. Me pasa por cagón, por dejarme intimidar por esa inspectora de mierda y delegarlo en otra persona.

Me había dado un vuelco en el corazón desde que había dicho lo de Carl, así que apenas tuve en cuenta todo lo demás.

—¿Carl? —balbuceé—. ¿De verdad?

—Llama a su mujer si no me crees.

—¿Cómo sabes que han sido los que contactaron contigo?

—¿Te crees que no sé cómo actúan? Sé lo que hacen, joder. Si les ayudas, te ayudan el doble. Si les jodes, te joden el doble.

—¿Es culpa mía por hacer mi trabajo? Yo sólo he intentado defender a una inocente.

Jack soltó una carcajada exagerada.

—¿Inocente? Esa pequeña zorra es tan culpable como otra cualquiera. Puso a su padre en contra del resto y se fue todo a la mierda. Si se hubiera callado no estaríamos así. La gente sólo sabe abrir la boca cuando no debe.

—La violaron —increpé casi sin fuerzas.

—La violaron, la violaron —repitió con sorna—. Aquí todos hacemos cosas que no nos gustan. Si el que manda te dice haz esto, tú te callas y obedeces, ¿tan difícil es de entender? Y si te va a dar por culo, abres el ojete y dejas que se luzca.

Contuve mis ganas de abalanzarme sobre él y golpearle hasta saciar todo el odio que había acumulado. Le seguí escuchando desahogarse conmigo, utilizándome como un saco de boxeo con el que pagar todas sus frustraciones.

—No me mires así, ¿crees que Carl no ha hecho esto también? ¡Por Dios! Él fue quien me ha dado la mitad de mis contactos. Ese patético anciano se ha pasado toda su vida haciendo favores y ahora con la vejez se creía que podría arreglar las cosas y estar en paz con el mundo. Te

ha utilizado para su propio beneficio, ¿no te das cuenta?
—se mofó.

Decidí que articular palabra alguna no iba a merecer la pena. Jack siguió soltando su verborrea hasta cansarse. Un par de minutos más tarde salió de su despacho cargando un par de carpetas de las que sobresalían papeles.

—Me piro de este tugurio de mierda. Te aconsejo que hagas lo mismo si no quieres acabar como tu compi, el justiciero de los cojones —anunció con menosprecio.

Sabía que Jack Allen era desagradable y podía imaginarme que en según qué situación podría mostrarse grosero, hiriente y maleducado, pero ni de lejos habría estado cerca del Jack de esa noche.

Lo agarré del brazo cuando enfilaba la puerta y me armé de valor para hacerle una última pregunta

—¿Quién fue?

—Suéltame —ordenó zafándose de mi mano.

—El que la violó. ¿Quién fue? —insistí.

Un nuevo relámpago iluminó la ciudad de nuevo, como si estuviese pidiendo formar parte de aquella escena, y me permitió ver con mayor claridad el rostro de Jack, frente a frente. En sus ojos no percibí odio, ni furia alguna, sino miedo. Auténtico terror.

—«Kalígula» —murmuró.

—¿Kalígula? ¿Quién es Kalígula?

—Kalígula lo es todo —sentenció.

Lo vi marcharse bajo un paraguas con el que a duras penas soportaba el chaparrón. Pronto, su figura acabó fusionándose con las demás sombras de la noche. Mientras lo observaba irse, estuve reflexionando y digiriendo todo el acopio de verdades de las que había tenido conocimiento aquella noche. Una sensación de vértigo se apoderó de mí antes de que pudiera asimilar todo aquello. No estaba capacitado para seguir con esa historia y debía de abandonarla, si es que todavía estaba a tiempo. Lo que necesitaba era volver a casa con mis amigos, sentirme a salvo de ese mundo de gente rota e historias de dolor y miseria, de esa especie de brujería con la que habían hechizado a todo el que se acercaba a Engla Wallace. No, no quería ser otro más en la lista de condenados.

No me importó la lluvia cuando salí a la intemperie. De hecho, lo llegué a agradecer porque conseguí despejarme un poco. La fuerte tormenta apenas me permitía abrir los ojos, por lo que aceleré el paso para llegar al coche cuanto antes. Instantes después de pasar el primer cruce de peatones, la luz de un vehículo iluminó la avenida. Intenté recordar si, cuando me había asomado para ver a mi jefe marcharse, el coche que previamente había visto estacionado en doble fila seguía allí. No estaba del todo seguro y escuchar ese vehículo acercarse no me dejaba pensar con claridad. Tenía que mantener la calma, siendo una avenida medianamente transitada, ver un coche circular por ella bajo la lluvia era de lo más común. Puse a prueba esa teoría girando a la izquierda en la primera ocasión que tuve, entrando en una calle mucho más secundaria. *Por si acaso, nada más torcer la calle comencé a correr. Dando un rodeo conseguiría llegar hasta mi coche. Las luces de los faros anunciaron que el vehículo también había tomado la misma dirección y comprendí que la situación se tornaba preocupante. Percibí esa adrenalina propia de momentos de alta tensión. Al igual que yo, mi perseguidor había acelerado el motor y estaba a punto de darme caza. Volví a girar a la izquierda en la siguiente calle, mucho más estrecha, con la esperanza de darle esquinazo. Cuando quise darme cuenta, vi que estaba cortada por una valla de altura considerable. Era demasiado tarde para volver sobre mis pasos porque él ya estaba allí, cortando la salida. Con seria dificultad, luché por escalar la valla apresuradamente. Mientras lo hacía, se me pasó por la cabeza la idea de que el miedo que estaba viviendo era similar al que debió de tener Engla en repetidas ocasiones, o el que debió tener Janeth cuando le dijeron que le quedaba poco tiempo de vida. El mismo terror que podía haber sentido Carl cuando fueron a por él. Ese terror que había percibido en los ojos de Jack Allen apenas unos minutos atrás.*

Resbalé al intentar pasar el pie de una malla de alambre a otra y descendí hasta hincar las rodillas en el mojado suelo, golpeándolo con dureza. Noté como las palmas de mis manos sufrieron algún corte al resbalar por el alambre de la valla, pero aun así me incorporé como pude. Si iba a morir, quería saber quién era mi verdugo.

El conductor hizo sonar el claxon brevemente y bajó la ventanilla.

—¡Qué cojones haces! —escuché a Héctor recriminarme, indignado.

A la mañana siguiente, tras llamar a Rose y enterarme de la fecha y el lugar en el que iban a enterrar a Carl, Héctor se ofreció para llevarme a ver a Engla. La noche anterior, le puse al corriente de todo lo ocurrido cuando regresamos a casa en la camioneta de nuestro vecino Sam. Como no tenía que devolvérsela hasta la tarde aprovechó para hacerme el favor. Si bien le hubiese sido más cómodo acercarme a mi coche, quiso hacerme compañía en esos duros momentos.

Habíamos dormido pocas horas, ya que pasamos toda la noche conversando sobre el tema en el bar de Fred. Lo cierto es que, cuando llegamos, sólo quedaban los restos de lo que parecía haber sido una gran fiesta. Apenas un corrillo de gente discutiendo sobre política, entre los que estaba Vendrell, y un par de clientes que habían acabado durmiendo la mona en las mesas más separadas de la barra, siendo Henry uno de ellos. Aunque Vendrell en un inicio se apuntó a acompañarnos, llegado el momento, su resaca le impidió moverse de la cama. En última instancia, desde su habitación y con algo de afonía, me pidió que cogiera un montón de cuartillas que había hecho para Engla. La noticia que le iba a dar a la chica no iba a ser de su agrado, y quizás llevarle unas cuartillas rebajarían un poco la decepción que iba a sentir cuando supiese que la dejaba en manos de otro letrado.

Pasé unos minutos muy difíciles en esa sala de visitas. Me costó encontrar las palabras exactas para expresar todo lo que había vivido con su caso. Aunque al principio ella fue partícipe de la conversación, poco a poco, al escuchar que abandonaba la defensa, su estado acabó retrotrayéndose al del primer día: mirada perdida y silencio sepulcral. Intenté hablarle de Carl, de Janeth y del final triste que habían vivido. Le expliqué que tenía miedo de acabar como ellos. Esa vez sí entendí sus silencios, así que sin decirle nada más, dejé el obsequio de Vendrell y me levanté.

—Crees... ¿Crees que mis padres murieron por mi culpa? —preguntó sin apenas moverse. Su helada voz, esta vez titubeante, me quebró por dentro.

—Creo que tu padre te quería e hizo lo posible por vengarse de lo que esos cobardes te hicieron.

Asintió levemente, sin apenas gesticular ni reflejar expresión alguna.

Como no sabía si creyó algo de lo que le había dicho, para que viese que le estaba diciendo la verdad, le hice entrega de unas copias impresas de la documentación que había en el pen drive de Janeth donde se demostraba que David Wallace se había enfrentado públicamente a sus antiguos socios.

—Si tienes la oportunidad, mira lo que había dentro del pen drive que me dio la investigadora que siguió tu caso. Verás como lo que digo es verdad.

—No sé si me las quitará el guardia. Siempre revisa a ver si llevo algo encima. Si tiene un mal día no me dejará ni pasar las cuartillas.

—En una semana tendrás asignado al nuevo abogado. En el caso de que el guardia te lo quite, dile al abogado que contacte conmigo y le doy una copia de los documentos. Te apunto mi dirección para que sepa dónde encontrarme.

Me hubiese gustado que la conversación se quedase así, pero lo cierto es que Engla pronunció unas últimas palabras que supe que recordaría con dolor durante mucho tiempo: «Gracias por creer en mí ahora que todo el mundo me ha dado de lado».

Se quedó ahí, sola, únicamente acompañada de los dibujos de Vendrell y el pen drive de Janeth, y no pude deshacerme de esa sensación de que la abandonaba a su suerte.

Héctor, que me esperaba sentado sobre el capó de la camioneta, vio la cara que traía y entendió que ninguna palabra serviría, así que se limitó a darme una palmada en la espalda y a cambiar de tema.

—Venga, vamos a comer algo en condiciones, yo invito.

Enterraron a Carl tres días después de aquella noche de Halloween. Habían estado haciéndole la autopsia y hasta las cuarenta y ocho horas no salieron los resultados: Ningún signo de violencia más allá de la marca que había dejado la cuerda en su cuello.

Ya en el cementerio, mientras pronunciaban unas palabras previas a introducir el féretro en la tumba, me puse a mirar al *cielo. Estaba completamente despejado, presentando un día soleado al que se sumaba una agradable temperatura, más propia de la primavera que del invierno. El canto alegre de unos pájaros acompañaba ese despertar de la calma y el buen tiempo. Los contemplaba revolotear sobre mí y me preguntaba si de alguna forma Carl tendría algo que ver con esa imagen. Como si al morir se hubiese encargado de gestionar todo lo que en su mano estaba para que el entierro no fuese tan deprimente.*

Era poca gente la que había querido presenciar tal acto, ni siquiera Jack estaba allí, aunque si vi de reojo a Daisy, la camarera del «Daisy Coffee», que lloraba sin el consuelo de nadie. Por un momento, pensé en acercarme, pero algo me dijo que ella prefería vivir su particular duelo sola.

Al finalizar la retahíla de lo que Vendrell solía considerar como palabras vacías de verdadero contenido, uno a uno, nos fuimos acercando al féretro y lo tocamos por última vez, en forma de despedida. Cuando llegó mi turno puse la mano sobre la fría madera. Quise decirle muchas cosas y, sin embargo, no fui capaz de conectar dos palabras sin rendirme al deseo de llorar.

—Era bueno. Alguna cosa mala haría, pero él era un hombre bueno —dijo Rose entre llantos cuando fui a despedirme de ella.

—Lo sé.

Esbozó una rota sonrisa que aprecié por el esfuerzo que le debía suponer mostrarla.

—Ah, toma esto. Llegó ayer, pero ya sabes... entre una cosa y otra —dijo sacando unos papeles de un enorme bolso negro.

Un rayo esperanzador me sorprendió cuando vi que esos papeles no eran otra cosa que la concesión de libertad provisional para Engla. Un trámite que había llevado el propio Carl antes de que Jack me encomendara a mí el caso. Hasta ese momento yo había creído que se lo habían rechazado, pero me equivocaba. Argumentaban que era poco probable el riesgo de fuga, y que, aunque fueran pocos, había indicios contradictorios, por lo que debía considerarse dejarla en libertad, debido a que era mayor el perjuicio que le podría causar el estar encerrada después de perder a toda su familia que el peligro que podría suponer de estar en libertad hasta el día en que se celebrara el juicio.

Movido por esa pequeña alegría, abracé a Rose con fuerza, sin saber si de verdad desconocía la faceta turbia de Carl a la que Jack había hecho referencia, pero completamente seguro de que, aun conociéndola, su amor por él no iba a desaparecer nunca.

Tras despedirme de Rose, fui directo a recoger a Engla, aprovechando que seguía siendo su abogado hasta que mi renuncia y la asignación de una nueva defensa fuese oficial.

—Hace dos horas o así que se fue —dijo uno de los funcionarios que me atendió.

—¿Sola?

—Sí. Le preguntamos si quería llamar a alguien para que la recogiera y dijo que no.

—Una rarita —comentó el otro—. Si vieras lo que ha dejado en su celda.

—¿Disculpa? —fruncí el ceño.

El guardia me aguantó la mirada, estudiándome. Acto seguido, sacó su móvil del bolsillo y abrió la galería de imágenes. Tras seleccionar una, pegó la pantalla en el cristal de la garita. Con desconcierto y horror comprobé que, pegadas a la pared, había un montón de cuartillas negras conformando un mosaico en el que se intuía una figura demoníaca.

—Parece un ángel negro porque creo que esto de aquí son alas —señaló uno de los guardias.

—Como una cabra, ya te lo digo yo. Y ahora en la calle. En fin, cosas del sistema —finalizó el otro.

Los meses transcurrieron sin que tuviera más noticias de Engla. Lo último que había sabido respecto a ella era que no acudió al juicio y que el juez había emitido una orden de búsqueda y captura. Como Jack tampoco volvió a dar señales de vida y había desaparecido sin dejar rastro, entre Rose y yo gestionamos el cierre del bufete.

El tiempo pasaba y algunas heridas cicatrizaban. La vida volvía a la normalidad, hasta que un día el telediario local abrió con la noticia de un nuevo crimen. La víctima era Daniel Green, uno de los antiguos socios de David Wallace. Había aparecido ahorcado en un árbol. Como Carl. Algo me dijo que *Engla* podría estar detrás de todo aquello. Pregunté a V sobre las cuartillas, y en un principio aseguró que él no tenía nada que ver con la figura demoníaca que *Engla* había construido, aunque sí admitió que sabía que juntando cuartillas se podían hacer algunos mosaicos como paisajes y demás.

De cualquier manera, seguí la investigación desde casa, atento a los programas televisivos que mencionaban la noticia, aunque la mayoría de los que hablaban del tema se inventaban datos y le daban mucho bombo a declaraciones de gente que fingía tener primicias sobre el asunto y no eran más que oportunistas. Al final, a base de sensacionalismo, ocultaban los datos más importantes y se me hacía difícil poder saber qué avances estaban teniendo en el caso. Aunque hubo algún periodista que relacionó las muertes de Daniel Green y de David Wallace, sorprendentemente el rumor apenas llegó a coger fuerza y tampoco nadie conectó ambos crímenes con el suicidio de Carl. Alguien no quería que se hablase de ello. El crimen duró en televisión menos de dos semanas.

En pleno fervor por el descubrimiento del procesador cerebral, llegó el aniversario de la muerte de Carl. Ese día llamé a Rose para charlar y la noté con más ánimos de lo esperado, lo cual me alegró. Incluso se permitió soltar alguna broma y contarme anécdotas sobre Carl.

A quien no parecía haberle ido tan bien era a Daisy. Para terminar de complacer la memoria de mi antiguo compañero, me había desplazado hasta allí para comer un trozo de tarta de manzana. Una tarta que no probé con él y que no probaría tampoco ahora ya que, muy a mi pesar, el «Daisy Coffee» había pasado a ser una tienda de golosinas. Desilusionado, volví a casa dándome cuenta de que, en apenas un año, casi todo lo que trajo consigo aquella historia había acabado esfumándose. Llegué a plantearme la duda de si realmente parte de lo vivido sólo había sido un sueño o una ilusión.

No tardé en borrar la idea de mi cabeza, ya que, cuando llegué a casa, Héctor y Vendrell me esperaban en el salón con rostros de preocupación, dispuestos a disipar las dudas.

—¿Me he perdido algo? —pregunté.

—Te han dejado esto en el buzón —explicó Héctor, contrariado.

Una pequeña nota con dos nombres escritos en negro, pero con un tachón en rojo: David Green y Mijail Ismailov. Al lado, sin tachar y en rojo, otro nombre escrito con letra más grande: Kalígula.

Nunca le había llegado a mencionar ese último nombre a Engla, ni me pareció verlo en ninguno de los archivos del pen de Janeth. La única vez que lo escuché fue por Jack Allen, llegando a dudar de que ese nombre tuviera algún significado real. Pero de alguna manera, si esa nota era de Engla, algo que tampoco podía asegurar, ella había descubierto el alias de la persona que estaba detrás de su violación.

Esa misma noche, Vendrell aprovechó para ponerle voz a una pregunta que había estado esquivando durante mucho tiempo.

—Leo, ¿te has parado alguna vez a pensar sobre la posibilidad de que esa tía estuviera como un cencerro e hiciera todo aquello de lo que le acusan?

Un escalofrío recorrió mi cuerpo de sólo pensarlo.

Como pudimos intuir a raíz de esa nota, los periódicos no tardaron en anunciar la desaparición de Mijail Ismailov, y aunque algunos hablaban sobre la posibilidad de que se hubiera ido unos días de retiro espiritual, en casa teníamos una suposición más cercana a la realidad y que pronto pudimos corroborar.

Fue un martes por la mañana cuando el telediario se hizo eco de la aparición del cuerpo sin vida del magnate ruso en un piso abandonado que, curiosamente pertenecía a la inmobiliaria del también fallecido Daniel Green. La sorpresa fue que la noticia no tuvo tanta repercusión mediática debido a que otra le había robado el protagonismo: Desde el laboratorio de Coldbrigde reportaron una reacción anómala al procesador cerebral y un cadáver había vuelto a la vida.

En el momento en el que dejaron de hablar de ese muerto viviente y pasaron a comentar algo sobre Mijail Ismailov, V me preguntó:

—¿La sigues teniendo presente?

Fingiendo estar preparado para abordar esa pregunta, afirmé con algo de falsa indiferencia. Tras unos segundos, terminé de escuchar lo que decían sobre el crimen y reflexioné en voz alta:

—¿Sabéis cuando se me viene a la cabeza su recuerdo? Cuando llueve. Supongo que por el mal tiempo que hizo esos días, no lo sé, pero cada vez que llueve se me viene a la cabeza —confesé—. Llovía mucho en aquellos días —repetí.

«Llovía mucho en aquellos días».

—Igual que ahora —murmuré ante la atenta mirada de Engla.

Vendrell.

Aunque me había dicho que no debía volver a beber para refugiarme de los problemas porque estos se acrecentaban con alcohol, aquella noche cualquier promesa valía menos que un buen trago. No lograba entender cómo Héctor había podido actuar de tal manera, su egoísmo no le había permitido empatizar conmigo en un momento tan duro. Esperaba que al comunicarle la carga que tanto tiempo llevaba soportando, él me abrazara y agradeciese el esfuerzo que me había supuesto callar aquel secreto durante meses. Creía que, si nuestro vínculo se había visto perjudicado por Gladys y el bebé, compartir con él ese secreto reforzaría nuestro lazo de amistad y nos conectaría de nuevo, pero me había equivocado. Él no entendió que no le oculté aquello por placer si no porque yo sabía que Leonardo y él no tenían mi entereza y que no podrían seguir adelante en una situación tan difícil como en la que habíamos estado si perdían la total esperanza de volver a reunirse con sus seres queridos. A diferencia de mí cuando mi padre se marchó, Héctor no había logrado superar la partida de su hermano y aumentar ese dolor haciéndole conocedor de la pérdida del resto de sus familiares y amigos no iba a hacerle ningún bien.

Pero aquella persona, que distaba mucho de ser ese amigo con el que tantas cosas había compartido, decidió señalarme por todo aquello y enseguida me di cuenta de que el error había sido mío. Aunque yo había querido dejar de tener secretos con él y recuperar nuestra relación, él no estaba preparado para soportar el peso de la verdad. Y si no estábamos en el mismo barco unidos por el dolor y la fuerza que nos daba ser conocedores de la verdad, nuestra relación sólo podía empeorar.

Me acordé de Leonardo y las veces en las que discutíamos y Héctor siempre trataba de mediar entre los dos. Pese a estar en lados y pensamientos opuestos en infinidad de ocasiones, Leonardo no hubiese dejado que Héctor reaccionase así en la cena. Lo cierto es que tampoco me hubiese dejado de lado por Gladys. Lamenté que no estuviera presente para hacerle ver a Héctor lo equivocado que estaba.

Aunque ya era tarde para lamentos. Estaba claro que aquello había llegado a un punto de no retorno y nuestras disputas solo podían acabar condenándonos en un mundo que había dejado de permitir que uno pasara mucho tiempo lidiando con problemas personales. Sabía lo que tenía que hacer, lo que no sabía era cuándo llegaría el momento de hacerlo. Y mientras observaba las lágrimas de vino que resbalaban por el interior de mi copa, disfruté por primera vez en mucho tiempo de la sensación de ser conocedor y dueño de mi propio destino.

Desperté de un sobresalto en mitad de la noche. Estaba tirado en un sofá cercano al comedor donde habíamos cenado. En algún momento el alcohol me había dejado fuera de juego y fui a parar a ese lugar donde debí quedarme dormido. El silencio sepulcral apenas era interrumpido por mi propia respiración. Cuando me levanté noté punzadas de dolor en la cabeza. Algo trastornado, también sentí molestias en el cuello, probablemente debido a la postura en la que me había quedado dormido. En ese momento me hubiese fumado un cigarro, pero no tenía ninguno cerca. Resignado, decidí ir a mi habitación a seguir durmiendo. Si quería estar activo al día siguiente, tenía que descansar un poco más.

De camino a las escaleras principales escuché un murmullo. Alguien conversaba en alguna zona de la planta baja. Esforzándome un poco en poner el oído, no tardé en identificar la voz de Nathan y aunque estaba seguro de que para conseguir que me diera un cigarro me bastaría con acercarme de buen rollo y soltar algún insulto ingenioso sobre Marjory, no tenía ganas de verle la cara a ese tío.

En el rellano de las escaleras, sobre un soporte dorado, había un farolillo de cristal y metal que protegía una vela en su interior. Para iluminarme en mi camino hasta la habitación, lo cogí del asa que tenía en la parte superior. Arriba, ya en la primera planta, vi que había otro soporte para dejarlo, pero éste ya tenía otro farolillo del mismo estilo, por lo que intenté dar con un tercero que estuviera vacío y fue cuando se me ocurrió tomar la peor decisión de la noche.

Un cordón cerraba el paso a la segunda planta, un mecanismo que no hacía por impedir su acceso, sino que más bien tenía la función de persuadir a toda persona responsable. Pero yo no estaba allí para acatar normas, ni mucho menos sugerencias, y si en la segunda planta había algún tipo de secreto oculto por Marjory y sus esbirros, aquel era el momento de descubrirlo.

Traspasé esa barrera simbólica que era la cuerda, y a medida que ascendía cada peldaño el olor a humedad y el polvo estaban más presentes en el ambiente. Un pasillo largo se abría a ambos lados del rellano de la segunda planta. El suelo estaba cubierto por una alfombra enorme y, pese a la vaga iluminación que me concedía el farolillo, pude apreciar la cantidad de manchas y suciedad que acumulaba. Al final de cada pasillo, este era presidido por un gran ventanal semicircular. Por la orientación del edificio, en el que quedaba a mano izquierda penetraba más la ya de por sí escasa claridad de la noche y se veía gran parte de las sombras de todos los objetos que inundaban ese pasillo. Sorprendido, observé ese lugar que parecía una tienda de antigüedades abandonada a su suerte. Instintivamente me fui acercando e iluminando con el farolillo cada una de ellas. Una serie de crujidos y de pequeños ruidos de difícil definición y de procedencia imposible de adivinar iban acompañándome en aquel estremecedor paseo nocturno.

Lo que más me llamaba la atención eran los bustos y figuras de tamaño real que se encontraban esparcidas y que no seguían un orden determinado: Animales exóticos, esfinges egipcias, armaduras de distintas procedencias y épocas... Toda una colección extravagante que antaño valdría una auténtica fortuna.

Mientras iba caminando, no sin cierto reparo, fui probando a abrir las habitaciones que se iban sucediendo en ese pasillo, pero todas estaban cerradas con llave. A mitad de camino, las figuras de mayor tamaño empezaban a escasear y la luz de la luna y las estrellas que entraba por la ventana del fondo facilitaba un poco más el visionado de una hilera de pequeñas estanterías cargadas de libros polvorientos y figurillas más pequeñas. Fui echando un vistazo a los títulos de los libros. La mayoría tenían pinta de llevar siglos sin abrirse. Paseando el farolillo por ellos, acabé dando con uno que destacaba sobre el resto. De pasta dura y colorida, no parecía llevar ahí más de unas pocas semanas. Se titulaba «Los Cuentos de Bonnie: El rey impostado». Lo sostuve entre mis manos y lo hojeé. Parecía un cuento infantil, con poco texto, apenas un par de líneas por página y unas ilustraciones algo macabras para unos niños. Cuando fui a devolverlo a su lugar un murmullo me paralizó. Alguien estaba hablándome, pese a que ahí sólo debía estar yo. El idioma era ininteligible y la voz era profunda, como un eco perdido. Otra voz, algo más gutural le acompañó al instante. Sabía que en esos casos preguntar que quién andaba allí era inútil, pero a su vez también era una reacción involuntaria a consecuencia del miedo. Sin recibir contestación alguna y sintiendo el sudor frío recorrer mi frente, procuré mover el farolillo de un lado a otro para ver si, quien fuera que sea que estaba allí, se acercaba e intentaba atacarme. Pensé en que pudiera tratarse de un zombi, o de varios y que si me asaltaban desde la oscuridad tendría las de perder. Aunque estaba seguro de que ambas voces estaban hablando y esos bichos no eran capaces de ello. ¿Entonces quién era?

Las voces se escuchaban cada vez más cerca. Sabía que las tenía encima y fue entonces cuando mi espalda se topó con el frío metal de una de las armaduras. Había cobrado vida. Sentí el corazón a mil por hora, y aunque no estaba haciendo ningún esfuerzo, no conseguía respirar con normalidad y comenzaba a asfixiarme. Intenté calmarme, pues sentía que el pánico se estaba apoderando de mí. El fantasma que estaba portando la armadura, movió sus brazos y me señaló con su lanza, amenazante. Reaccioné y me alejé corriendo como pude, llegando a tropezar y apoyando las manos en el suelo para evitar golpearme. La vela del farolillo se apagó del vaivén que le di y acabé por lanzarlo contra aquella figura, que había quedado sumida en la completa oscuridad. No se escuchó el impacto, y tampoco que cayera al suelo. Parecía que el pasillo se hubiera convertido en un agujero negro que absorbiera todo cuanto le lanzase. Traté de seguir corriendo hasta llegar al final del pasillo, a tientas y chocándome con varios de esos trastos, porque la oscuridad se había hecho total dueña del lugar. Ni siquiera el resplandor de la luna hacía ya por entrar tras alguno de los dos ventanales.

Por suerte, la luz de una linterna enfocó a una de las estatuas que estaban al lado de las escaleras, concretamente a una serpiente dorada de tres cabezas. Me dirigí hacia ella como un niño asustado a los brazos de su padre, y vi que quién sujetaba la linterna era Héctor.

—¿Qué haces aquí? —preguntó sorprendido.

Apenas podía articular palabra, por lo que traté de señalar a la oscuridad.

—Hay alguien —tomé aire—, ahí hay alguien.

Supe por su gesto que no estaba del todo convencido. Me retó a ir y descubrirlo, y aunque no me parecía buena idea, no iba a dejar que pensase que me lo había inventado.

Aunque no estuve del todo seguro, no tardamos en dar con la armadura que estaba más cercana a las estanterías de libros. La enfocó con la linterna de arriba abajo. No era más que eso. Una armadura de metal de un caballero medieval. Tenía una cruz templaria en el pecho y el yelmo cubría todo el rostro. Con el brazo derecho sujetaba la lanza, imponente. Héctor negó con la cabeza y se marchó, de nuevo decepcionado.

—Vámonos, aquí no podemos subir —su tono de voz era frío, ausente de su habitual calidez.

Le seguí hasta donde nos habíamos encontrado y aprovechando su distracción le arrebaté la linterna. No me había quedado tranquilo y necesitaba cerciorarme de que todo había sido una nueva jugarreta de mi mente calenturienta. Cuando volví hacia la armadura, aunque ésta seguía inmóvil, ciertamente la noté más cercana a las escaleras que las otras veces, como si se hubiese movido en cuanto le dimos la espalda, persiguiéndonos en silencio.

La toqué ligeramente. Luego hice por tambalearla, para finalmente ponerme de puntillas para quitarle el yelmo. Apenas pude enfocar la cara, pero aterrado contemplé que debajo del metal había una especie de espectro demoníaco. Quise gritar, pero acabé ahogando un grito preso del pánico. Escuché el metal de la armadura seguir mis pasos y antes de poder llegar al rellano donde estaba Héctor esperándome, el monstruo se abalanzó sobre mí y ambos caímos al suelo. Estirando la mano que sujetaba la linterna logré enfocar a mi amigo. Éste, al ver la escena, se llevó la palma de sus dos grandes manos a las mejillas, horrorizado. En apenas unos segundos, las yemas de sus dedos apretaron tan fuerte sus párpados inferiores que los ojos se salieron de sus cuencas. La cara empezó a desfigurarse y quedó totalmente deformada, convirtiéndose en un monstruo horrendo. De pronto, emitió de nuevo el sonido gutural que anteriormente había escuchado, y en cuestión de instantes acabó petrificado, siendo una escultura más de las allí presentes.

Aunque noté como la lanza del templario se clavaba en mi espalda, era tanto el pánico que me había producido lo que había visto que no sentí dolor. La linterna, comenzó a parpadear y antes

403

de apagarse conseguí enfocar una sombra que se movía a mi izquierda. La serpiente de tres cabezas también había cobrado vida y se me acercaba reptando y lanzando un siseo cada vez más alto.

Lo primero que vi al abrir los ojos fue a Simon sentado en una de las butacas que había frente al sillón donde me había quedado dormido la noche anterior. Leía un libro sobre accidentes aéreos.

Volvía a estar en el punto de partida. Desorientado vi que ya era de día y tras ser consciente de mi situación, tomé aire aliviado. De nuevo una mala pesadilla.

—¿Qué hora es? —pregunté algo ronco.

—Las ocho y media. Si te das prisa aún estará caliente el café.

Asentí con desgana. Seguía sin apetecerme hablar con nadie después del incidente con Héctor en la cena. Aun así, necesitaba algo de café para activarme así que me levanté para ir a la cocina.

—Espera. Te dejas eso —me avisó Simon señalando a la mesa que había en el centro de ese conjunto de butacas y sillones.

Ahí estaba. «Los Cuentos de Bonnie: El rey impostado», volví a leer. Miré horrorizado a mi alrededor. ¿Seguía envuelto en la pesadilla? No, aquello era real. Simon era real. Sabía que esta vez estaba despierto. ¿Qué hacía ese cuento ahí? ¿Qué parte de mi pesadilla era cierta, y qué era mentira?

Cuando llegué a la cocina, Gladys y Gemma estaban sentadas una frente a la otra hablando del bebé. Que apenas molestaba y que era muy bueno, decía una. Que tenía los ojos de su madre, le contestaba la otra. Y la primera callaba, como si le pareciese bien la tontería que había soltado Gemma. Me dieron ganas de decirle que ni una era madre de ese bebé, ni la otra lo sería nunca, pero prefería tener la fiesta en paz. Me llené una pequeña taza de café y tomé asiento lo más alejado posible de ellas. Necesitaba tranquilizarme, así que leer el cuento no me pareció mala idea.

Hace mucho tiempo, en un lugar no muy lejano, ni tampoco muy cercano, vivía en su palacio un rey muy feliz, que gobernaba un reino de hombres felices con familias felices. Todos vivían en completa armonía y celebraban fiestas por el simple motivo de su mera felicidad. Cualquier excusa valía para celebrar una fiesta: un cumpleaños, una boda, un nacimiento... Tenían víveres en abundancia y nunca faltaba de nada. Si alguien tenía hambre, el rey le daba pan. Si alguien enfermaba, el rey le mandaba a un médico. Si alguien necesitaba ropa, el rey le proporcionaba ropa.

Pero el rey no había sido rey por regalo, se lo había ganado en el campo de batalla. Había llevado a cabo numerosas guerras contra numerosos ejércitos donde había derrotado a numerosos reyes. Gran parte de su reinado de bonanza se debía a que, tras sus grandes murallas, el reino estaba plagado de grandes caballeros que habían llevado consigo grandes botines de guerra.

Sin embargo, al rey no le bastó con todo lo que había conseguido y quería más. Su avaricia le llevó a batallas cada vez más difíciles y sangrientas. A veces ni los botines justificaban el precio en sangre que se había pagado.

Un día recibió la visita de una mujer que había perdido a su marido en una de las batallas. La mujer lloraba desconsolada y le pedía que su hijo no fuera a la guerra. El rey desoyó sus súplicas y la mujer furiosa le maldijo:

"Si mi hijo muere, tu reinado morirá con él. Todas tus verdades se convertirán en mentiras y todo lo que tus ojos ven se desvanecerá ante ti. Tus murallas serán de papel, tus soldados de cartón y tu trono de arcilla."

El rey mandó a los calabozos a la osada mujer, y cuando el hijo cumplió la edad mínima, lo mandó al frente donde murió desafortunadamente en una afrenta contra otro soldado. Cuando el rey y su ejército regresaron con el botín se hizo una gran fiesta. Por primera vez en meses, la batalla había dado un gran resultado y las perdidas eran mínimas. Aquella noche el rey se fue a la cama creyendo ser invencible.

Pero no había mayor enemigo del rey que las palabras de aquella mujer, y es que cuando el día amaneció de nuevo, el rey contempló como su familia había desaparecido y con ellos todo rastro de vida. Tan sólo quedaban unas murallas de papel, unos soldados de cartón y un trono de arcilla que comenzaron a mojarse con las primeras lluvias de otoño.

—¿De dónde has sacado ese libro? —preguntó Gemma, mientras saludaba a Marjory que acababa de entrar en la cocina.

—Eso quisiera saber yo —contesté rápidamente—. Lo he encontrado de casualidad encima de la mesa del salón—precisé.

Su jefa, que estaba sirviéndose un vaso de zumo de naranja, miró de reojo el cuento y acto seguido me miró a mí. No tuvo que decirme nada para que yo entendiera que sabía de dónde lo había cogido. Y yo no necesité ninguna palabra ni un mal gesto para saber que allí pasaba algo.

Héctor.

—Las cosas entre nosotros no van a volver a ser como antes —sentencié convencido.

Tumbado boca arriba sobre la cama, observaba las sombras de la lámpara que colgaba del techo de mi habitación, donde la brisa que entraba por la ventana la balanceaba ligeramente creando diferentes formas.

La noche anterior, tras la discusión en la cena, no logré descansar la mente hasta apenas unos minutos antes del amanecer, dándole vueltas a la cabeza una y otra vez sobre cómo había sido posible que algo así llegara a suceder entre Vendrell y yo. Qué motivo le haría a una persona esconder ciertos secretos a quienes, con total seguridad, han sido tus principales apoyos a lo largo de toda tu vida.

Gladys, sentada a los pies de la cama, no había dejado de preocuparse por mí. Esa mañana la pasé intentando conciliar el sueño y no fue hasta bien pasada la tarde cuando desperté. Sin embargo, ella me había guardado una ración de comida y había tenido el detalle de subirlo a mi habitación. Cuando abrí los ojos, pude advertir una bandeja con un buen plato de arroz y carne junto a la puerta. En aquel momento, la mujer escuchaba pacientemente todo lo que seguía despotricando para desahogarme, hasta que decidió pronunciarse y romper una lanza en favor de Vendrell:

—No quiero que pienses que estoy de su lado, ni siquiera que estoy de acuerdo con lo que ha hecho.

La mirada de reproche que le lancé al ver venir un intento de justificación por su parte le hizo elegir cuidadosamente sus siguientes palabras:

—Solo digo que tampoco creo que sea fácil decirle algo así a tus mejores amigos —se limitó a añadir.

—Gladys, ha tenido un millón de ocasiones para hacerlo desde que lo supo —intervine incorporándome de la cama—. Pudo habérmelo dicho un día cualquiera de tantos que hemos pasado estos meses en el camión. ¿Pero hacerlo así? ¿Y de esta forma?

—Es verdad, en eso tienes razón. Solo intento comprender qué pasa dentro de su cabeza —alegó ella.

—Hace tiempo que su cabeza es imposible de descifrar —la interrumpí—. Y además, me responsabiliza de ello. Me culpa de no haber acabado como él y se lamenta de no haber corrido su misma suerte en el sótano de aquella casa.

Cuando Gladys me escuchó pronunciar aquello supe que me había pasado de la raya, pero lejos de amedrentarse por obligarle a revivir experiencias de su pasado más traumático, se puso en pie.

—No digas eso, estoy segura de que no piensas esas cosas. Nadie es capaz de desear algo así, por muchas locuras que hayan pasado por su mente no deja de ser tu amigo.

No contesté. Sabía que la mujer llevaba razón, pero no me veía preparado para hablar con Vendrell en esos momentos, prefería que pasaran unos días para poder abordar mejor la situación. Tenía la sensación de que si lo perdonaba estaba traicionando a mi familia, y por otro lado, si intentaba acercarme a él y este salía con algún tipo de justificación incomprensible, iba a descargar toda la rabia contenida sobre el que había sido casi como mi hermano.

—¿Dónde está el crío? —pregunté cambiando de tema. No lo había visto en todo el día y me sorprendió que Gladys no lo llevara consigo.

—Está con Gemma, no lo está pasando bien después de lo de anoche y el niño la ayuda a distraerse. Se lo ha llevado a dar una vuelta por la finca —explicó Gladys asomándose a la ventana de la habitación para echar un vistazo alrededor—. He estado charlando un rato con ella esta mañana, parece una buena persona.

La escena del zombi arrodillado junto al caballo y la cara del animal agonizando de dolor volvieron a mi mente amedrentándome como un mal recuerdo. Me preguntaba si Marjory, que parecía ser una persona que pretendía tenerlo todo controlado, había tomado ya algún tipo de decisión sobre lo ocurrido. Solo había una respuesta posible a cómo había llegado ese monstruo hasta allí y todos sabíamos cuál era.

—Es bueno saber que todavía queda gente buena como Gemma en este mundo —contesté instintivamente sin dejar de pensar en mis cosas.

Gladys, que pareció darse cuenta de que no le prestaba atención, me dirigió una mirada de reproche.

—Me ha contado que perdió a su familia poco después del inicio de la propagación del virus.

—Yo hablé ayer con ella y me dijo que sus padres murieron bastante antes de que los zombis comenzaran a rondar las calles —dudé recordando la conversación del día anterior.

—No me refería a sus padres. Gemma tenía pareja —me corrigió Gladys observando por la ventana—. Y su pareja estaba embarazada. Tenía previsto dar a luz a una niña pocas semanas después de que aparecieran las primeras noticias sobre infectados. Le surgieron complicaciones en el parto y, si ya de por sí nuestro sistema sanitario en condiciones normales es nefasto, este se resiente bastante cuando una pandemia azota prácticamente hasta el último rincón del país. Los hospitales se colapsaron al mismo tiempo que el resto de los servicios básicos se iban yendo poco a poco a tomar por culo. Las dos murieron.

—Dios...

A pesar de sucederse los días y ver con tus propios ojos escenas que en cualquier otro contexto te pondrían los pelos de punta y vivir situaciones que harían que una historia así no te afectara demasiado, la forma en la que Gladys la estaba contando me dejó helado. No pude más que lamentar tan mala suerte y pensar cómo tuvo que sentirse Gemma los días posteriores. Me acerqué hasta donde estaba ella y comprobé que estaba mirando a la mujer y al crío junto al invernadero. Le había dado algún tipo de herramienta de poco tamaño para que el niño jugara con la tierra. No sabía hasta qué punto Gemma había logrado superar una pérdida tan dolorosa, pero en aquellos momentos, mientras jugaba con el niño parecía la persona más feliz del planeta.

—¿Quieres hablar de lo que sucedió con Nathan ayer en los establos? —pregunté a Gladys.

—Intentó ofrecerme un chute de heroína a cambio de que le chupara la polla —explicó tajante negando con la cabeza—. No es necesario darle más vueltas.

—Qué hijo de puta —solté indignado.

Dudaba que Gladys pudiera caer en la tentación de volver a esa vida después de lo mal que lo había pasado, pero tampoco estaba completamente convencido de que no recayera en algún momento. Al fin y al cabo, había estado enganchada durante muchos años.

—Una vez tuve un ligero coqueteo con la droga. Fue hace mucho tiempo, después de fallecer mi hermano —confesé intentando aplacar la angustia que sentía.

La mujer me miró sorprendida.

—Fueron momentos tan duros en mi familia que nada parecía aliviar una pérdida tan grande. Mi madre estaba completamente ausente y mi vida se iba torciendo poco a poco conforme pasaban las semanas.

A pesar de ello, recordé con nostalgia los que sin duda fueron los peores días de mi existencia.

—Al final no pasó nada, ¿a qué no sabes por qué? —pregunté con una ligera sonrisa—. Porque tanto Vendrell como Leonardo estuvieron pendiente de mí en todo momento. No había día en el que alguno de los dos no viniera a visitarme y me ayudara a pasar aquel amargo trance de la mejor manera posible. La verdad que tuve mucha suerte entonces, de no ser por ellos probablemente no habría salido de ahí.

Gladys permanecía atenta a lo que le contaba sin articular palabra.

—Y lo que quiero decir con este sermón infumable es que puedes contar conmigo para lo que quieras, siempre estaré aquí para ayudarte.

Expresar esa clase de sentimientos delante de Gladys había resultado algo mucho más fácil de lo que podía suponer, pues la relación que guardaba con aquella mujer había crecido enormemente desde que nos conocimos meses atrás. Así como casi no pude contar con la ayuda de Vendrell, que había quedado traumatizado no sin motivo, Gladys se convirtió en mi mejor y, a decir verdad, único apoyo posible.

—¿Llegaste a probarlas? —preguntó.

—Nunca.

Gladys lanzó una sonrisa cómplice sin añadir nada más. No sabía hasta qué punto podía haberla ayudado, pero consiguió hacerme sentir mejor. Aquel momento de desahogo con Gladys me empujó a intentar un acercamiento con Vendrell. Me veía con la necesidad de hablar con él, pero debía admitir que sentía algo de nerviosismo por cómo iba a responder mi amigo. La mujer me animó a ello y dijo que aprovecharía para hacerle compañía a Gemma y al niño. Salimos de la habitación y descendimos la enorme escalera principal hasta separarnos en la puerta del gran salón.

Después de buscar a Vendrell durante algunos minutos por toda la casa y sus alrededores, pude encontrarlo leyendo en la mesa de la cocina. Cuando me acerqué hasta él, me llamó la atención que escondió lo que fuera que estuviera ojeando de forma misteriosa, ocultándolo adrede. La cosa no empezaba con buen pie.

En el centro de la mesa había una fuente de cristal repleta de panecillos rellenos, cogí un par y le ofrecí a Vendrell uno de ellos. Negó con la cabeza.

—¿Cómo estás? —comencé preguntando.

—Bien —se limitó a contestar. Me observaba fijamente, pero sus ojos parecían estar en otro lado y me preguntaba si su mente también lo estaría.

—Juraría que he pasado hace unos minutos por aquí y no te he visto.

Vendrell no contestó y se encogió de hombros. Me resultaba difícil cómo afrontar aquella discusión así que decidí romper el hielo interesándome por el libro que escondía bajo la mesa.

—¿De dónde lo has sacado? —le pregunté señalando con la mirada el lugar dónde le había visto guardarlo.

—Lo cogí por ahí, no estoy del todo seguro en realidad —contestó volviéndolo a colocar sobre la mesa. Lo abrió y comenzó a ojearlo de nuevo.

—Si no me lo quieres contar no pasa nada, eh. No sería la primera vez —le lancé una pulla.

—No es eso. Es que anoche pasó algo extraño. Una especie de... pesadilla —contestó sin apartar los ojos del libro.

La desidia de mi amigo comenzaba a dar al traste en mis intentos por arreglar lo ocurrido la noche anterior. Parecía volver a su estado mental bloqueado y lo que menos me apetecía en aquel momento era escuchar otra historia de fantasía típica de Joan Vendrell.

—Quería hablarte de lo que pasó ayer en la cena —me animé a decir.

—Mira ya está, déjalo, ya no hay vuelta atrás. En algún momento todos podemos cometer errores y no merece la pena perder el tiempo por eso. Te perdono.

Se levantó de la mesa y caminó hacia el recibidor.

Un cúmulo de sensaciones me inundó por completo al escuchar aquello. Empecé a estrujar el panecillo con fuerza hasta que quedó convertido en un amasijo de migas. «Te perdono», había dicho. ¿Cómo podía, después de todo, llegar a la conclusión de que él debía perdonarme a mí? Sonreí irónicamente sin interés alguno en discutir de nuevo. No había nadie cuerdo al otro lado del cable con el que poder tener una conversación seria, por lo que preferí zanjar el tema definitivamente, no sin antes aclarar una última cuestión. Lo seguí hasta alcanzarlo en la entrada principal y caminé junto a él por el caminito de piedra del jardín.

—Ya que estás tan compasivo hoy. ¿Sabes una cosa? La primera vez que quedé con Sarah ya sabía que tú habías estado con ella. Y, aun así, seguí viéndola a tus espaldas —empecé a notar un ligero cambio en el rostro de Vendrell que me miró con recelo—. Tuvimos una aventura durante varios meses e incluso llegué a creer que estaba enamorado de ella. Espero que también puedas perdonar eso.

Aquello último no era del todo cierto, pero quería comprobar si Vendrell reaccionaría de alguna forma y decidí exagerar mi pequeña venganza. Podía notar que algo había despertado dentro de él, pero fuese lo que fuera que pretendía decirme, prefirió callárselo y tiró por tierra mis deseos de escarmentarlo haciéndome sentir peor que antes. Mi paciencia estaba agotándose, no había conseguido la respuesta que esperaba de él y su desgana me sacaba de quicio.

—¡Maldita sea, reacciona! —exclamé poniéndole una mano en el hombro—¡Di algo! ¡Aunque sea alguna gilipollez de las tuyas!

—Calla —añadió alzando el dedo índice—. Mira eso.

Caminamos hasta llegar al portón de entrada al recinto donde algo había llamado la atención de Vendrell. Seguí con la mirada lo que me estaba señalando y vi cómo a unos diez metros sendero abajo Simon encañonaba a Nathan con una pistola bajo la atenta mirada de Butch. El joven llevaba una mordaza en la boca y sollozaba como un niño pequeño. Casi como acto reflejo, nos ocultamos detrás de una columna junto al muro cuando un disparo ahogado por el efecto de un silenciador abatió al joven que se desplomó al suelo de inmediato.

—Este imbécil ya no causará más problemas —comentó Simon dándole un toquecito con el pie al cadáver del chico—. Ese caballo era más valioso que diez inútiles como estos.

—Joder Simon, me dijiste que solo ibas a acojonarlo un poco —protestó Butch a su lado.

—Esa era la idea en un principio, amigo mío. Pero las órdenes han cambiado.

—Me cago en la puta, esa vieja. Cada día está peor de la cabeza. ¿Y ahora se supone que me toca a mí deshacerme de él? —señaló Butch con desgana.

—Me temo que no.

Y acto seguido alzó de nuevo la pistola, apuntó a la cabeza del mayordomo y apretó el gatillo.

CAPÍTULO IX: Secretos.

Leonardo.

Siempre he creído que es difícil reconocer cuándo estamos ante un hecho que supone el final de una etapa y el principio de otra. Solemos darnos cuenta de ese final demasiado tarde, cuando este ya ha tenido lugar algún tiempo atrás: Si un familiar envejece y arrastra sus últimos meses de vida, creemos que el final de ésta es el momento en el que muere, pero realmente conviene preguntarse si, en esos últimos meses en los que apenas podía moverse por sí solo, era la misma persona a la que nos tenía acostumbrados. O preguntarnos directamente si aquellos últimos meses de uso de pañales, comida triturada y balbuceos ininteligibles seguía siendo vida.

No sólo con el fallecimiento de un ser querido, también sucede con el final de una relación. El amor puede llegar a ser tan pleno que, obcecados por los sentimientos iniciales, ya esfumados, arrastramos hasta límites irracionales algo que hace tiempo dejó de funcionar. Una relación se acaba cuando ese amor deja de existir, lo demás es sólo un epílogo innecesario que solo servirá para enturbiar el recuerdo de una historia que fue bonita y dulce.

Esta equivocación a la hora de señalar el final de una etapa y el principio de otra nueva suele venir motivada por el miedo. Ese miedo a aceptar que algo hace tiempo que ha llegado a su fin, y no es sino el instante en el que se adquiere un refuerzo emocional, que el ser humano se ve obligado a dejar de mirar esa puerta que llevaba tiempo cerrada, aunque no lo quisiera ver así.

Llevaba puesta una capucha, aunque no le cubría del todo la cabeza y las gotas resbalaban por su pálida piel hasta caer por su barbilla. Algunas, algo más intrépidas, lograban alcanzar la comisura de sus labios y acabar allí su recorrido. Engla estaba frente a mí, a sólo dos palmos. Casi podía escuchar su respiración y en ese momento, por mucho que insistía en empaparnos, la tormenta no formó parte de aquella escena.

—¿Cómo me has encontrado?

—Tenía tu dirección, así que fui a tu casa. Pero no estabas y el cadáver que había no era el tuyo. Busqué una casa vacía frente a tu piso y me quedé allí por si volvías.

—¿Y hasta cuándo pensabas esperar? —pregunté sorprendido.

Se encogió de hombros.

—No tenía dónde ir.

—¿Y si no vuelvo nunca? ¿Ibas a seguir esperándome durante meses? ¿Años?

—Supongo —dudó un instante—. Quiero decir... Encontré bastante comida por los alrededores. No tenía un plan para cuando se acabasen todas las reservas. Tampoco lo he necesitado —miró al suelo, avergonzada.

—Podría llevar meses muerto. No deberías esperar a que regresase o se agotasen tus existencias. Tendrías que haber buscado ayuda.

—Pero no has muerto. Estás aquí.

Continuó explicándome que, nos vio dirigirnos al edificio esa tarde, y después nos siguió desde lejos en una motocicleta sin que pudiéramos percatarnos. Para ello, mantuvo la distancia y se aprovechó de que la fuerte lluvia dificultaba la visibilidad.

—¿Y cómo has logrado entrar en el recinto? ¿Has saltado las vallas?

Señaló su ombligo y fijándome con esfuerzo, ya que la oscuridad apenas permitía ver lo que ella me indicaba, bajé la mirada hasta su cintura. Allí pude intuir un cinturón de herramientas que contaba con varias de estas. Tomó una cizalla y me la tendió. La sujeté mientras seguía sus pasos hasta el agujero que había hecho para entrar allí. Era lo suficientemente grande para que pasara una persona corpulenta y estaba situado tras los edificios, de manera que suponía un punto inaccesible para la vigilancia desde la torre. Aunque, realmente, la vigilancia en días como ese era bastante inútil; la hacíamos gracias a la luz natural del cielo, pero con éste completamente cerrado había una mayor cantidad de zonas que estaban plenamente sometidas a la oscuridad.

—Vámonos antes de que nos vea alguien —dijo con preocupación.

Iba a agacharse para reptar por el agujero hacía fuera, pero la sujeté del brazo antes de que le diera tiempo a ponerse de rodillas.

—Espera, espera —intenté disuadirla—. ¿Estás hablando en serio?

—Aquí no estás a salvo —insistió mientras posaba su mirada a la mano con la que estaba sujetándola.

La solté de inmediato al suponer que no le gustaba que la tocasen. Me sentía agobiado. No quería que Engla volviera a desaparecer, pero no estaba dispuesto a aceptar su propuesta y a pasar por alto que nos había puesto en peligro a todos haciendo ese boquete en las dos vallas.

—¿Y contigo sí lo estaré? ¿Qué plan tienes para nosotros? ¿Algo mejor que un recinto vallado y una comunidad organizada? Quizá, antes de irnos a ningún lugar, podríamos destrozar todas las vallas con este cacharro para que los que se refugian aquí dejen de estar a salvo —le espeté molesto haciéndole entrega de las cizallas.

—No lo entiendes —bajó la voz—. Este sitio, este lugar... Es suyo, le pertenece —su susurro se fundió con el ruido de un trueno.

—¿A quién? —pregunté despistado, sin comprender a qué se refería.

—A Kalígula.

Otra vez ese nombre. Engla había terminado por enloquecer, si es que no lo había estado antes. Había algo con ese nombre, una especie de hechizo que hacía que aquel que lo mencionara acabase con la mente trastornada. Ya le había pasado a Jack Allen y parecía que Engla no se iba a librar de tal condena.

—¿Leo? ¿Qué haces ahí? —a lo lejos, la voz de Warwick irrumpió con fuerza.

Me giré para ver a qué distancia estaba. Venía a mitad de camino desde la torre hacia mi posición. A esa hora tocaba cambio de turno en la torre y Cora haría guardia aquella noche. Traté de cubrir a Engla con mi espalda, pero supuse que sería tarde y que nos había visto. En aquel momento, cientos eran los pensamientos que se agolpaban en mi mente. ¿Qué podía decir al respecto? ¿Cómo iba a justificar aquello? ¿Acusaba a Engla? ¿Me posicionaba en su contra? ¿Admitía que la conocía? ¿Contaba de qué la conocía? ¿La aceptarían después de saber que había entrado de aquella forma?

—¿Qué haces aquí? Está cayendo la hostia de agua —volvió a preguntar extrañado.

Miró a mis espaldas, por lo que yo me volví también. Allí no quedaba ni rastro de Engla, sólo el agujero que había hecho. Se había esfumado.

—He salido a caminar y me he topado con este agujero —mentí—. Estaba observándolo y pensando qué podemos hacer. No debemos dejarlo así.

Warwick frunció el ceño, desconfiado. Se agachó para mirarlo de cerca.

—Habrá que arreglarlo lo antes posible, es peligroso dejarlo así. Vamos a avisar a Cora de que le toca su turno de guardia y después cogemos algunas herramientas que hay en la despensa para hacer el apaño.

Lo noté serio y tenso, lejos de su actitud habitual. Sin embargo, no hizo referencia a lo que resultaba evidente: ese agujero lo tenía que haber hecho alguien, no podía haber aparecido por arte de magia. Su disimulo no podía significar nada bueno. Era prácticamente imposible que no me hubiese visto hablando con alguien, aunque Engla fuera una simple sombra sumida en la oscuridad de la noche. Warwick me había descubierto, de eso estaba seguro.

Temí que estuviera disimulando, manteniendo las formas para después comunicárselo al resto del grupo y que estos, en especial Eduardo, acabasen por desterrarme por traidor.

Supe que lo que me tocaba iba a ser una agonizante espera hasta que mi compañero diera su siguiente paso, y mientras tanto en mi cabeza pulularía el reconcome que impediría con total seguridad que conciliase el sueño. Esa idea duró poco en mi cabeza ya que lo peor estaba a punto de llegar.

Warwick y yo caminábamos completamente empapados y dejando que sólo el ruido de nuestras pisadas en el barro encharcado estuviera presente. La lluvia perdía intensidad y parecía que la calma que venía detrás no iba a ser apacible, más bien tensa.

Cabeza gacha, sintiéndome culpable por guardar el secreto de Engla, subí el primero de los tres peldaños de la entrada de nuestra residencia. Warwick, que venía tras de mí, me agarró del brazo. Durante el segundo que tardó en articular palabra traté de armarme de valor y afrontar lo que se me venía encima con un nefasto argumento, basado en muletillas del tipo: «puedo explicarlo, no es lo que parece».

—Tío, mira esa mierda.

Bajo la torre de vigilancia, un pequeño halo de luz que se abría paso entre las nubes, cada vez más dispersas, iluminaba una zona como si fuera unos focos de escenario. Allí se encontraban ellos dos, en una postura tan cercana que era imposible que el aire pudiera colarse entre sus bocas.

Para cuando Warwick interrumpió aquel beso de Neil y Cora con una de sus habituales bromas, yo ya estaba subiendo las escaleras hacia mi dormitorio. Iba con el alma partida y una extraña sensación de agobio y asfixia clavada en el pecho y anudada en el estómago.

—En la morgue he visto caras con mejor aspecto que la tuya.

El humor negro de Ruth no tenía fácil encaje en ese instante, pese a que usualmente me gustaba mucho. Coincidí con ella cuando ya estaba dispuesto a entrar en mi habitación. Ella salía de la suya, vestida de calle, sin la bata blanca y ancha con la que solía ir a las reuniones en la torre tras salir del laboratorio. Su cuerpo era más fino de lo que imaginaba, pero seguía teniendo una peculiar presencia que le hacía atractiva.

—Supongo que esa gente con mejor aspecto moriría feliz —contesté algo reacio.

Resopló como si le hubiera hecho algo de gracia, pero no la suficiente como para arrancarle una carcajada. Acto seguido, bajó el volumen y, cerciorándose de que no había nadie a nuestro alrededor, anunció:

—Mañana os veo en la torre a eso de las once. Díselo a los demás.

Mientras asentía levanté el dedo índice, puntualizando que había recordado algo.

—Espera, tengo algo para ti.

Me apresuré a mi cuarto y abrí el cajón de la mesita de noche, lugar en el que había guardado tanto el cuaderno de Gilbert como el walkie que Engla había dejado sobre mi cama. Ruth se quedó asomada en la entrada, observándome con su innata curiosidad.

—Estuvimos en casa de la mujer del profesor Gilbert y trasteando encontré este diario que firma el doctor. Me gustaría que le echases un vistazo a ver qué te parece —extraje de sus hojas el documento de identidad de Webster, que había introducido ahí a modo de separador—. Y supongo que esto también. Lo saqué de un cadáver que había en su casa. Creo que tenemos razones de sobra para sospechar de él.

El discurso con el que Ruth solía defender y justificar a Webster rezumaba cierta admiración hacia el profesor, por lo que creí que era mejor que viera aquellos documentos con sus propios ojos. Además, quería estudiar su reacción. No desconfiaba de ella, pero si seguía defendiéndolo a capa y espada, tendríamos que andarnos con cuidado sobre qué cosas podríamos mencionar cuando estuviese delante.

Tras hacerle entrega de ambas cosas, las cuáles ojeó con lo que yo percibí como un pequeño atisbo de asombro y duda, me pidió que se las dejase unos días, asegurándome que no le diría nada a Gilbert y que me las devolvería.

—¿Para qué las quieres?

—Puede que, revisándolo, encuentre algún dato importante que sume a la investigación.

—¿Y la documentación qué aporta? —pregunté extrañado.

—Es un buen marcapáginas —dijo sonriente.

Ese argumento no convencía al más iluso de los prestamistas, pero negárselo tampoco iba a servir de mucho. Si quisiera delatarme o actuar en nuestra contra, no necesitaba la documentación de Gilbert. Y yo tampoco le veía mucha utilidad.

—Bueno, voy a ver si ceno algo. Y tú alegra esa cara, que mañana será un gran día —aseguró enérgicamente. Al instante, se acercó a mí y me susurró al oído—. Cuando Gilbert no me veía, aparté unos frascos de dosis del antídoto para todos vosotros. No se lo digas al resto, que quiero que sea sorpresa.

Agradecí ese gesto cómplice en el que aprecié su desinteresado intento de levantarme el ánimo.

—Gracias, Ruth. Es solo que a veces es difícil encontrar motivos para estar alegre.

—Estar vivo es motivo más que suficiente. Muchos no han logrado sobrevivir y tienen que estar echando pestes sobre ti desde sus tumbas. Créeme si te digo que los muertos hablan entre ellos. Pasan la mayor parte del tiempo haciéndolo, de hecho. Total, en esa situación poco más se puede hacer.

En mitad de la frase, noté cómo Ruth desconectaba de nuestra conversación y lo que hacía era una reflexión al aire, mirando a la nada, distraída. No supe si estaba hablando en serio. Tampoco si se había percatado de que yo aún estaba allí. Decidí interrumpir lo que, en cualquier otro momento me habría parecido anecdótico y gracioso, para despedirme.

—Buenas noches, Ruth —sonreí desganado.

Volvió en sí, mirándome sorprendida.

—Ah, sí, sí. Buenas noches.

Cerré la puerta sin asegurarme de que ella proseguía su camino hacia la cocina. Me cambié de ropa ya que la que tenía estaba mojada y, tras secarme el pelo con una toalla, me dejé caer en la cama, totalmente abatido. Pasé buen rato mirando al techo buscando respuestas a todas las dudas que no cesaban en su empeño por asaltar mi cabeza.

Por momentos odié todo lo que aquel lugar albergaba, y me sentí tan engañado que llegué a cuestionarme si lo mejor para mí habría sido huir con Engla a cualquier otro lugar.

Estiré el brazo hasta dar con el cajón de la mesita de noche y tomé el walkie, pensativo. Tras sostenerlo en mis manos, jugueteé un poco con él, dándole vueltas mientras me preguntaba si con Engla y lejos de Cora, me sentiría mejor. Quizás su idea no era tan descabellada y realmente tenía un plan para estar a salvo. Sin embargo, no iba a irme de allí sin más, como un prófugo que huye de la justicia. Había gente que merecía la pena en ese lugar. Por el momento, lo mejor era aguantar unos días más hasta ver qué sucedía con ese supuesto antídoto. Después y llegado el caso, no me iría sin más. Les daría una explicación, cuánto menos merecían eso. Amagué con utilizar el walkie y hablar con Engla al respecto, pero algo me acobardó en el momento decisivo. De repente, noté que toda sensación de decepción y odio se transformó en vergüenza. Me avergonzaba el haber llegado a plantearme mandar todo al garete por un desamor, una ilusión rota. El mundo era un lugar de supervivencia y ruinas y yo estaba tumbado en una cama sufriendo porque la chica que me gustaba se había liado con otro. ¿Qué pensarían Héctor y Vendrell si me vieran en esa situación?

Reparar en ellos me hizo recordar alguna de las noches en las que era yo el que pacientemente escuchaba sus desdichadas historias. Siempre les decía lo mismo: Que no se fustigaran demasiado por sus equivocaciones, o por el daño que le hacían. Y es que en la vida no elegimos ni cuándo ni de quién enamorarnos, es algo que simplemente pasa. En muchas ocasiones, cuando menos lo quieres, cuando ya tienes planificado tu camino, llega esa persona dispuesta a romper tus esquemas a obligarte a improvisar un nuevo rumbo una nueva toma de decisiones que rompen con lo que ya tenías en tu mente establecido, y cambiar lo estable por lo improvisado es demasiado arriesgado porque suele salir mal. En otras tantas, lo que falla no es el momento, sino la persona, que por una circunstancia u otra no te hace bien y más que buenos momentos puede incluso traerte problemas y situaciones complicadas. Es el capítulo negro del libro del amor en el que nadie quiere verse envuelto. Sin embargo, ahí está y de una forma u otra solemos ser partícipes o testigos. Pero al final, ¡qué más da!, si lo importante de la vida es sentirse vivo y para ello no hay nada mejor que los vaivenes que se sufren al estar enamorado.

Mientras devolvía el walkie a su sitio, me pregunté si esta premisa me servía a mí, aunque no tenía clara la respuesta. Cerré los ojos intentando dormir un poco, sabía que el día que me esperaba iba a ser duro. Me pregunté dónde se habría metido Engla y si volvería a verla. A la que sí iba a tener que cruzarme era a Cora. Ella debía estar de guardia ahora. Una guardia que solíamos compartir los dos hasta aquella noche. Suspiré apenado. Qué caro salía querer a alguien en mitad de un apocalipsis zombi.

Vendrell.

Héctor me susurró al oído que nos fuésemos antes de que Simon nos descubriese, pero ya era tarde para nosotros. Aunque nos habíamos ocultado de él con éxito, desde una de las ventanas de la casa se podía apreciar la figura de Marjory contemplando la escena. Tras mirarnos, se dio media vuelta y desapareció en el interior de la habitación.

No podíamos escondernos y dejarlo pasar, habíamos presenciado como mataban a dos hombres y no sabíamos si acabarían haciendo lo mismo con nosotros tarde o temprano.

Tenía claro que Héctor quería evitar enfrentarse a Marjory, y que si yo quería hacerlo no iba a contar con él. Tampoco le podía culpar por eso. Para él, aquella mansión era una segunda oportunidad, habíamos encontrado un lugar seguro y alejado de cualquier amenaza. Sin embargo, yo no estaba del todo convencido y necesitaba terminar de asegurarme de que estábamos a salvo. Para ello había que desenmascarar a Marjory y conocer cuántos secretos nos estuviera ocultando. No era muy fan de su diplomacia, había veneno en sus palabras: ese discurso políticamente correcto, esa fingida tranquilidad. Héctor no iba a aceptar mis conjeturas así que, si quería tenerlo de mi lado, debía lograr demostrar que en el fondo Marjory tramaba algo y de qué manera nosotros formábamos parte de su plan.

Héctor y yo regresamos sin articular palabra tras lo ocurrido. Ninguno de los dos tenía nada que decir que mejorase el silencio.

Solo amagó con preguntarme algo, pero volví a fingir no estar al tanto de su iniciativa. Aún estaba digiriendo las provocaciones con el tema de Sarah. No por lo que me había dicho, porque me daba igual Sarah y toda esa relación pasada, sino más bien por la clara intención de desestabilizarme y hacerme daño.

Pasé tumbado en la cama el resto de la mañana y cuando llegó el mediodía esperé a que no hubiera gente en la cocina para bajar y comer algo de arroz hervido. Necesitaba un poco de tiempo para abordar a Marjory, saber qué decir y cómo decírselo. Estaba tan enfadado que tenía que esperar a calmarme para poder afrontar una conversación tan importante sin que mi ímpetu y mi agresividad lo mandaran todo al traste. En ese momento, estaba muy irascible. Muestra de ello, el enfado que tuve cuando al probar el arroz hervido lo noté falto de sal. Yo le echaba mucha sal a las comidas y eso Héctor lo sabía, así que no descarté que lo hiciera tan soso para fastidiarme.

Tenía claro que el rencor que Héctor me estaba guardando era una necesidad de responsabilizar a alguien de lo ocurrido. No era por haberle ocultado durante meses que el virus se había extendido a Europa y España. ¿De qué le hubiese servido saberlo antes? Aunque se lo hubiese dicho nada más tener conocimiento, él ya no podría haber hecho nada para salvarlos. Estaba claro que eso le frustraba y que lo estaba pagando conmigo.

Por la tarde deambulé un rato por la planta baja esperando toparme con Marjory. Apoyado en la chimenea del salón encontré un viejo banyo de madera al que le faltaba una cuerda. Me pareció buena idea matar el tiempo tocándolo porque, probablemente, el ruido de sus cuerdas condenaría a cualquier insensato que quisiera tocarlo fuera de ese lugar. Allí podía aprovechar que era una zona prácticamente inhabitada, y que el grupo de Simon, Nathan y Butch habían acabado con los pocos zombis que llegaron a merodear la casa.

Como no tenía la más mínima idea de cómo se tocaba el banyo, la ausencia de una cuerda no me perjudicó en la práctica. Para estar más cómodo me senté en una mecedora desde la que se veía el rellano de la entrada de la casa, algo que me venía bien para poder tener controlado cualquier movimiento del resto del grupo.

Tras mecerme mientras tocaba las primeras notas, se me vino a la cabeza una canción que había escuchado tiempo atrás y tratando de no destrozarla demasiado la canturreé acompañada de acordes desafinados.

Rodeado de tumbas,
extranjero sonámbulo.
Al borde del abismo,
perdido entre las ruinas,
tan lejos de ti mismo,
abrazado a un espejo,
que también se derrumba.
Dios y el Diablo se ríen de ti
y de tus esfuerzos por sobrevivir.

Un temblor que conoces
te anuncia la llegada
de aquella que quisieras
saber mirar de frente
pero vuelves la vista, inútilmente.
La Muerte que te sigue
encuentra tu mirada.

Entonces la Locura,
tu amante legendaria,
te toma con cuidado,
te devuelve las alas.
Acaricia de nuevo
la herida imaginaria.

Vuela de nuevo Ícaro de sonrisa dorada.
El sol es sólo luz y su calor no quema.
Y la vida es tu casa.
Y la muerte no es nada.

Dios y el Diablo se quieren reír,
pero cuando miran ya no estás ahí.
Dios y el Diablo se quieren reír,
pero si te buscan te acabas de ir.

Seguí tocando notas y acordes inconexos mientras me mecía tranquilamente hasta que escuché como alguien bajaba las escaleras. Héctor y Gemma se asomaron al salón y ella esbozó una leve sonrisa.

—Así que eras tú el que está invocando a la lluvia.

No supe si buscaba provocarme o simplemente trataba de bromear, pero opté por no contestarle y cambiar de tema.

—¿Y la señora de la casa? ¿Cuándo piensa asomar la patita?

—Me dijo que tenía que hacer algo con Simon. Puedes buscarla tú mismo —contestó algo arisca.

—Pues eso voy a hacer —anuncié.

—V, déjalo estar —intervino Héctor.

—¿Que lo deje? Oh, amigo mío, sabes que esto no lo voy a dejar pasar —dije con cierto tono burlón.

Héctor suspiró con desgana.

—Está bien, está bien. Hablaremos con Marjory y le dirás todo cuanto tengas que decirle, pero espera a que volvamos que quiero estar presente. No tardaremos, Gemma me va a llevar a la farmacia más cercana a por medicamento para Gladys.

—¿Qué le pasa?

—Ha debido coger frío y le ha dado fiebre. Se ha quedado arriba con el bebé, así que estaría bien que le echaras un ojo en lo que volvemos, por si necesita algo.

—No soy la niñera de nadie —gruñí.

—Nosotros hemos cuidado de ti durante mucho tiempo, V. Se lo debes a Gladys.

«¿Que se lo debo? ¿Y tú que me debes a mí?», pensé mientras sonreía sarcásticamente. Asentí sin dejar de sonreír y cuando parecía que se iban sin añadir nada más, alcé la voz desde la mecedora.

—¿Sabes? Lo hice por ti. Oculté que tu familia había muerto para que pudieras seguir viviendo sin culparte por lo miserable que fuiste al marcharte de España dejando a tu madre sola tras la muerte de tu hermano. Porque eso es lo que has hecho siempre, huir de los problemas como un auténtico cobarde. Pero tranquilo, que aquí me quedo yo, responsabilizándome de tus cargas, como de costumbre.

Héctor se giró en un arrebato y esprintó hacia e mí. Furioso, me cogió de la pechera con fuerza. Apretó los dientes con rabia e hizo ademán de golpearme.

—Adelante, pégame si eso te hace sentir mejor, pero no cambiará nada —le provoqué—. Si lo prefieres, también puedes volver a contarme cosas sobre Sarah, quizá así termines de desahogarte.

Resistió la tentación de hacer cualquiera de las dos cosas y tras un par de segundos de tensión, me soltó y se limitó a hacerle un gesto a Gemma para que le acompañara fuera.

El silencio se adueñó de la casa después de que Héctor y Gemma se marcharan en uno de los coches que había aparcados en un lateral del jardín de la mansión, una zona exclusiva para aparcar vehículos. En ese momento me sentí vacío y triste. Si mi relación con Héctor estaba tan rota como parecía, ¿qué me quedaba? Había tratado de protegerle y evitar que conociera esa realidad para que no perdiera la esperanza en reunirse con los suyos. Renegaba de esa falsa realidad en la que había estado viviendo, pero era gracias a ella que aún estaba vivo. Y a mí me había tocado pagar el peaje de esa mentira.

No me apetecía estar allí cuando volviesen, así que decidí hacerme de unas cuantas provisiones para marcharme antes de su regreso y poder subsistir unos días hasta encontrar un lugar seguro en el que refugiarme sin depender de nadie más.

Subí a la primera planta en busca de una mochila para cargar las provisiones. Antes de llegar a mi habitación pasé por delante de la de Gladys y vi su figura tendida en la cama. Al lado estaba la cuna en la que estaba el bebé y debajo de ésta una mochila marrón.

Con sigilo penetré en el interior del dormitorio, y después de cerciorarme de que Gladys dormía, cogí la mochila. Comprobé que contenía pañales, biberones, talco y algo de ropa de bebé. Los fui poniendo uno por uno sobre la mesita de noche que había a unos pocos metros. Sobre ésta ya había algunas joyas, un tocador pequeño y un par de cigarrillos sobre un pañuelo de seda. Mientras le birlaba uno, miré a Gladys. Durante unos segundos contemplé su cuerpo ensimismado. Tenía la frente perlada de sudor y estaba destapada, en ropa interior. Hacía tiempo que no veía a una mujer en la cama y con una ropa que apenas cubría sus partes más íntimas. Se me había olvidado casi por completo como se sentía uno ante tal experiencia.

Apenas había empezado a recrear y regocijarme en mis pensamientos cuando Gladys me sorprendió revolviéndose y cambiando de postura. Reaccioné como pude y antes de que ella abriera los ojos y me viera allí plantado, me apresuré fuera de la habitación y anduve por el pasillo, algo desorientado, deseando no cruzarme con nadie hasta que se me bajara la erección. Sin saber muy bien dónde estaba, me topé con dos puertas correderas de madera. Al situarme un poco, recordé que tras esas puertas se encontraba la habitación desde la que Marjory nos había observado a Héctor y a mí mientras Simon ajusticiaba a Nathan y Butch.

Una de las puertas correderas tenía pues una llave plateada. No dudé en girarla con mucho tacto hasta que la cerradura cedió y pude abrirla intentando hacer el mínimo ruido posible para no ser descubierto. Apenas corrí un poco la puerta, lo suficiente para que mi cuerpo pudiera colarse dentro de la habitación.

Era un despacho cuidado con total pulcritud. Tenía las paredes y el suelo de madera oscura. A mi derecha una figura enorme de un oso disecado parecía amenazarme con su garra alzada. Frente a mí, una mesa de cristal con varios sofás de cuero, y más al fondo, un escritorio de madera maciza presidía la habitación. Tras éste, el enorme ventanal desde el que estuvo asomada Marjory permitía disfrutar de un espléndido atardecer. El suelo tenía una alfombra negra con bordes dorados, que cubría buena parte del centro de la habitación. A la izquierda una gran librería con puertas de cristal, en la que uno podía verse reflejado. En la pared de la derecha un montón de cuadros de todos los tamaños, lucían colocados con esmero. Los había de varios tamaños y distintos marcos, pero en su conjunto estaban perfectamente alineados, dando una meticulosa imagen de perfeccionismo.

En las imágenes de los cuadros pude reconocer a Marjory con gente famosa, como actores, cantantes o políticos. A otros tantos, a los que también supuse personajes relevantes o mediáticos, no lograba identificarlos. Las fotos habían sido tomadas a lo largo de los años por lo que uno podía ver cómo había ido envejeciendo Marjory a lo largo del tiempo. En el centro de la composición un cuadro alargado horizontalmente contenía una foto bastante moderna. En ella aparecían nueve personas de pie delante de una fuente de mármol, en un lugar similar a un jardín. No tardé en reconocer a Marjory, pero no fue a la única que vi. Había varios rostros conocidos. Me costó un poco caer en la cuenta de qué me sonaban. Sin llegar a ponerles nombre, reconocí que tres de ellos habían estado muy presentes en la vida de Leonardo. Recordé cuando vi la cara de uno de ellos en las noticias. Había sido asesinado y Leonardo estaba completamente seguro de que había sido Engla, la chica que había matado a su padre. Éste también salía en la foto, justo al lado de Marjory. Al otro lado de ella también había un rostro conocido. Tenía un parecido con alguien que me resultaba extrañamente familiar, pero que no era capaz de identificar. Cuatro hombres, dos de ellos idénticos, completaban la foto.

Tras unos minutos observando aquellas fotos, tratando de reconocer los rostros que me sonaban, me acerqué al escritorio, el cuál presentaba un aspecto ordenado y limpio. En uno de los extremos de la mesa había un flexo, en el otro un cenicero negro y, en el centro, unos cuantos sobres, puestos unos encima de otros, formaban una pequeña torre. Tomé asiento y durante un minuto estuve en silencio mirando por el ventanal, fantaseando con ser el dueño de aquel emblemático lugar. El atardecer me sorprendió asomado a la ventana y pude disfrutar de unas hermosas vistas. Por un momento todo estaba bien, en calma. No había problemas, no había miedos ni peligros, sólo ese cielo anaranjado y yo. Creo que fueron unos segundos, pero disfruté aquel momento y lo acabé aceptando como un obsequio del destino. Una forma de agradecerme todo el esfuerzo que había hecho por Héctor y que no había recibido recompensa por su parte. Una señal para animarme a seguir adelante, fuera cuales fueran mis decisiones, siempre que estuvieran motivadas por mis propias creencias.

Ojeé las cartas que había sobre la mesa con poca esperanza. De contener algo trascendental, Marjory no las dejaría a la vista de cualquiera que entrase, o eso creía hasta que vi de lo que trataban: Intercambio de correspondencia en las semanas previas a nuestra llegada a la mansión.

No tenía las cartas que escribía ella, pero sí las contestaciones que había ido recibiendo, por lo que pude hacerme a la idea de lo que estaba ocurriendo.

En la primera carta, el emisor admitía no estar seguro de si esa carta llegaría a Marjory y el resto del escrito era una serie de comentarios banales que finalizaba deseando recibir contestación por parte de la dueña de la mansión

En la segunda, el emisor hacía referencia a una petición de Marjory de abandonar la mansión y dirigirse a una zona segura. Le dijo que se alegraba de saber de ella, y que el mensajero se pasaría una vez cada dos meses por allí para dejar y recoger correspondencia. Le comentaba también que, pese a que Marjory se había posicionado en los últimos tiempos en contra de la mayoría de la Asamblea de *Goodwill Corporation*, iba a intentar que un tal Richardson, que estaba a cargo de los ingresos y salidas de la gran ciudad, accediera a que ella y sus hombres pudieran ingresar dentro de la zona segura.

En el tercer escrito le anunciaba que la cosa se estaba complicando un poco. Que se rumoreaba que un tal Kalígula había mandado a asesinar a Gilbert Webster y que era el motivo de que este estuviera en paradero desconocido. Lamentó la muerte, tiempo atrás de David Wallace, alguien con el que al parecer Marjory, Webster y el mismo escritor de la carta tenían mucha confianza. Hablaba de división dentro de la asamblea y que él estaba en el equipo perdedor. Que, aun así, confiaba todavía en persuadir a Richardson para que le diera unos salvoconductos.

En la última carta, fechada un mes atrás, le anunciaba que lo había conseguido. En el mismo sobre había tres salvoconductos firmados por Richardson para que ella y dos de sus hombres pudieran refugiarse en la zona segura. Le aseguraba que el día quince del mes venidero, irían a recogerla.

—Mañana es día quince —dije en voz baja.

Finalizaba la carta contándole que lo habían designado a una misión que catalogaron de reconocimiento y que no iba a estar para recibirla el día quince. Que tal misión le parecía ridícula y que creía firmemente que lo estaban menospreciando dentro de la asamblea, con directrices para personas de rango inferior, de las que suponían salir de la zona segura y exponerse a ser sorprendido por una horda de esos seres que ellos mismos habían creado. Le aconsejaba a Marjory que tratara de no incordiar demasiado y hacer poco ruido hasta que él volviera, que sería pronto.

Sosteniendo la última carta en la mano, rebusqué en los cajones de la mesa por si habían guardado allí los salvoconductos a los que hacía referencia, pero no hubo suerte. En el interior de estos, pese a ser bastante grandes, apenas había unos cuantos bolígrafos, lápices, una grapadora y algún que otro material de oficina. Me agaché para mirar en el último de los cajones donde solo encontré folios en blanco y sobres sin utilizar. Cuando me incorporé de nuevo Marjory estaba en la entrada de la habitación, con gesto complaciente. Intenté soltar rápido la carta y hacer como que no había leído nada, pero era demasiado tarde

—No te preocupes —aseguró tranquila—. No creo que a tu padre le importe que leas sus cartas.

—¿Mi padre? —pregunté atónito, mientras me levantaba del asiento.

—Tranquilo, permanece sentado —intentó calmarme—. Llevo queriendo tener esta conversación contigo desde que apareciste en la puerta de mi casa.

Héctor.

«Morirá solo».

Fue la primera conclusión a la que llegué mientras daba vueltas en mi cabeza a la última discusión con Vendrell. Hacía algunos minutos que habíamos abandonado el recinto de la mansión y aún no había intercambiado ninguna palabra con Gemma, que me observaba con resignación respetando el silencio creado por mis pensamientos mientras conducía el todoterreno por las calles del pueblecito donde se ubicaba la casa.

La rabia que sentí después de escuchar cómo Vendrell me echaba en cara todas sus frustraciones y fracasos, utilizando a mi familia para ello, se iba tornando poco a poco en una especie de indignación en la que me flagelaba por el hecho de haberle dado la oportunidad de hacerme daño. Había cometido el error de contarle lo de Sarah con la intención de hacerle reaccionar y nada más hacerlo ya me había arrepentido. El egoísmo que tanto achacaba a una sociedad que él mismo denominada podrida había acabado con la poca cordura que le quedaba. «Morirá de la misma forma que eligió vivir su vida, solo», reflexioné.

La inquietud me invadió de repente al pensar que había dejado a Gladys a su cuidado y que debíamos darnos prisa pues, si bien no parecía ser nada más que una fuerte gripe, desconfiaba de la atención que Vendrell podía prestar a la mujer.

—Debería haberme traído al crío con nosotros —mencioné preocupado—. Gladys necesita descanso y Vendrell no lo vigilará como es debido.

—No te preocupes, no tardaremos demasiado en volver, ya casi hemos llegado —me tranquilizó Gemma.

—No puedo perderlos — le confié—. A ellos no.

Tenía asumido que había perdido a Vendrell para siempre y que hacía tiempo que encontrar a Leonardo era cosa del pasado, se mantenía como el anhelo que intentabas conservar con vida aun sabiendo que no había ninguna posibilidad de hacerlo realidad. Por si fuera poco, me arrebataron la última esperanza que albergaba de volver a ver a mi familia, así que debía centrarme en lo que estaba por venir. Acercar posturas con mi amigo no había servido de nada, por lo que a partir de ese momento mis preocupaciones irían encaminadas a conservar lo poco que me quedaba. Conseguir esa medicina se había convertido en una cuestión de vida o muerte para mí.

—Me resulta curioso que, con la cantidad de recursos que

tenéis, no dispongáis de medicamentos suficientes en la casa —comenté con retintín.

—No es algo que puedas encontrar fácilmente. Fueron los primeros productos en escasear cuando todo se jodió —se justificó Gemma—. Además, Marjory es muy estricta con el gasto de los suministros y no deja que nadie se acerque sin su autorización al botiquín donde se guardan. No se fía de nadie, aparte de Simon y de mí.

—¿Entonces tú sí tienes acceso al cajetín sagrado? —pregunté con sorna.

—Solo cuando ella me lo pide. Puedo asegurarte que no quedaba nada que pudiera ayudar a Gladys, por eso me ofrecí a acompañarte a por más. Yo tampoco quiero que empeore su situación.

Sus argumentos parecían lo suficientemente convincentes como para no levantar sospechas. Gemma nos había recibido con los brazos abiertos nada más poner un pie en la casa y parecía tener un cariño especial por Gladys y el crío, pero no podía confiarme demasiado. Tras la noche en la que Vendrell y yo pudimos ver perfectamente cómo Simon disparaba a Nathan y a Butch, debía tener muy claro si alguien de aquella casa podía ser de fiar.

—¿Cómo quedó la cosa con Nathan? ¿Has vuelto a hablar con él? —la tanteé.

—En realidad no. Marjory me dijo que se ocuparía del asunto, pero sí que me gustaría tener unas palabras con él cuando volvamos.

—Sí, eso sería lo suyo —añadí. Gemma asintió satisfecha.

Eso podía significar dos cosas: que fingía muy bien o que no tenía ni idea de lo que ocurrió. De cualquier forma, en aquellos momentos no me quedaba más remedio que creerla.

Eché un vistazo a mi alrededor, donde una fila de viviendas unifamiliares casi idénticas se sucedía una a otra conforme avanzábamos por la carretera. Esta se presentaba prácticamente desierta, salvo por algún que otro cadáver que yacía en el suelo descomponiéndose y que, pude recordar, se trataba del mismo camino y los mismos cuerpos que apenas unos días atrás tuvimos que quitarnos de encima cuando llegamos al pueblo. Gemma aseguró que éramos los únicos que habíamos pasado por la zona en los últimos meses, lo que me hizo confiar en que encontraríamos lo que andábamos buscando.

—Los únicos con vida quiero decir —corrigió la mujer—. La semana anterior a vuestra llegada hubo bastante follón a las afueras del pueblo.

—¿A qué te refieres? —pregunté intrigado.

—Como te he dicho, fue hacía una semana más o menos. Una noche, después de recoger la mesa de la cena, acompañé a Simon a fumarse un cigarrillo en la puerta de la casa y escuchamos un fuerte alboroto a lo lejos. Una ráfaga de disparos durante varios minutos es capaz de escucharse a unos cuantos kilómetros de distancia, sobre todo cuando el único ruido que te rodea es el sonido del viento y de los grillos. Marjory me pidió que me acercara a ver de qué se trataba. Cogí un caballo y así hice —explicó Gemma detenidamente.

—¿Y bien? — añadí al ver que la mujer pretendía zanjar la conversación ahí—. ¿Qué fue lo que te encontraste cuando llegaste?

—Al parecer una enorme horda de zombis se encontró con un grupo de supervivientes y...—no terminó la frase, pero su mirada apesadumbrada explicó el resto.

—¿No pudiste ver si salió alguien con vida?

—Allí lo único que quedaron fueron los restos de una batalla campal. No pude acercarme demasiado porque ya desde la distancia pude contar casi medio centenar de zombis, así que deduje que no quedó nadie para contarlo.

Intenté visualizar lo que pudo haber ocurrido y me pareció espeluznante. Admiré la valentía con la que Gemma se aventuró a acercarse a aquel peligro y dudé sobre si yo hubiera sido capaz de hacer lo mismo. Quería pensar que sí, que si se presentara la ocasión tomaría ese tipo de riesgos si fueran necesarios, ahora más que nunca que no podía contar con Vendrell.

Dejé atrás mis pensamientos cuando el coche se detuvo. Gemma me advirtió que ya habíamos llegado y bajó del vehículo. Antes de hacer lo propio, desenfundé la pistola, busqué la linterna en la mochila que había traído conmigo y seguí a la mujer hasta la entrada de lo que debía ser la farmacia. El local en cuestión se trataba de un edificio simple de una sola planta de ladrillo naranja con tejas oscuras color pardo. El paso del tiempo había descolorido la fachada, pero todavía se podía percibir lo llamativo que resultó en otros tiempos. Desde el exterior no daba la impresión de tratarse de un local comercial, lo que me pareció curioso. La entrada estaba atascada desde dentro con varias tablas que cruzaban ambas puertas, por lo que no tuvimos más remedio que romper la cristalera de una de ellas para pasar.

—Hay que darse prisa, hemos hecho más ruido de la cuenta —intervino Gemma tras quitar los tablones y abrir las puertas de par en par.

En el interior del local la cosa cambiaba, pues todo estaba distribuido como una tienda normal y corriente. Sin embargo, la grata impresión inicial se vio truncada al contemplar la escena que tenía delante de mí. El olor a podrido fue lo primero que percibí, justo antes de ver los cadáveres.

A lo largo de todo el pasillo principal del establecimiento, donde unas manchas rojas se repetían por todas partes, había cuatro cuerpos descomponiéndose. Algunos presentaban mordeduras en diversas partes del cuerpo y pude advertir que todos habían recibido un disparo en la cabeza. Otro, justo al lado de la entrada, pertenecía al de una mujer de color de mediana edad con el pelo a lo afro a la que le faltaba un trozo de la mano izquierda, probablemente producto de una mordedura. Llamó mi atención porque, salvo por ese detalle, no presentaba ningún rasguño más. En su otra mano destacaba un bonito tatuaje que ascendía por el brazo en forma de enredadera rodeando el nombre de «Marcus». A su lado, sobre un enorme charco de sangre reseca había una cesta de mano volcada junto a una pistola, la cogí y comprobé que tenía una bala. Instintivamente guardé el arma en el bolsillo del pantalón. Las estanterías del local estaban prácticamente vacías.

—Estos no llevan mucho tiempo aquí —opinó Gemma.

—Tiene que haber algún tipo de trastienda donde almacenaban los productos que no cabían en las estanterías —añadí sin prestar mucha atención mientras cruzaba el local de punta a punta inspeccionándolo todo, con la esperanza de encontrar algo de utilidad.

—Puede que aquí, justo donde pone «ALMACÉN» —señaló Gemma con la vista.

Regresé junto a mi compañera hasta la entrada de la habitación y agarré la manija justo cuando Gemma advirtió unos ruidos en el interior.

—Parece que hay uno dentro —indiqué.

—Yo me encargo —dijo la mujer desenfundando un cuchillo militar de considerable tamaño.

—Déjame hacerlo a mí —le rogué en un arrebato de valentía algo impropio de mí.

Gemma asintió y me cedió el cuchillo. Pesaba menos de lo que imaginaba a juzgar por su tamaño y parecía fácil de manejar. Con la mirada le confirmé que estaba preparado y abrí la puerta ligeramente.

En el interior, todo era oscuridad. Saqué la linterna y al momento de encenderla dos zombis me sorprendieron. El que más cerca estaba de la puerta se abalanzó encima de mí sin darme tiempo a clavarle el cuchillo. Para colmo, di un paso en falso hacia atrás y me resbalé con un charco de sangre haciéndome chocar con la estantería que tenía a mis espaldas, para después caer al suelo. Con la inercia de la caída, el cuchillo salió volando un par de metros y el zombi, ahora encima, me tenía a su merced para hincarme el diente. Intenté buscar mi pistola desesperadamente pero no conseguía sacarla de la funda. Con un brazo lo mantenía a raya a una distancia prudente, mientras con el otro intentaba por todos los medios desenfundar el arma. De repente me acordé de algo y antes de que la criatura me lanzara la primera dentellada, me llevé la mano al bolsillo del pantalón, agarré la pistola que me había encontrado anteriormente y le volé los sesos.

—¡Pásame el cuchillo! —me gritó Gemma que tenía agarrado al otro zombi contra la pared.

Volví la vista hacia donde había caído éste y me deslicé rápidamente debajo del zombi ya muerto para llegar hasta él. Le lancé el arma a Gemma, que la agarró al vuelo y, con dos rápidos movimientos, estampó la cabeza del zombi contra la pared clavándole el cuchillo en la sien y haciéndolo caer desplomado al suelo.

—No deberías haber disparado —reprochó la mujer mientras limpiaba la hoja del arma—. El ruido atraerá a más de esos.

Todavía intentaba recuperar el aliento, apoyado en la pared.

—Lo siento, no tenía otra opción —me disculpé algo frustrado al ver que no reconocía el mérito de mi acción.

—Tienes que acostumbrarte a deshacerte de ellos haciendo el menor ruido posible, a no ser que sea absolutamente necesario—aleccionó Gemma mientras se aseguraba de que no hubiera ningún otro zombi.

—Claro, siempre y cuando no te resbales y se te escape el cuchillo de las manos —respondí molesto.

Linterna en mano, la mujer entró en la rebotica dando por terminada la conversación. Dentro del almacén, apenas un puñado de vendas y unos cuantos botes de alcohol nos dejaron ver que aquello ya había sido saqueado. Las opciones de conseguir algún tipo de medicamento seguían reduciéndose y la posibilidad de fracasar en la misión comenzaba a hacerme un nudo en el estómago.

—¿Ahora qué hacemos? —le pregunté camino del coche.

—Buscaremos en otro sitio —aseguró.

—¿Dónde? —titubeé—. ¿Pretendes que busquemos casa por casa por todo el pueblo? Entonces no acabaremos nunca.

—Ya se nos ocurrirá algo. Sube al coche, vienen más —avisó señalando a mi espalda. A unos cuarenta metros, varios zombis corrían hacia nosotros.

Gemma arrancó el motor y pisó el acelerador a fondo hasta salir de la avenida en la que se encontraba la farmacia, esquivando unos cuantos seres que también habían sido atraídos por el ruido. Una vez que la carretera parecía volver a la tranquilidad ralentizó la marcha hasta volver a frenar el coche.

—La escena de la farmacia me ha dado una idea. Es una locura, pero no tenemos muchas más opciones —intervine tras unos minutos reflexionando.

—¿En qué piensas? —se interesó.

—No sé si te habrás dado cuenta, pero antes has dicho que los cuerpos que hemos encontrado no llevaban demasiado tiempo allí dentro — comencé a explicar. Gemma intentaba hacer memoria—. Y antes de eso, en el coche, me has hablado de que un grupo de supervivientes fue atacado no muy lejos de aquí.

—Hace no más de una semana de aquello —repitió en voz baja.

—Creo que alguien de ese grupo, en un momento dado, decidió acercarse a la farmacia a por provisiones, pero algo salió mal.

—Es una posibilidad —admitió—. Tan remota como cualquier otra.

—No perdemos nada por intentarlo —añadí casi como súplica.

—Más te vale que lleves razón.

Para tardar el menor tiempo posible, Gemma decidió tomar una carretera secundaria de montaña de considerable pendiente rodeada de árboles que se alternaban con algún claro de hierba y roca. No parecía posible llegar hasta el campamento en coche así que cuando llegamos hasta el punto de entrada en el bosque más cercano al campamento, aparcó el vehículo en la cuneta y continuamos a pie.

—Desde aquí fue donde vi la escena la otra vez —explicó señalando hacia el interior del bosque—. El campamento estará a unos cien metros delante de nosotros.

Seguí la dirección que había indicado y encendí de nuevo la linterna para iluminar mejor, el sol estaba a punto de ponerse y aunque todavía había claridad, las copas de los árboles tapaban el cielo impidiendo ver con nitidez. Gemma, que antes mencionaba la importancia del uso de cuchillos en el cuerpo a cuerpo, cargaba ahora con una escopeta de asalto de casi un metro de longitud.

—¿Eso significa que puedo sacar mi pistola? —pregunté al ver el armatoste.

—La última vez que estuve por aquí había más de cincuenta zombis, con el cuchillo solo no será suficiente.

—Espero que no haga falta ninguno de los dos —susurré.

La llegada al campamento fue tal y como imaginaba. Gemma había relatado la historia como una batalla campal y prácticamente así era. Decenas de cuerpos se amontonaban por todas partes a lo ancho de la explanada que ocupaba el campamento. Además, tres tiendas de campaña de color verde militar, separadas unos diez metros unas de otras, rodeaban una hoguera apagada. Uno de los cuerpos estaba tendido sobre ella totalmente calcinado. Gemma me hizo ver que a lo lejos unos cuantos zombis merodeaban por el bosque sin percatarse de nuestra presencia. Con un par de gestos indicó que ella buscaría en la tienda de campaña que tenía más cerca, y que yo hiciera lo mismo con la que había junto a mí. Me disponía a entrar en ella cuando me fijé en uno de los cadáveres que había junto a la misma, un hombre con la cara desfigurada del que lo único que podía distinguirse era su vistoso vestuario y el intenso pelirrojo de su cabello. Llevaba puesto un jersey amarillo con estampado de flores, ahora completamente manchado de sangre.

La tienda de campaña era lo suficientemente grande como para que pudiera caminar por ella casi sin agachar la cabeza. Debía medir unos tres metros de largo por dos de ancho y otros tantos de alto. En su interior, cubriendo el suelo, había tres sacos de dormir estirados en paralelo uno junto a otro, uno de ellos de menor tamaño que el resto, lo que me hizo temer encontrarme en cualquier momento el cadáver de algún niño. Rebuscando entre sus cosas comencé a sacar ropa de todo tipo, objetos personales de aseo y fotografías familiares.

Tras unos minutos de poner patas arriba la tienda logré encontrar en una maleta una bolsa de aseo repleta de medicinas. La inspeccioné para cerciorarme que dentro tenía lo que necesitábamos y la guardé en la mochila. Cuando fui a salir de la tienda me vi sorprendido por Gemma.

—Tenemos problemas —comentó casi en un susurro.

Una gigantesca horda de zombis se acercaba hacia nosotros cortando el sendero de regreso al coche.

Leonardo.

Fueron los graznidos de varios pájaros situados en el balcón de mi habitación lo que me despertó aquella mañana. Abrí la ventana y el olor a tierra mojada no tardó en impregnar todo el cuarto. Desde allí contemplé cómo el día lucía resacoso tras soportar la fuerte e incesante tormenta que había golpeado con rabia inusitada la noche anterior. El cielo estaba cubierto por finos jirones de nubes blancas y a lo lejos, tras las montañas, el sol comenzaba a ascender adornando todo el paisaje con un tono anaranjado.

Tras desperezarme y vestirme con ropa de calle, abandoné mi estancia y bajé al comedor, donde intercambié pareceres irrelevantes con Agustina. Ella anunció que acababa de hacer café y no tardé en servirme una humeante taza. Aproveché el calor que ésta desprendía para calentar mis manos mientras daba pequeños sorbos. La puerta de la entrada estaba abierta y se podía apreciar el humo de un cigarro pulular por el aire.

Eduardo había sacado una silla al exterior y se acomodaba en ella, disfrutando de otra taza de café y uno de los pocos cigarros que quedaban de una gran reserva obtenida meses atrás en una de nuestras expediciones. Pese a las bajas temperaturas, vestía una ajustada camiseta de tirantes blanca, algo manchada y deteriorada. Al verme me dedicó un corto y leve saludo, propio de su desinterés general. Aunque Eduardo no mostraba el perfil atlético de un superviviente modélico, su carácter serio y apático le había ayudado a no dejar que sus emociones predominasen en situaciones de peligro y le impidieran actuar con determinación. En ese aspecto, era difícil reconocer algún punto débil en la personalidad de Eduardo más allá de su talón de Aquiles; su sobrina. Algo que yo tenía en común con él.

—Se subió a descansar hace un rato —soltó, adivinando mis pensamientos.

Cora había estado haciendo guardia durante la noche. Me pregunté sobre qué pudo estar pensando durante todas esas horas muertas de la madrugada en las que difícilmente se podía hacer algo de provecho ahí arriba. Deseaba que mi ausencia hubiera ocupado su mente, pero tenía la certeza de que lo más probable era que fuese Neil el que había estado acaparando su tiempo.

No había reparado en que estaba exteriorizando la pena que me invadía al darle vueltas al asunto. Me encogí de hombros e introduje las manos en los bolsillos de mi pantalón, visiblemente afectado. Eduardo se levantó con esfuerzo de la silla donde estaba sentado y se me acercó, dejando caer su mano en mi hombro en un gesto del que no acerté a descifrar si lo que pretendía era mostrar complicidad, o aterrorizarme.

—Has elegido meterte en su vida, lo acepto. Cora es lo suficiente mayor como para tomar ese tipo de decisiones sin ser cuestionada por nadie —Apuró el cigarro de una calada y tiró la colilla—. Tanto tú como ella sois libres para esto, así que no hace falta que os escondáis rehuyéndome. Sé que compartís las guardias y os pasáis noches enteras ahí arriba. ¿De verdad pensáis que no lo sabía?

Callé todo lo que quería decir en ese instante. Todos los «yo también creía que había algo entre nosotros», «también sentía que nos escondíamos de ti para que supieras de ese algo» y el «no existe nada entre nosotros». ¿Servía de algo abrir la boca y dejar en evidencia lo iluso que había sido?

Eduardo aprovechó mi silencio para seguir hablando con un tono claramente más amenazante que el que había utilizado previamente. Como si todo fuera parte de un discurso ensayado, ahora se mostraba más hostil.

—Pero si algo debes tener claro es que, si mi sobrina sufre por tu culpa, yo mismo me encargaré de que no tengamos que volver a verte por aquí.

Arqueé las cejas y me mordí el labio con fuerza.

—Lo que me faltaba —susurré ante un Eduardo que no me escuchó, o no le importó lo más mínimo.

La mañana transcurrió sin mayor interés. Cora durmió hasta bien entrado el mediodía, algo que agradecí, ya que ni estaba preparado, ni tenía ganas de dirigirle la palabra. Necesitaba unas horas más para mentalizarme y poder mostrar indiferencia cuando tuviera que volver a tratar con ella. Además, Neil se mantuvo ocupado ayudando a Agustina con tareas domésticas y Eduardo dedicó su tiempo trasteando en el motor del coche, y llenando los depósitos de anticongelante y líquido de frenos, ya que contábamos con algunas garrafas de reserva, en su mayoría casi vacías.

Warwick y yo retomamos la tarea que había quedado pendiente la noche anterior. Estuvimos hablando largo rato mientras observábamos el agujero que había hecho Engla. Después de lo de Cora, había desaparecido gran parte del miedo que tuve a que Warwick hubiera visto a Engla y contase mi secreto. Por su parte, estuvo muy activo desarrollando una idea que había pasado por su cabeza y que necesitaba de la aprobación de todos: levantar un tercer muro de ladrillo que separase la segunda valla del interior del recinto. Su plan nos iba a suponer bastantes semanas de trabajo, pero lo primero era elaborar una especie de informe de viabilidad para comentárselo a Eduardo, persona por la que pasaban todas las decisiones importantes antes de llevarlas a cabo.

—¿No crees que tres muros son demasiado?

—Al contrario. Con esos bichos no hay que descuidarse y tenemos espacio de sobra, el recinto es bastante grande —contestó convencido.

Decidimos colocar un montoncito de piedras y tierra mojada en el hueco para taparlo momentáneamente. No era muy seguro, pero en cuanto tuviéramos ladrillo y cemento cerraríamos bien la zona y mientras tanto nos haría el apaño. Tras eso, esperamos a la hora de comer para hablar con Eduardo. Yo sabía que su plan tenía ciertas lagunas ya que ninguno teníamos muchas nociones sobre construcción, pero quería apoyar a Warwick en su idea porque necesitaba dedicar el tiempo a algo que mantuviera mi cabeza alejada de cualquier pensamiento relacionado con Cora.

Agustina había preparado una especie de estofado caliente, bastante improvisado debido a la escasez de alguno de sus ingredientes, pero que, como todo lo que ella cocinaba, estaba sabroso de sobra. Warwick esperó a terminar su plato para tomar la palabra. Tras comentar la idea abiertamente, Eduardo, que escuchó con atención, pero no del todo convencido, engulló con ansia lo que le quedaba de comida y se levantó de la mesa para regresar con un mapa debajo del brazo. Cuando terminamos de recoger el resto, ya con la mesa libre, extendió el mapa sobre ésta y comenzó a trazar un plan. Debatimos sobre qué lugares eran propicios para sacar todo el material necesario y descartamos algunos de los más cercanos por ser considerados como peligrosos. Eduardo tenía puntos rojos en todas las zonas y caminos que nos habían supuesto muchas incursiones fallidas. De lo que nos rodeaba, ya se había trazado varias rutas menos peligrosas donde la presencia de esos seres era escasa o nula. Sin embargo, las zonas de fábricas cercanas estaban en lugares inaccesibles, por lo que había que arriesgarse e ir más lejos que nunca. Una tarea que nos podía llevar un día completo para ir, coger material y volver. También suponía un problema el transporte de material, pues no teníamos camiones disponibles para transportar todo cuanto hacía falta por lo que teníamos que ir poco a poco. Lo primero asegurar una nueva ruta hacia objetivos más lejanos y posteriormente dar varios viajes para transportar el material necesario.

—¿Estáis seguros de que merece la pena? —preguntó Neil.

—¿Ya estás asustándote? —le espetó Warwick, bromeando.

—No estoy asustándome, pero no quiero arriesgar mi vida por una tontería —explicó.

—Merecerá la pena —aseguró su amigo.

No creí que fuese casualidad que Eduardo no contase con su sobrina para la primera salida que tendría lugar al día siguiente. Solía ocurrir que Eduardo la dejaba fuera de los planes más peligrosos. Yo nunca lo había culpado, hasta se lo había agradecido. Sin embargo, eso le molestaba a Coraluna, a quién no le faltaba razón. Lo cierto era que Cora había demostrado con creces ser una de las personas más capacitadas para ese tipo de misiones y su tío la sobreprotegía más que al resto.

—No pienso repetir guardia en la torre dos días seguidos. Esta noche le toca a Neil, así que él descansa mañana y a por los materiales iremos Warwick, Leo y yo —dijo en voz alta, dejando claro que era innegociable.

Ninguno de los cuatro que habíamos estado observando el mapa nos dimos cuenta de que estaba allí hasta que alzó la voz. Cuando lo supe, intenté ignorarla, aunque mi corazón no estaba por la labor y latió con más fuerza que de costumbre. Muy a mi pesar, y pese a que había estado convenciéndome de que podría ignorarla, al verla, toda esa máscara de dureza que había estado perfilando para ese momento demostró ser un espejismo, un autoengaño barato que no duró ni un segundo cuando la realidad me golpeó con su presencia.

Warwick me descubrió observándola comer algo de espaldas a nosotros y, disimuladamente con el codo, trató de que me centrara en el plan que estaban terminando de elaborar. Lo intenté, pero, aunque mi vista estaba puesta en aquel mapa de líneas laberínticas y puntitos rojos, mi mente ya había volado de allí.

Superé ese primer encuentro con la impotente sensación de saber que era inalcanzable, y de verme obligado a aceptar que nuestra relación se había escrito sobre una serie de malentendidos, consecuencia de no saber percibir cuando una muestra de afecto significa algo más que eso mismo: una simple muestra de afecto.

Durante la tarde estuve ensayando el tiro con arco junto a Warwick. A menudo, cuando no había mucho que hacer, poníamos una diana en la pared de atrás del edificio y afinábamos la puntería con el arco y las flechas. El arco no era un arma tan rentable como pintaban en las películas, ya que la mayoría de las veces era imposible recuperar gran parte de las flechas utilizadas. Y fabricarlas tampoco era algo sencillo, al contrario. Warwick y Eduardo le habían dedicado mucho tiempo en perfeccionar flechas caseras, pero con las herramientas, materiales y conocimientos de los que disponían, pocas acababan siendo válidas para su uso con el arco. Aun así, para nosotros era bueno practicar la puntería para ganar precisión de cara a afrentas futuras.

El arco que tenía Warwick era un arco monobloque de madera. Según él, los había mucho mejores, pero ese le iba bastante bien. Yo no me terminaba de apañar con él y aunque le ponía empeño, siempre que competíamos a ver quién tenía mejor puntería, me veía superado por mi amigo, que ya tenía una técnica más que depurada. Decía que de pequeño usaba mucho el tirachinas, pero yo no le veía mucha relación a una cosa con la otra.

Después de una tarde de prácticas tranquila, donde recuperé un poco el ánimo, me di una ducha y descansé en mi habitación. Como no acostumbrábamos a reunirnos para la cena, no tuve que pensar en una excusa para ausentarme. Directamente bajé y cogí una pieza de fruta para llevármela a la torre. Allí esperaría a que Ruth apareciera al fin, con toda esa ristra de información y buenas noticias que había anunciado la noche anterior. Ella solía llegar la primera y no le gustaba que la hiciésemos esperar demasiado. Ese día nos tocó esperarla por primera vez.

Cuando los demás llegaron, Cora actuó con aparente normalidad, poco o nada consciente de mi situación sentimental y de lo incómodo que me suponía ser la parte sobrante de ese triángulo amoroso en el que estaba participando sin invitación. Esperaba que allí me dijera que debíamos mantener una conversación y aclarar las cosas. Que al menos se disculpara por crearme unas expectativas con las que hacerme ilusiones. Incluso la parte más ilusa de mí aún albergaba la esperanza de que, tras una conversación todo quedase aclarado y pudiéramos continuar nuestra historia por donde la habíamos dejado. Al fin y al cabo, también las mejores historias tienen su punto y aparte.

Neil, por su parte, traía consigo una manta y un termo de café que dejó en un rincón de la cabina. Tras hablar con Eduardo, habíamos acordado que finalmente Cora no repetiría guardia y sería, junto a Warwick y a mí, una de las que irían a la incursión del día siguiente. Por tanto, la guardia de esa noche la haría el único de los cuatro de allí que no formaba parte de la expedición.

La primera hora transcurrió sin que perdiéramos el ánimo. El júbilo mostrado por Warwick se alargó en el tiempo durante un largo rato. Estaba deseoso de ver qué novedades traería consigo Ruth. Al principio, el resto del grupo apenas articuló palabra y nos dejamos contagiar de ese optimismo que soltaba Warwick en cada frase de su peculiar monólogo. Sin embargo, con el paso del tiempo la ilusión se transformó en decepción, resignación y aceptación. Poco a poco, fuimos asumiendo que esa noche la científica no acudiría a la reunión.

—Vamos a por ella —propuso Warwick a la desesperada.

—No nos precipitemos, tío. Ya sabes que tenemos prohibido el paso. Estará ocupada —trató de tranquilizarle Neil.

—Pero lleva todo el día sin dar señales. No ha salido ni a la hora de comer. ¿Hasta cuándo vamos a permitir que nos prohíban entrar en ese sitio?

—Calma, Warwick —intervine en la conversación—. Hablé con ella anoche y me dijo que hoy nos tenía guardada una sorpresa. Con tanto trabajo como tienen, y teniendo casi listo algo tan importante como una cura o antídoto, es normal que no se haya acordado de que estamos esperándola.

461

—A mí me pasa algo parecido —explicó Cora, cómplice de mis palabras—. Cuando estoy a punto de terminar de hacer algo importante me concentro tanto que no reparo ni en la hora que es.

Warwick, que seguía molesto, salió de la cabina y se volvió a asomar a ver si veía a Ruth aparecer. Llevaba haciéndolo todo el rato, al principio con nerviosismo y finalmente con notable decepción. Neil se acercó a él y con una de sus manos le rascó la cabeza a modo de compadreo.

—Venga, no os preocupéis. Voy a estar vigilando toda la noche a ver si veo algún movimiento dentro del edificio. Si no, mañana, mientras estáis fuera, hablaré con Eduardo, y entraremos a ver qué se cuece —se despidió.

Desconectados del mundo, cada uno sumido en sus propios pensamientos, dejamos a Neil en la torre y nos marchamos a descansar. Desde arriba, Neil silbó aguda y repetidamente, lo que hizo detuviéramos.

—¡La entrada está abierta! —exclamó.

Casi de manera simultánea, reparamos en los gruñidos de aquel bicho en el momento en el que se abalanzaba sobre Coraluna.

CAPÍTULO X: Una nueva esperanza.

Marjory.

El destino es caprichoso y juega con nosotros como si fuésemos figuritas de quita y pon. Con el tiempo me he dado cuenta de que formamos parte de un sino predeterminado e inevitable, y que muchas veces hemos creído que se trataba de una suerte de caprichos y azar que nos llevan a cada uno a formar parte de un momento, de una experiencia o de un capítulo largo en la vida del resto.

Es por eso por lo que estoy convencida de que no apareciste a las puertas de esta mansión por pura casualidad. Nuestros caminos necesitaban encontrarse, tenían que hacerlo. Por eso sé que es necesario que escuches esta historia, porque es mi historia, pero en cierto modo también la tuya.

Que nací en el seno de una familia acaudalada es algo de lo que no reniego, pero de lo que tampoco siento gran orgullo. Mi madre nos dejó siendo yo una recién nacida y mi padre, un ocupado hombre de negocios, apenas tenía tiempo para dedicarme. Por eso pasaba los días con el personal del servicio de la casa y jugando en el jardín con los hijos de éstos. Recuerdo tener pesadillas en las que salía a jugar y que alguno de mis amigos no estuviera, algo que ocurría cuando mi padre despedía a un empleado. Pero también recuerdo sentir rechazo por alguno de estos niños y mis pesadillas se transformaron en deseos de que desaparecieran de mi vista, hasta que descubrí que a mi padre no le temblaba el pulso a la hora de tomar decisiones que me hicieran feliz. Si yo le manifestaba mis protestas por algún niño, él no tardaba en echar al cocinero, jardinero, o ama de llaves de turno. Ahí fue donde aprendí por primera vez una de las enseñanzas vitales que uno debe tener en cuenta siempre: cada acción conlleva una consecuencia. En mi caso no tardó en correrse el rumor de que yo era la que decidía quién trabajaba en mi casa y quién no, y todo el personal acabó por tenerme miedo. Muchos hacían todo lo posible por no traer a sus hijos a jugar al jardín y los que sí venían tenían un comportamiento de sumisión y pánico hacia mí tan palpable que me incomodaba.

Acabé por jugar y entretenerme sola hasta que cumplí los diez años, y llegó él. El chófer de mi padre había enfermado y no podía seguir trabajando. Mi padre, en un gesto de gratitud por los años de servicio, le ofreció el puesto a su hijo que apenas llegaba a la veintena y no tenía experiencia como conductor. Al principio era un poco torpón, sobre todo en cuanto a las forma-lidades del trabajo: dar los buenos días, abrir las puertas, cargar maletas, hablar con cordialidad. Pero mi padre veía bondad en los ojos de aquel chaval, y con mucha paciencia fue dejando que madurase y evolucionase con el tiempo.

Apenas habían pasado unos meses desde que había empezado a trabajar para mi padre que yo me había fijado en él, en su sonrisa noble, su mirada tímida y su traje de corbata, que le estaba ridículamente grande. Se pasaba horas y horas cerca del coche de mi padre: un Chevrolet Bel Air cobalto que siempre lucía impoluto. Él lo cuidaba con esmero, como si le fuera la vida en ello, como si fuese suyo.

Me agradaba observarlo durante horas desde una de las ventanas de mi habitación y no tardó en convertirse en mi afición secreta. Terminaba de hacer la tarea cuando él llegaba a casa, y ahí me ponía yo asomada, observando la escena con admiración. No tardé en cambiar las casitas de juguete por los coches y recreaba carreras utilizando las distintas habitaciones de la casa como circuitos. Le pedí a mi padre que me llevara a una carrera de coches y, aunque él no pudo acompañarme, le dijo a Larry, que era como se llamaba el chófer, que lo hiciera.

Recuerdo las mariposas recorrer mi cuerpo y anudarse en mi estómago. La sensación de ir a un sitio que deseaba y con alguien al que llevaba tiempo admirando tras la ventana de mi habitación. Estaba dentro de aquel Chevrolet, sentada al lado de su guardián y era la niña más feliz del mundo.

Desde aquel día, todas las tardes pasaba unas horas con Larry y hablábamos de coches, de carreras y de otras tantas cosas que ya ni recuerdo, hasta que, sin casi darme cuenta, se convirtió en la persona más importante de mi vida. Hacíamos cosas juntos: me llevaba al cine, a la heladería, a los circuitos... Se había convertido en el hermano mayor que siempre había querido tener, pero también en la figura paterna que nunca había estado presente en mi vida. Lo vi llorar por la muerte de su padre, también por la de su madre, e incluso por la pérdida de su único hermano. En un determinado momento de su vida, coincidimos en que ambos sentíamos que sólo nos teníamos el uno al otro.

Mi padre, que durante años había estado sopesando la oportunidad de darle otro puesto de mayor importancia a Larry, lo alejó de mí cuando lo ascendió y le convirtió en su mano derecha. Larry dejó de tener tiempo libre porque se dedicaba a acompañar a mi padre a las reuniones, a enterarse de sus negocios. A mí al principio me costó aceptarlo, hacerme a la idea de que ya no iban a volver esas tardes en el cine, esas carreras o esas conversaciones al lado del Chevrolet, a la sombra de los árboles. Pero también evolucioné a mi manera. Hice amigos en el instituto, donde fui representante de los estudiantes, viví junto a mis amigas grandes momentos donde me enamoré y me desengañé en un par de ocasiones. La vida fue transcurriendo debidamente hasta que llegaron los acontecimientos más importantes.

El primero de ellos, el nacimiento de Bernard. El hijo de Larry nació en diciembre de 1964, cuando yo tenía quince años y él poco más de veinticinco. Lo cierto es que Larry no fue capaz de hacerse cargo de él. La madre del bebé había muerto dando a luz y él cayó en una fuerte depresión. Mi padre trató de ayudarle y él le pidió que se deshiciera del niño, que verlo le causaba dolor. Una decisión que mi padre estuvo sopesando durante unas semanas y que acabó descartando al ver cómo me había hecho cargo de Bernard. Oficialmente empezamos a decir que Bernard era mi hermano de otra madre y juntos tratamos de darle la mejor infancia posible. Gracias a Bernard estuve más cerca de mi padre de lo que nunca había estado.

Larry estuvo muchos años fuera. Visitaba a mi padre muy de vez en cuando, cuando yo me llevaba a Bernard a dar una vuelta fuera de casa. Fue el primero en saber de la enfermedad de mi padre y el que se encargó de decírmelo cuando ya apenas le quedaba una semana de vida y su deterioro era completamente visible. Nunca supe si realmente mi padre se había acercado a mí porque sabía de su enfermedad y se había arrepentido de todos los años alejado de su familia y envuelto en sus negocios. Tampoco quise preguntárselo porque prefería pensar que más que redimirse, lo que le había ocurrido a mi padre era obra de un capricho mezquino del destino, que justo cuando empezaba a vivir y disfrutar de la vida, ésta se le había escapado de sus manos.

Tras su muerte, Larry se encargó de ayudarme a gestionar todo cuanto mi padre me había dejado en herencia, que no era poca cosa. A través de sus contactos y sus documentos fui conociendo a aquel hombre que hasta los últimos meses de su vida había sido un completo desconocido para mí. Larry, por su parte, le prometió a mi padre que estaría conmigo y con Bernard en todo momento y no nos dejaría solos. Y aunque nunca le dijo la verdad sobre su parentesco, procuró que a su hijo no le faltase de nada y aprendió a quererlo.

Me licencié en ciencias políticas siendo la única mujer de mi promoción. Larry siguió encargándose de los negocios de mi padre, y una serie de conocidos suyos me ayudaron y colocaron en el partido político después de que terminase la carrera. También cuidé de Bernard como si fuese su hermana mayor. Y le intenté dar algo que yo no había tenido nunca; el cariño materno. O al menos, algo que se pareciera a eso.

En 1985 tiré de agenda de teléfono y con un par de llamadas lo ayudé a entrar en la DEA cuando él apenas tenía veintiún años y había acabado sus estudios. Mientras tanto, yo seguía metida de lleno en la política y ganaba poder dentro del partido, pero me hacía mayor y los prejuicios de una sociedad machista cada vez eran mayores. Evitaba los rumores que se vertían sobre mí, y hacía oídos sordos a los comentarios sobre que pasaba de los treinta años y no había sido madre y esposa. Soñaba con cambiar el mundo, que las mujeres tuviéramos los mismos derechos y libertades que los hombres y nos tratasen de igual forma en todos los aspectos de la vida. Dentro del partido conocí a David Wallace, que pensaba como yo. Era más o menos de mi edad, y compartía conmigo las mismas creencias y opiniones. Pronto nos convertimos en inseparables dentro y fuera del partido, y con él sufrí el último desengaño amoroso que he tenido en la vida.

Lo había comentado de pasada cuando le había hablado de Bernard y de cómo mi padre lo había acogido en la familia. Él me había dicho que era padre de dos hijos, pero que tenía ilusión por tener a una niñita también. Sin embargo, algo en mí había obviado esa conversación y creía que podía surgir el amor entre nosotros. Nunca me rechazó, ciertamente me cercioré de que no lo supiera, pero cuando conocí a su mujer, vi que ella le daba todo lo que yo no podría darle. Con Margaret la política no importaba, las discusiones no existían. En definitiva, tenía una vida privada alejada de su vida laboral y eso le llenaba.

A principio de los 90, David ya estaba un paso por encima de mí en el partido y había ganado sus primeras elecciones. No me importaba, al contrario, me alegraba por él y él me decía que nuestras victorias siempre serían de los dos. De una forma u otra sabía que, aunque tenía que ser paciente, mi momento en la política acabaría llegando, por lo que me dediqué un tiempo a esperarlo. Mientras tanto, estuve algo apartada dirigiendo los negocios que había heredado y que Larry seguía manejando con destreza.

En ese tiempo habíamos estado recibiendo visitas de Bernard a cuentagotas. De él sabía lo poco que nos contaba, que llevaba meses en un comando de la DEA intentado desarticular un cártel de drogas y que la operación avanzaba a pasos agigantados; estaban cerca de atraparlos. Hasta que un día un operativo finalizó con la caza de uno de los peces gordos del cártel. Pese a que había sido un éxito, varios miembros habían logrado huir y la vida de Bernard, que había estado infiltrado en la propia organización criminal, estuvo en peligro. Sus superiores lo apartaron del caso y trataron de protegerle todo cuánto pudieron dándole una identidad falsa y una nueva vida en el extranjero.

Durante años Larry y yo supimos de Bernard únicamente por la carta anual que nos enviaba por Navidad. Nunca venía en correo oficial, sino que la mensajería era interna de la DEA, porque era una comunicación más segura. Descubrimos que Bernard se había llamado John Vendrell y vivía en Barcelona, que se había casado con una mujer y habían tenido un hijo. Durante años estuvimos recibiendo fotos de ese hijo al que veíamos cómo iba creciendo cada año, hasta que en 2006 la DEA le avisó de que se había filtrado su nueva identidad y de que volvía a estar en peligro, por lo que dejó a su familia sin decirles nada y abandonó Barcelona. Esto último no lo supe hasta pasada casi una década ya que durante ocho años dejé de tener noticias de él. Hasta entonces no habíamos tenido idea de dónde había ido, siquiera si seguía vivo.

Tras las primeras navidades en las que no recibí la postal que solía enviar, no me lo pensé dos veces y viajé a España en su busca en cuanto tuve la más mínima idea de dónde debía dirigirme. Me había pasado tiempo detrás de las pocas pistas que extraje de las fotos que nos había hecho llegar en sus cartas. Con la aparición de las redes sociales pude saber de algunos de los sitios donde se habían tomado esas fotos, localizar a personas de allí y preguntar si reconocían al padre o al hijo. Uno de ellos, dueño de una cafetería en la que se había tomado una de las fotos, me aseguró que ese niño y su madre iban allí de vez en cuando, por lo que fue el primer sitio que visité cuando pisé suelo español. Durante dos días, en un más que ensayado castellano, le fui preguntando a todas las personas que entraban a la cafetería si reconocían al padre o al niño, y una anciana me aseguró que el niño había sido su vecino, pero que ahora vivía en Almería, una pequeña ciudad al Sur de España. Por suerte, en esa ciudad, no había muchos niños que se apellidaran como tú, así que antes de coger un vuelo hacia allí, hice unas llamadas y no tardé en obtener una nueva dirección.

Al fin había dado contigo.

La primera vez que te vi estabas haciendo una cosa que yo misma le había enseñado a tu padre: jugar al ajedrez. Seguí tus pasos durante días, estuve a la sombra viéndote regresar del instituto, saliendo a pasear con tu madre y jugar con amigos en la calle. Mientras te seguía allá donde fueras, estaba esperando que tu padre apareciera, hasta que acabé dándome cuenta y aceptando que Bernard también os había dejado a tu madre y a ti. Así que regresé a casa, no sin antes buscar a la vecina que me había ayudado a dar con vosotros y le pregunté directamente si sabía que había pasado con tu padre. Ella me dijo que en el barrio era sabido que os había abandonado sin despedirse ni decir a dónde iba.

Tu padre volvió a Estados Unidos en 2014. Apareció de la nada, cuando ya nos habíamos hecho a la idea de que no volveríamos a verlo. Nos contó que cuando los miembros del cárter que seguían libres descubrieron su identidad falsa, otro infiltrado dio el aviso a la DEA y ésta lo volvió a mandar a otro lugar, esta vez Islandia, hasta que le anunciaron que, tras una larga operación, finalmente el cártel estaba completamente desarticulado. Además, nos sorprendió con una nueva identidad. Había recuperado la suya original, pero se había puesto de apellido Simon. El apellido de Larry. Le pregunté que cómo había descubierto que él era su verdadero padre y se limitó a decir entre risas que a un agente de la DEA no se le podía guardar semejante secreto. Recuerdo que vi a Larry abrazarlo por primera vez, en una mezcla de arrepentimiento por tantos años de silencio y de amor.

Hablamos de su familia y de sus años en España. Me confesó sentirse avergonzado y ser incapaz de hablar con su mujer y su hijo. Sabía que lo había hecho mal con ellos, pero en aquel momento le pareció lo mejor. Durante años se autoconvenció de que su vida en España había formado parte de una especie de función de teatro y que él simplemente había sido un actor que ya había terminado su obra allí. Pero sabía que vosotros necesitabais una respuesta a su desaparición y que probablemente llevaseis mucho tiempo preguntándoos el porqué de su partida. Así que decidimos que Larry contactara contigo para comunicarte que tu padre había muerto y dejaseis de buscar. Algo que, a la vista está, no funcionó.

En ese tiempo yo había retomado mi carrera política y no tardé mucho más en presentarme a las elecciones y convertirme en la alcaldesa de mi condado, algo con lo que siempre había soñado. Para entonces David Wallace había cambiado bastante. Se había vuelto mucho más ambicioso y se había rodeado de gente influyente, aunque seguía manteniendo su vida personal a raya. Se alegró mucho de verme de nuevo de manera activa en la política. Aunque no había perdido el contacto con él, apenas habíamos hablado en los últimos años y no había conocido sus problemas familiares. Uno de sus hijos llevaba tiempo dándole problemas. Bromeó sobre que la culpa había sido mía por hablarle de Bernard, ya que le había animado a adoptar a una chica y eso desató una serie de problemas familiares. Su vida había cambiado. A diferencia de cuando lo había conocido, donde pasar tiempo con Margaret y sus hijos le hacía evadirse del resto de problemas con los que tenía que lidiar, ahora era el trabajo y los negocios los que le ayudaban a liberarse y olvidarse de los problemas que tenía en casa.

Empezó a invitarme a reuniones, a presentarme a gente y a hablarme de sus nuevos proyectos. Poníamos sobre la mesa la necesidad de ofrecerle a los ciudadanos una solución a sus problemas. Nos interesamos mucho por la comunidad científica y conocimos a personas de reconocido prestigio dentro del mundillo, entre ellos a Gilbert Webster, una eminencia de la biología forense que estaba realizando un estudio para desarrollar un aparato que pudiese reconstruir los últimos recuerdos de la memoria de los fallecidos. Nos pareció muy interesante y viable su propuesta y la vimos como una oportunidad que daría solución a muchos problemas, entre ellos a la ola de crímenes que ocupaban la portada de los principales periódicos del país. Pero necesitábamos una fuente mayor de financiación por lo que Gilbert le pidió ayuda a su hermano Kyren, y nosotros hablamos con Daniel Green, que manejaba una de las principales constructoras del estado y nos ofreció varios centros de investigación. Sin darnos cuenta, acabamos siendo seis miembros los que estábamos detrás de un proyecto mucho más ambicioso, ya que Daniel trajo consigo a un hombre apellidado Ismailov, un magnate ruso que quería invertir en el proyecto y se mostró ampliamente generoso en cuanto a las cantidades ofrecidas.

Los seis formamos la *Goodwill Corporation*. Una sociedad dedicada a investigaciones y avances científicos. David y yo sabíamos que no eran los mejores socios, pero el beneficio político fue casi instantáneo. Debido a nuestro interés público y apoyo a la comunidad científica, la gente nos valoraba cada vez más y éramos siempre líderes en las encuestas. Había sido un éxito en el movimiento. Además, creíamos estar seguros ya que con el apoyo de los Webster poseíamos más de la mitad de las acciones de la sociedad por lo que no debíamos preocuparnos por movimientos raros de los otros dos.

Supe que la cosa empezaba a torcerse cuando se sumó Christopher Richardson, un hombre con un pasado delictivo. Se le había acusado de tráfico de órganos y venta de armas y aun así había eludido a la justicia en hasta diecisiete ocasiones. Los Webster, Ismailov y Green dieron su aprobación, y aunque David y yo votamos en contra, no sirvió de nada. Christopher los había convencido con una propuesta muy ambiciosa. Estupefactos, vimos que nuestros compañeros de la *Goodwill Corporation* tenían nuevos objetivos de mayor envergadura. Empezaron a contactar con altos cargos de todos los sectores del país. Habían untado a jueces, fiscales, periodistas, grandes empresarios... Ya entonces, Larry me aconsejaba que abandonase el proyecto, pero me negué a dejar solo a David, así que decidí mover ficha e intentar tomar de nuevo las riendas de la sociedad.

En una reunión en la que asistimos todos menos Gilbert Webster, que había desconectado de los movimientos de la sociedad y se centraba únicamente en su trabajo en laboratorio, se habló de una nueva propuesta de expansión. Logan Baker, el dueño de un periódico digital y presentador de un programa televisivo con gran divulgación, había mostrado interés en formar parte del consejo de *Goodwill Corporation*. Se puso sobre la mesa la necesidad, que íbamos a tener, de ser respaldados por los medios de comunicación cuando la sociedad pasara a la acción y diera el salto a la Casablanca. Logan Baker sería un gran activo para posicionar a la opinión pública a nuestro favor. David, según lo acordado conmigo la noche anterior, habló de otra propuesta: De la misma forma que ocurría con los medios de comunicación, necesitábamos a las autoridades de nuestro lado y qué mejor que alguien con dinero y reputación intachable como el joven Bernard Simon. Habló de lo bien que nos vendría tenerlo con nosotros, pues aportaría dinero y contactos dentro de un lugar en el que aún no habíamos conseguido entrar. Se aprobó por mayoría la entrada de ambos al consejo.

En cuanto a Bernard, que ya estaba al tanto de todo, le pidió a su padre que vendiera su parte de los negocios que había heredado y aportó el capital que le pidieron desde la sociedad. Para cuando el resto de los compañeros se dio cuenta de mi conexión con él, ya era demasiado tarde. Bernard estaba dentro de *Goodwill Corporation* y junto a David y a mí, iba a luchar por parar al enorme monstruo que habíamos creado.

El siguiente paso fue recuperar el voto de Gilbert Webster. El científico había estado perdido en sus investigaciones y prácticamente vivía en el laboratorio de Coldbrigde. Cuando nos reunimos con él, nos aseguró que nos apoyaría en un futuro en lo que necesitásemos, pero nos pidió tiempo para desarrollar su procesador cerebral. Para ello le hacía falta el apoyo de los demás miembros, tanto para que aprobasen los proyectos y pruebas a realizar como para financiarlas, porque algunas de estas suponían grandes inversiones económicas. Le instamos en que fuera allanando el camino de su hermano Kyren, pero Gilbert nos aseguró que lo mejor era no decirle nada por el momento.

Mientras que el recién llegado Logan se dejaba llevar por lo que votaba la mayoría, el resto seguía llevando adelante sus planes. Nos seguía faltando apoyo para obtener la mayoría así que David y yo acordamos que él intentaría romper ese grupo desde dentro, intentando ganar el voto de alguno de los otros, en concreto el de Daniel Green, para echar a Richardson. Sobre el papel seguirían teniendo poder sobre el resto, pero con Gilbert seríamos cuatro para tres y podríamos tentar a Logan para acabar teniendo la mayoría dentro del consejo.

El asesinato de David Wallace nos cogió a todos por sorpresa. Desde que había comenzado a involucrarse más en ese grupo, apenas atendía mis llamadas y cuando lo hacía procuraba no extenderse demasiado. Pensé que podía pasarle algo, pero él nunca quiso decirme nada, por lo que, aunque acusaron a su hija del asesinato y por las pruebas parecía evidente que era culpable, lo cierto es que a mí ese veredicto no me convenció del todo.

Le propuse a Bernard que investigara más a fondo sobre el crimen de David Wallace y su mujer Margaret, mientras Larry preparaba todo para que pudiera abandonar la *Goodwill Corporation* por la puerta de atrás, sin generar molestia o disputa alguna. Bernard no consiguió saber la verdad tras los hechos, pues el caso ya estaba en manos de un abogado, un tal Jack Allen, y los demás miembros de la *Goodwill Corporation* no querían que nadie metiera las narices ahí dentro. Pero Bernard no quiso dar el tema por zanjado y siguió investigando hasta dar con una serie de testimonios que señalaban a Kyren Webster como el principal artífice de todo.

Primero lo había intentado con Daniel Green que a priori había sido el contacto de David Wallace cuando entró en *Goodwill Corporation*, pero no le consiguió sacar nada. Sin embargo, sí le había mencionado en una conversación banal que Mijail Ismailov con unas copas de más se iba de la lengua, y Bernard tuvo la oportunidad de ponerle a prueba y sacarle algo de información.

Fueron a un club de alterne y se emborracharon juntos. Cuando su compañero no miraba, Bernard vaciaba su copa para aguantar el ritmo y ser consciente de la conversación. Ismailov presumía de Kyren y sus enfermas aficiones, pero también confesó que le imponía cierto respeto. Por la descripción que dio de él, Bernard entendió que Kyren Webster era un verdadero demonio dentro de un hombre enjuto y bajito. Richardson, Green y el propio Ismailov habían hecho buenas migas con él y juntos habían utilizado todo el poder que *Goodwill Corporation* le había concedido para ocultar todas sus fechorías: Violaciones, vejaciones, torturas... Esa charla se me hizo eterna y los brutales relatos no se acababan nunca. Ahí fue donde Bernard nos dio a conocer a Larry y a mí el macabro apodo de Kyren: Kalígula.

Me dolió mucho no poder destapar a mis compañeros, no poder hacer justicia por los Wallace y haber metido a Bernard en ese mundo, pero tenía que ponerle fin. Quise poner tierra de por medio y Larry encontró esta mansión en venta. Sus antiguos dueños habían entrado en quiebra y la vendían con un montón de antigüedades incluidas en el pack. Me gustó la idea de vivir en una casa con artículos que a su vez tendrían grandes historias detrás y le di el visto bueno a Larry para mudarnos.

Aún estaba terminando de acordar el precio con ellos y seguía viviendo en la antigua casa de mi padre cuando recibí una visita inesperada. Era de noche y yo no habituaba a recibir visitas pasadas las cinco, así que sabía que algo tan inusual no podía ser bueno. Cuando abrí la puerta, se me paralizó el cuerpo. Por unos segundos vi a Kyren Webster en la puerta de mi casa, y pensé que algo malo iba a sucederme, pero cuando escuché su voz, supe que se trataba de Gilbert, su hermano, y respiré aliviada.

Su visita me inquietó bastante. Estaba arrepentido y se sentía culpable por habernos engañado. Cuando le pregunté que a qué se refería, lo dejó muy claro: nos había estado ocultando todo lo que su hermano era capaz de hacer. Durante un discurso de dos horas me relató parte de su infancia y como Kyren Webster desde pequeño ya apuntaba maneras. Entre las cosas que me contó sobre su niñez, recuerdo la historia de cuando le había sacado un ojo a un compañero del colegio y le había obligado a metérselo en la boca y masticarlo. El niño nunca fue capaz de decir por qué lo había hecho y los padres lo llevaron al psiquiatra porque pensaban que estaba loco. También recuerdo algunas de las torturas que practicaba con animales varios, incluida sus mascotas. Llegó un momento en el que no quise saber más, ya tenía suficiente para hacerme una idea de que Kyren era un enajenado mental y la única duda que me quedaba era la de por qué Gilbert había metido a su hermano en la *Goodwill Corporation*. Me confesó que en su investigación sabía que necesitaba de su hermano para conseguir poder tratar con personas vivas. El cerebro de gente viva era necesario para llevar a cabo sus estudios y la única forma que tenía de seguir adelante era con su ayuda, porque Kyren siempre encontraba la fórmula para hacer lo prohibido y salir indemne. Y lo trajo con nosotros, pese a saber lo que significaba darle alas al demonio.

Después de las palabras de Gilbert, ya no sabía a dónde iba a parar todo aquel proyecto que se había iniciado con la intención de apoyar a la ciencia y sacar rédito político del tema. Pero habiéndole dado las llaves de nuestro futuro a un sádico, eso sólo podía acabar mal.

Finalmente me aparté del Consejo y de la política, y me vine aquí a vivir de las rentas de los pocos negocios heredados de mi padre que aún tenía activos. Tras la inversión en la mansión me seguía quedando poder adquisitivo suficiente para vivir el resto de mis días sin problemas. Sabía que, si no molestaba a la *Goodwill Corporation*, me dejarían en paz. Solo tenían que hacerles ver que yo no era una amenaza y que les saldría más caro cubrir mi muerte como habían hecho con la de los Wallace. Además, seguía teniendo a Gilbert Webster y a Bernard dentro, aunque eso no asegurase del todo mi porvenir. Por si acaso, contraté seguridad privada, momento en el que conocí a Gemma, que se convirtió poco a poco en mi mano derecha, ya que Larry empezaba a no poder realizar ciertas funciones debido a su edad.

Tu padre decidió quedarse en la casa familiar, y eso nos alejó. Poco a poco fue llamándome menos y lo notaba cada vez más distante. Aunque él me juraba y perjuraba que todo estaba bien, Larry y yo lo notábamos perdido, con su mente en otro lugar. Intenté que Gilbert, mi otro contacto dentro de la organización intentase enterarse de si le había pasado algo. El científico asistió a las siguientes reuniones de socios y descubrió que, aunque en privado Bernard seguía condenando y repudiando todas las barbaridades que Kyren y los demás habían cometido, Gilbert dudaba de que en público Bernard estuviera fingiendo o si de verdad, como él se temía, estaba a favor del golpe definitivo que la *Goodwill Corporation* iba a dar. El golpe al que se refería lo habían catalogado como Las Cuatro Paredes. Una fórmula de acabar con los problemas de sobrepoblación que tenía la humanidad. Para ello iban a implementar en el invento desarrollado por el propio Gilbert unas modificaciones planteadas por la última incorporación del consejo, la bióloga Zoey Anderson, conocida por sus excentricidades y comentarios racistas en varios actos públicos. Y Gilbert, contase o no con el apoyo de Bernard, ya no podía hacer nada para evitarlo.

Perdí la comunicación con Gilbert y también con tu padre pocos meses antes de que se diera el primer caso de infección en el laboratorio de Coldbridge. Para entonces, me había enterado por los periódicos de que Daniel Green había sido hallado muerto y me pregunté si Kyren Webster podría estar detrás de su muerte. Todos los días miraba los periódicos e internet. Pasaba las horas muertas viendo si alguien ponía algún comentario novedoso sobre el procesador cerebral o si había alguna noticia de la *Goodwill Corporation*. También me dediqué a buscar nuevos datos sobre el crimen de los Wallace e investigué a la acusada. En internet encontré otra noticia que tenía que ver con la muerte de uno de los abogados que se encargaban de su defensa. Gemma se ofreció voluntaria para visitar el bufete haciéndose pasar por cliente, pero allí no quedaba nadie, solo la mujer del fallecido. Como la mujer no la iba a aceptar como cliente, Gemma cambió de idea e improvisó ser periodista del caso Wallace. A la mujer no le pareció buena idea conceder entrevistas y dijo que no iba a hacer ninguna declaración, que le preguntara a Jack o a un chico que trabajaba para él y había defendido a Engla Wallace, la asesina de David y Margaret.

Imagino que sabrás cuál fue el siguiente paso y qué me hizo descubrir que Joan Vendrell, el hijo de John Vendrell, era igual de cabezón que su progenitor y habría cruzado medio mundo para dar con su padre. Una vez encontrado a tu amigo, no tardé en ver en redes fotos de su vida privada y si ya de por sí me resultaste familiar en las que aparecías, tu nombre estaba etiquetado en ellas.

El resto de la historia la has leído en esa correspondencia que he seguido manteniendo con Bernard en los últimos meses. Creo que está arrepentido de haber seguido los pasos del resto, pero me necesita a mí allí para reconducir su camino. Así que Larry y yo decidimos que lo mejor es regresar a esa zona segura que dicen haber creado. Sí, regresar, establecerme y luchar con Bernard para evitar que la *Goodwill Corporation* alcance su objetivo.

Ahora que ya has encontrado las respuestas a tus preguntas y conoces tu historia, me gustaría que no te interpusieras en mi camino. Necesito seguir escribiendo la mía. De pequeña quise ser política para hacer del mundo un lugar mejor. Ahora sé que está en mis manos poder conseguirlo.

Héctor.

La oscuridad nos envolvía por completo. El sol había terminado de ponerse y la única luz a nuestro alrededor provenía del balanceo de nuestras propias linternas que apenas nos abrían el paso hacia ninguna parte. Uno al lado del otro, hombro con hombro, intentábamos sin éxito avanzar de regreso al coche mientras abríamos fuego a los zombis que nos acechaban y que sucesivamente iban cayendo, dejando una ristra de cadáveres a nuestro paso. El ambiente estaba cargado de los silbidos de balas sumado al griterío de las criaturas que no cejaban en perseguirnos. Hasta que Gemma dejó de disparar.

—No me queda más munición, este es el último cargador.

—Ya somos dos —pude responder mientras palpaba mis bolsillos vacíos.

—Tenemos que buscar otro camino. No vamos a llegar al coche —admitió Gemma antes de reventarle la cabeza de un cuchillazo al zombi que tenía más cerca.

—Podemos dar un rodeo e intentarlo por otro lado —propuse. La mujer accedió y comenzó a seguirme.

Dimos media vuelta y corrimos en dirección al campamento. Allí la situación mejoraba sutilmente, seguía habiendo zombis alrededor, pero teníamos el horizonte más despejado. Sin embargo, nos adentrábamos en el bosque sin la menor idea de hacia dónde nos dirigíamos. La horda continuaba persiguiéndonos y, si algo tenía claro, es que no iba a dejar de hacerlo en ningún momento. A diferencia de nosotros, ellos no iban a necesitar tomarse un respiro para coger aire.

Avanzábamos entre los árboles, pisando sobre tierra y rocas, intentando encontrar un camino que nos permitiera llegar hasta la carretera principal. Gemma, de vez en cuando, se giraba para acabar con los más cercanos, mientras yo despejaba el camino como buenamente podía abatiendo a los que teníamos por delante. No acerté el cien por cien de los disparos, pero podría decirse que estadísticamente hablando no estaba desperdiciando la munición, lo que ya consideraba como un logro. Un chasquido metálico en la pistola similar a un «*click*» me hizo ver que me había metido en problemas.

—¡Gemma, estoy sin balas! —le grité desde la distancia mientras esta me alcanzaba de nuevo.

—Ten, utiliza esto. La sien y la zona del cuello son las partes más blandas, no dudes en clavarlo con todas tus fuerzas —explicó metódicamente ofreciéndome el cuchillo de combate.

Me quedé medio segundo observando de nuevo el arma y me vino a la cabeza la escena en la farmacia. Con un nudo en el estómago retomé el camino y deseé con toda mi alma llegar al coche lo antes posible.

—Allí veo algo de luz, tiene que ser la carretera —indicó Gemma.

A unos treinta metros hacia delante, las copas de los árboles daban algo de tregua a la luna que iluminaba un pequeño tramo de bosque. Sin embargo, lejos de ser la carretera, aquel lugar ni por asomo estaba cerca de parecerse a esta. Simplemente se trataba de un claro de tierra bajo una roca que impedía que los árboles se unieran, permitiendo así que se colara la luz entre ellos. Me desplomé en la hierba de espalda a la piedra sumido en la frustración por habernos perdido. Necesitaba un momento de respiro para coger aire después de la carrera, pero Gemma, que no parecía estar de acuerdo, me cogió de la chaqueta y tiró de mí hacia arriba levantándome.

—Si nos quedamos aquí estaremos atrapados. Y me acabo de quedar sin munición, tenemos que correr y dejarlos atrás. —dijo mientras reanudaba el camino abriéndose paso a empujones.

Al momento de terminar la frase y sin darnos cuenta de dónde salió, un zombi arremetió contra ella desestabilizándola lo suficiente para hacerla tropezar con una piedra. Consiguió zafarse de una embestida, aunque la criatura seguía prácticamente sobre ella. Apenas a una decena de metros, otro puñado de zombis se acercaba peligrosamente y, sin pensarlo dos veces, agarré a aquella bestia de la poca cabellera que aún conservaba y le incrusté el cuchillo en la nuca. Gemma, que parecía haberse hecho daño en un tobillo, se puso en pie resintiéndose del dolor. Con un gesto de agradecimiento algo forzado, reanudó la marcha. Asfixiado y con las pulsaciones a doscientos, alcancé a la mujer que cojeaba ligeramente sin aminorar el ritmo lo más mínimo.

Conseguimos poner cierta distancia de por medio con el grupo grande y, si alguno de ellos se acercaba lo suficiente para resultar una amenaza, yo me encargaba de que dejara de serlo. Pasados unos minutos, perdí la cuenta de los zombis que nos quitamos de encima. A lo lejos todavía podía escucharse los gruñidos salvajes de las criaturas buscando como posesos nuestro rastro, pero el bosque nos brindó una tregua. Los árboles parecían espaciarse algo más entre ellos permitiéndonos apagar las linternas e iluminarnos con la luz de la luna.

—La vista se acabará acostumbrando a la oscuridad y conseguiremos despistarlos definitivamente —explicó Gemma convencida.

—Ya solo tenemos que decidir hacia donde nos dirigimos —añadí aún con la respiración entrecortada. Estaba totalmente exhausto.

—Lo importante es no detenernos y continuar la marcha. Ya encontraremos algún lugar que sea lo suficientemente seguro para descansar un rato —concluyó.

—Pues qué bien.

Como bien aseguró Gemma, la vista poco a poco fue haciéndose al paisaje y el desahogo de dejar de escuchar los alaridos de los zombis aumentó mi moral. Pensé en lo que dejábamos atrás y no podía creer que yo mismo hubiera sido participe de aquella faena y, aunque probablemente Gemma hubiera acabado con el doble de zombis de haberse encontrado en condiciones de hacerlo, no podía sentirme más confiado. Repasé las pertenencias de la mochila para asegurarme que lo llevaba todo. Al neceser con medicinas que había encontrado en el campamento solo podía sumarle una pequeña botella de agua que en aquella circunstancia agradecí enormemente llevar conmigo. Le ofrecí un trago a Gemma, que agarró la botellita y dio un pequeño sorbo, después yo hice lo mismo y la guardé de nuevo en la mochila dejando el contenido a la mitad para futuras necesidades.

El paisaje a nuestro alrededor se había transformado ligeramente. Tras varios minutos caminando por un sendero empinado, los árboles empezaban a escasear dando lugar a una ladera escarpada. El cielo estaba despejado y la luna, prácticamente llena, nos iluminaba la montaña como un foco hasta donde nos alcanzaba la vista. La temperatura descendía conforme subíamos la pendiente y pronto comencé a sentir frío en las manos y los pies. Gemma, que parecía percatarse de mis cada vez más frecuentes tiritones, me animó:

—Descansaremos en aquella cueva —indicó con la mano—. Teníamos que alejarnos lo suficiente si no queremos tener problemas con los zombis. Aquí arriba será imposible que nos encuentren.

La cueva en cuestión no era sino una grieta en la montaña de apenas unos metros de profundidad. Ninguno de los dos podíamos estar de pie dentro de ella sin golpearnos la cabeza con el techo de piedra, aunque al menos la sensación de frío era menor. Tomamos asiento al fondo del agujero con la esperanza de que las horas pasaran rápido. Transcurrieron varios minutos hasta recuperar por completo la sensibilidad de las extremidades y sentir el calor corporal que desprendíamos, haciendo más cómoda la espera hasta la salida del sol.

—Creo que en cuanto lleguemos voy a abrazar a Gladys y al crío con todas mis fuerzas —tenía la sensación de estar reflexionando para dentro, pero me sorprendí al escucharme en voz alta.

Gemma respondió con una leve sonrisa. La parquedad en las palabras a la que la enorme mujer me tenía acostumbrado se sumaba a lo incómodo de la situación, pero aquella sonrisa significó mucho más de lo que esperaba. Recordé entonces lo que Gladys me contó acerca de su pareja y la bebé, y en lo duro que debe ser seguir viviendo en un mundo como el de ahora justo cuando acabas de perder lo más importante de tu vida.

—¿Cómo era ella? —me animé a preguntarle.

Una leve mueca de confusión sustituyó la sonrisa del rostro de Gemma al escucharme preguntar aquello, debía estar dándole vueltas a la cabeza en qué momento me había confesado aquella historia tan personal.

—Ayer estuve hablando un rato con Gladys sobre ti y me lo contó. Perdona si te ha molestado que saque el tema —intervine de nuevo.

—No te preocupes, ella me ha contado prácticamente todo sobre vosotros. Además, no es una historia de la que tenga por qué avergonzarme, al contrario —guardó silencio durante unos segundos—. Se llamaba Patricia, pero a ella no le gustaba ese nombre y quería que todo el mundo la llamara Pat.

Gemma sonrió de nuevo. Esta vez, incluso pude descubrir algo de emoción en su cara. Medité sobre si debía aportar algún comentario hasta que Gemma se adelantó:

—La conocí hace casi dos años en Little Rock. Acompañé a Marjory a una de sus visitas a la capital en la que debía zanjar unos asuntos con el negocio familiar. En el momento de la reunión, decidió que no hacía falta que entrara con ella y me libró del aburrimiento que suponía asistir a eventos como ese. Para hacer tiempo, me di una vuelta por el centro de la ciudad y acabé en un enorme restaurante que llamó mi atención nada más pasar por la puerta. Estaba ojeando la carta y los desorbitados precios cuando la vi. Me pareció tan perfecta que me armé de valor y le pedí el número de teléfono en el momento en el que me llevó la cuenta, y por un momento pensé que, si me decía que no, me iría de allí corriendo y me olvidaría de pagar —soltó una ligera carcajada al relatar aquello—. Eso fue lo primero que le dije cuando volví a quedar con ella.

Correspondí su entusiasmo con otra sonrisa y la dejé continuar.

—La cosa empezó a ir bien. Las dos trabajábamos mucho y, sin embargo, lográbamos sacar tiempo en nuestros ratos libres para vernos. Una vez le pedí a Marjory un fin de semana libre para pasarlo con ella y nos fuimos a Nueva York juntas. Era la primera vez que Pat visitaba la ciudad, pero yo había estado años atrás en alguna que otra ocasión por motivos de trabajo, así que lo pasé en grande enseñándole los mejores rincones de la Gran Manzana. Además, fue uno de los pocos momentos en que nos sentíamos libres de mostrar nuestro afecto en público sin temor a ser observadas y escuchar comentarios cuando nos cruzábamos con alguien. Al fin y al cabo, Arkansas es un pueblo comparado con aquello, y un pueblo no muy avanzado en según qué cosas. Así pasaron los meses, afianzamos la relación hasta el punto de querer formar una familia y cuando decidimos que ella se quedaría embarazada, le comenté a Marjory la idea de dejar este trabajo. La señora apenas me puso pegas y me deseó lo mejor para mí, para Pat, y para lo que estuviera por venir. Logré encontrar un empleo como gerente en una empresa de seguridad privada de la capital y poco a poco íbamos saliendo adelante. Eso fue unos meses antes de que comenzara todo este desastre.

El resto de la historia ya la sabía y lo que no conocía de ella podía intuirla por lo que me había contado Gladys. Era una historia triste, pero aun así, Gemma sonreía de oreja a oreja recordándola con lágrimas en los ojos.

—Después hablé de nuevo con Marjory, que me ofreció volver a mi antiguo puesto. No soportaba estar sola en mi casa —explicó secándose los ojos con la camiseta— Y hasta ahora.

—Lo siento mucho Gemma —me limité a decir. A veces el silencio es la mejor respuesta, pero fui incapaz de guardarlo sin ofrecer algo de empatía.

Las horas transcurrieron dentro de aquella cueva sin más novedades, hasta que fuimos conscientes de que era el momento de retomar el camino de regreso a la casa antes de que saliera el sol. Pude observar un cambio en la actitud de Gemma hacia mí después de contarme acontecimientos importantes sobre su vida pasada y dejarme ver que debajo de esa carcasa de mujer tosca se escondía una persona inteligente y afable.

El descenso hasta la zona boscosa fue más sencillo que la subida. Gemma, que parecía resentirse aún de la torcedura en el tobillo ni siquiera quiso buscar en el paquete de medicinas que llevaba en la mochila algo que pudiera aliviarle. Decía que quería volver cuanto antes a la casa y que sería de más utilidad dárselas a Gladys. El cielo seguía despejado y a lo lejos podíamos ver parte del paisaje de la zona, algo que le sirvió de mucha utilidad para encontrar el rumbo de vuelta al pueblo. Durante el trayecto de regreso, apenas nos cruzamos con unos cuantos zombis que no supusieron una gran amenaza y el bosque que lo rodeaba parecía haberse despejado de criaturas casi por completo, suponiendo que el resto, con el que no pudimos acabar durante la noche, se había alejado del lugar. Fue justo en la salida de la arboleda más próxima a la entrada de la villa cuando escuchamos la vibración del motor por primera vez.

—¿Oyes eso? —advertí a Gemma. La mujer observaba a un lado y a otro constantemente intentando averiguar de dónde provenía aquel ruido.

El sonido cada vez se hacía más intenso y no fue hasta que lo tuvimos justo encima de nuestras cabezas cuando descubrimos de qué se trataba. Gemma me hizo saber que, según sus conocimientos militares, era un helicóptero Sikorsky UH-60 del ejército de los Estados Unidos. Comenzamos a correr en la misma dirección a la que se dirigía y pudimos ver cómo el aparato descendía el vuelo poco a poco, buscando aterrizar en algún lugar próximo a dónde nos encontrábamos. Y sólo había un lugar al que ese helicóptero podía dirigirse.

Leonardo.

La cabaña de madera que había al otro lado de la carretera principal era nuestro lugar preferido, aunque su estado nos hacía creer que en cualquier momento podía derrumbarse. Había que cruzar la carretera de asfalto y penetrar un kilómetro hacia el interior de la arboleda. Tuvimos que marcar varios árboles en el camino que nos guiaran hasta ella y así evitar perdernos. Al final de ese reguero de árboles, un pequeño llano se abría entre la maleza, y era allí donde emergía tan recóndita morada.

Por su ruinoso estado, creíamos que llevaba abandonada bastante tiempo, mucho antes de que el mundo colapsara. Habíamos aprovechado los árboles de alrededor para cercar con alambre, madera y otra serie de trampas todo el lugar, asegurando que ningún monstruo pudiera entrar sin hacer ruido, alertándonos. Cuando volvíamos tras días sin cruzar la carretera, revisábamos bien la cerca y la entrada por si algún zombi había llegado a traspasarla en los días de ausencia. Nosotros creíamos que más que la vivienda de un ermitaño, aquello había sido un refugio forestal, pero bromeábamos con siniestras historias y divagaciones de lo que podían haber sido los antiguos moradores. En uno de los costados de la cabaña, dos árboles parecían haber roto las normas de aquel paisaje y se habían colado en el llano, creciendo y mostrándose imponentes ante el resto que rodeaba el lugar de forma respetuosa. Los dos árboles estaban unidos por un soporte de metal del que colgaba un sillón llamativamente deteriorado.

A Eduardo le pareció una excelente idea habilitarla y proveerla de suministros por si se daba el caso de que nos invadieran y tuviéramos que huir de nuestro recinto. Almacenamos latas de comida para varios días dentro de una pequeña despensa del refugio. Una vez cada quince días alguno de nosotros se encargaba de revisar el local.

La primera vez que me tocó ir a ese lugar, apenas había transcurrido un mes desde que me había separado de Vendrell y Héctor. A menudo sentía el impulso de ir en su búsqueda, pero éste fue disminuyendo con el tiempo. Aunque me repetía a mí mismo que debía hacerlo, siempre encontraba una excusa para postergarlo. Esa mañana, de camino a la cabaña, le había confesado a Cora mi intención de marcharme. No era la primera vez que se lo insinuaba, pero quería sonar definitivo. En ese momento no quise aceptar que mi decisión no venía motivada por la esperanza de recuperar a mis amigos como en ocasiones anteriores, sino que más bien e inconscientemente, quería poner tierra de por medio antes de que fuera demasiado tarde y esa chica supusiera para mí algo más que la simple compañía y lazo afectivo que se crea con una superviviente de tu grupo. Enamorarse suponía adquirir un nuevo miedo: el de perder a la persona que amas. Y ese miedo que siempre había existido, se incrementaba en esa situación postapocalíptica.

Cora captó que mi mensaje iba en serio. Supo que mi tono no era tan inseguro como en insinuaciones anteriores, y que estaba dispuesto a hacerlo. En el momento de decírselo, sentí un anhelo oculto. Deseé que ella tomara la iniciativa y me pidiera que me quedase. Algo que no llegó, más bien al contrario. No sólo respetó mi decisión, sino que también se mostró dispuesta a colaborar en mi huida. Sólo tenía que acompañarla a la cabaña y desde ahí podría partir con provisiones de regreso a la ciudad, a mi bar, mi particular prisión donde los recuerdos conformaban todos y cada uno de los barrotes de la celda en la que se había convertido mi memoria.

Tras dejar el agua en la mesa principal, salimos de la cabaña y nos sentamos en el sillón colgante para tomar un respiro antes de despedirnos. Al principió solté bromas desenfadadas para tratar de pasar aquel mal trago de la mejor forma posible, pero como solíamos hacer cuando nos quedábamos a solas y libres de miradas de terceros, comenzamos a abusar de los silencios que nos brindábamos el uno al otro convirtiendo nuestra presencia en un regalo mutuo. En un lugar donde refugiarnos y, particularmente, en un lugar donde ningún barrote o prisión podía atraparme.

Cuando Cora dijo esas palabras, lo primero que pensé es que había perdido la cuenta del tiempo que llevábamos en aquella especie de columpio de jardín. Después me absorbió la duda de si se trataban de una especie de encantamiento, o tal vez la evidencia de que la vida me daba una segunda opor-

tunidad y motivo para dejar atrás el pasado. Finalmente, me plantee si de verdad había salido de sus labios ese «No quiero que te vayas», o me lo había imaginado. Lo que no podía llegar a saber es que, fueran suyas u obra de mi trastocada imaginación, lo cierto es que esas palabras no se trataban de un encantamiento, si no que se acabarían acercando más a una condena.

Cora rodó junto al zombi y quedó encima de él. Forcejeó como pudo, procurando evitar ser mordida. Neil, provisto de una lanza casera, se apresuró y bajó a echarnos una mano. Con notable habilidad, atravesó con su arma la cabeza del zombi que luchaba con Cora. Tras eso, continuó con la purga de monstruos, acabando con la media docena que había dentro del recinto. Warwick y yo fuimos corriendo a la entrada y cerramos la puerta corredera antes de que se colaran varios monstruos de los que se aproximaban al recinto.

—¿Qué hacía la puerta abierta? —pregunté mientras recuperaba el aliento.

—No lo sé. Ahora hay que revisar que no haya alguno cerca de la casa —contestó Warwick.

Mientras Warwick y yo despertamos a Agustina y a Eduardo y los pusimos en conocimiento de la situación, Neil y Cora echaron un vistazo al recinto y, cuando se reunieron con el resto, en su cara apreciamos desconcierto y miedo.

—La moto no está. Se la han llevado —anunció Cora.

—¡¿Cómo?! ¿Me estáis diciendo que estando vosotros fuera, han robado la moto y no os habéis dado cuenta? —preguntó Eduardo, visiblemente furioso.

Warwick agachó la cabeza. En ese momento volvieron mis temores porque contara mi encuentro con Engla. A decir verdad, que ella hubiese robado la moto era lo primero que se me pasó por la cabeza.

—Ha sido culpa nuestra —anunció Warwick mirándome.

Tragué saliva cuando sentí a todo el grupo cuestionándome y la culpabilidad me pesaba como una losa de mármol. No logré articular palabra.

—Pero Eduardo, tienes que entender la confusión. Como esta mañana has estado en el garaje echando un vistazo a los vehículos, cuando esta tarde hemos escuchado la moto, dimos por hecho que eras tú probándola —explicó.

Al escuchar sus palabras sentí tal alivio que por momentos me tambaleé mareado. Warwick se estaba refiriendo a algo que yo mismo había pasado por alto.

—Está bien —calmó la situación Neil—. Sabemos cuándo, ahora nos falta saber quién.

—En este grupo faltan tres personas. Parece evidente dónde tenemos que buscar —dedujo Eduardo.

La sombra de Engla se disipaba. Nadie hacía referencia a ella, aunque yo sabía perfectamente que era demasiada coincidencia que esto ocurriera al poco de haber reaparecido en mi vida.

—Lo mejor será salir de dudas e ir al laboratorio —propuse finalmente.

—¿Vamos todos? —preguntó Agustina.

A lo lejos, un disparo se escuchó antes de que alguien respondiera, interrumpiendo la conversación.

—¿Lo habéis oído?

Nadie contestó a Neil, aunque era obvio que sí. Todos habíamos escuchado tanto ese disparo como los sucesivos.

—¿Se acercan o se alejan? —quiso saber Cora.

—No lo podemos adivinar con seguridad, pero aquí no estamos a salvo. Aunque sea de noche lo mejor es irnos cuanto antes. Vayamos a la cabaña del bosque, un par de días, por precaución. Allí pensaremos con calma qué hacer—explicó su tío.

—¿Y si son personas que vienen a rescatarnos?

Todos miramos a Eduardo. Esperábamos que tomase la palabra y que fuese capaz de demostrar el liderazgo que hacía falta para saber qué hacer ante esa desconcertante situación.

—Vamos a actuar sobre seguro. En estos momentos los zombis no son la verdadera amenaza. No hay una horda cerca, o por lo menos en nuestras inmediaciones. Habiendo disparos, los pocos que se encuentren por aquí, probablemente irán siguiendo el sonido de las balas. Es nuestro momento para huir. En el bosque somos sombras, si no hacemos ruido podremos ser indetectables —Miró a Warwick —. Acompaña a Cora y a Agustina a coger lo necesario y salid por el agujero que hay en la valla trasera. Si es necesario utiliza alguna herramienta para hacerlo más grande para que quepamos sin problemas. Ya lo arreglaremos a la vuelta.

—¿Y vosotros dónde vais? —le cuestionó Cora algo molesta. Sabía que ella formaba parte del plan más seguro, su tío nunca la ponía en el arriesgado.

—Nosotros tres vamos a echar un vistazo allí dentro —dijo señalando el laboratorio—. Si queda alguien y no se han esfumado los tres, les diremos que vengan.

Se me hizo difícil imaginar a Mark, Gilbert y Ruth en la moto, por lo que temí que los dos científicos hubieran sido víctimas del guardaespaldas. Quería pensar que Engla era la que estaba montando todo ese jaleo y que allí dentro estaban los otros tres metidos de lleno en sus tareas correspondientes, ajenos a cualquier problema. Pero la ausencia de Ruth, a quién no veíamos desde el día anterior, se sumaba ya a un cúmulo de coincidencias que me hacía temer lo peor.

Sin más dilaciones, nos dividimos en dos grupos y noté en la mirada de varios de mis compañeros que el miedo y la incertidumbre estaban tan presentes en esos momentos, que el simple hecho de separarnos nos creaba la incómoda sensación de que, tal vez, no nos volviésemos a ver con vida.

Un recibidor blanco y ovalado fue lo primero que nos encontramos al entrar en el centro de investigaciones. Aunque tenía su generador eléctrico propio, muchas de las bombillas del techo estaban casi fundidas y su luz parpadeante molestaba y dificultaba nuestra visión. El resto de la entrada apenas tenía decoración alguna y sus paredes, antaño de un impoluto blanco, habían tornado a un tono más sucio y grisáceo. Neil avanzó hasta un plano que había colgado en la pared tras el mostrador, donde aparecían los distintos laboratorios, áreas, despachos, cabinas de seguridad y demás elementos que componían aquel centro de investigaciones. Dos pasillos nacían a cada lado del mostrador y se acababan juntando en la parte trasera del edificio. En su recorrido, había salas tanto a la izquierda como a la derecha de estos.

Aunque planteamos la opción de separarnos y encontrarnos al final del camino, decidimos ir juntos por el lado izquierdo. Sabíamos, por lo que Ruth nos había contado, y por las luces que se encendían y se podían apreciar desde fuera, que ellos habían estado todo ese tiempo trabajando en la planta baja, así que vimos prioritario echar un vistazo en las salas y despachos que había allí.

El olor a podrido no tardó en aparecer e intensificarse a cada paso que dábamos. Eduardo iba señalando el camino con una linterna encendida, ya que la mayoría de bombillas estaban fundidas e incluso reventadas, algo que se apreciaba al escuchar crujir el suelo con nuestros pasos. A su vez, Neil y yo intentábamos acceder a las salas que nos íbamos encontrando a cada lado, pero todas se encontraban con la llave echada y consideramos inútil romper a golpes las cerraduras de las puertas para entrar en ellas. Era bastante probable que llevaran cerradas desde antes de que todo aquello comenzara. Eduardo lo tenía claro, el tiempo apremiaba y no podíamos entretenernos.

—Nuestras pisadas hacen bastante ruido. Si hay alguien en las salas nos tiene que estar escuchando pasar —dije en voz baja.

Eduardo, que iba delante de mí, alzó la voz:

—¡Ruth! ¡Gilbert!

Neil y yo nos miramos en un claro gesto de complicidad y acompañamos a Eduardo en su llamada. Como se nos había prohibido la entrada a aquel lugar, al principio habíamos estado actuando creyendo que teníamos que andar con sigilo, como si fuéramos unos ladrones. Sin embargo, en esa situación no teníamos que escondernos, de hecho, había que hacerse de notar para que, al escucharnos, hubiera quién hubiese allí dentro, saliera a recibirnos y juntos poder salir de allí cuanto antes.

De una de las habitaciones del fondo un gruñido a modo de respuesta nos avisó de que no estábamos solos.

—Por como huele y por ese sonido, me da que no es ninguno de los nuestros —comentó Neil.

Comenzamos a notar la presencia de agua en el suelo y, a cada paso que dábamos, el charco se hacía mayor hasta que dimos con la habitación de la que provenía, justo antes de que el pasillo girase a la derecha para dar la vuelta al laboratorio. El letrero de la habitación indicaba que se trataba del Laboratorio de Genética y Biología Molecular.

—¿Por qué sale agua de aquí? —pregunté

—Puede que tuvieran algo congelado en una cámara frigorífica —dijo Eduardo antes de girar el pomo para entrar.

El gruñido del zombi se escuchó desde dentro de la sala, y Eduardo no se lo pensó dos veces.

—Está aquí. Yo abro la puerta y apunto con la linterna y entre los dos acabáis con él.

Estábamos dispuestos a ello, aunque Eduardo amagó con abrir la puerta y antes de hacerlo se giró de nuevo.

—Si ese zombi tiene forma de Gilbert o Ruth, no dudéis. Ya no son ellos.

No lo había pensado. Reviví el recuerdo del final de Henry, de cómo acabé con él meses atrás cuando el vecino Rodd le había mordido. Se repitió la escena varias veces en mi cabeza como un flashback muy intenso. Hacer lo mismo con Ruth, ¿estaba preparado para ello?

Instintivamente me situé detrás de Neil cuando entramos en el laboratorio. Eduardo, enfocó a todos lados hasta que dio con él en el otro extremo de la habitación. Estaba justo al lado de una especie de congelador roto que había producido ese enorme charco que llegaba hasta el pasillo. De espaldas a la pared, se giró hacia nosotros en cuanto la luz le enfocó. Por la estatura, descarté que se tratara de Ruth o Gilbert. Tampoco parecía ser Mark. Me quedé como un pasmarote, quieto, respirando profundamente y sintiendo el alivio de que no fuera Ruth. En ese instante Neil sacó una faca y se lanzó hacia el zombi, en un ataque más que ensayado y practicado en decenas de ocasiones, aunque esa vez pisó el suelo mojado y un pie se le deslizó hacia delante. El resbalón le pasó factura y, aunque clavó el cuchillo en el ojo del zombi, no lo hizo con la fuerza necesaria para atravesarlo y acabar con él. El zombi se tiró hacia él en un agónico intento por morderle. Para cuando Neil pudo terminar de clavar su arma del todo, ya era demasiado tarde, aquel monstruo había conseguido hincarle el diente en el hombro izquierdo.

El muchacho quedó en estado de shock, paralizado, sin poder aceptar lo que había pasado y tratando de palparse el hombro en busca de sangre. Antes de que le pudiera el pánico, Eduardo y yo nos acercamos a él para revisar la herida. Los dientes estaban clavados y un par de ellos habían conseguido perforar la piel.

—No parece profundo, tranquilo. Seguro que no te pasa nada —mintió Eduardo.

Pero Neil no le creyó. Ni el propio Eduardo creía sus palabras. Ruth ya nos había dicho en alguna ocasión que el mínimo contacto con la sangre producía la transmisión, que las pequeñas heridas simplemente tardaban más en afectar a todo el organismo, pero la suerte ya estaba echada, y el destino de Neil escrito.

Durante un par de minutos, que se hicieron eternos, nos quedamos ahí quietos sin saber qué hacer ni qué decir. En ese instante entendí que, aunque muchas veces deseamos saber cuáles son los últimos momentos de nuestros seres queridos para poder pasarlos junto a ellos y despedirnos bien, en realidad, ese deseo no es más que una excusa para hacernos más daño, para sentirnos peor. Saber que estábamos presenciando las últimas horas de una persona sólo servía para aumentar nuestra impotencia y evidenciar que no estábamos preparados para decir adiós.

Un rayo de luz se coló por las diminutas ventanas en forma de cuadrados que tenía aquella sala, cercanas al techo y repartidas siguiendo una línea de un extremo a otro. A la luz le acompañó el cada vez menos lejano ruido de varios vehículos.

—Están llegando. ¿Y si vamos con ellos? Tal vez tengan alguna cura para Neil. Estamos a tiempo —pregunté dudoso.

—No —contestó Neil antes de que Eduardo dijera nada—. Quiero irme con el resto. Despedirme de ellos, verlos por última vez y tener la oportunidad de decirle lo mucho que los quiero.

—¿Y qué hacemos con Ruth y el resto? ¿Los dejamos aquí?

—Leonardo, ¿de verdad piensas que Ruth sigue viva? —Las palabras de Eduardo sonaron duras, afiladas como cuchillas.

Me negaba a aceptar esa suposición que Eduardo ya daba por segura. No podía hacer nada por Neil, pero aún tenía esperanza de encontrar a Ruth y sacarla de ahí.

—Id vosotros y ahora nos vemos. Voy a seguir buscando en el resto del edificio.

—¿Estás seguro? Si te pasa algo no vamos a poder ayudarte —comentó Eduardo.

Asentí intentando mostrar un convencimiento que por dentro no sentía. El robusto hombre se acercó a mí y bajó su mano hasta la cintura donde tenía una pistola. La cogió y me la ofreció junto a su linterna.

—Dame tu cuchillo. Creo que esto te vendrá mejor si los de ahí fuera no vienen en son de paz y dan contigo.

Hicimos el intercambio de armas y me dio un golpecito en el hombro. Acto seguido, antes de que se marcharan, Neil le pidió un minuto para despedirse de mí. Se acercó y me dijo al oído:

—Necesito que me prometas que vas a regresar, aunque yo ya no esté para verlo, y que le dirás a Warwick todos los días que tuvo un hermano que lo quiso más que a nadie.

—Neil, sólo será un momento, no hagas que suene a despedida —contesté, tratando de quitarle hierro al asunto.

—Lo sé, pero quizás es nuestro único momento.

Lo abracé con fuerza.

—Tienes mi palabra, aunque Warwick no necesita a nadie para recordarle quién eres.

—Y a ella.

Me incomodó cuando mencionó a Cora. No quería seguir por los derroteros en los que iba esa conversación, pero sabía que él sí, y debía respetarlo.

—Pensaba que escucharla decir que estaba enamorada de ti me iba a doler, pero no. Me alegré por vosotros, por saber que teníais en el otro lo necesario para ser felices.

—¿De qué hablas, Neil?

—Sabes a lo que me refiero.

—No, no lo sé —se me descompuso el cuerpo—. Si te vi besarla —acerté a decir elevando la voz.

Miré a Eduardo, que estaba lo suficientemente lejos para no escuchar nada de lo que estábamos hablando. Neil sonrió, aunque su mirada era triste.

—Ya me disculpé por ello y me contó todo lo que siente por ti. Te lo pido de corazón, no dejes que le pase nada y haz todo lo posible para que esté feliz y a salvo.

Si había sido valiente mi decisión de quedarme a buscar a Ruth, cualquier arrebato de valor que había tenido se esfumó por completo. Ahora sólo tenía ganas de volver junto a Cora, de pasar de nuevo una noche a solas con ella y reservarme todo aquel valor para hablarle de mis sentimientos.

Y sin embargo ahí estaba, de nuevo solo, buscando a Ruth entre las salas que rodeaban ese frío pasillo.

La mayoría de puertas seguían cerradas así que proseguí mi camino de vuelta por el ala contraria del edificio, dejando atrás las salas de laboratorios y llegando a una zona donde había pequeños despachos. El primero tenía la puerta cerrada, pero cuando giré el pomo ésta se abrió. Un olor a perfume femenino que reconocí al instante me sorprendió. Ese debía ser el despacho de Ruth. Enfoqué con la linterna en su interior, temiendo encontrarme con ella. Allí adentro no había rastro de vida alguna.

—¿Dónde te has metido? —pregunté al aire.

Rebusqué en la pequeña habitación, entre el montón de papeles con apuntes y anotaciones sobre todo lo que había estado investigando que había sobre un pequeño escritorio y amontonados en el suelo, cerca de la pared. Abriendo y registrando todos los cajones di con un trapo que envolvía una pequeña cajita cuadrada. Puse ambas cosas sobre la mesa y al enfocarlas con la linterna, vi que el trapo era una camiseta mía, concretamente la que llevaba puesta el día en el que Cora me había salvado y que pensaba que Agustina había tirado por estar sucia y ser una horterada. La toqué con un aprecio inusitado y abrí la caja. Dentro de ella, había seis pequeños frascos de cristal ámbar de unos cinco mililitros, ordenados en dos filas de tres y sujetos por un corcho negro. ¿Qué podía ser? ¿Se trataba del antídoto del que me había hablado? Quizás se habían marchado de allí tras fabricarlo y ella nos había dejado unos cuantos para que estuviéramos a salvo. Como no podía obtener respuesta, me guardé tres frascos en cada bolsillo del pantalón y dejé todas las dudas sobre su contenido para más tarde.

Pasé por el siguiente despacho y vi que la puerta estaba entreabierta, por lo que la terminé de abrir para ver qué había en su interior. Ella estaba de espaldas, maniatada a una silla. El sonido de su gruñido era más parecido a un lamento, pero no era humano. A paso lento fui acercándome, deseando que se tratara de un espejismo o de una confusión. De que realmente no fuese ella, o que todavía fuese humana. Pero su rostro desencajado, sus ojos inyectados en sangre y su boca que lanzaba dentelladas al aire, no daba lugar a dudas. Me llevé la mano a la boca, y ahogué un grito de rabia. Varias lágrimas descendieron por mis mejillas, suicidas. Miré a mi alrededor como si pudiera encontrar las respuestas de lo que le había pasado a Ruth, alguien que me lo contase, que me explicase qué le habían hecho y por qué.

El ruido de los vehículos en el exterior llegando al recinto, ya iba acompañado de voces y supe que me quedaba poco tiempo si quería tener una posibilidad de escapar antes de que dieran conmigo. En un intento desesperado, y sin saber cuál sería el resultado, cogí un frasco del bolsillo y lo abrí. Aprovechando que Ruth estaba atada, y aunque temía que en cualquier momento se volcase su silla de lo violento que estaba revolviéndose, coloqué mi mano encima de su cabeza. Ella, o más bien el monstruo en el que se había convertido, echó su cabeza hacia atrás intentando cazar mi brazo dando bocados hacia arriba. Temblando, vertí el contenido del frasco acercándome a su boca cuanto pude atreverme. Vi como parte de él golpeaba en sus dientes y otro se colaba en el interior de su garganta.

El proceso fue breve, poco a poco fue revolviéndose menos hasta dejar de moverse y aunque quise creer que iba a volver a recuperar su vida, en el fondo entendí que el resultado tenía que ser el que tenía delante. Ruth ya podía descansar en paz.

Tomé otro frasco del bolsillo y cerré el puño. Era arriesgado, pero tal vez con Neil funcionase de otra forma. Debía darme prisa y no perder más tiempo en lamentarme por la científica. La mejor forma de rendirle tributo era conseguir que su trabajo diese sus frutos, y que aquel líquido que contenían los frascos estuviera a buen recaudo para que, en un futuro, la humanidad recordase quién había sido la que dio su vida por salvarlos.

Al asomarme por la puerta del centro de investigaciones, vi las luces de los vehículos dentro del recinto, cerca del edificio residencial. Varios hombres armados ya habían descendido de ellos y recorrían visualmente todo el perímetro, comprobando que hubiera nadie allí. Agazapado, traté de llegar a la valla trasera, intentando evitar que diesen conmigo. Al llegar al extremo del recinto me agaché y atravesé el agujero del vallado que Warwick había agrandado para que pudiéramos pasar todos sin dificultad.

—¡Eh, tú! ¡Alto ahí!

Dos hombres armados me apuntaban con sus armas desde dentro del recinto. Me giré y levanté las manos, maldiciendo para mis adentros: Había estado tan cerca de conseguirlo... Mientras uno mantenía el fusil amenazante, el otro pasó por el agujero de la valla. Ambos repitieron el proceso para que también el otro saliera del recinto. Iban ataviados con cascos y uniformes verdes, como antiguos soldados, pero aun así, se podía apreciar que no eran más que dos jóvenes, probablemente menores que yo.

—¿Qué haces aquí? —preguntó el más alto.

No contesté y eso lo irritó más.

—¿Qué hacemos con él? Dentro de los muros sólo pueden entrar mujeres y críos —comentó el compañero.

—Ni idea. Por mí nos lo cargamos y nos ahorramos el problema.

—Joder, es una persona, ¿cómo vas a matarla?

—Es un marrón. Nos harán preguntas, e igual nos sancionan por no haberlo seguido hasta donde quiera que fuese para ver si no está solo —dijo el primero. Debía medir cerca de los dos metros, por lo que el otro tenía que girar mucho el cuello para mirarle a los ojos.

—Lo llevamos con algún superior y que él hable con Simon. Igual le sacan algo —decidió finalmente el bajito.

—Regístralo por si tiene algún arma —le pidió el compañero.

En el momento en el que uno de ellos bajó el arma para acercarse a mí, el otro cayó al suelo como el tronco de un árbol. Una pequeña lanza le atravesaba el cuello y la sangre manaba a borbotones. El más bajito lo miró asustado sin saber qué había ocurrido, momento que aprovechó Engla para abalanzarse sobre su espalda y hacerle una llave de judo, obligándolo a soltar el arma. Con la culata de ésta lo golpeó en la cabeza antes de que articulase palabra. Acto seguido miró a mi alrededor y señaló a tres zombis que se acercaban.

—Ayúdame a atraerlos —dijo al fin.

—¿Para qué?

—Hay que fingir que es un accidente. Si ven que los hemos matado, sabrán que hay alguien por la zona.

—Pero ese no está muerto y tampoco tenía intenciones de matarme —dije señalando al que Engla había golpeado con el fusil.

Ella se encogió de hombros, y en cuestión de segundos tiró de la pequeña lanza de sílex con la que había atravesado al más alto de los soldados, arrancándola de su cuello y salpicando sangre a todos lados. Con las mismas, atravesó el cuello del otro soldado que aún estaba inconsciente, antes de que yo pudiera hacer nada por evitarlo.

—En el sitio al que te querían llevar te esperaba algo similar. No te compadezcas demasiado —finalizó impasible.

Tras asegurarse de que los zombis daban con los cuerpos de los dos soldados y comenzaban a devorarlos atiborrándose con sus vísceras, Engla me indicó que la siguiera, algo que hice durante varios minutos en los que intentaba recomponerme de todo aquello. Atravesamos una buena cantidad de árboles evitando pisar ramas y hojarasca que crujiera e hiciera mucho ruido. Finalmente me detuve, no podía seguir así.

—Espera, Engla. No puedo acompañarte, tengo que volver con mi grupo —le dije con reparo.

Ella con una mirada más solícita de lo habitual, no dejaba de contemplarme, esperando más explicaciones.

—Sígueme. Te los presentaré y les diré que te quedas con nosotros —la invité.

Sin decir nada, me acompañó hasta que logré dar con el camino de árboles marcados que llevaba a la cabaña. Cruzamos la carretera juntos, asegurándonos de que no había ninguna amenaza cerca. Avanzamos unos cientos de metros por la arboleda que había previa al llano donde se encontraba nuestra peculiar guarida. Warwick, que estaba fuera del recinto me divisó a lo lejos y se acercó corriendo. Cuando pude verle bien el rostro, vi que aún tenía los ojos cubiertos de lágrimas y supuse que llevaba buen rato llorando.

—Neil se muere —balbuceó.

—Lo sé. Vamos con él, deprisa —le rogué.

Miré a mi lado para indicarle a Engla que me acompañara, pero se había esfumado. Desconcertado, la busqué brevemente hasta que Warwick se dio cuenta de que me había quedado parado. Cuando reparé en que me estaba esperando, me encogí de hombros y lo acompañé, saltando el alambre que rodeaba la cabaña. Antes de entrar en ella, una Cora derrumbada salió de allí y cuando alzó la mirada, con los ojos cubiertos de lágrimas como los de Warwick, sus ojos se iluminaron al verme. Corrió para abrazarse a mí y rompió a llorar de nuevo. Sabía que el tiempo jugaba en contra de Neil, pero no podía rechazar aquel abrazo. Al menos por unos segundos y más cuando había estado cerca de no volver a hacerlo.

—Entrad y cerrad la puerta —se escuchó decir a Eduardo desde el interior de la cabaña.

Warwick y Cora entraron antes que yo. Antes de cerrar la puerta miré un segundo al exterior y la vi al momento. Engla estaba de pie al lado de un árbol, mirándome, inmóvil como una estatua.

Vendrell.

Cuando volví a ver la fotografía enmarcada de todos los miembros de la sociedad de la que me había estado hablando Marjory, no tardé en identificarlo. Ahí estaba mi padre, más de una década desde la última vez que lo había visto. Algo cambiado eso sí, el paso del tiempo no había sido generoso con él. Pelo asediado de canas, cara arrugada, bolsas en los ojos... Observándolo detenidamente, noté en su aspecto, más en concreto en su mirada, cierta tristeza. Deseé que no fuera una impresión mía y que fuera el hombre más infeliz del mundo. Porque, aunque así fuera, seguiría habiendo una persona por encima suya en esa supuesta escala de infelicidad: mi madre.

—Esa foto es de poco antes de que asesinaran a David Wallace. La última reunión a la que asistí —contó Marjory.

—¿Este es el cabrón que me ha jodido la vida? —pregunté para cerciorarme.

Marjory asintió.

—En aquel momento pensó que lo mejor era no poneros en peligro.

—Pero pudo volver y disculparse cuando todo acabó y el peligro dejó de existir, y el muy cobarde no lo hizo —contesté visiblemente indignado.

—Eso es algo que tendrás que aclarar con él cuando lo veas.

—¿Cuando lo vea?

—Sí. Quería hablarte de eso. He tenido una larga conversación con Gemma y le he explicado la situación.

—¿De qué situación hablas?

—Tengo tres autorizaciones firmadas por Richardson. Los salvoconductos de las cartas que has leído. No es que me haga especial gracia haber recurrido a él, pero ahora mismo es la mejor opción, o más bien la única. No puedo llevaros conmigo a todos, ya me gustaría, pero sí puedo llevarte a ti para que puedas reunirte con tu padre. Lo he hablado con Gemma y estaba dispuesta a quedarse. Además, sé que tienes problemas con tu grupo, así que lo mejor es que os alejéis un tiempo. Ellos estarán bien aquí, y en cuanto recupere mi posición o al menos un cargo de responsabilidad, seré yo quien los saque de aquí.

Lo pensé por un instante. No me tentaba salvarme más que el hecho de poder conocer a mi padre, de pedirle explicaciones y de poder decirle a la cara cuánto daño nos había hecho.

—No te creo. Es imposible creerte, joder. Si te has cargado a dos de tus hombres a sangre fría, utilizando a ese viejo que ahora supuestamente es mi abuelo.

—Nathan y Butch eran un problema, Joan —Noté que estaba llamándome por mi nombre de pila, para intentar sonar cercana, familiar —. Si los dejaba aquí con el resto del grupo iban a ser una amenaza. Además, sabíamos que planeaban hacer algo parecido con nosotros.

—¿Y no había una mejor forma de proceder?

No necesitaba que me contestase para saber que no, que cualquier resultado que supusiera dejarlos con vida hubiese sido un gran problema para el resto. Y, a decir verdad, no tardé en darme cuenta de que en una situación así, yo habría actuado de la misma forma, aunque Héctor hubiese hecho cuanto pudiese por impedirlo. Miré a Marjory que debió adivinar que estaba sopesando seriamente su propuesta.

—Pero he leído tus cartas y sé que mi padre no está en el sitio ese al que vas. Me da igual que sea más seguro, llevo meses sobreviviendo entre zombis carroñeros, puedo seguir haciéndolo.

—No está, pero volverá. Bernard siempre vuelve.

—Imagino que hablas desde tu experiencia, porque yo no puedo decir lo mismo —contesté tajante.

No pudo defender su postura, y supo que ninguna excusa iba a mejorar el silencio.

—La oferta caduca mañana —dijo finalmente, invitándome a salir de su despacho.

Cuando salí escuché a Gladys hablar al otro extremo del pasillo.

—¿Dónde te crees que vas? —preguntó entre risas.

Al acercarme a su habitación vi salir de ella al bebé gateando y balbuceando. Tras él, la mujer le acompañaba cuidando de que, en su aventura a gatas, no llegara hasta las escaleras.

—Veo que estás mejor —le dije a modo de saludo, intentado ser más cortés de lo habitual.

Titubeó un instante.

—Ah, lo dices por el resfriado. No hay que alarmarse, es sólo una gripe. Ya le dije a Héctor que no se preocupara, pero como no me bajaba la fiebre, Gemma y él decidieron que lo mejor era ir a por medicinas.

—Pues eso han hecho. Y, además, hace rato que salieron y todavía no han vuelto. Ya es de noche, deberían haber regresado.

—¿Deberíamos preocuparnos? —preguntó algo asustada.

Arqueé las cejas y me encogí de hombros.

—Su seguridad ya no es mi problema. Sabe cuidarse solo.

Y en el fondo no mentía. No estaba preocupado por él, aunque no acertaba a adivinar si era porque ya no me importaba, o porque realmente confiaba en él.

Tras la propuesta que había recibido por parte de Marjory, un nudo en el estómago me había quitado el hambre, así que no bajé a cenar. Tumbado sobre la cama escuché los pasos y alguna palabra suelta de la conversación que tenían Gladys, Marjory y Larry. Estaban inquietos, y no era para menos, que Héctor y Gemma no hubiesen regresado antes de caer la noche no podía significar nada bueno.

No paré de removerme en la fallida búsqueda de un pensamiento que me evadiera de preocupaciones y me permitiera dormir. La oferta de Marjory se antojaba más atractiva conforme pasaban las horas, pero no terminaba de decidirme. Héctor podía estar en peligro y, pese a todas las discrepancias vividas con él, algo dentro de mí me impedía salir de allí sin asegurarme de que estaba a salvo.

A medianoche, en un estado de duerme vela logré escuchar al bebé llorar y, acto seguido, a Gladys tratar de calmarlo con frases como «tranquilo, seguro que vuelven pronto» y «ya está, ya está, si ya los estoy escuchando, están aquí al lado». No supe si Gladys estaba intentando apaciguar los llantos del bebé o, por el contrario, tan sólo intentaba tranquilizarse a sí misma.

«Héctor espero que no se te haya ocurrido la brillante idea de dejarme a cargo de ellos».

Pasé el resto del tiempo dibujándome en un mundo acompañado de Gladys y el niño y pensando en cuál sería la mejor forma de asegurar la integridad de este último. Me dije en varias ocasiones que no era mi responsabilidad, pero la conciencia me impedía abandonarlos o descuidarlos si Héctor definitivamente se ausentaba de nuestras vidas.

Me sorprendí por darme cuenta de la excesiva frialdad con la que trataba de imaginar un escenario donde Héctor hubiese muerto, sin apenas lamentar que ese hecho hubiera podido tener lugar.

Pero tenía que prepararme para ello, porque si algo tenía claro era que todo podía pasar.

El ruido de un helicóptero me sorprendió al amanecer, desvelándome de mi sueño. Había llegado la hora de tomar una decisión.

Me apresuré en vestirme con la ropa del día anterior y salí de la habitación. Me asomé al cuarto de Gladys, esperando ver a Héctor allí, aun sabiendo que no estaría. Anduve con sigilo hasta la cuna, y cogí al niño procurando no despertarlo. Gladys roncaba con fuerza. Supuse que habría estado toda la noche en vela sin poder descansar entre la fiebre y el niño, por lo que el poco ruido que hice no fue suficiente para despertarla. Ni siquiera el del helicóptero, que en esos momentos sobrevolaba el edificio, consiguió hacerlo. Me acerqué a la ventana de esa habitación y desde allí vi como aterrizaba en el helipuerto que había junto al recinto.

Con el niño en brazos, abandoné la habitación de Gladys y me encaminé hacia las escaleras, donde pude ver, al final de éstas, a Larry saliendo de la casa y cargando dos maletas.

—¿Entonces? —preguntó Marjory detrás de mí.

No había reparado en su presencia hasta que me habló. Llevaba un gran bolso colgando del brazo e iba vestida con sus mejores galas, mostrando una elegante presencia.

Tragué saliva mientras ella esperaba pacientemente mi contestación. Me costó tomar la palabra, ya que sabía que esa decisión iba a marcar el futuro, y maldije para mis adentros porque era plenamente consciente de que iba arrepentirme de tomar aquella decisión.

—No puedo ir. No puedo ser como mi padre y marcharme, escapando de este mundo y dejándolos atrás sin darle una explicación. Merecen una explicación.

—Pero tu amigo no está. No es tu culpa. Ha sido él el que se ha marchado y no puedes esperar que vuelva, esta vía de escape no la vas a tener entonces—insistió.

—Lo sé, pero no puedo dejar las cosas así. Voy a salir a buscarlo. En cuanto os vayáis. Iré, los encontraré y entonces si tengo que marchar lo haré, pero hablándolo previamente con él.

—¿Y a dónde vas a ir cuando los encuentres?

—Eso espero que me lo digas tú. ¿Dónde está mi padre?

Noté que el bebé se despertaba porque empezaba a moverse inquieto. Marjory también se cercioró porque por un momento dirigió la mirada hacia él.

—¿Crees que si lo supiera no iría yo misma en su busca?

Agaché la mirada sabiendo que quedándome se perdían todas mis opciones de encontrar a mi padre para pedirle explicaciones y recriminarle todo el dolor que nos había causado.

—De acuerdo —asentí derrotado—. Pero tengo que pedirte un favor. Un último favor.

Antes de terminar la frase ya le había tendido al bebé. Ella me miró intentando comprender que es lo que pretendía.

—Te queda un salvoconducto, ¿no es cierto?

—Lo siento Joan, pero no puedo aparecer allí con un bebé, si es eso lo que me estás pidiendo.

—Te estoy pidiendo que lo salves, por humanidad, algo de lo que no queda mucho en este mundo. Y, dicho sea de paso, nos salves también a nosotros. Este bebé solo nos acabará condenando.

Renegó con la cabeza.

—Marjory... —insistí.

—Está bien. Está bien —aceptó, tomándolo en sus brazos.

La mujer bajó despacio las escaleras, justo cuando Larry regresaba a la casa.

—Marjory, date prisa, nos están esperando y no creo que lo hagan por mucho más—dijo el anciano.

—Voy, estaba recogiendo al último pasajero.

En ese momento crucé miradas con él desde arriba de las escaleras. Larry Simon; aquel anciano era mi abuelo y pese a que acabase de llegar a mi vida, ya me tocaba despedirlo. Tuve la certeza de que no volvería a verlo. Él pareció pensar algo similar y con una sonrisa rota me hizo una breve reverencia. Le respondí con el mismo gesto y noté como se me humedecían los ojos. Sabía que iba a pasar el resto de mi vida lamentándome por no dejar mi orgullo a un lado y correr, escaleras abajo, a darle un abrazo de despedida al que había sido mi abuelo paterno durante más de dos décadas en las que, ignorante de mí, había desconocido su historia.

—Si vuelves a ver a Gemma, dile que siento no haberme despedido de ella, y que en cuanto pueda volveré a buscarla. A buscaros —añadió Marjory antes de marcharse —. Ah, por cierto, te he dejado algo encima de la mesa de mi despacho, échale un vistazo.

—¿Cómo? —pregunté desconcertado.

Marjory se giró para dedicarme una amplia sonrisa.

—Tu abuelo estaba en lo cierto. Me aseguró que no dejarías a tu grupo por venirte con nosotros, y tenía razón. No suele equivocarse.

Volví a mirarlo, sintiendo más dolor por su marcha que antes y luchando como podía por no romper a llorar, por no darle a ese anciano una última imagen triste. Pero esa vez ya no encontré la complicidad de su mirada. Cabizbajo había puesto rumbo a su nuevo destino.

Destino, esa palabra de la que tanto me había hablado Marjory. ¿Estaba siendo realmente dueño del mío? ¿O quizás era una fuerza mayor la que dirigía mis pasos? Eso mismo me pregunté cuando, una vez llegado al despacho de Marjory, vi sobre su escritorio un libro similar al que había encontrado en la librería de la segunda planta. Este se titulaba de otra forma, pero su formato era idéntico: «Los Cuentos de Bonnie: El caballero de la flor de roma». Posé la mano sobre él para acariciarlo y decidí que más tarde buscaría un hueco para leerlo, deseando que su contenido fuese menos turbio que el del anterior.

Al lado del libro, Marjory también había dejado un mechero de gasolina estilo Zippo con las iniciales «*B.S*».

—Bernard Simon —adiviné con facilidad—. Curioso obsequio con el que me honras, Marjory.

De mi bolsillo extraje uno de los pocos cigarros que me quedaban y probé a encenderlo con él. Acto seguido, tomé el libro, y me acerqué a la ventana a observar el paisaje, a detener mis pensamientos durante unos breves minutos, el tiempo en que tardaría en darse cuenta Héctor, al que veía aparecer por la entrada del recinto junto a Gemma, de que no estaba el bebé. Unos minutos de calma antes de que se desatase la tempestad. Unos minutos en los que todo lo sucedido en los últimos tiempos, todo lo que había vivido pasó por mi cabeza como una película rebobinada, superponiéndose cada recuerdo sobre otro mientras yo le daba largas caladas al cigarro y el humo se expandía por la habitación.

Contemplando el cielo a través de la enorme ventana concluí que, pese a todo, la vida continuaba y mientras esa especie de mantra se repitiese cada amanecer, yo tenía que seguir luchando contra las adversidades que se cruzaran en mi camino, esperando a que el dichoso destino augurase un futuro mejor, un epílogo en mi historia que arrancase una sonrisa a todo aquel que la leyese.

EPÍLOGO

El viento soplaba con fuerza en el puesto de vigilancia del comúnmente conocido como Pico del Destierro. Se le llamaba así debido a que la muralla que separaba la zona segura del infierno en el que se había convertido el resto del mundo, estaba diseñada en una línea recta, a excepción del Pico. En el mapa se veía cómo, en la parte inferior del rectángulo que simbolizaba la muralla, el dibujo hacía un pequeño saliente en forma de pico hacia el sur. Según tenía entendido Netty, esto se debía a factores externos, como el mal estado del suelo, que habían llevado a los que planificaron el muro a hacer una pequeña modificación en el cuadrante original que sobre el papel en sus inicios había sido perfectamente lineal. Anteriormente, el interior de las Cuatro Paredes hubiera ocupado buena parte de Minneapolis y St Paul, las ciudades gemelas. Netty no había conocido gran cosa de esas ciudades por lo que apenas le sonaban los lugares que componían el nuevo imperio que Goodwill Corporation había erigido tras conseguir limpiar esa zona de zombis y levantar las Cuatro Paredes.

Ella también había colaborado destacablemente en esa limpieza. Le habían asignado un cargo de bastante responsabilidad en la parte sur de la muralla, y precisamente por eso, iba al Pico del Destierro con asiduidad. Cada vez que había cúmulo de zombis en las zonas cercana a esa parte sur de las Cuatro Paredes, abandonaba la capital del nuevo imperio, lugar donde los supervivientes habían comenzado a rehacer sus vidas, y ponía rumbo al sur a exterminar las hordas de zombis.

Además de los cerca de 50 kilómetros de muralla del sur, hacía escasas semanas que se había terminado de construir la del este y se había comenzado a trabajar en las otras dos. Al ser muchos kilómetros de muralla, y no siendo especialmente favorables las condiciones para llevar a cabo la construcción, las Cuatro Paredes no tenían una fecha estimada de finalización y la mayoría del ejército se concentraba en las zonas aún por construir, defendiendo con uñas y dientes que nadie tirase abajo el endeble vallado metálico que momentáneamente actuaba como protector al norte y al oeste del nuevo imperio, donde además de combatir contra las hordas de zombis, también hacían frente a las incursiones de los Rebeldes.

Pese a que habían perdido de forma provisional algunos de los avances propios del mundo desarrollado, la zona céntrica del nuevo imperio era una gran metrópoli. Allí se desarrollaba el día a día con total normalidad, y las familias podían volver a gozar de una buena calidad de vida. Había escasez en según qué cosas, pero allí el futuro era halagüeño y la esperanza penetraba en cada rincón. Había vida después del apocalipsis y la humanidad había recuperado la fe y la ilusión.

Sin embargo, Netty no estaba del todo cómoda allí y por eso cada vez que era llamada a filas, respiraba aliviada e iba sin pensárselo dos veces. Además de las veces que tenía que ir al muro para exterminar a esos monstruos cuando una zona del muro se veía afectada por una gran horda, el consejo de Goodwill Corporation había establecido un sistema de reparto de guardias anual. En el primer año, cuando le tocó su época de guardias en la pared sur, Netty estuvo tres meses sin pisar el centro del imperio.

Al estar la población alejada de las zonas fronterizas, cercanos a los muros sólo había pequeños puestos militares con un bajo número de soldados, siendo el Pico del Destierro donde más escaseaban, con tan sólo un pequeño puesto militar cerca. Las guardias solían ser un trámite y los grupos que acudían a ellas eran reducidos. Sus funciones eran sencillas: subirse a las torres de vigilancia y divisar el panorama de fuera. Si había algún problema, iban al puesto militar más próximo y desde allí se avisaba a la central. La mayoría de los soldados que se apuntaban a las guardias en los muros solían hacerlo motivados por el salario. El resto del ejército los llamaban coloquialmente sanguijuelas porque decían que no hacían nada y chupaban del bote del imperio. No estaban muy lejos de la realidad. Aunque, y pese a ser una situación similar al resto, nadie quería ir al Pico. La diferencia residía en la notable soledad: al guardia que iba al Pico se le conocía como el farero ya que a cada una de las seis torres de vigilancia que había en la muralla del sur iban dos guardias a excepción de la torre del Pico, donde sólo iba uno. La soledad por la que Netty pasaba durante semanas era bastante dura, porque estaba la mayor parte de los tres meses de guardia sin hablar con nadie, salvo cuando se desplazaba por algún imperativo al puesto de guardia más cercano, a varios kilómetros del Pico. Netty, pese a ser un cargo relevante en la facción del sur, y poder tener la opción de rechazar las guardias duras del Pico del Destierro, las solicitaba expresamente. Sabía que algo no iba bien en su cabeza cuando notaba que llegaba al Pico y se sentía como en casa. Lo cierto es que, aunque el cargo del farero era más duro, al fin y al cabo, seguía siendo una guardia y en las torres de vigilancia la vida de los soldados no peligraba.

Lo que se conocía como verdadero ejército estaba destinado al exterior de las Cuatros Paredes en misiones de distinta índole. Se diferenciaban de la pequeña porción que se quedaba en el interior en la indumentaria. El ejército de dentro de los muros vestía un uniforme marrón y los de fuera, dependiendo de su misión, verde o gris.

Por lo general, el ejército del exterior estaba compuesto por antiguos miembros del ejército americano y de los cuerpos de seguridad de los estados cercanos a Minnesota. Fuera del muro el ejército tenía dos consignas: La primera se basaba en los movimientos de reconocimiento fuera del imperio. Simplemente tenían que dirigirse a los puestos clave que habían montado por gran parte de los antiguos E.E.U.U. Allí se establecían a la espera de noticias de una serie de personas a los que se conocía como «los voluntarios». Estos voluntarios oficialmente eran definidos como personas incapaces de vivir en sociedad, pero con notables aptitudes para desempeñar funciones informativas para el imperio. En pocas palabras, era gente a la que, sin que Netty supiera por qué, no le daban permiso para vivir dentro de los muros y con un vehículo, varios bidones de gasolina de repuesto, un saco de comida y un arma, los mandaban al exterior a dar vueltas en busca de grandes almacenes de provisiones o grandes hordas de zombis. Después se dirigían a los puestos que el ejército tenía montados a notificar su hallazgo y era éste el que se encargaba de afrentar a la horda o recoger las provisiones oportunas.

La segunda consigna, y más peligrosa, era repeler las incursiones de Los Rebeldes. Los Rebeldes era un pequeño batallón inferior en número y armamento que ellos, por lo que a priori no les suponían ningún peligro. Aunque nadie lo sabía con certeza, se decía que eran nómadas y se ocultaban al oeste, en ciudades cercanas a Minneapolis. Desde hacía meses libraban su guerra con el ejército de Goodwill Corporation, intentando derrocar al Consejo. El motivo de la guerra era distinto dependiendo a quién le preguntases. Netty sabía que los Rebeldes peleaban por acceder a la zona segura y liberar a la población de la Goodwill Corporation, antes de que el muro dificultara aún más el acceso. Desde el consejo se definía al ejército rebelde como un grupo terrorista, responsable de que el mundo se hubiese visto envuelto en semejante caos. Decían que eran ateos insurrectos y blasfemos o creyentes de religiones minoritarias y pecadoras, que al ser contrarios al orden social que se había establecido dentro de las Cuatro Paredes, ponían en peligro la continuidad del nuevo mundo.

De las batallas que se libraban fuera de las Cuatro Paredes solo se escuchaban cruentos relatos. Los zombis y las balas hacían de aquello un infierno. Netty no se había apuntado al ejército de fuera del muro porque no quería ir allí. No estaba a favor de matar a otros seres humanos y no tenía tan claro que su bando fuese el bueno y el de los Rebeldes el malo. Como también tenía la sospecha de que los voluntarios desempeñaban sus funciones bajo amenazas y coacciones. Algo había oído. Netty oía muchas cosas, y todo lo que oía lo meditaba en silencio.

La torre del Pico del Destierro era la torre más alta de las Cuatro Paredes. Mientras el Muro tenía entre diez y doce metros de altura, la mayoría de sus torres tenían dieciséis metros, pero la del Pico del Destierro superaba los veinte. A Netty no le agradaban las alturas especialmente, pero las vistas desde allí eran muy bonitas, y tampoco consideraba aquella torre tan alta como decían. Muchas veces se sentaba al borde, con lo pies al exterior y se preguntaba sobre cuánto tiempo tardarían en dar con ella si se cayera o si, directamente, alguien se daría cuenta de que se había caído.

Aquella era su última mañana antes de regresar de la segunda época de guardia que hacía desde el levantamiento de las Cuatro Paredes. Dos días atrás Donald, un muchachillo esquelético del puesto de guardia más cercano al Pico, había ido a darle la noticia de que se acercaba un evento importante en la capital y de que a Netty le habían designado como parte del equipo de seguridad privada de Richardson, uno de los principales miembros del Consejo de la Goodwill Corporation. No quería negarse, nadie se negaba a las órdenes de arriba, aunque a ella ni el incremento de privilegios ni la subida de sueldo le satisfacían y motivaban. Si por ella fuera, alargaría su estancia en el Pico.

Aunque había permanecido en silencio y dejado a los cuatro zombis que tenía a la vista dar vueltas cerca del muro durante todo el día, en cuestión de segundos Netty cargó su arma, apuntó, disparó y sin fallar ninguno de sus cuatro disparos, dio por finalizada su guardia y bajando las escaleras de madera de la torre del Pico, se subió al coche del ejército que había ido a recogerla, y puso rumbo a la gran metrópoli dejando atrás ese muro de ladrillo, grava y piedras.

Llegó a la capital con un día de antelación al gran evento. En las calles se respiraba cierto fervor pese a que nadie sabía con exactitud de qué se trataba, pero la gran convocatoria creaba altas expectativas entre la población.

Tras recoger su uniforme de seguridad privada, un traje negro con camisa blanca y corbata azul, y llevando cruzado un pequeño saco de tela, Netty acudió a las plegarias de las doce, en el templo de la Duna, en pleno centro de la gran ciudad. Pese a no haber estado antes de su renombramiento, Netty sabía que el templo de la Duna antiguamente había sido la catedral de San Pablo. Ella siempre había detestado cualquier tipo de creencia o religión, pero no por ello dejaba de admirar la composición arquitectónica de aquellos monumentos que formaban parte de las construcciones más antiguas del nuevo mundo. Cuando pensaba en eso, no podía evitar recordar que había un grupo dentro de la gran ciudad, un pequeño e inofensivo movimiento ciudadano que se dedicaba a enviar escritos al Consejo, solicitando enviar al ejército a recuperar y establecer una vía de acceso segura a otras tantas construcciones históricas que estaban cerca de las Cuatro Paredes. No eran muchos, y aunque estaba claro que las prioridades tenían que ser otras, la pasión que Netty había tenido por la arquitectura y la historia desde pequeña, le hacía sentir cierta complicidad con aquel grupo de historiadores nostálgicos.

Intentó hacer caso omiso a las desconfiadas miradas de la gente, en su mayoría de avanzada edad que había acudido aquella mañana al templo. En su lugar se dedicó a contemplar la hermosa cúpula de cobre y rosetón que se alzaba en lo más alto del edificio. Una vez dentro, se sentó en la banca de madera y bronce más cercana a la puerta y esperó a que todos los feligreses hubieran tomado asiento para elegir algún espacio vacío entre ellos en el que pudiera pasar desapercibida durante la oratoria.

El padre Samuel se mostró algo nervioso en su lectura de los versículos correspondientes a la misa de aquel día. Netty sabía que en cierto modo la presencia del Obispo Fitzgerald le hostigaba. Fitzgerald tenía todo el poder que le confería el título de soberano del nuevo catolicismo, lo que Netty consideraba como una burda performance del catolicismo clásico. Del soberano eran conocidas varias de sus excentricidades, como simular posesiones con soniditos guturales y condenar arbitrariamente a personas a penas propias de la Edad Media. Había mandado a construir unos calabozos donde nadie podía acceder sin su permiso y donde mandaba a muchos de los condenados a sufrir la cruel condena que le imponía. Quién entraba allí no salía, o eso decían, y lo que le ocurría formaba parte de la terrorífica rumorología que giraba en torno a Fitzgerald. Sin embargo, esa forma de expiar los pecados, esa manera de pagar con dolor los errores cometidos, era la base de la nueva religión. El castigo duro frente a la permisividad de la modernización de las religiones que habían condenado al mundo, según pensaba Fitzgerald y sus seguidores. Netty creía que mientras una parte de la población era partidaria a esta premisa de endurecer el castigo y acabar con el ateísmo, la otra parte se mostraba fiel por miedo a las reprimendas. Fitzgerald se había mostrado verdaderamente estricto con el resto de las religiones, habiéndolas acusado de traidoras y culpables de todo lo ocurrido. Había llevado a cabo una persecución a antiguos curas, obispos e imanes. No había dejado títere con cabeza. Todo aquel que se había subido a un estrado a dar un sermón, había desaparecido. Tras eso, algo parecido había ocurrido con jueces y fiscales más críticos con la remodelación y las leyes que el Consejo había elaborado en la nueva Constitución del nuevo imperio. Eran leyes extremadamente autoritarias apoyadas en una supuesta finalidad de bien común y seguridad. «El orden y la obediencia garantiza la supervivencia» era uno de los eslóganes más populares del nuevo imperio. En los actos públicos había quien hacía uso de él para saludar, aunque no era obligatorio.

Bajo una nube de monótona desidia transcurrió el sermón del padre Samuel, que finalizó con un mensaje sacado de su propia cosecha, en el que intentó transmitir ánimos y esperanza a todo el allí presente. Al terminar, Netty se levantó y se acercó a un altar con velas que había cerca de la salida, cogió de su saco una vela blanca con un punto verde dibujado en el centro, la encendió y la colocó en sustitución de otra que guardó cerciorándose de que nadie la veía. Acto seguido, marchó a su siguiente parada: El barrio de Outlaw, también conocido como los suburbios.

Se encontraba en las afueras de la gran ciudad, y allí reinaba la pobreza y la anarquía. Sólo tenían una obligación. No abandonar el barrio de Outlaw bajo ningún concepto. Si enfermabas allí, tenías que curarte allí. Si te quedabas sin comida, no podías salir a buscarla fuera de Outlaw. Era un barrio pobre, donde coexistían la gente humilde, con pequeñas bandas armadas y delincuentes de poca monta. Mucha gente perseguida por el nuevo catolicismo encontraba su refugio en Outlaw, aunque eso supusiera no poder salir de allí. Sobornaban a los guardias del Paso —el pequeño puesto que separaba Outlaw de la gran urbe—, y estos le dejaban entrar, no sin antes agujerear con una perforadora de papel la parte de la fotografía del documento de identidad del nuevo imperio. Los dos agujeros que hacían que tu rostro apenas pudiera reconocerse, simbolizaban que eras de Outlaw, y que a nadie le importaba lo que te pasase.

La gente describía Outlaw como una cárcel de pequeñas y sucias calles, pero era mucho más que eso. En cierta manera, la gente de allí prefería no abandonar los suburbios, era un oasis de libertad dentro del gran imperio, una zona de confort para los excluidos. Nadie lo hacía, porque no tenían a donde ir y sabían que, si alguien los encontraba fuera de Outlaw y veía su documento de identidad agujereado, un destino peor les esperaría. Efectivamente, siempre existían los atrevidos que lo intentaban, o los que se falsificaban un documento de identidad, pero nunca llegaban noticias alentadoras sobre el destino de estos. Outlaw, al igual que el nuevo catolicismo, era una nueva creencia, de otro tipo, pero una creencia. En los suburbios había gente de bien que se dedicaba a labores humanitarias como el racionamiento de comida y medicamentos que le proporcionaban las autoridades del nuevo imperio, siempre escasos. La labor de estas personas la respetaban las propias bandas y la mayoría de los ladrones de poca monta. Y el que no lo hacía tampoco llegaba muy lejos, porque las bandas trataban de encontrarlo cuanto antes y lo ejecutaban ipso facto. El ocio en Outlaw se dividía en pequeños teatros y un par de pistas de baloncesto para los niños, tascas cutres y oscuras para la gente humilde, y patéticos prostíbulos provistos de droga para las bandas y el resto de la gente de la peor calaña. Cada banda manejaba al menos uno de estos prostíbulos, que prácticamente convertían en su sede particular. Netty se sorprendía cada vez que pasaba delante de uno y su amigo Pappi bromeaba con que daba igual el reino o gobierno que hubiera porque, cuando un apocalipsis no había sido capaz de acabar con el mundo de la droga y de la prostitución, el ser humano tampoco podría.

Era a Pappi al que esperaba encontrar aquella tarde. En el Paso, mostró al guardia su carnet de alto cargo de la facción del sur, documentación que le valía para moverse por todo el territorio del nuevo imperio sin problema alguno. Aunque en los suburbios de Outlaw no te miraban bien si venías de fuera y pertenecías al ejército, a Netty las miradas de odio, lejos de amedrentarla, le motivaba aún más a visitar el lugar.

La sonrisa desdentada de Pappi le recibió en la segunda tasca en la que probó suerte. Aunque no solía consumir nada de lo que había en Outlaw, y pese a que lo que más había era bebidas alcohólicas, Netty pidió dos jarras de cerveza y se sentó frente a Pappi en una mesa apartada del resto. En la mayoría de las tascas hacían eso. Era costumbre apartar una o dos mesas de las demás porque allí dentro tenían lugar conversaciones que no debían ser escuchadas por nadie más. Esa privacidad le gustaba a Netty, que tomó asiento, no sin antes descolgarse el saco. Le tendió la vela y un sobre con dinero a Pappi, que la miraba atónito mientras lo cogía agradecido. A él ahorrar un poco de dinero siempre le venía bien y a Netty le sobraba. Le pagaban muy bien y para la vida que llevaba tampoco necesitaba mucho.

—¿Era necesario que vinieras vestida de traje?

—No he pasado por casa desde que he llegado y tenía que recogerlo hoy. He tirado la ropa que llevaba puesta porque estaba llena de mierda.

—Podrías haberla traído, que aquí le hubiésemos dado uso.

—No me apetecía daros una ropa llena de sudor y restos de tierra y excremento de pájaro.

—El sudor de una mujer bonita tiene mayor valor en el mercado de Outlaw, más aún si va impregnado en su ropa —sonrió.

Netty tardó un poco en acostumbrarse a la sonrisa de Papua Okoro, porque no era atractiva a la vista de nadie, pero con el tiempo le pareció una de las sonrisas más sinceras y tiernas que había conocido. Solo recordaba una que la superase.

—¿Qué tienes para mí? ¿Sabes de qué va esto? —preguntó señalándose el traje.

Además de su amigo, Pappi era su confidente. Sin saber cómo, Pappi sabía todo lo que ocurría dentro de Outlaw, y buena parte de lo que ocurría fuera. Netty sentía que en ocasiones la información que él le daba no podía pagarse con la propina que le ofrecía a cambio. Gracias a él, estaba enterada de gran parte de los entresijos más importantes del nuevo imperio.

—Regresa alguien de los del Consejo. Ha estado mucho tiempo fuera, prácticamente desde el inicio de todo.

—¿Quién? ¿Gilbert Webster?

—No. A ese le dieron jaquemate. Hablo de su gemelo. Kyren Webster.

—Kalígula —susurró con cierto temor Netty.

—No menciones su apodo —le regañó Pappi.

Netty asintió con gesto de arrepentimiento. Llevaba tiempo esperando saber de él. Si no fuera porque Pappi le aseguraba que hablaban de Kalígula como un profeta que aún estaba vivo, hubiese pensado que había corrido la misma suerte que el resto de los miembros ausentes del Consejo de la Goodwill Corporation. Un escalofrío recorrió su cuerpo: Había llegado el momento de conocer al cabecilla de todo aquel tinglado.

—Eso no es todo —Pappi interrumpió sus pensamientos.

—Sorpréndeme.

—Dicen que han mandado a Bernard Simon a reconocimiento.

—Malo.

—Muy malo —finalizó Pappi apretando el puño.

Bernard Simon era la única baza que tenían los ciudadanos más progresistas dentro del Consejo. Pese a que ninguno era santo de su devoción, aquella organización que había salvado el mundo tenía dos bandos claramente marcados. Unos más abiertos y demócratas y otros más reaccionarios y totalitarios. Y mandar a una misión de reconocimiento a Bernard Simon, el único de los del primer grupo que permanecía con vida dentro de las Cuatro Paredes, solo podría avecinar nuevas políticas más duras y estrictas, unas decisiones también conocidas en los suburbios como política de mano dura.

Al día siguiente Netty madrugó más de la cuenta. La habían citado en el nuevo Goodwill Stadium antes de que amaneciese. Cuando llegó vio que todavía había algún que otro panfleto de los Minnesota Vikings por el suelo. El estadio era moderno, tenía el techo cerrado y estaba compuesto por paneles transparentes que permitían la vista del exterior a través de ellos. Cabían más de cincuenta mil personas, aunque según le habían dicho a Netty, la asistencia sería inferior al veinte por ciento de su capacidad. A ella le tocaba estar encima del escenario que habían puesto en el campo de juego, junto a uno de los cinco tronos que había sobre éste y que estaban puestos detrás de una pequeña tribuna. Allí, como solían hacer cuando hacían un evento de cara el público, se iban a sentar los miembros del Consejo. A Netty no le salían las cuentas; aunque en sus inicios los componentes del Consejo eran más, desde que se habían levantado las Cuatro Paredes solo quedaban cuatro miembros en la gran metrópoli: Christopher Richardson, Bernard Simon, Zoey Anderson y Logan Baker. Y pese al regreso de Kyren Webster, tal y como le había dicho Pappi, seguían siendo cuatro porque Simon hacía días que se había marchado.

La duda de quién ocuparía ese quinto asiento se disipó cuando el evento dio comienzo. En la entrada del estadio alguien había estado repartiendo merchandising con el escudo y las siglas de GwC. Desde su posición, Netty podía ver a la gente sentarse en la grada, algunos incluso con bufandas, gorras y banderitas del nuevo imperio. Los primeros miembros del consejo en subir al escenario y tomar asiento fueron Zoey y Logan. Netty no sabía mucho de ellos dos, pero sí lo suficiente como para saber que siempre habían estado del lado de Richardson y, presumiblemente, de Kyren Webster. Zoey había trabajado codo con codo con Gilbert Webster y Richardson en Coldbrigde, lugar donde le habían dicho a Netty que se dio el primer caso de un muerto regresando a la vida: un niño asesinado con el que habían estado experimentando para recuperar su memoria. Logan, que anteriormente había sido propietario de una productora importante del país y dirigido varios medios de comunicación, se encargó de ir tapando esa noticia a base de otras inventadas por él mismo que fueron circulando de boca a boca y que ganaron veracidad cuando los demás medios de comunicación y las televisiones dejaron de funcionar.

Richardson fue el siguiente en aparecer. Se sentó al lado de Zoey, en el trono que custodiaba Netty. Intercambió un par de frases cordiales con la bióloga e inclinó su cuerpo hacia uno de los reposabrazos, relajado. En un determinado momento el público empezó a corear su nombre y a aplaudir, y decidió saludarlos sin mucho entusiasmo, levantando brevemente la mano.

Netty reconoció a Kyren Webster y a Marjory cuando ambos subieron al escenario por las escalerillas laterales para dirigirse a los dos tronos que quedaban vacíos. En el graderío se armó revuelo. Entre la multitud había quien los reconoció, por lo menos a Webster, pero no terminaba de creerse que estuviera allí. Netty sabía bien ante quien estaba. Conocía de sobra a todos los miembros que habían formado la Goodwill Corporation; David Wallace, Daniel Green, Mikhail Ismailov, hallados muertos antes del primer caso de infección, Gilbert Webster, desaparecido tras éste de forma sospechosa y Bernard Simon, ahora en paradero desconocido, habían sido parte del Consejo junto a los cinco presentes aquel día.

Le alegraba ver a Marjory de nuevo, ya que la tenía por una mujer sensata pese a no compartir su ideología. De ella se decía que había sido la persona más abierta y demócrata del Consejo. Netty sabía que, al igual que Gilbert, David y Bernard, Marjory había sido utilizada por el resto para sus fines enfermizos, pero no le daba pena. Marjory y los otros tres habían blanqueado, ocultado y excusado las barbaridades de Kalígula y compañía durante mucho tiempo. En Outlaw los culpaban a ellos de dar voz al resto de degenerados. Y no se equivocaban.

Pero le sorprendía verla allí. Algo debía haber cambiado porque Pappi le había contado a Netty que cuando David Wallace murió, Marjory decidió apartarse de la Goodwill Corporation. No hacía mucho caso a esos rumores infundados, pero por lo que había podido descubrir tiempo atrás, Netty daba por hecho que sus propios compañeros estaban detrás de la muerte de David Wallace, y que probablemente Marjory también lo sabía. Tampoco le sorprendía el chivatazo que Pappi le había dado sobre la muerte de Gilbert Webster. A diferencia de Kyren, Gilbert era un científico capaz de sobrepasar ciertos límites por amor a la ciencia, pero con un tope moral más fuerte que Kyren, al que llamaban Kalígula por su personalidad similar al tercer emperador romano Cayo Julio César Augusto, al que le acusaban de demente, violador y sádico. Lo cierto era que, bajo esa apariencia de viejo científico, Netty no conseguía imaginar que Kyren Webster se pudiese asemejar a Calígula. Y eso le daba más miedo aún.

A Marjory le acompañaba un escolta propio. Netty no lo había visto nunca y eso que conocía a todos sus compañeros del ejército, porque al final los escoltas no eran más que eso, una selección de los considerados mejores soldados que había dentro de los muros. Era notablemente mayor para seguir dedicándose al ejército y, sin embargo, pese a ser un anciano que probablemente había tenido tiempos mejores, Netty lo veía muy en forma para su edad.

Tampoco conocía al escolta de Kyren Webster, pero por su forma de caminar y de mirarla, Netty dedujo que era un engreído y prepotente. A esos los calaba al instante.

El último en llegar fue Fitzgerald, que iba acompañado de varios sirvientes que le ayudaron a subir su enorme masa corporal por las escalerillas. Tras echar un vistazo a los miembros del Consejo y hacerle una breve reverencia a Kyren, tomó la palabra en el estrado, calmando el jolgorio que había montado en las gradas. Inició el discurso como si de una misa se tratara con los ritos iniciales típicos, recitando el «Señor ten piedad» y glorificando al Dios Padre, presentándole sus súplicas. El público fue siguiendo su discurso con obediencia ciega, tomando voz cuando era su turno. Tras ese rito inicial Fitzgerald aclaró su voz y dijo:

—Hermanos, hermanas. Hoy estamos aquí para dar las gracias a Dios por oír nuestras plegarias y premiar todos nuestros sacrificios. La fe en Dios nos ha traído de vuelta a Kyren Webster.

Los aplausos y gritos le hicieron pausar el discurso brevemente.

—Al que aún no sepa qué significa Kyren Webster para nuestro imperio, nosotros se lo explicamos: Kyren lo es todo. Si Dios nos protege y espera a los puros en el reino de los cielos, Kyren nos ha provisto de una segunda oportunidad aquí, en el reino de los vivos. Porque este imperio no se habría levantado si no es gracias a él. Cuando todo estaba perdido Kyren puso todos sus esfuerzos en darnos un lugar donde refugiarnos.

Que Fitzgerald fuese interrumpido a cada momento por aplausos es algo que le resultaba molesto a Netty, pero aquel hombre, que vestía una sotana blanca y demás complementos similares a la vestimenta papal, se nutría de toda aquella adoración.

—Hoy ha vuelto del infierno para regresar con nosotros. Y no viene con las manos vacías, porque Kyren Webster ha conseguido desarrollar la cura para este virus que lleva tiempo destruyéndonos.

Mientras el público superaba con creces el vocerío dado hasta entonces, Netty se fijó en la conversación que Richardson mantenía con Zoey.

—¿No va a mencionar a la doctora Ruth? Estoy segura de que contribuyó más que Webster —le comentó Zoey con cierta malicia en su tono, y que Netty pudo apreciar fácilmente.

—Lástima que se haya tenido que perder este espectáculo —dijo Richardson irónicamente.

Fitzgerald señaló a Richardson para que saliera a decir algunas palabras sobre la vacuna. Éste miró a Kyren que le respondió asintiendo en silencio. Se levantó y con paso decidido fue al estrado. Saludó de nuevo al público y tras una indicación que Fitzgerald le hizo con la mano, cogió el testigo del discurso.

—Desde el Consejo pedimos que sigáis teniendo paciencia. Esta medicación que Dios nos ha otorgado y que Kyren ha tenido a bien en descubrir, está aún en la última fase de prueba, pero no nos cabe lugar a dudas que nuestros expertos, de la mano de Kyren Webster, tendrán una vacuna lista en menos de un año.

La gente se puso en pie a aplaudir y a corear todos los nombres de los allí presentes de manera ordenada, como si estuvieran en una fiesta. Richardson, que también disfrutaba de los elogios, sonrió y volvió a su asiento. Fitzgerald recuperó su posición, mientras Netty advertía el aumento de miembros de la seguridad alrededor del escenario. Algo típico en el cierre de esos actos, pues el revuelo que se montaba aumentaba el peligro de que alguna persona intentara atentar contra los miembros del Consejo.

—No podemos irnos sin obviar la voluntad de Dios. Y es que no debemos cesar en nuestra lucha por redimir nuestros pecados, aunque aquellos supongan la pena capital. Porque Dios quiere ayudarnos, pero para recibir su ayuda debemos demostrar que hemos cambiado y que la merecemos. Hoy tenemos un claro ejemplo aquí presente: Marjory Clement.

Aunque hubo algún despistado que aplaudió al escuchar el nombre de Marjory, la gente no tardó en vaticinar un giro en los acontecimientos presenciados hasta ese momento. Lo que ocurrió después se sucedió en el tiempo con rapidez vertiginosa, Netty sin apenas pestañear observó cómo varios compañeros suyos reducían al escolta de Marjory que apenas pudo oponer resistencia.

—La señora Marjory traicionó a nuestro pueblo y nuestras creencias y trató de torpedear todo este proyecto durante meses. Tras fracasar en su intento, decidió ocultarse durante mucho tiempo, pero nadie puede escapar de los ojos de Dios y él, en su divina sabiduría, le ha dado la oportunidad de estar aquí con nosotros para purgar sus pecados.

—¿Qué es esto, Christopher? —preguntó Marjory perpleja y aterrorizada, revolviéndose en su asiento.

Richardson no la miró, como tampoco el resto de sus compañeros. Todo estaba debidamente orquestado y Marjory iba a formar parte del número final.

—Tú estás detrás de todo esto, ¿verdad? —señaló Marjory a Kyren, mientras Fitzgerald seguía hablando.

—¡Por orden de Dios, de Kyren Webster y de la Goodwill Corporation, yo, Fitzgerald Thompson, soberano de la nueva iglesia católica, te condeno a ti Marjory Clement a la pena de la llama eterna! Que el imperio al que traicionaste sea testigo de tu condena —sentenció Fitzgerald.

—Podéis llevárosla —le indicó en voz baja Richardson a los guardias.

Mientras se la llevaban de ahí, Marjory no gritó ni forcejeó pidiendo clemencia. Sabía que de poco iba a servir. Los únicos lamentos que Netty escuchó fue los del viejo de su escolta que, desde el suelo, neutralizado por otros dos hombres, exclamaba entre lágrimas desesperadas y rogaba clemencia por Marjory. Fitzgerald ordenó a los dos hombres que levantaran al anciano y le acompañaran a él y finalmente los cuatro siguieron la estela de Marjory.

Netty no acudió a la ejecución de Marjory, aunque de haber querido, como parte del ejército que era, hubiese tenido acceso a primera línea de la hoguera donde quemaban a los sentenciados a morir en el fuego, una de las mayores penas utilizadas por Fitzgerald. En el pasado ya había visto otras similares y no era un espectáculo agradable, solo los más morbosos podrían disfrutar con aquello. El olor a carne quemada se quedaba incrustada en su cerebro durante semanas. Pero al menos el olor se acababa yendo, por el contrario, las imágenes de lo acontecido sobre esas pilas de madera no iba a olvidarlas nunca.

Por la noche se sucedieron varias revueltas en la ciudad, quemaron contenedores y hubo alguna manifestación pidiendo explicaciones por la ejecución de Marjory. Netty aprovechó que el foco de atención estaba puesto en disolver y detener a los osados insurgentes y callejeó alejada del ruido. Como no quería que nadie la reconociera se había puesto una sudadera negra con una capucha que le cubría el pelo y parte de la frente. Subió una estrecha cuesta que se le hizo eterna y, tras recorrer varias calles que bien parecían pasadizos y cruzarse con algunas ratas que huían de los gatos callejeros, acabó llegando a un pequeño parque que sabía que, a esas horas, con el toque de queda que imponía el Consejo, iba a estar vacío. Ella conocía bien ese parque porque iba allí cada vez que quedaba con él. Aprovechaba que una de las farolas que iluminaba el banco más escondido del parque tenía la bombilla fundida y convertía su figura y la de su cita en simples sombras.

Cuando llegó, el padre Samuel ya estaba sentado en el banco de piedra, esperándola mientras rebuscaba en una especie de caja que tenía a sus pies. Dio un breve respingo cuando vio aparecer a Netty y en vez de invitarla a tomar asiento como de costumbre, se acercó a ella y le dio un abrazo.

—Creí verte ayer y me acerqué en cuanto pude al altar de las velas para ver si estaba en lo cierto.

—Me ha tocado escoltar a Richardson en la pantomima de esta mañana.

Samuel bajó la mirada.

—Pobre Marjory. No era mala mujer. Ahora se esperan días turbios, es mejor no salir mucho. Puede que alguno intente vengar su muerte. Llegó a ser conocida y querida. Supongo que ahora van a extremar la seguridad y cualquier movimiento sospechoso... ya sabes. Mejor que no nos veamos de esta forma en unos meses.

Netty asintió.

—¿Cómo estás? —le preguntó finalmente a su amigo.

—Bueno, me adapto al día a día como puedo. Difícil seguir las órdenes de Fitzgerald. Pero al consejo le gusta porque mantiene enmudecida y callada a la población con sus torturas —explicó con gesto angustiado.

Sabía que su superior obligaba a veces a Samuel a hacer unas cosas de las que no se sentía orgulloso, así que no quería preguntarle mucho más para que no pensara en eso.

—¿Qué sabes de los Rebeldes? —cambió de tema.

—Cada vez más debilitados, pero quién sabe, los hombres de Lawrence siempre se reinventan. De momento no podemos hacer nada y menos ahora que ha vuelto Kalígula. Es el peor momento para intentarlo.

—No hablan bien de ellos por aquí dentro, pero esperemos que el enemigo de nuestro enemigo acabe siendo nuestro amigo —contestó Netty—. ¿Y a dónde ha ido Simon? ¿No es raro que lo manden a una misión propia del ejército?

—No sé cómo aceptó irse sin más. En un principio parecía una decisión sin explicación, pero cuando vi que Marjory estaba de vuelta, até cabos. Simon no hubiese permitido que a Marjory la ejecutaran. A ver qué hace cuando se entere.

—Si es que se entera —finalizó.

Con lo sucedido ese día, Netty había perdido las pocas esperanzas en el futuro de la Goodwill Corporation. Se avecinaban tiempos duros. Echaba de menos la venda que suponía para ella hacer guardia en el Pico del Destierro y, en silencio, contó los meses que le quedaban para volver allí hasta que un ruido que provenía de la caja que Samuel había dejado en el banco acaparó su atención. Sabía qué era y empezó a temblar. Samuel lo notó enseguida.

—¿Qué coño es eso, Samuel? —preguntó a sabiendas.

—Necesito que me hagas un favor —su tono casi de súplica.

Samuel se acercó a la caja y de ella cogió en brazos a un bebé con sumo cuidado para no despertarlo.

—No —sentenció Netty.

—Sabes que no te lo pediría, pero no voy a poder ocultarlo por más tiempo. Quien me lo ha traído no podía hacerse cargo de él y me ha rogado que lo ponga a salvo. Con Fitzgerald sabes que es imposible. Y sabes lo que puede hacerme si lo encuentra. Y a él también.

—Samuel, soy capaz de hacer por ti cualquier cosa que me pidas. Todo menos esto, y lo sabes —balbuceó Netty, que cuando quiso darse cuenta, ya estaba llorando larga y tendidamente.

El padre Samuel insistió a sabiendas de lo injusto que podía ser para su amiga, a quien conocía desde años atrás.

—Janeth, por favor. Hazlo por ella. Dale a este bebé la vida que el destino le negó a tu pequeña. Por ella no pudiste hacer más, pero con tu ayuda este niño podrá crecer en paz, lejos de Fitzgerald, Kalígula y toda esta mierda.

Llevaba tiempo sin llorar y por momentos temió no saber cómo parar. Cuando acabó no quiso mirar a los ojos a su amigo, porque estaba enfadada con él, aunque en el fondo sabía que, si había recurrido a ella, era porque verdaderamente no tenía otra opción.

Janeth Brown no se despidió de Samuel. Tomó al niño en sus brazos y abandonó el parque por los callejones y la cuesta que había subido minutos antes, evitando cruzarse con nadie, ni siquiera con sus pensamientos.

ÍNDICE

Agradecimientos: Creemos conveniente dedicar este libro a todas aquellas personas que, de algún modo, han formado parte de este proyecto. Empezando por agradecimientos colectivos, queremos agradecer tanto a Elena Cardenal por iluminarnos en el camino de la edición como a Juan Muñoz (Juin), por abrazar con su arte las páginas de este libro. Con ánimo de sonar repetitivos, a Ismael Santana, la piedra angular de todo esto: gracias por desenredar cada uno de nuestros embrollos. Tampoco nos olvidamos de Verdejo, nuestro V particular: el primer ladrillo lo pusiste tú.

[**Jesús**] A Paola, por contagiarme de su entusiasmo y darme la motivación para que la obra saliera adelante.

[**Juan Carlos**] A mi madre por todas y cada una de sus sabias correcciones. A Alejandra, por defender con orgullo e ilusión cada página de este texto. A los que, años atrás, invirtieron su tiempo en leer algún borrador inicial y me animaron a seguir y no abandonar mi sueño. En especial a Carlos, Fátima y Katia.

Juan Carlos González Jiménez (J.K. De la Paz) y Francisco Jesús Martínez Membrives (F.J.M. Membrives) son naturales de Almería (1992 y 1993 respectivamente). Juan Carlos, graduado en Derecho, estudió Criminología y Ciencias Forenses en Sevilla, pero volvió a su ciudad natal para acabar obteniendo el título de Abogacía, profesión que hoy ejerce. Es aficionado a la novela negra, el cine clásico y las series de televisión.

Jesús, por su parte, actualmente reside en Almería y combina su trabajo con las oposiciones. Se declara apasionado de la lectura y un fiel seguidor del género postapocalíptico. Los Cuentos de Bonnie: La habitación de los espejos, es el primer título de su ambiciosa saga y también su carta de presentación en el mundo literario.

Printed by Amazon Italia Logistica S.r.l.
Torrazza Piemonte (TO), Italy

41050391R00317